Michel Gern



# Un voilier nommé *Kurun*

## *Dans le sillage de Jacques-Yves Le Toumelin*

nautilus
EDITIONS

*« S'il m'arrivait de mourir à terre, je désirerais être remorqué au large dans mon bateau et que celui-ci, sabordé, coule toutes voiles et pavillons dehors, m'ensevelissant au sein de la mer que j'aime, parmi les seules choses dont j'ai aimé la possession, et c'est ainsi que je composerais mon épitaphe :*

*« Le marin appareille sur son navire.*
*Toujours il reprend le large.*
*Un jour, pour la première fois, il avait pris la mer.*
*Et c'est elle qui le reprend toujours.*

*« Le marin s'est enseveli avec son navire.*
*Il ne bravera plus l'orage.*
*Toujours il reprenait la mer.*
*Et c'est elle qui l'a pris pour toujours. »*

*Envoi*
*« Amis, ne plaignez pas le marin disparu.*
*Heureux, il dort ou il voulait vivre.*
*Amis, ne plaignez pas le marin disparu.*
*Mais priez que les vagues le bercent doucement. »*

Alain Gerbault, *L'Évangile du soleil : En marge des traversées*

Malgré l'évidente dissemblance de leurs personnalités et de leurs trajectoires respectives, un parallèle s'esquisse entre Jacques-Yves Le Toumelin et Alain Gerbault. À une génération de distance, tous deux prirent la mer – la paix retrouvée – au terme d'une guerre fratricide, tous deux traversèrent l'Atlantique, tous deux éprouvèrent la même admiration pour la beauté du monde lors d'une circumnavigation dont ils se firent l'écho dans les ouvrages qu'ils publièrent.

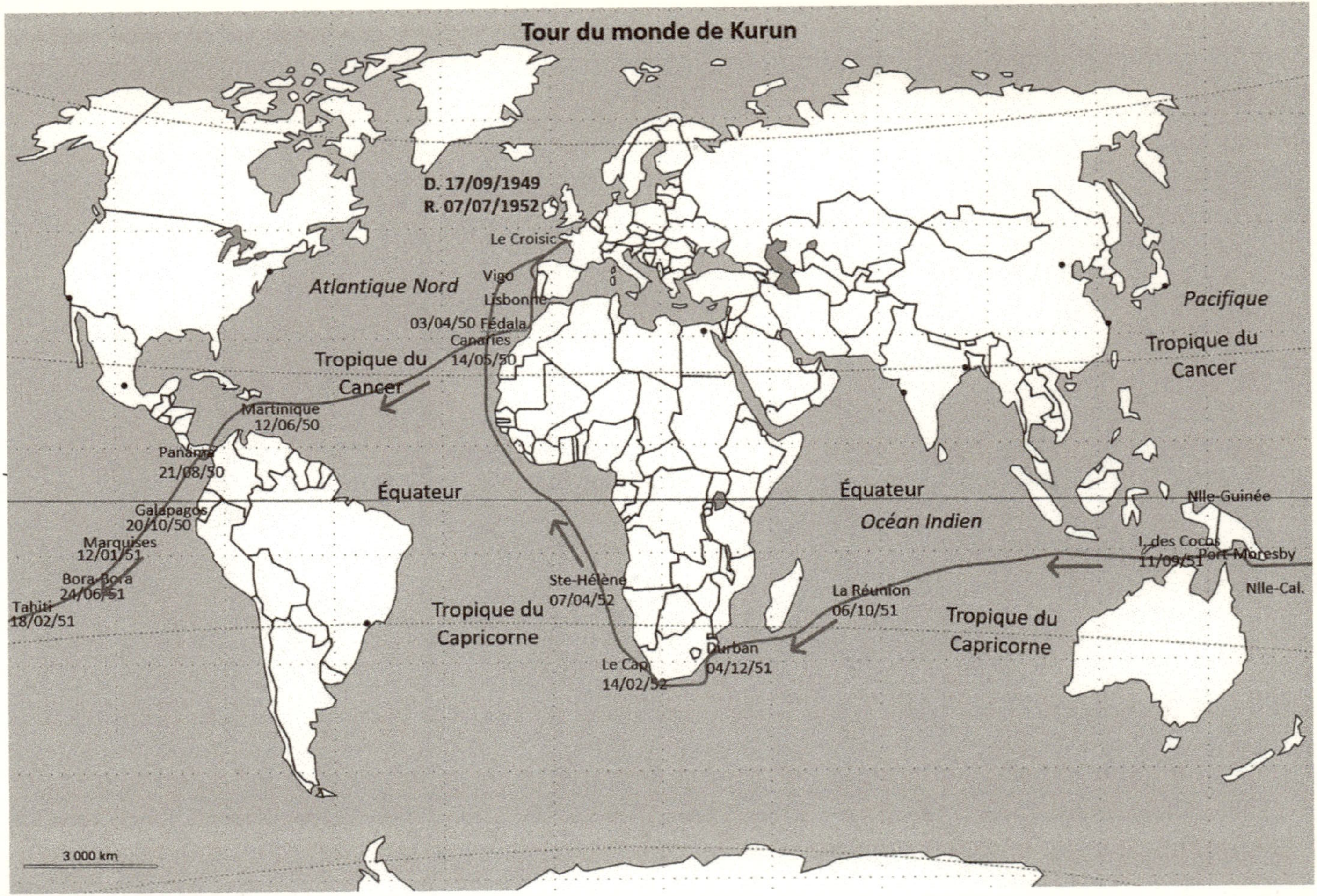
Tour du monde de Kurun
D. 17/09/1949
R. 07/07/1952
Le Croisic
Vigo
Lisbonne
03/04/50 Fédala
Canaries
14/05/50
Atlantique Nord
Tropique du Cancer
Martinique
12/06/50
Panama
21/08/50
Équateur
Galapagos
20/10/50
Marquises
12/01/51
Bora-Bora
24/06/51
Tahiti
18/02/51
Tropique du Capricorne
Ste-Hélène
07/04/52
Le Cap
14/02/52
Durban
04/12/51
La Réunion
06/10/51
Tropique du Capricorne
Équateur
Océan Indien
I. des Cocos
11/09/51
Port-Moresby
Nlle-Guinée
Nlle-Cal.
Pacifique
Tropique du Cancer
3 000 km

# Table des matières

## Deuxième partie

## Troisième partie

## Avant-propos

À l'instant de rédiger ces lignes, remonte à l'esprit du narrateur le souvenir oublié de Zheng He – l'amiral de la flotte impériale de Yongle, le troisième empereur Ming – qui commanda au début du XV$^{e}$ siècle la plus importante marine au monde. Un parchemin bouddhiste de l'époque donne l'idée de ces navires d'une soixantaine de mètres, dotés de quatre mâts, qui naviguèrent un siècle avant la *Santa Maria* de Christophe Colomb, moitié moins grande. Au cours de ses sept voyages – de 1405 à 1433 – Zheng He explora Java, Sumatra, les îles de l'océan Indien, la mer Rouge jusqu'en Égypte. Il longea les côtes africaines jusqu'au Mozambique. Ses explorations – relatées par Ma Huan et imprimées en 1451 – apportèrent à l'Occident les instruments nécessaires à sa propre exploration du monde : les premières cartes marines, l'invention du gouvernail et celle de la boussole.

De tout temps, les bateaux ont accompagné le besoin de découverte et d'exploration de la planète inhérent à la nature humaine. Le premier témoignage remonte au cinquième millénaire avant notre ère évoquant les embarcations qui parcouraient le Tigre et l'Euphrate en Mésopotamie. Il y eut ensuite ces navires égyptiens – 3100 avant J.-C. – révélés par la tombe pharaonique de Qustul, avant les voiles carguées de l'époque d'Akhenaton, puis les birèmes assyriennes du 6$^{e}$ siècle avant J.-C.

Définir un voilier nécessite de recourir à la définition d'un bateau qualifié d'*« Ouvrage flottant utilisé pour la navigation »* complété par sa caractéristique de voilier *« doté d'un gréement et de voiles »*. Présenter *Kurun* implique de se livrer en premier lieu à la rituelle nomenclature technique. À ce titre, il est un cotre à corne traditionnel à voile aurique dessiné par Henri Dervin de 10 mètres de longueur, soit 8 m 36 à la flottaison et 13 m 20 à l'extrémité de son boute-hors, avec un maître-bau de 3 m 55. Sa voilure, d'une surface de 52 m$^{2}$, comprend une grand-voile, un foc et une trinquette. Suivant les préceptes de l'architecte Colin Archer (1832-1921), *Kurun* possède un arrière dit « norvégien » identifiable à sa poupe pointue. Sa construction à l'initiative de Jacques-Yves Le Toumelin a commencé le 9 septembre 1946 pour s'achever par sa mise à l'eau le 26 février 1948. Il effectua le 13 juin 1948 sa première sortie en mer. Le navigateur invita à cette occasion ses amis André Bligné, Alain

Rouart, Pierre Bachelier et Claude Olivier à l'accompagner. *Kurun* effectua du 19 septembre 1949 au 7 juillet 1952 un tour du monde, suivi d'un voyage aux Antilles du 29 septembre 1954 au 27 juillet 1955.

Au-delà de cette simple évocation, *Kurun* est bien davantage qu'un simple OFI (objet flottant identifié). Il est tout à la fois l'œuvre d'une existence, la patiente concrétisation d'un apprentissage en dépit de l'adversité, le véhicule d'une appréhension du monde, l'expression d'une manière d'être et d'une philosophie de l'existence. Tout ceci l'emporte, bien évidemment, sur sa simple réalité physique et matérielle. Par-delà la disparition du navigateur, sa silhouette blanche demeure, dans l'environnement marin du Croisic, le signe tangible de ce qui fut, en complément du témoignage constitué par les deux ouvrages du navigateur, *Kurun autour du monde* et *Kurun aux Antilles*.

Pourquoi ce livre? Pour le simple intérêt d'essayer d'approcher et de comprendre le navigateur comme son voilier au moyen d'une itinérance à travers le temps et les archives de l'époque, lecture des pages jaunies de la revue *Le Yacht* et des quotidiens de l'époque. Pour le plaisir également de rencontrer, pendant qu'il en est encore temps, les témoins d'une époque révolue. Pour la satisfaction de comprendre mieux, au fil des traces éparses, la personnalité hors norme du navigateur. De site en site, de liens en liens, les sentiers d'internet ont fait émerger un tracé sinueux semé de dates et de noms, reconstituant l'écheveau fragmenté d'une histoire personnelle, un peu comme la révélation progressive d'une photo lorsque l'image floue se transforme dans la précision des détails.

Ce livre ne se veut en aucune façon être une biographie qui aurait impliqué de remonter à d'autres sources, plus personnelles. Il est un récit respectueux qui tente d'approcher, bien que de façon imparfaite, le lien qui relie un voilier à un homme.

# Première partie

## *Genèse d'une vocation et naissance d'un voilier*

## Introduction : La remontée de la Loire

*« Une femme qui danse*
*Un bateau qui penche*
*Rien de plus beau ».*
Proverbe marin

***Mercredi 2 octobre 2019***

*Le long du quai qui borde la Criée du Croisic, son emplacement attitré,* Kurun *– le voilier à bord duquel Jacques-Yves Le Toumelin effectua son tour du monde de 1949 à 1952 – se prépare à l'appareillage. Temps doux et humide. Lumière pâle, grise et légère, de ce début d'automne. Elle voile l'étendue du Grand Traict. Au loin, les silhouettes estompées de Guérande, Pradel et Kerignon frangent la ligne d'horizon. Visibilité réduite par la nébulosité. Occulté par les nuages, le soleil tarde à se lever. La marée – à son plein quelques instants plus tôt – commence à baisser.*

*Le départ d'un voilier est toujours un moment particulier, une interrogation, un envol, le début d'une aventure. Chorégraphie de gestes et d'actions rodées, presque mécaniques dans leur enchaînement. En dépit de l'habitude, prendre la mer reste un acte de pleine conscience. Larguer les amarres conclut toujours un exercice préalable de réflexion.*

*Patrick, Alain et Pierre s'affairent dans l'imminence du départ. À 08h21,* Kurun *s'écarte du quai en marche arrière, cule dans le courant qui l'entraîne avant de virer de bord pour emprunter le chenal. L'enfilade des quais défile sur bâbord. À hauteur du Lénigo, le voilier ignore sur bâbord le chenal de Pen Bron qui s'incurve vers le nord, dans l'alignement de Gwenved, la maison de Jacques-Yves Le Toumelin, au bord de l'estran.*

*Attentif à la barre, Patrick vérifie les alignements successifs qui matérialisent la sortie du chenal.* Kurun *poursuit sa route dans la passe maintenant resserrée. Il remonte la jetée du Tréhic jusqu'au phare qui en marque l'extrémité. Combien de fois Jacques-Yves Le Toumelin a-t-il emprunté ce passage incontournable, au départ de navigations progressivement plus lointaines jusqu'à cette date décisive du 19 septembre 1949 ? Il y a soixante-dix ans, il partait vers Belle-Île, première étape à virer d'un tour du monde ardemment espéré, farouchement préparé.*

*En ce matin d'automne,* Kurun *prend la mer pour Saint-Nazaire, première escale de la route qui le conduira le lendemain au chantier Fouchard, à Couëron, dans l'étier du Petit Dareau, en aval de Nantes, pour procéder aux travaux de restauration nécessaires.*

*Dans la rade du Croisic, le cotre poursuit sa route, droit devant, cap au 351°. Laissant Basse Hergo à bâbord, il vient bout-au-vent, le temps d'établir la voilure. Sous grand-voile, foc et trinquette établis, il abat ensuite et entame à longues foulées sa descente vers Basse Castouillet. Route au sud-est pendant 12 milles, cap au 119°.*

*Vent établi.* Kurun *ouvre son sillon en force, dans la stabilité procurée par sa lourde carène. Le portant lui assure une marche en puissance. Le voilier mouille peu, dans un lent balancement rythmé par le froissement de l'eau que pénètre l'étrave. À la barre, assis sur ce même banc où Jacques-Yves Le Toumelin assurait ses quarts, l'esprit se prend à remonter le temps, à s'interroger sur le parcours de vie de ce fascinant personnage.*

Kurun *longe maintenant la côte vers le sud-ouest, au large de Batz-sur-Mer puis du Pouliguen. Passée la côte « sauvage », la baie de La Baule ouvre son arc de sable blanc. Près du phare du Grand Charpentier, le voilier oblique à l'est vers le chenal d'accès à la Loire. Le front de mer de Saint-Nazaire défile. S'y détache la silhouette reconnaissable du collège Saint-Louis, que fréquentèrent un temps Jacques-Yves et son ami Jean Quilgars.*

*Parvenu dans le lit de la Loire, le cotre contourne les deux jetées qui encadrent l'avant-port de Saint-Nazaire, puis le vieux môle et son phare, avant de rejoindre l'écluse est. Un signal sonore annonce l'ouverture des portes.* Kurun *s'engage dans l'écluse. Alain et Pierre frappent l'amarre, dans l'attente de l'ouverture de la seconde porte d'accès au bassin. Le cotre s'avance sur le plan d'eau, décrit au ralenti un large cercle, le temps de repérer les lieux et de déterminer le point d'accostage le plus adéquat. Lors des finitions de* Kurun, *en 1949, ce même endroit l'avait accueilli pour d'ultimes travaux, peu de temps avant son départ pour le tour du monde.*

*La nuit tombe sur le port, dans le criaillement de mouettes et les goélands qui se chamaillent. J'occupe la couchette qui fut celle du navigateur. Instant à la fois rare et fervent que de ressentir ainsi l'âme d'un voilier dans son intimité. Endormissement paisible dans le si particulier bien-être que procure le repos dans la cabine d'un bateau. À l'instant de sombrer dans le sommeil défilent les souvenirs prégnants de la lecture de* Kurun autour du monde.

***Jeudi 3 octobre 2019***

*Une lumière radieuse marque le lever du jour. Le soleil émerge à 8h12, inondant de reflets scintillants le bassin que les mouettes parcourent à fleur d'eau.*

*À 13 heures – marée et courant obligent –* Kurun *rejoint l'écluse pour retrouver le lit de la Loire. Dans le cours du fleuve, moteur au ralenti, il se met bout au vent le temps de hisser la grand-voile. Gestes lents, physiques et appliqués, la voilure se déploie. Puis le voilier abat et s'incline dans le souffle du vent. Il prend de l'ère, arrondit sa route et fait route vers le pont de Saint-Nazaire.*

*Sur la rive droite, les chantiers rappellent les souvenirs lointains du* Normandie *où du* France, *gloires éphémères d'une époque oubliée, celle des paquebots. Jacques-Yves Le Toumelin comme son père Victor, officier de la Compagnie Générale Transatlantique, ont tous deux aimés – ici – la vision de ces grands oiseaux du large. Le voilier s'approche de la perspective du pont – Saint-Nazaire au nord et Saint-Brévin au sud – qui relie les deux rives de la Loire. L'estuaire du Brivet se précise à gauche, avec son petit port en retrait, aux confins de Méan.*

*Proue orientée vers l'amont,* Kurun *commence sa remontée du fleuve et longe le marégraphe. Ce dernier est l'un des huit dispositifs qui de Saint-Gildas à l'embouchure de la Loire, jusqu'à Nantes, recueillent en permanence les informations sur la marée avant d'acheminer les données collectées par voie hertzienne. Ce collationnement établit les prédictions de marées. Lui succèdent les appontements pétroliers de Donges. Derrière la capitainerie se profilent les cuves de stockage devant la silhouette caractéristique de la raffinerie Total. Passée cette installation, les rives du fleuve retrouvent d'un coup leur environnement naturel. Les roselières des marais de Donges Est bordent le fleuve sur des kilomètres. Chaque année, des ornithologues y passent plusieurs mois pour effectuer le comptage minutieux des passereaux migrateurs et des cigognes. Rien que pour l'année en cours plus de 20000 captures ont été comptabilisées, identifiant 63 espèces différentes.*

*Face au Carnet sur la rive gauche, dévolu à la production d'éoliennes, se situe sur l'autre rive l'ancien port de Lavau. Perdu dans les terres, il rappelle le temps révolu où le flot de la Loire baignait ses quais.*

Kurun *progresse, sous l'appui de sa grand-voile déployée. Sur la rive gauche, les maisons de Paimbœuf se profilent. Au loin, dans l'axe du fleuve, les cheminées de la centrale thermique de Cordemais forment le nouvel amer. Après ce repère, la Loire bifurque vers le sud, s'étrécissant entre ses rives. Dans le lit du fleuve, le chenal oblique de droite et de gauche en fonction de la profondeur d'eau, obligeant le barreur à une attention constante pour repérer les bouées du balisage latéral. La route de* Kurun *suit obstinément le fil d'ariane des bouées rouges. À la hauteur de la n° 32, après Petit Carnet, le chenal change de bord, passant de la rive droite à la rive gauche, avant de revenir à sa position précédente à hauteur de Cordemais.*

*Le cours du fleuve bifurque maintenant vers le sud-est, arrondissant les contours de la défunte Belle Île, devenue une large étendue pastorale en contrebas de Frossay et de Vue. Derrière elle, dissimulé au regard, le canal de la Martinière rappelle à la mémoire les constants et vains efforts entrepris au cours de siècles contre l'ensablement pour assurer la remontée des navires vers Nantes. Entre le cours actuel et l'ancien canal s'étend sur la rive gauche une succession d'îles aux noms évocateurs d'histoires oubliées : la Maréchale, le Masserau, Île Sardine ou Île des Masses. Sur la rive droite, étiers et îlots se succèdent désormais : étier de la Peille, Île de Motte Binet, Ile Motte Baragon, étier de Vair, Île du Petit Baracon, Île Demangreat, Île du Grand Pineau, Île Thérèse, étier du Haut-Bois, avant l'étier du Petit Dareau, destination finale de* Kurun.

*Le cotre approche maintenant du Pellerin, signalé par la navette de* L'île Dumet, *le bac qui – tel un métronome battant la mesure du temps – relie cette localité à Couëron. Élément du paysage, il a succédé au* Lola, *à l'Anne de Bretagne et au* Saint-Hermeland *en d'autres temps. Avant eux, il y eut le bac à chaînes* Saint-Julien, *les roquios, les charrières et les toues. Le Pellerin – Peregrinum en 1040 – fut de tout temps l'un des passages permettant de traverser la Loire, notamment par les pèlerins bretons en route vers Compostelle.*

*Le soir tombe, doucement, alors que se fane la lumière. Trop tard pour s'engager, de nuit, dans l'étier du Dareau, étroit et sinueux. La nuit se passe au petit appontement ancré dans le fleuve, à la hauteur de l'église de Couëron.*

*Au plus fort, le courant incline les bouées qui dodelinent dans le frémissement de l'eau. Le fleuve s'écoule en force, marée liquide marquée de sinuosités, de tourbillons, de froissements d'eau. Par endroits, des miroirs d'eau limpides apparaissent sur cette grande chasse liquide. Leur surface, étrangement lisse, est ourlée d'un liseré de vaguelettes.*

*Alors que le soir approche, le ciel se couvre. Une belle trouée dans les nuages embrase soudain le fleuve dans le soleil couchant. La nuit tombe. L'obscurité s'épaissit. Le fleuve n'est plus qu'un gigantesque bruissement d'eau dans la nuit venue. Vers l'aval, le feu de Port Launay signale la rive droite, en symétrie de celui du Pellerin.*

*Pendant la nuit, la bruine d'abord légère se transforme au fil des heures en pluie régulière. Vers minuit, les premières gouttes filtrent du plafond du roof, s'insinuant dans les couchettes. L'inconfort de la situation, son désagrément, ne parviennent à altérer le sentiment de plénitude ressenti pendant ces instants rares vécus à bord de* Kurun. *Perception d'un moment précieux car, demain, le voilier sera désarmé pour une longue période de restauration.*

*L'aube du 4 octobre dévoile un ciel dégagé, inespéré, dans la fraîcheur de l'aube. Dès 6 h 30, chacun s'affaire aux préparatifs du départ. À 7 h 00,* Kurun *largue ses amarres et se déhale. Entre deux traversées du bac, il coupe son sillage. Peu de lumières encore, aux fenêtres des maisons. Celle, orangée, de l'éclairage public, dessine des plages lumineuses espacées de pans d'ombre.*

*Sur la droite, un rideau de peupliers marque l'amorce du Dareau, perpendiculaire au cours de la Loire. Par sécurité, le boute-hors est relevé, presque à la verticale, pour réduire les élancements du voilier et éviter qu'ils se prennent dans les branches des arbres qui bordent l'étier. Patrick réduit la vitesse au moment même où Loïc Fouchard et son fils Jean-Baptiste sortent de l'étier à la rencontre de* Kurun. *Précédé par son bateau-pilote, le voilier s'engage résolument dans le Dareau. Le cours d'eau serpente entre prairies et peupliers, parfois étréci par la ramure d'un arbre couché dans son lit. Les manœuvres nécessitent d'être précises.*

*À 8 h 18,* Kurun *arrive au terme de sa navigation, dans ce qui sera son havre pour les prochains mois. Le cours du Dareau s'arrête là, barré par l'écluse surmontée d'un pont où passe la petite route. Le chantier Fouchard occupe la fourche du cours d'eau. Le voilier s'approche du ponton et s'y amarre. L'endroit semble hors du temps. Un bateau de pêche repose sur le ber hissé sous l'auvent. À proximité, un hangar accueille un ensemble de matériels divers, de bouts et d'amarres, soigneusement rangés.*

## Chapitre 1 : Enfance

*« Qu'elle était belle, ma Frégate,*
*Lorsqu'elle voguait dans le vent !*
*Elle avait, au soleil levant,*
*Toutes les couleurs de l'agate ».*
Alfred de Vigny, *La plainte du capitaine*

***Novembre 2019***

*Au chantier du Dareau, à Couëron, le temps s'est rafraîchi. Sur un ber,* Kurun *a été sorti du Dareau. Désormais au sec et à l'abri de la pluie, l'inventaire des travaux nécessaires est dressé de façon précise. Les sondages effectués en différents endroits du pont, confirment le pourrissement et la nécessité de le remplacer.*

*En ce mois de novembre 2019 les pelleteuses s'affairent avec énergie sur la plage de la Courance, à Saint-Marc-sur-Mer, préparant l'atterrage du câble qui acheminera l'énergie produite par les 80 éoliennes prévues au large. La plage voisine fut immortalisée en 1951 par le film de Jacques Tati* Les vacances de monsieur Hulot. *Les décors réalisés par le cinéaste firent appel au bois de récupération fourni par le désossement du paquebot* Marrakech *dans un chantier de Saint-Nazaire. Les scènes du film montrent d'abondance la configuration de la plage, à pareille époque, dont l'abri du canot de sauvetage, aujourd'hui démoli. Il recueillit, un soir tragique de la guerre, quelques misérables effets échappés du naufrage de* Tonnerre, *le voilier de Jacques Yves Le Toumelin, prédécesseur de* Kurun.

*Volé au Croisic par des officiers allemands désireux de fuir la poche de Saint-Nazaire, son ami Jean Quilgars assista impuissant – en son absence – à son effraction puis à son départ. Mésestimant la force du courant et la mer qui lève aux abords de la grève, l'équipage allemand fut drossé vers les rochers, entraînant la destruction du voilier. À proximité, l'état-major de la Ve brigade de défense anti-aérienne chargée de la protection de la base de Saint-Nazaire occupait le château de Saint-Marc. Ce dernier appartenait à l'industriel Gaston Thubé, médaille d'or en 6 m JI avec ses frères Jacques et Amédée aux jeux olympiques de Stockholm en 1912. L'occupant avait édifié non loin l'important centre opérationnel de la Flakturm NZ 304, surmonté d'une tour. Une garnison de marins allemands occupait à proximité les installations du fort de l'Eve réquisitionnées en juillet 1940 par la Kriegsmarine au profit de la Marine-Artillerie-Abteilung (MAA) 280 commandée par le Korvettenkapitän Hans Luther.*

*Quelques années plus tard, la mise à l'eau de* Kurun, *au Croisic le 26 février 1948 exorcisera le mauvais sort. Jacques-Yves brisera sur l'étrave la bouteille remplie d'eau de mer puisée à l'endroit même où* Tonnerre *se disloqua. Quatre ans, trois mois et vingt-neuf jours (soit 1582 jours), se seront écoulés entre le jeudi 28 octobre 1943, date de la mise à l'eau de* Tonnerre, *et le jeudi 26 février 1948, échéance de la mise à l'eau de* Kurun.

Tonnerre, Kurun *(en Breton), deux noms de bateaux attachés à la même symbolique, la force de la nature exprimée de façon métaphorique par la déflagration sonore de l'orage. Dans de nombreuses mythologies, le tonnerre exprime la voix divine. Taranis – divinité majeure du panthéon celtique – constitue la version occidentale du Jupiter romain, du Zeus grec ou du Thor germanique.*

**Vendredi 2 juillet 1920**

Dans une chambre du premier étage de la clinique du Docteur Govin – 46 rue du Docteur Blanche dans le XVIe arrondissement de Paris – Jacques-Yves Le Toumelin vient au monde le 2 juillet 1920, à 15 heures. L'établissement est proche de la Porte d'Auteuil. Deux ans plus tôt, le 6 août 1918, il a été frappé par un obus tiré par le canon la Grosse Bertha.

La déclaration de la naissance de l'enfant à la Mairie du XVIe arrondissement, 71 avenue Henri Martin, est effectuée par son père Victor Le Toumelin, le 4 juillet 1920 à 12 heures. Le beau-père de ce dernier, Louis Daniel, et sa belle-sœur Renée servent de témoins. L'acte d'état-civil fait mention de la rue de la Tour comme domicile des parents et de la qualité de Lieutenant de vaisseau de 1re classe de réserve de Victor.

La famille Le Toumelin habite non loin de la mairie un bel immeuble haussmannien au 83 rue de la Tour. Il constitue le premier bâtiment sur la gauche de la Villa Guibert. L'entrée se trouve au n° 2 de cette allée privée.

Victor a 33 ans, Yvonne en a 28. Où se sont-ils rencontrés et quand? À Cherbourg, à l'hôtel de l'Amirauté tenu par Louis et Jeanne Daniel, les grands-parents maternels de l'enfant, en 1914. Victor et Yvonne se sont mariés cinq ans plus tôt dans cette ville, pendant la guerre, le 24 août 1915. Capitaine au long cours, Victor a rejoint la marine nationale comme officier de réserve au début du conflit. L'année de son mariage, il exerce son premier commandement dans la marine nationale à bord du *Lorientais*, un chalutier transformé en dragueur de mines.

Comme dans d'autres ports de la Manche et de l'Atlantique, le bateau de pêche a été réquisitionné puis armé pour effectuer des missions de protection aux abords des ports, ainsi que des navigations plus éloignées des côtes pour repérer et attaquer les sous-marins allemands. Victor s'est préparé au commandement pendant des années de formation effectuées sur des navires civils puis militaires. Il commandera quelques mois plus tard le chalutier *Les Baleines* pour des missions similaires.

La guerre ne permet pas au jeune couple de partager la vie de famille qu'il ambitionne. L'enseigne de vaisseau Le Toumelin connaît l'année suivante une affectation plus lointaine, sur l'autre rive de la Méditerranée. Muté à Alger en 1916, comme officier en second du chalutier *La Rosita*, il sera affecté à la huitième escadrille de patrouille de la première armée navale.

Quelques semaines après l'heureux évènement de la naissance de son fils, Victor apprend sa promotion au rang de lieutenant de vaisseau de réserve le 27 juillet 1920. La naissance de leur enfant procure à Victor et Yvonne une joie considérable. Ils ont en effet été affectés par le deuil douloureux – moins de deux ans plus tôt – d'un précédent fils, décédé peu après sa naissance. Ce dernier, Jacques-Yves Marie Yahn Le Toumelin, né le 24 août 1918 à Noirmoutier, meurt trois semaines plus tard, le 15 septembre 1918 à Paris. Deux ans plus tard, le nouveau-né reçoit le même prénom que son aîné tôt disparu. Jacques-Yves a-t-il supporté le poids du souvenir de ce frère défunt? Lui a-t-il fallu vivre avec ce souvenir?

**Villa Guibert**

C'est donc à Paris que s'écoule l'enfance de Jacques-Yves. La guerre finie, les années 1920 ne commencent pas de la façon la plus facile pour ses parents. Victor, démobilisé, retrouve la vie civile dans le climat difficile marqué, pour les carrières des officiers de la marine marchande, par la raréfaction des embarquements en raison de l'importante réduction du nombre de paquebots et de cargos en état de naviguer du fait de la guerre. Il lui faut trouver un emploi. Ses compétences maritimes et sa volonté d'assumer une vie de famille le conduisent à rechercher une activité associant ces deux centres d'intérêt. Il devient donc expert maritime.

Quelques années plus tard la famille s'agrandit le 27 juillet 1923 avec la naissance, également à Paris, de sa sœur Yahne Marie Solange. Passy forme le décor de la prime enfance de Jacques-Yves. Le quartier est calme, aisé voire fortuné. Les relations entre voisins sont courtoises, empreintes de bonne éducation.

Chéris par leurs parents, le frère et la sœur partagent très tôt une connivence et la même attirance pour le Croisic, lieu solaire de leurs vacances. Les grands-parents maternels de l'enfant, Louis Daniel et son épouse Jeanne gèrent à pareille époque l'hôtel Masson, au Croisic. Louis Auguste Pierre est né à Dinan le 9 février 1859. Fils de Pierre Jacques Julien Daniel et d'Augustine Dubois, il épouse à 36 ans Jeanne Léonie Mignotte, le 21 décembre 1895. Il décédera le 13 juin 1929 à son domicile du Croisic à l'âge de 70 ans.

Ainsi s'explique l'attachement de Jacques-Yves pour la presqu'île croisicaise. Fuyant Paris dès les beaux jours, la famille s'échappe pour les vacances scolaires. Elle prend ses quartiers d'été Place Boston, devant la Criée du Croisic. L'hôtel Masson a belle allure. Construit en 1909, il s'inscrit dans la perspective des façades du quai de la Grande Chambre.

Au rez-de-chaussée, la terrasse abritée du soleil par un store accueille une dizaine de tables et de nombreuses chaises. Aux beaux jours, les Croisicais et les visiteurs de passage aiment à s'y montrer. Adresse réputée, l'hôtel est le plus bel établissement du Croisic. Bâti sur quatre niveaux, le rez-de-chaussée est celui de la réception et du restaurant, avec ses baies vitrées en arrondi, encadrant la porte. Le premier et deuxième étage accueillent les plus belles chambres, offrant à leurs hôtes une perspective éblouissante sur le Traict. Le troisième et dernier étage propose d'autres chambres, plus modestes, dont les fenêtres en chiens-assis se détachent sur la toiture.

Au Croisic, l'enfant découvre la mer, le sable blond des plages, la lumière si particulière du soleil qui se reflète à l'infini sur l'étendue du Traict. Pour s'y rendre, la famille prend le train. Après un dernier changement pour emprunter la ligne de Saint-Nazaire au Croisic, la locomotive parvient à la gare ouverte en 1879. L'ultime tronçon ferré consacre pour l'enfant la progression vers la félicité : Pornichet, La Baule Les Pins, La Baule Escoublac, Le Pouliguen, Batz-sur-Mer, et Le Croisic enfin. Par vent d'ouest, l'on sent déjà l'odeur de la mer.

Parvenue à la gare du Croisic, la famille longe le Mont-Esprit, puis l'extrémité sud du port, la Chambre des Vases et le Quai de la Petite Chambre. Une fois passée la poste, l'hôtel Masson est tout proche. Il a été créé en 1840 par le maître d'hôtel Baptiste Guilloré.

Comme l'évoque André Bligné dans l'article qu'il consacre en 2010 à son ami, après la mort de ce dernier : « *La famille Le Toumelin logeait à l'hôtel Masson donnant sur le quai et géré d'une main ferme par la grand-mère des enfants, Madame Daniel. Dans ces années 1920, l'hôtel Masson jouissait d'une grande renommée tant par sa situation sur le port face à la criée que par sa table gastronomique. La tante des enfants, la belle et sculpturale Réda, accueille sur les marches de l'hôtel les touristes et de nombreuses célébrités de la vie parisienne et du cinéma* ».

Sur le port Jacques-Yves retrouve lors de chaque séjour le spectacle animé des bateaux de pêche, ceux du Croisic, mais aussi du Guilvinec, venus du Finistère pour la saison de la sardine. Il observe avec son père leur retour de pêche, mais surtout leur envol quand ils déploient leurs voiles. Cotres avec ou sans tapecul, ces bateaux de travail sont élégants sous leurs voiles à cornes – parfois surmontées d'un flèche – leur foc et leur trinquette.

Les vacances sont l'occasion des retrouvailles avec André (Bligné), l'ami des bons et des mauvais moments, mais également Jean Quilgars. André rappelle que « *Le Port-Lin où Madame Le Toumelin conduisait Jacques-Yves avec Yahne, sa sœur de trois ans sa cadette, présentait un microcosme de l'univers marin pour les jeunes enfants s'émerveillant des petites crevettes et des minuscules poissons frétillants dans les trous d'eau.* »

Chaque retour est l'objet d'un même rituel. L'indispensable tour de côte à bicyclette permet la réappropriation de l'espace. La route actuelle n'existe pas encore. Le chemin de douanier longe la côte, impraticable aux voitures. L'itinéraire offre, surtout, l'aperçu immense sur la perspective ouverte du large. Le bruissement de la mer, le souffle du vent s'unissent dans une même respiration. Au loin, le phare du Four –

comme un doigt dressé – indique la direction des îles du Morbihan.

Par opposition au paysage de la côte sauvage, une autre vision – moins âpre – s'offre au regard depuis l'hôtel Masson. L'étendue du Traict, par-delà la Criée, révèle – derrière le miroitement de l'eau à marée haute, ou du sable blond à marée basse – la perspective de Pradel, de Kerignon, des Maisons Brûlées. Plus loin encore les hauteurs de Guérande ferment l'horizon, sous la flèche de la collégiale Saint-Aubin.

Entre le premier et l'arrière-plan se devinent les limites extrêmes des marais salants, la Reale, puis la pointe de Sinabat. Un peu plus à l'ouest, la presqu'île de Sissable sépare les deux traicts du Croisic, le Petit Traict qui longe Pen Bron, et le Grand Traict qui baigne les quais du Croisic.

Passionné par son métier d'officier de Marine, Victor Le Toumelin éveille tôt son fils à la réalité de la mer. Il lui raconte notamment ses propres traversées. Avec fierté, Jacques-Yves apprend que son père a franchi le cap Horn à la voile.

Pour rendre les choses encore plus concrètes et tangibles, Victor offre à son fils un canoë favorisant son émancipation marine après qu'il lui a inculqué les rudiments de navigation nécessaires. Accompagnés d'André, qui possède un petit canot à clins, les deux enfants s'aventurent plus avant dans le Traict, jusqu'à aborder au rivage de Sissable. Leurs explorations font s'envoler oiseaux de mer et échassiers. Les laisses de sable, révélées par la marée descendante, ont des allures d'île déserte propices à des explorations sans fin.

Pris au jeu de cet apprentissage, Victor Le Toumelin étend les possibilités de navigation de son fils en dotant son canoë d'une voile. Il en dessine lui-même la découpe carrée et la fait réaliser par le voilier Marquet, rue du Pilori. Dès cet instant, les navigations se font plus aventureuses, atteignant les extrémités reculées du Traict.

Victor accompagne parfois son fils, de même que Yahne, la sœur de Jacques-Yves. Dans ses souvenirs, André Bligné évoque la patience et les qualités de pédagogue de l'officier de Marine qui leur inculque les rudiments de la voile mais aussi la connaissance des marées, de la mer et du vent. Il leur apprend l'art complexe de la godille.

À son contact, le jeune garçon apprend le matelotage : nœud de chaise, nœud de lagui, nœud de cabestan, nœud de jambe de chien. En grandissant, l'espace de liberté des enfants s'élargit. Lorsque le temps le permet, les deux enfants franchissent le chenal pour, par-delà la jetée du Tréhic, s'aventurer dans la baie de la Turballe.

André donne à son canot – équipé d'une voile au tiers – le nom de *Reder Noz*, qui signifie « vagabond » ou « maraudeur » en breton. À le lire l'on ressent le caractère jubilatoire de ces escapades dans la liberté laissée aux enfants.

### Saint-Louis-de-Gonzague

À Paris, les parents de Jacques-Yves l'inscrivent dès le début de sa scolarité au collège Saint-Louis de Gonzague. D'excellente réputation, il est tenu par les Jésuites. Pour se rendre au Petit collège, qui accueille les plus jeunes élèves, il suffit à l'enfant d'emprunter avec sa mère la rue de la Tour pendant 200 mètres, puis de tourner à gauche, rue Louis David. Cette proximité scolaire confortable ne se dément pas par la suite puisque l'établissement secondaire qu'il fréquentera ensuite n'est guère plus loin, au 12 de la rue Benjamin Franklin.

Familièrement dénommé Franklin en raison de sa localisation, Saint-Louis de Gonzague a été fondé le 28 septembre 1894. De ce diminutif résulte le surnom de Franklinois attribué aux élèves. L'établissement est divisé en deux parties, le Petit collège, rue David, accueille les plus jeunes, le Moyen et le Grand collège reçoivent les grandes classes, rue Franklin.

Discipline, autorité, excellence: ces trois termes qualifient l'environnement scolaire du jeune Jacques-Yves, dans le respect des règles et l'obéissance. L'émulation entre les élèves est érigée en principe. Le nombre d'élèves par classe décroît en fonction des niveaux, signifiant de manière tacite le discret départ des élèves les moins bien notés.

### L'affaire de la rue Feydeau

En 1935 Jacques-Yves fait pour la première fois parler de lui dans les journaux. Et pas vraiment pour un exploit nautique... Pour comprendre le contexte de l'époque, il faut se rappeler que cette année s'est ouverte sur les accords de Rome signés le 7 janvier entre Pierre Laval et Mussolini. La France abandonne à l'Italie les territoires du sud de la Libye et de la Somalie en contrepartie de la renonciation par les Italiens au statut privilégié accordé à leurs ressortissants en Tunisie.

En violation du traité de Versailles, le chancelier Adolf Hitler déclare le 16 mars la souveraineté de l'Allemagne en matière de défense, rétablissant le service militaire obligatoire. Le 14 avril, l'Italie, la France et le Royaume-Uni expriment lors de la conférence de Stresa leur désapprobation à l'égard du rétablissement de la conscription en Allemagne. Autre entorse, le 18 juin, les Britanniques signent sans concertation avec leurs alliés le traité naval permettant au Troisième Reich de reconstituer sa flotte de guerre. Cette disposition affaiblit encore davantage la portée de la conférence. La France proteste de façon véhémente.

Dans ce climat éclate en avril l'affaire de la rue Feydeau impliquant les Croix-de-Feu. Victor le Toumelin, le père de Jacques-Yves, membre de la section du 16e arrondissement est directement impliqué. Catholique et républicain, il compte au nombre des officiers de Marine qui se sont dépensés sans compter pendant la guerre et que l'issue du conflit laisse sans ressources, dans l'obligation de trouver un emploi à terre pour subvenir aux besoins de leurs familles. Victor constate également, le cœur blessé, les confrontations qui se font jour dans un climat politique exacerbé entre la droite et la gauche, dans les mois qui précèdent le Front populaire.

Pour mémoire, depuis la fin de l'année 1933, le climat social s'est fortement détérioré en France en raison de la crise économique majeure. S'y ajoute le scandale de l'affaire Staviski en janvier 1934 qui provoque une réaction antiparlementaire et xénophobe. Le 6 février 1934, anciens combattants et ligues d'extrême droite manifestent, réclamant la démission de Daladier. Lourd bilan, l'émeute se solde par 15 morts et plus de 600 blessés.

Le mouvement des Croix-de-Feu auquel adhère Victor naît le 11 novembre 1927 du regroupement d'anciens combattants français. Maurice d'Hartoy (de son vrai nom Maurice-Lucien Hanot) les rassemble le 26 novembre dans ce qui est d'abord l'« Association des membres de la Légion d'honneur décorés au péril de leur vie ». Elle fédère des combattants français de 1914-1918 distingués pour leur bravoure. Leur décoration « gagnée au feu » est à l'origine de la dénomination Croix-de-Feu.

Le mouvement perpétue l'esprit de fraternité et de solidarité qui s'est manifesté dans les tranchées et s'est dissous une fois la paix civile revenue. Dans *La droite en France*, l'historien René Rémond souligne l'intention du mouvement de « *rassembler le meilleur des anciens combattants, dans le souvenir et la camaraderie, de former une chevalerie du courage militaire, de jeter les fondements d'une sorte de nouvelle Légion d'honneur* ». Loin d'être l'expression d'un certain fascisme dénoncé par les partis de gauche, le mouvement reflète davantage l'attachement à un idéal consistant à éviter les excès et à se modérer en toutes circonstances.

Dès 1928, l'association compte près de 500 membres. Ses actions se résument en réunions patriotiques, en défilés du souvenir lors des cérémonies à l'Arc de Triomphe, ainsi qu'en pèlerinages mémoriels sur les principaux champs de bataille. Obligé de céder la présidence à la fin de 1929 au capitaine Maurice Genay, Maurice d'Hartoy se retire. Sur la recommandation des maréchaux Foch, Fayolle et Lyautey, François de La Rocque prend alors la direction de l'association avant d'en assumer la présidence en 1931. Saint-Cyrien, fils de général marié à Édith Marie-Louise Allotte de la Füye, cet aristocrate chrétien participe à la mission militaire du Maréchal Foch en Pologne en 1921, puis à la guerre du Rif (il fait connaissance à cette occasion du missionnaire Charles de Foucauld).

D'amicale du souvenir, les Croix-de-Feu deviennent un mouvement politique, exprimant une idéologie sociale et patriotique antiallemande. Le mouvement s'oppose aux manifestations d'extrême gauche comme d'extrême droite qui troublent fréquemment les défilés. Par patriotisme, il rejette également l'internationalisation du parti communiste.

Les Croix-de-Feu se démarquent par leur devise « Social d'abord » du précepte « Politique d'abord » revendiqué par l'action française. Dès 1932, ils refusent de s'associer à l'Action française et aux Jeunesses patriotes qui s'insurgent contre le règlement de la dette contractée auprès des États-Unis.

### Début de l'histoire

Au lendemain de la scission du congrès de Tours, la Fédération de la Seine du Parti socialiste, domiciliée 45 rue de Saintonge, puis au 49 rue de Bretagne est accueillie provisoirement par Le Populaire, journal socialiste du matin, au 12 rue Feydeau, dans le deuxième arrondissement. *Le Populaire* est le quotidien socialiste dont Léon Blum est l'un des directeurs politiques.

Dans son ouvrage consacré aux Croix-de-Feu, Albert Kéchichian résume en termes lapidaires l'affaire dite de la rue Feydeau : « *Dans la journée du 7 avril, un cambriolage y est perpétré par quelques collégiens, membre des Chasseurs du Roi, groupement dissident de l'AF (Action Française) ; des tracts et le drapeau des Jeunesses socialistes sont emportés comme trophées.* »

« *Un adolescent de 14 ans, fils du Briscard Victor Le Toumelin, est mêlé aux préparatifs de l'opération et achète un revolver qu'un de ses compagnons d'équipée affirme avoir subtilisé rue Feydeau. Les rumeurs circulent, au point que le Croix-de-Feu Jacques Colledeboeuf, fils du maire du 16*e *arrondissement, en informe la police, en vain. Puis Varin, responsable des « dispos », lui recommande :* « Surtout, ne fais rien ». *Mais dans la nuit du 14 au 15 avril, neuf Croix-de-Feu et Volontaires Nationaux (VN) autour de Jacques Colledebœuf, se retrouvent dans une brasserie de la rue La Fontaine, après leur réunion ordinaire de section.* »

« *Les cœurs s'enflamment à la perspective d'aller perquisitionner les locaux de la fédération SFIO pour y dénicher des tracts antimilitaristes, voire des armes… Décision est prise de se lancer dans cette frasque rocambolesque. Jean-Louis Allier et Jean-Paul Besson entrent dans les locaux de la fédération SFIO, pendant que leurs compagnons attendent aux alentours. En tout, cinq VN sont arrêtés, puis libérés à la suite d'une requête de La Rocque au garde des Sceaux. Finalement, ils ont tous étés acquittés par le Tribunal correctionnel, jugement confirmé par la cour d'appel.* »

À la suite de cet évènement, une intense campagne de presse se déclenche. La Rocque argue d'une provocation ourdie par les Faucons rouges, jeunes de la SFIO. Il dépose plainte avec constitution de partie civile pour association de malfaiteurs « *dans le but de nous causer un préjudice moral et matériel, dans le but d'attirer quelques-uns de nos Croix-de-Feu sur les lieux et par cela même tenter de compromettre notre association tout entière* ».

Dans sa tentative de désamorcer le scandale, le chef des Croix-de-Feu profite de l'occasion pour interdire toute action spontanée au sein de l'association qui viendrait enfreindre les règles de prudence et de circonspection. Jacques Colledebœuf et les membres impliqués sont suspendus. La Rocque exhorta ses hommes à éviter les provocations comme à se retenir en cas de rixe. Il menace de radiation les membres qui acquerraient des armes de façon illicite.

Reprenons l'histoire. Le dimanche 7 avril 1935 donc, quelques collégiens s'introduisent dans les locaux de la SFIO, 12 rue Feydeau et emportent des tracts et un drapeau. À la suite de cet épisode, Jacque-Yves Le Toumelin achète à l'un de ses camarades un revolver subtilisé lors de l'effraction.

Découvrant l'arme possédée par son fils et s'étonnant de sa provenance, Victor Le Toumelin s'en entretient avec ses compagnons de la section du 16e arrondissement, en présence de Jacques Colledebœuf. Ce dernier, fils du maire du 16e arrondissement, s'ouvre de son intention de remonter aux sources de l'information en dépit du conseil de Maurice Varin d'éviter toute action inconsidérée.

Dans la nuit du dimanche 14 au lundi 15 avril 1935, neuf Croix de Feu et Volontaires Nationaux se retrouvent dans les locaux précédemment visités pour vérifier la véracité des informations qui leur ont été rapportées. Lors de cette perquisition illégale, deux d'entre eux – Jean Besson et Jean Allier – sont arrêtés par des policiers intrigués de voir ouverte la porte des locaux de la fédération socialiste. Après leur arrestation, les deux hommes déclarent que les renseignements sur le dépôt d'armes soupçonné au siège de la fédération du parti socialiste de la Seine leur ont été communiqués par Victor Le Toumelin.

La presse et l'opinion dès lors s'emballent et se passionnent pour ce fait divers. Sous la signature de Paul Faure, *Le Populaire*, organe de la SFIO, titre le mercredi 17 avril : *« Les Croix de Feu ont exécuté un raid contre les locaux de la Fédération socialiste de la Seine »*. Le lendemain, le journal revient dans ses colonnes sur le raid nocturne. Le 23 avril, le journal persifle « *Le colonel de la Roque s'enlise chaque jour un peu plus* ». Le mercredi 24 avril, toujours en « Une », il claironne *« Jacques Colledebœuf et Jean-Antoine Drouet d'Erlon, Croix-de-Feu et cambrioleurs, ont été, à leur tour, écroués à la Santé »*.

Pendant ce temps, le commissaire divisionnaire Guillaume recueille les renseignements nécessaires à la justice et transmet au juge d'instruction Roussel deux témoignages. Le premier émane du brigadier-chef Philippon, en poste au commissariat du 16e arrondissement. Il déclare avoir reçu le samedi 13 avril à 23 h 15, soit la veille de l'effraction, la visite de deux hommes – ils s'avèreront plus tard être Jacques Colledebœuf et Jean-Antoine Drouet d'Erlon – venus lui signaler la présence d'un dépôt d'armes dans un immeuble qu'ils ne veulent pas désigner de façon explicite. Ils lui demandent de façon sibylline ce que la police pourrait faire en de telles circonstances.

De façon parallèle, le brigadier Guillaume Petit, en poste au commissariat du deuxième arrondissement, reçoit ces mêmes personnes qui réitèrent leur déclaration sans vouloir, une fois de plus, identifier l'immeuble incriminé. Le commissaire de police, consulté, précise à Jacques Colledebœuf que s'il apporte des précisions utiles sur l'endroit concerné un juge d'instruction ne manquera pas d'être saisi et ordonnera vraisemblablement la perquisition des lieux. Jacques Colledeboeuf se retire alors, précisant à son interlocuteur qu'il préfère rapporter lui-même les faits à la direction de la police judiciaire.

Le juge Roussel convoque puis inculpe dans un premier temps Jacques Colledebœuf et Jean-Antoine Drouet d'Erlon. Il recueille également les témoignages des commissaires de police Garnier et Salvanet qui confirment les témoignages des gardiens de la paix Philippon et Petit, ainsi que les propos qui leur ont été rapportés par Jacques Colledebœuf.

Intrigués, les médias s'interrogent sur l'identité d'un troisième homme, portant moustache, qu'ils qualifient de mystérieux « homme brun ». Cet inconnu mystérieux n'a pas encore été retrouvé ni convoqué par le juge. Le jeudi 25 avril, *Le Populaire* lève enfin le voile en déclarant : *« Il semble que l'ex-capitaine Toumelin, expert maritime près la cour d'appel, a joué dans le cambriolage le rôle principal »*. Le journaliste laisse entendre qu'il se cache en province mais qu'il pourrait être interrogé et écroué.

Informé des recherches effectuées à son endroit, Victor entend ne pas se dérober. Il souhaite s'expliquer avant son arrestation imminente dès son arrivée à Paris. Il effectue pour cette raison une déclaration préalable au journal *Le Matin*, expliquant que, sous la désignation d'*« homme brun »*, il est devenu à son corps défendant le centre d'une affaire énigmatique dont la vérité est pourtant bien simple. Étonné d'apprendre par son fils le curieux trafic de vente de revolvers auquel se livrent de jeunes garçons de Passy qui distribuent des tracts il avait cherché par curiosité à identifier le lieu d'approvisionnement. Ce dernier s'est révélé être le siège de la Fédération socialiste de la Seine, 12 rue Feydeau.

Initialement engagés pour distribuer des tracts sur la voie publique, ces jeunes garçons découvrent, en s'approvisionnant en imprimés, des revolvers entreposés dans une caisse. Revenus sur les lieux après la fermeture des bureaux, ils subtilisent plusieurs armes pour les revendre à la sortie des classes.

Victor Le Toumelin croit donc de son devoir de prévenir les responsables des Croix-de-Feu de la 16e section à laquelle il appartient. À la suite de son témoignage, Jacques Colledebœuf et Jean-Antoine Drouet d'Erlon prennent d'eux-mêmes l'initiative de se rendre dans les commissariats précités. Un peu plus tard, lors de la réunion périodique de la section, dans un café de la rue Saint-Didier, Victor remarque de façon fortuite la présence de certains des jeunes garçons impliqués dans le trafic. Il se résout alors à les suivre en compagnie de plusieurs de ses camarades. Parvenu rue Feydeau, le groupe n'a pas pénétré dans l'immeuble, se bornant à attendre la sortie des garçons incriminés dans le but de les immobiliser. Fin de l'histoire.

Rentré le 24 avril du Croisic, Victor Le Toumelin est appréhendé par deux inspecteurs dès son arrivée gare Montparnasse et conduit séance tenante chez le Commissaire divisionnaire Guillaume. L'interrogatoire, commencé à minuit, s'achève à 2h45 du matin. Au matin du jeudi 25 avril, Victor est conduit devant le juge d'instruction. Après avoir procédé à la vérification de son identité, ce dernier l'inculpe de vol, tentative de vol et de complicité. Il est immédiatement placé sous mandat de dépôt et interné à la prison de la Santé. Refusant par honneur de communiquer le nom des différents membres de l'expédition, Victor déclare que ce groupe comprenait une quinzaine d'individus environ, tous membres des Croix-de-Feu. En réponse aux questions du juge, Victor reprend de façon quasi littérale les propos communiqués au journal *Le Matin*.

Le vendredi 26 avril, l'affaire prend un tour plus politique. Le juge d'instruction convoque le colonel de La Rocque, en sa qualité de président des Croix-de-Feu. Ce dernier l'informe séance tenante de son intention de porter plainte avec constitution de partie civile. Il dénonce l'acharnement consistant à poursuivre des comparses ou des « *Braves* » (sic) entraînés par surprise. Il recommande à l'autorité judiciaire de porter plutôt son effort sur l'identification des instigateurs du « cambriolage truqué », tous étrangers à son mouvement.

Pour leur défense, Jacques Colledebœuf et Jean-Antoine Drouet d'Erlon argumentent d'avoir voulu se rendre compte, sur place, de la réalité effective du dépôt d'armes qui leur avait été signalé rue Feydeau, et qu'ils ont dénoncé aux commissariats du 2e et du 16e arrondissement. Devant l'absence de réaction de la police, ils ont décidé d'intervenir eux-mêmes.

Entendu le samedi 3 mai 1935 par le juge Rousset, Jacques-Yves le Toumelin confirme les dires de son père, l'expédition menée par les jeunes garçons le dimanche 7 avril et l'obtention huit jours plus tard du revolver qui lui fut remis pas l'un des voleurs. Après l'emphase qui s'est emparée de la presse, l'affaire de la rue Feydeau se dégonfle aussi vite. La relaxation des protagonistes témoigne de la volonté des magistrats d'apaiser l'affaire pour la réduire à ses justes proportions, en raison notamment des états de service irréprochables de Victor le Toumelin pendant la guerre.

**Saint-Nazaire**

L'épisode vaut à Jacques-Yves Le Toumelin d'être renvoyé de Franklin. À la suite de « l'affaire », ses parents décident de l'éloigner de Paris et de l'inscrire au collège Saint-Louis de Saint-Nazaire. Jacques-Yves souffre de cette séparation d'avec ses parents, en raison du lien fusionnel qu'il a avec sa mère et avec son père. La proximité du Croisic, où il retrouve sa famille aux vacances, contribue à atténuer toutefois sa peine.

Le collège Saint-Louis a été créé Boulevard de l'Océan (aujourd'hui Boulevard Albert 1er) à Saint-Nazaire à l'initiative de Monseigneur Eugène Louis Marie Le Fer de la Motte, évêque de Nantes. Désireux d'ouvrir un collège catholique à Saint-Nazaire et à la recherche du bâtiment qui se prêterait à cette destination, il est informé de la possibilité d'acquérir l'ancien casino dit « des Mille Colonnes ». De style néoclassique, ce bâtiment a été installé en 1895, après avoir succédé à l'endroit qu'il occupe au premier établissement de bains de la ville, les Bains Jaguin.

Après l'acquisition des lieux en 1922, l'ancienne salle de théâtre est transformée en chapelle. Des extensions sont construites pour accueillir les classes. Depuis 1931, l'établissement reçoit des élèves du secondaire jusqu'au baccalauréat.

Lorsque Jacques-Yves rejoint l'école, en septembre 1935, les bâtiments de l'ancien casino constituent encore la caractéristique architecturale la plus significative du collège. Deux ailes dotées d'un étage encadrent le bâtiment central surmonté d'une galerie à arcades. L'arche du milieu constitue l'entrée principale, dans l'axe de l'allée menant au portail donnant sur le boulevard. De part et d'autre, des grilles délimitent l'enclos de l'établissement. Le bâtiment a vue directe sur l'embouchure de la Loire et le chenal d'accès au port.

Une nouvelle aile, le bâtiment Atlantique complète l'édifice depuis l'année précédente. Les archives du collège Saint-Louis n'ont pas survécu à la guerre aussi n'a-t-il pas été possible de retrouver les traces de la scolarité de Jacques-Yves. Le 10 août 1940, *Ouest-Éclair* mentionne toutefois, dans la rubrique « Les baccalauréats », l'admissibilité de Monsieur Le Toumelin au baccalauréat, série mathématique, au centre de Saint-Nazaire.

## Chapitre 2 : Victor Le Toumelin, un père attentionné

*« Quand j'étais jeune et fier et que j'ouvrais mes ailes,*
*Les ailes de mon âme à tous les vents des mers,*
*Les voiles emportaient ma pensée avec elles,*
*Et mes rêves flottaient sur tous les flots amers. »*
Alphonse de Lamartine, *Les Voiles.*

***Décembre 2019***

*13 décembre, 09 h 00 : Un vent frais et humide règne sur Vincennes. La température n'excède pas 8 °C. Au sortir du métro, le château dresse sa perspective imposante dessinée au fil des siècles par Philippe Auguste, Saint-Louis et Charles V. Les témoignages de l'Histoire gardent intact leur pouvoir émotionnel et de suggestion.*

*Quelques pas suffisent pour gagner la tour du Village qui donne accès à l'esplanade intérieure. Celle-ci-franchie, sur la droite le donjon surplombe de ses 50 mètres de hauteur et de ses six étages la vaste cour intérieure. Un peu plus loin sur la gauche, la Sainte Chapelle dresse sa silhouette gracile, dessinée en 1379 par Raymond du Temple. Le parallélogramme rectangulaire de l'enceinte fortifiée garde son allure prestigieuse même si les tours qui défendaient ses abords – dont une gravure de Mathaüs Merian de 1650 garde le souvenir – furent supprimées par Napoléon. L'allée centrale mène, par-delà l'enceinte qui les protège au Pavillon du Roi, symétrique du Pavillon de la Reine, de l'autre côté de la cour.*

*Le Pavillon du Roi, dessiné par Le Vau, accueille le service historique de la Défense. Il faut gagner l'étage pour accéder – après présentation d'un badge – à la salle de lecture Louis XIV, imposante par ses proportions et le silence feutré qui y règne. Les boîtes d'archives, réservées sur Internet, sont disponibles. Instant d'émotion au moment d'accéder aux traces de l'activité militaire de Victor Le Toumelin.*

*États de service, affectations, notations, autant de documents qui révèlent des écritures manuscrites diverses. Ces calligraphies expriment le tempérament de ceux qui les rédigèrent. Ils eurent à connaître Victor, en différents lieux et dans différents contextes. La chronologie des pièces disparates reconstitue dans son entrelac, le fil de l'existence et de l'engagement d'un homme courageux dans le contexte de la première guerre et de l'entre-deux-guerres. À travers eux se révèle une personnalité, méritante, fière et engagée. Plus émouvant encore, plusieurs photos révèlent son visage à différents moments de sa carrière. Si les traits sont reconnaissables, l'usure du temps et des contraintes du service à la mer pendant la Première Guerre mondiale témoignent des épreuves rencontrées.*

**Jeudi 28 octobre 1886**

Mais qui est donc Victor Marie Le Toumelin, le père de Jacques-Yves, personnage majeur dans l'éveil de son fils à la mer? Il naît le 28 octobre 1886 à Sarzeau, dans le Morbihan, au cœur de la presqu'île de Rhuys, cette péninsule qui sépare le golfe du Morbihan de l'Atlantique. Depuis le clocher de l'église Saint-Saturnin, la vue dévoile – par-delà la silhouette du château de Kerlévénan et la pointe du Duer – la perspective des îles de la « petite mer », l'île aux Moines sur la gauche, l'île d'Arz à 6 kilomètres et, par-delà Séné. Les confins de Vannes, au nord, ne sont qu'à 11 kilomètres à vol d'oiseau. Au sud, la perspective diffère. À quelques kilomètres à peine s'ouvre l'éblouissement de la « grande mer » qu'ici l'on nomme Mor Braz. Pour les Morbihannais, ce terme évoque le panorama marin borné par Quiberon, Belle-Île, Houat et Hoëdic, ainsi que par l'île Dumet à l'est, l'estuaire de la Vilaine et les plages de la Loire-Atlantique.

Du haut du clocher de Saint-Saturnin, l'on distingue à quelques kilomètres au sud-est les remparts du château de Suscinio. Protégé par des marais qui le séparent de la mer, il domine la vaste grève qui, de Beg Lann à Penvins, s'ouvre en arc de cercle. Sur une dizaine de kilomètres les plages se succèdent, Suscinio, Le Roaliguen, Kerfontaine, Saint-Jacques. Puis la côte devient rocheuse et s'élève par marches progressives vers Saint-Gildas-de-Rhuys, révélant d'autres plages, Kercambre, Port Maria, les Govelins, après la pointe du Grand Mont. Près de l'ancien sémaphore, en haut de la falaise, la vue porte loin, révélant, sur le fond de Belle-Île-en-Mer, les silhouettes d'Houat à 9 milles et de Hoëdic à 11.

Voici donc le décor marin que découvre Victor Le Toumelin, pendant son enfance. Fils d'un autre Victor, prénommé comme lui, son père est âgé de 36 ans à sa naissance. Commis principal des impôts, il a vu le jour à Vannes le 6 avril 1850. Il y a épousé Angèle Marie Cadoret. Son propre père était commis principal des contributions indirectes.

À Sarzeau comme à Vannes, ville des racines familiales, Victor éprouve sa première attirance pour la mer. On lui rapporte le souvenir d'un aïeul, Julien Le Fol, dont la profession était de construire des bateaux sur le port. La construction navale est en effet, depuis le XVe siècle, l'une des activités majeures du golfe du Morbihan sous l'Ancien régime. Elle concerne la fabrication de navires de petite taille, aptes au cabotage. Les chasse-marées en représentent la proportion la plus importante.

Mais revenons à Victor. Son enfance s'écoule à Sarzeau, dans ce microcosme particulier qui sépare la mer fermée de la mer ouverte. Ce qui n'est pas encore le Parc naturel régional du Golfe du Morbihan est déjà ce territoire exceptionnel où la mer s'insinue dans chaque anfractuosité du littoral. La douceur du climat, la lumière qui baigne les perspectives concourent à en faire l'un des plus beaux paysages bretons.

Les chemins côtiers révèlent des étangs où se cachent les oiseaux migrateurs. De la Pointe du Ruaud, à proximité de Bénance, sur le golfe, le panorama dévoile à l'est l'île aux Oiseaux, Trohennec, Pladic, Bailleron, l'île Tascon. Plein nord, droit devant – mais derrière Godec, Ilur et Iluric – l'île d'Arz ferme l'horizon, dissimulant l'accès, par Roguédas et Conleau, au port de Vannes. À l'ouest, Stibiden se confond avec la pointe de l'Ours. Brannec se détache devant l'extrémité de l'île aux Moines – la plus grande du Golfe – dont saillent la pointe du Guip de même que, plus loin, celle de Brouel.

Bon élève, Victor fréquente l'école primaire de Sarzeau. Pour un meilleur encadrement scolaire, ses parents se résolvent, à son passage dans le secondaire, à l'inscrire comme pensionnaire au collège de Mirville, à La-Roche-sur-Yon, pendant six ans. L'établissement scolaire est installé dans les locaux de l'ancien séminaire, tenu par les frères des Écoles chrétiennes. Victor obtient son baccalauréat en 1905.

**Racines vannetaises**

L'enfance bretonne de Victor est marquée par les visites qu'il rend à ses grands-parents paternels, Edouard Julien Marie Louis Le Toumelin et Victorine Augustine Le Fol, à Vannes. Tous deux décéderont en 1900. Son grand-père, né en 1814 à Vannes, fut receveur des contributions indirectes à La Gacilly avant de revenir s'installer dans sa ville de naissance à sa retraite en 1875. À 34 ans, il épouse à Vannes Victorine Augustine Le

Fol, âgée de 24 ans. Elle est la fille de Julien Le Fol, un constructeur de navires établi sur le port, né dans cette ville en 1789, époux de Françoise Laurence Coupé.

Pour les rencontrer, Victor, accompagné de son père et de sa mère, emprunte la ligne ferroviaire à voie métrique des chemins de fer du Morbihan qui parcourt la presqu'île de Rhuys, de Surzur à Port-Navalo.

À la fin de son adolescence, Victor a pour adresse 17 rue Thiers, celle de ses grands-parents. Peut-être est-ce pour faciliter son inscription maritime à Vannes. Les autorités militaires le décrivent comme un homme d'1m73, cheveux châtain foncé, front haut, yeux bruns, visage ovale. Il reçoit son fascicule de mobilisation le 3 décembre 1904.

Un an plus tard, il obtient en 1905 son baccalauréat dans la série Lettres et mathématiques. Appartenant à la classe de recrutement de 1906, il est diplômé de la marine marchande le 2 mars 1907, à Saint-Malo.

**Premiers embarquements**

À 19 ans, bac en poche, Victor embarque au Havre le 1er octobre 1905 en qualité de novice à bord du trois-mâts barque nantais *Fort-de-France*, pour une navigation qui se poursuit jusqu'au 9 avril 1906. Ce voilier a été lancé en 1874. Une toile du peintre Edouard Adam le représente, en 1916. Une carte postale le montre à Nantes, amarré quai Ernest Renaud, sur la rive droite de la Loire. Puis ce sera le vapeur *Loire*, pour un autre embarquement de cinq mois à partir de Saint-Nazaire en juin 1906, avant le trois-mâts *Isabelle*.

En décembre 1906, il reprend la mer aux Sables-d'Olonne sur le trois-mâts *Isabelle*. Un dessin de l'artiste bordelais Auguste Avrillaud représente ce navire toutes voiles dehors près d'une bisquine de la Gironde. Les archives de la mairie de Saint-Nazaire conservent quant à elles une photographie du même trois-mâts quittant la Loire.

Atteint par la levée permanente – depuis 1825 elle oblige chaque marin de 20 à 40 ans à effectuer un temps dans la marine militaire – Victor est affecté à Lorient, au troisième dépôt, du 25 mars au 5 avril 1907. Élève de la marine marchande, il embarque à Toulon sur le *Brennus*, cuirassé d'escadre de la classe Charles Martel. À la suite de cet embarquement, il obtient le 2 mars 1907 son diplôme de marine marchande à Granville. Débarqué le 25 août 1907, Victor embarque le même jour à

Toulon sur le *Bouvet* jusqu'au 25 mars 1908 pour effectuer son service militaire. Il obtient au terme de cette période le certificat d'aptitude à l'emploi d'aspirant auxiliaire.

### La Transat

Libéré de ses obligations militaires le 25 mars 1908, Victor rejoint la Compagnie générale transatlantique, alors en pleine expansion. Son premier embarquement dans la prestigieuse compagnie s'effectue le 28 avril. Il exerce la fonction de pilote sur le vapeur *Lorraine*. Ce paquebot, construit en 1899 aux chantiers de Penhoët, à Saint-Nazaire entra en service en 1900 et fut affecté à la ligne de l'Atlantique Nord entre Le Havre et New York. Victor Le Toumelin embarque ensuite comme élève officier sur le cargo mixte *Floride* de la même compagnie le 26 septembre 1908.

Il se trouve à Marseille le 3 avril 1909 comme lieutenant du *Caroline*, mis en service en décembre 1908 sur les lignes de l'Atlantique Nord et du Golfe du Mexique. Victor pose ensuite son sac à bord du *Guatemala* d'avril 1909 à octobre 1910.

### Pierre Dumontier

Victor fait la connaissance à cette époque et se lie d'amitié avec un autre lieutenant de la compagnie, Pierre Dumontier. Ce dernier, né en 1887 à Compiègne, embarque dès ses 18 ans, en 1905, à bord du quatre-mâts *Champigny* et obtient son brevet de capitaine au long cours en mars 1914.

Alors qu'il aspire à devenir pilote de la Seine, il est mobilisé à sa demande comme enseigne de vaisseau auxiliaire. À l'issue de la guerre, il entre en décembre 1919 à la revue *Le Yacht*: Journal de la navigation de plaisance, dont il devient directeur en 1926. Il compte avec Victor Le Toumelin parmi les membres fondateurs de l'Amicale des capitaines au long cours.

Toujours au Havre, Le Toumelin embarque successivement sur le *Mexico*, *La Gascogne*, puis sur le *Basse-Terre* de la Compagnie générale transatlantique. Il obtient en août 1911 son brevet supérieur de Capitaine au long cours de première classe. Et les embarquements continuent, comme lieutenant à bord du *Québec*, un vapeur du Havre, puis sur le *Cacique*, et le cargo *Louisiane*. En octobre 1912, il traverse la Méditerranée pour rejoindre à Oran le *Mont Ventoux*, puis retrouve le *Louisiane* à Bordeaux, pour un nouvel embarquement jusqu'en mai 1914. Cette énumération témoigne de l'intensité de l'activité maritime en France à la veille de la Première Guerre mondiale. Ce dynamisme ne saurait augurer la crise des années 1920 qui, au sortir de la guerre, laisse sur le pavé nombre d'officiers de Marine incapables de trouver un embarquement du fait de la pénurie de bateaux – nombre d'entre eux ont été détruits pendant le conflit – et de la restructuration des compagnies.

**Déclaration de guerre**

Au moment de la déclaration de guerre de l'Allemagne à la France le 3 août 1914, Victor Le Toumelin est confronté à une grave décision. Les dispositions prévues par la loi du 24 avril 1914 prévoient que les anciens élèves de la marine marchande, nommés aspirants auxiliaires, peuvent – à leur demande et sur proposition hiérarchique – être nommés enseignes de vaisseau de première classe de réserve si, titulaires du brevet de capitaine au long cours, ils ont accompli une période de 28 jours de services à l'État. Le jeune officier entend souscrire à cette mesure autant par sens du devoir qu'en raison de l'intérêt qu'il porte à la marine nationale.

À pareille époque, la marine française est la troisième du monde. Elle connaît cependant la mutation irréversible liée à l'abandon de la voile et à l'avènement des cuirassés modernes. Au sein de l'état-major, les tenants de la jeune école préconisent l'adoption d'unités rapides de moindre taille de préférence à la conception de lourds cuirassés.

La France trouve un accord avec la Grande-Bretagne pour la répartition du théâtre des opérations maritimes. La Royal Navy, mieux équipée, prend la responsabilité du blocus de l'Allemagne en mer du Nord. La France se voit confier le contrôle maritime du sud de l'Europe. Les grandes unités françaises se trouvent alors en Méditerranée, d'autres de moindre importance dans la Manche. La sécurisation de la Manche et de l'Atlantique est assurée conjointement par la Grande-Bretagne et la France.

Le 23 août 1914, Victor Le Toumelin rejoint Le Havre et embarque sur le vapeur *Honduras* jusqu'au 7 octobre. Il postule à bénéficier de la nouvelle mesure en vigueur et adresse sa demande le 27 août 1914 au ministère de la Marine. Engagé volontaire le 7 octobre 1914, mobilisé à sa demande, Victor est nommé enseigne de vaisseau de deuxième classe de réserve par décret ministériel du 26 septembre 1914. Il rejoint une marine nationale en pleine réorganisation. Alors que plusieurs bâtiments sont en construction, d'autres unités se trouvent en passe d'être retirées du service.

Le 7 octobre 1914, Victor est mobilisé au port de Cherbourg, puis affecté deux jours plus tard sur le *Bouvines*, comme enseigne de vaisseau, officier d'arraisonnement. Ce cuirassé garde-côtes, déjà ancien, a été lancé en mars 1892. Le bulletin de notation établi à l'endroit de Victor pendant son embarquement par le capitaine Bohn dresse un état élogieux du comportement du jeune officier, confirmé par ses autres supérieurs.

Conséquence de ces évaluations positives, il obtient le 1er décembre 1914 le commandement du *Lorientais*. Ce chalutier transformé en dragueur et patrouilleur basé à Cherbourg, est chargé d'arraisonnement. Il mène des missions en Manche et en conserve le commandement jusqu'au 28 octobre 1915.

Victor est considéré comme zélé, actif, il possède d'excellentes aptitudes marines et manœuvre son unité avec compétence. Ce témoignage reflète sa totale implication dans ses nouvelles fonctions. Il y apporte son expérience de la navigation, sa connaissance approfondie de la mer, son respect des subordonnés placés sous sa responsabilité et sa capacité empathique de motivation de ces derniers. Dévoué, impliqué, idéaliste et réaliste à la fois, il paie de sa santé son engagement dans le contexte éprouvant de la guerre sous-marine. Il est promu enseigne de vaisseau de première classe de réserve le 6 novembre 1914.

À l'hôtel de l'Amirauté, à Cherbourg, Victor fait la connaissance d'Yvonne Germaine Daniel, née en 1892, à Saint-Malo. Elle est la fille de Louis Daniel et de son épouse Jeanne Mignotte qui tiennent l'établissement situé 20 quai Alexandre III, à Cherbourg devant le bassin du commerce. Idéalement placé, proche de la place de la Divette et du centre-ville, l'hôtel de l'Amirauté et de l'Europe est également non loin de la gare. À proximité se trouve la première gare maritime de Cherbourg. Avec son restaurant et sa salle des pas perdus, elle accueille depuis 1912 les trains de luxe qui acheminent de l'ensemble de l'Europe les passagers fortunés sur le point d'embarquer sur les paquebots à destination des États-Unis ou de la Grande-Bretagne. Depuis ce bâtiment, des transbordeurs font la navette vers les paquebots mouillés dans la rade. Le 10 avril 1912, 274 passagers y ont embarqué à bord du *Titanic*, quatre jours avant son naufrage.

Le 24 août 1915, Victor épouse Yvonne. Il a désormais comme adresse l'hôtel de l'Amirauté, comme le mentionne son dossier militaire. Pour se rendre au port militaire, où il est affecté, l'officier emprunte depuis son domicile le Quai Napoléon jusqu'au Fort Longlet.

**Hospitalisation**

En 1915, Victor connaît ses premiers problèmes de santé. La dégradation ultérieure de cette dernière altère sa carrière maritime. Hospitalisé en octobre en raison de complications pulmonaires liées à une atteinte de fièvre typhoïde, il souffre d'un état de fatigue accentué, conséquence d'un refroidissement contracté à bord du *Lorientais*.

Sa convalescence se poursuit pendant de longues semaines, jusqu'au 21 février 1916. Les quatre mois de l'épisode médical témoignent de la gravité de son état de santé. À sa reprise d'activité, le 27 février, il est affecté à la défense fixe de Cherbourg, au Fort de Querqueville, situé à l'extrémité est de la rade de Cherbourg.

En réponse à ses vœux, il retrouve dès mi-avril, un commandement à la mer. Le 15 avril 1916, il commande le chalutier *Les Baleines*, à Cherbourg. Le 21 avril, il est affecté sur *La Rosita*, l'un des navires de la huitième escadre de patrouille basée à Toulon. Son affectation comme officier en second de ce bâtiment, commandé par le capitaine de frégate Charles Martel, se passe bien. Victor est apprécié par ses camarades et par ses supérieurs.

Son comportement courageux lors de l'opération de secours en mer au pétrolier italien *Gerolamo Ulloa* est même souligné. Ce dernier s'échoue à la côte après son torpillage le 26 février 1917 par un sous-marin allemand. Alors que le bâtiment allemand s'apprête au coup de grâce, l'intervention de l'escorteur l'empêche de terminer son action. Le 7 mars 1917, l'amiral Guépratte attribue à Victor un témoignage officiel de satisfaction pour son action lors du sauvetage de l'équipage du navire. Ses supérieurs le proposent à l'attribution de la Légion d'honneur.

C'est alors qu'un second problème de santé survient, occasionné par le rythme épuisant des patrouilles et des contraintes du service à la mer. Victor est à nouveau malade au mois de mai, à la suite du sauvetage du vapeur anglais *Hinddo*, le 11 mai 1917, près de Ténès. Ce cargo britannique, attaqué par un sous-marin, parvient à s'échouer sur une plage où il sera renfloué plus tard. Le comportement de Victor est encore distingué. Cependant, il est à nouveau contraint de s'aliter, avant d'être admis à l'hôpital Maillot le 7 juillet. Le docteur Baudry certifie que l'affection dont est atteint Victor est causée par le surmenage physique et les fatigues consécutives aux travaux de renflouage du vapeur italien. Son hospitalisation est suivie d'un mois de convalescence.

Débarqué de la *Rosita*, Victor Le Toumelin demande à bénéficier d'un sursis pour reprendre une activité civile, dans la perspective de sa reconversion. Le 14 août 1917, il sollicite un congé de six mois en France et aux États-Unis auprès du vice-amiral préfet maritime de Cherbourg. Il en donne pour raison la demande qui lui est faite par des colons algériens de les assister dans la création d'une petite flotte de voiliers mixtes de moyen tonnage, équipés de moteurs. En appui de sa demande, Victor argue du fait que la marine marchande et le haut-commissaire en Amérique sont favorables à une initiative susceptible de compenser la pénurie de navires dont souffre la France. Cette démarche favorisera en outre la construction de navires dans ses chantiers français.

L'autorisation accordée, Victor devient directeur de l'exploitation de schooners auxiliaires destinés au ravitaillement entre la France et l'Algérie, pour le compte de la Société d'études maritimes & fluviales, 69 boulevard Haussmann, à Paris. En 1918, il sollicite une autre demande de sursis, cette fois en qualité de directeur technique de la société Les Mouettes Algériennes. Il lui est demandé de se rendre en Amérique pour aller prendre livraison d'un navire.

Du 13 mai 1918 au 1er février 1919, Victor est le second de Frederick Marcus, commandant du *Pensacola*. Affecté au transport transatlantique de marchandises de l'US Navy, ce navire est l'une des unités du Naval Overseas Transportation Service créé en janvier 1918. Il effectue à ce titre plusieurs voyages vers Brest jusqu'en novembre 1918.

Le 27 juillet 1920, Victor est nommé lieutenant de vaisseau de réserve. En mai 1925, l'officier est extrait de la matricule.

**L'amicale des capitaines au long cours**

Victor garde un lien fort avec ses camarades de la marine marchande. Avec son ami Pierre Dumontier, il participe à la fondation de L'Association amicale des Capitaines au long cours français sédentaires. Cette dernière voit le jour en 1920. Le 22 juin, sept officiers – Aubry, Dumontier, Dupuy, Duval, Le Toumelin, Loranchet et Van der Kemp – se réunissent chez Mollard, brasserie historique du quartier Saint-Lazare, au 115 de la rue du même nom. Lors de leur échange, ils dressent un constat alarmant. Les officiers de la marine marchande travaillant à Paris – donc à terre – sont nombreux au lendemain de la guerre. Pour cette raison, les fondateurs de la future association ont l'idée de créer l'Amicale des capitaines au long cours résidant à Paris. Par la suite, elle adoptera la dénomination d'Amicale des capitaines au long cours « sédentaires », pour permettre l'affiliation d'officiers issus de la province, dans la même situation.

Le retour à la vie civile des membres leur a montré la difficulté pour un officier de la marine marchande de retrouver des embarquements conformes à ses attentes. La Marine, sinistrée au sortir de la guerre, se reconstitue peu à peu, trop lentement. La pénurie de postes contraint les officiers à des parcours du combattant. Il leur faut multiplier les candidatures et se satisfaire souvent de postes inférieurs à leurs attentes. Jacques-Yves se rappellera les difficultés rencontrées par son père quand il récusera plus tard la loterie des carrières maritimes.

Le 16 octobre 1920, l'assemblée générale constitutive est convoquée au siège de la Ligue maritime, en présence de quarante membres. Victor Le Toumelin est nommé secrétaire de l'association dont il dépose les statuts. Ces derniers mentionnent la mission d'assistance mutuelle des membres.

L'association compte à ses débuts 75 membres parisiens. Ses effectifs s'élèveront à 185 membres à la veille de la guerre de 1939 – 1945. Les membres se réunissent une fois par mois à l'hôtel Lutétia, lors d'un déjeuner amical et animé.

Du 23 juillet au 30 septembre 1927, Victor est de façon transitoire le patron au Croisic du *Jeannette II*, inscrit au quartier maritime de Vannes. En 1928, il adhère à l'Union nationale des officiers de réserve et poursuit des sessions de réserviste. En mai 1930, il adresse un courrier résumant sa carrière au sous-secrétaire d'État à la Marine. Pendant sa période d'embarquement lors du conflit, il précise avoir contracté des maladies suivies de convalescence qui ne lui permirent « *de continuer un service actif, ni de reprendre, après les hostilités, à la suite d'un examen médical, la situation d'officier à la Compagnie générale transatlantique* ».

Chevalier du mérite maritime par décret du 24 mai 1932, il est nommé au grade de chevalier de la Légion d'honneur le mois suivant. Il sera plus tard élevé au rang d'officier. En juillet 1935, il devient capitaine de corvette de réserve. De 1937 à 1939, il est désigné par l'état-major de la Marine comme Chief Officer, au sein du comité de non-intervention de la guerre d'Espagne, à Gibraltar. Cette mission lui vaut d'obtenir la médaille interalliée le 16 février 1939.

**Amirauté française**

Mobilisé le 2 septembre 1939, comme nombre d'officiers de réserve, Victor est rappelé à l'activité le 26 août. Capitaine de corvette de réserve, il est affecté à la Section marine marchande de l'Amirauté française. Il assume ses nouvelles fonctions au centre administratif de la Marine de Paris. Sa santé est à cette époque à nouveau altérée par des crises digestives plus fréquentes et intenses. Elles le conduisent à être hospitalisé au Val-de-Grâce en octobre 1939. Diagnostic : un ulcère duodénal. L'intéressé est cependant maintenu en activité – à sa demande – au lieu d'être réformé.

Désigné pour le ministère de la marine marchande le 24 mai 1940, Victor prend le lendemain ses fonctions au ministère (section mouvements des navires). Ces fonctions cesseront le 1er juillet 1940.

De Paris, Victor suit avec chagrin les opérations du début de la guerre. En juin 1940, il accompagne les services du ministère de la marine marchande forcés de se replier à Nantes. Emprisonné dans cette ville à l'arrivée des Allemands, il est relâché le 31 août 1940. Sa mise en liberté conditionnelle l'oblige à se présenter deux fois par semaine à la Kommandantur. Il tente de se faire démobiliser en vain en se présentant à la gendarmerie de Nantes, puis à celle du Croisic. Sa demande lui est refusée en raison du contrôle allemand auquel il est assujetti. Il ne pourra revenir à son domicile parisien que le 19 septembre 1940.

Soumis le 8 octobre 1940 à un nouvel examen médical requis par les autorités allemandes Victor est enfin libéré. Le 4 octobre 1941 Victor Le Toumelin se voit proposer sa radiation des cadres de la marine avec une proposition de 30 % d'invalidité pour un ulcère duodénal. La décision est prise le 8 octobre 1941. Depuis son engagement volontaire en 1914, l'officier a servi pendant cinq ans, un mois et 25 jours, dont un an, deux mois et 11 jours à terre. Il a connu 27 mois et 23 jours de service en période de guerre à la mer, et sept mois 21 jours à terre.

## Chapitre 3 : Amitiés d'enfance

*« La mer m'a versé son breuvage,*
*Son lait, salé d'un sel amer;*
*Et j'ai grandi comme un sauvage*
*Sur le sein libre de la mer ».*
Anatole Le Braz, *Dans la grand'hune*

***Janvier 2020***

*L'OMS annonce le 9 janvier l'implication d'un nouveau coronavirus dans la pneumonie atypique découverte à Wuhan. De façon provisoire, il est dénommé 2019-nCOV. Le 11 janvier, un homme encore jeune meurt. Âgé de 31 ans, il est la première victime recensée de la pneumonie virale. Il fréquentait le marché aux poissons de Wuhan.*

*Le 15 janvier, à Couëron, l'expertise réalisée sur* Kurun *conduit à d'autres découvertes qui allongent la liste des travaux en prévision. Les réservoirs d'eau et les tuyaux de remplissage, dégradés par la rouille, ne sont plus raccordés aux réservoirs. Dans la partie arrière du voilier, difficile d'accès du fait de son étroitesse, l'humidité favorise le développement de champignons sur le vaigrage. À l'extérieur, la préceinte – cette ceinture de bordage qui renforce la solidité de l'extérieur du voilier – est pourrie sur une certaine longueur. En complément, des fissures sont constatées sur certaines membrures.*

*L'inspection minutieuse révèle aussi la fatigue du câble qui commande le moteur et l'inverseur de marche. La gaine qui le protège est aussi dans un piètre état. Le tuyau d'échappement du moteur est percé à deux endroits. Pour ce qui concerne la barre, le fémelot qui fixe le safran à l'étambot est déformé. Plus large que l'aiguillot, le jeu qui s'est instauré contribue à la fatigue des pièces en contact. Travaux additionnels, non prévus à l'origine.*

*À l'extrémité du Quai des Indes, 2 rue de la Cale Ory à Lorient, se trouve le Service historique de la Défense, département Marine, dans l'enceinte de l'Arsenal. Les locaux d'archives sont d'anciennes dépendances de la Compagnie des Indes Orientales, construites entre 1740 et 1742. Ici reposent 4 500 mètres linéaires de documents du XVII^e^ au XXI^e^ siècle ainsi que 30 000 ouvrages. On y trouve notamment la mémoire de la Compagnie des Indes de 1717 à 1770.*

*Ce qui nous intéresse, pour l'heure, est l'accès au fonds de l'inscription maritime pour les quartiers de Bretagne Sud. Une récente correspondance avec les services de la Marine à Brest a permis de localiser ici ce qui a trait aux premiers embarquements de Victor Le Toumelin. Quelques instants de recherche suffisent à identifier et exhumer le document recherché. Le registre toilé de couleur grise arbore une reliure verte sur laquelle un cartouche rectangulaire de couleur rouge mentionne en lettres dorées « Matricule des inscrits définitifs 3457 B ». L'étiquette précise au-dessus de ce dernier deux dates 1902 – 1900. Au milieu de la couverture, une autre étiquette précise « Inscrits définitifs : du n°5001 au °5199. Le recueil est un imposant cahier (au format Jésus soit 70 x 54 cm comme le mentionne la nomenclature administrative alors en vigueur).*

*Victor y apparaît à la date du 3 décembre 1904 avec la précision ultérieure de l'obtention à Granville de son diplôme d'élève de la marine marchande le 2 mars 1907. Son premier embarquement, d'une durée de six mois, a lieu le 1^er^ octobre 1905 au Havre sur le trois-mâts* Fort de France. *Cette première expérience est suivie d'un embarquement sur le vapeur* Loire, *à Saint-Nazaire l'été suivant. Suivra l'expérience sur un autre trois-mâts, l'*Isabelle, *aux Sables d'Olonne, le 10 septembre 1906.*

*Instant émouvant que cette découverte des fondements initiatiques d'une vocation. Les pages suivantes du registre énumèrent une longue suite de noms de bateaux, assortie des lieux et des dates d'embarquement et de débarquement. À l'extrémité de chaque ligne figure le décompte minutieux des jours et des mois de navigation.*

*En 10 jours, un gigantesque hôpital est construit à Wuhan, en Chine. Les 11 millions d'habitants de cette ville et les 7 millions de Huanggang sont placés en quarantaine le 23 janvier. Le lendemain, trois premiers cas de patients français sont observés à Bordeaux et à Paris. L'OMS déclare l'état d'urgence sanitaire le 30 janvier.*

### De l'amitié

Jacques-Yves Le Toumelin, qui aime naviguer en solitaire, a dès l'enfance des amis véritables, profonds, désintéressés. Deux d'entre eux auront pour lui une importance particulière, André Bligné et Jean Quilgars.

### André Bligné

André Bligné est l'un de ces fidèles. Dans le numéro du *Bulletin des*

*Amis du Croisic* – pour les années 2010 et 2011 – il consacre un bel article à son ami Jacques-Yves, disparu deux ans plus tôt. Ce texte constitue un témoignage émouvant de la personnalité profonde du navigateur. « *Jacques-Yves Le Toumelin, réservé, secret même, retiré dans sa demeure au fond du petit Traict avec sa famille, pouvait paraître comme éloigné de la société présente et de ses contingences matérielles. Pourtant pour ses proches et ses amis, il se révélait comme un être sensible, gai, père attentif et mari prévenant, excellent conteur à tous de ses voyages, passionné de spiritualité et des doctrines orientales* ». Au terme d'un compagnonnage de plus de 85 ans, personne, mieux que lui, n'aurait pu évoquer la mémoire du navigateur avec plus de sensibilité.

Jacques-Yves et André, nés la même année, se rencontrent très tôt. Leurs parents respectifs tissent des liens d'amitié, confortés par le fait qu'habitant la région parisienne – Passy pour les Le Toumelin et Neuilly pour les Bligné – Le Croisic symbolise pour tous le temps heureux des vacances loin de l'agitation parisienne, synonyme de retour au rythme ralenti de l'été dans l'éblouissement du ciel de l'Atlantique. À Paris, les deux mères – celle de Jacques-Yves et celle d'André – se retrouvent souvent au Bois de Boulogne où elles emmènent leurs enfants prendre l'air et se dépenser. Au Croisic, elles assistent à la progressive émancipation de leurs fils qui partagent un même intérêt pour l'environnement marin. Ils explorent le littoral avant d'être initié à la navigation par Victor Le Toumelin.

Les Bligné et les Le Toumelin connaissent également une autre famille croisicaise, les Olivier. Cette dernière habite en effet Neuilly pendant l'année, comme les Bligné. L'un de leurs fils, Daniel Olivier – plus jeune que Jacques-Yves et André – est né en 1932. Il rencontre Jacques-Yves lorsqu'il a 15 ans. Il en a 17 lorsqu'il assiste au départ du navigateur du Croisic pour effectuer son tour du monde. Il se souvient que Victor Le Toumelin conserve les mégots de ses cigarettes pour les fumer dans sa pipe. Son frère aîné participe aux premiers essais en mer de *Kurun*.

À la fin de leur adolescence, Jacques-Yves et André partagent un même intérêt pour la spiritualité. *La crise du monde moderne*, l'ouvrage de René Guénon retient notamment leur attention. Dans cet ouvrage, écrit en 1927, l'auteur expose sa vision critique du monde occidental. Sa réflexion s'inscrit dans le courant de pensée de l'époque marqué par la publication de la *Tentation de l'Occident* d'André Malraux, *Un nouveau Moyen-Âge* de Nicolas Berdiaev et *La Défense de l'Occident* d'Henri Massis.

*André retrouve avec ses parents, Armand et Blanche Bligné, la maison familiale de la rue Emmanuel Provost pendant les vacances. Cette belle demeure a été construite vers 1924 par l'architecte parisien André Hamayon, époux de Simone Duval, apparenté à la famille Bligné. Une extension fut réalisée en 1927 avec la construction du garage et d'une chambre supplémentaire.*

*André Bligné reçoit à sa naissance – comme second prénom – celui d'Armand, qui est aussi celui de son père et de son grand-père. Son père, né le 20 août 1886, décédera en octobre 1959 au Croisic. Il épouse au Croisic Blanche Gautret, sa mère, en juin 1910. Cette dernière est la fille d'Armand Gautret et de Blanche Nory, domiciliés à Nantes où ils se sont épousés le 10 février 1886. Le couple possède une résidence de vacances sur la Jonchère du Prince, au Croisic.*

*André naît le dimanche 11 juillet 1920 à Neuilly, soit neuf jours après son ami Jacques-Yves Le Toumelin. Après avoir effectué sa scolarité à Sainte-Croix de Neuilly, il poursuit ses études à l'Institut d'études politiques de Paris (Sciences Po), 27 rue Saint-Guillaume, à Paris. L'école s'inscrit dans la filiation de l'École libre des sciences politiques, fondée en 1872 par Émile Boutmy, désireux d'assurer la relève nécessaire à la suite de la crise institutionnelle qui frappa la France après la guerre de 1870. La formation exigeante d'une nouvelle élite permettrait au pays de se ressourcer. Surtout, Boutmy entend conjuguer la nécessité d'une culture classique à la compréhension des enjeux de la société contemporaine.*

*À l'époque où André Bligné suit l'enseignement de l'Institut d'études politiques de Paris, ce dernier connaît une importante réforme pédagogique qui restaure la scolarité en trois ans un temps abandonnée, soit une première année préparatoire suivie de deux autres années de formation appliquée. En fonction de ses centres d'intérêt l'étudiant se voit proposer de choisir entre quatre sections : Service public, Économie financière (Ecofi), Section générale et Section Internationale. Grande innovation à pareille époque, une femme, Suzanne Bastid, est chargée du cours magistral de droit international.*

*André participe aux actions de la Résistance comme l'atteste le registre des Titres, homologations et services pour faits de résistance, des Forces Françaises de l'Intérieur (FFI), conservé au Service historique de la Défense à Vincennes. Il a fui en Savoie pour éviter la réquisition du STO. Moniteur dans un centre d'accueil d'enfants, il sert la Résistance avec plusieurs de ses camarades.*
*À la suite de sa formation à l'Institut d'études politiques de Paris, il envisage un temps de s'orienter vers le journalisme avant de choisir d'intégrer l'École des administrateurs coloniaux (École nationale de la France d'outre-mer), dont les locaux, 2 avenue de l'Observatoire, dans le sixième arrondissement, deviendront plus tard l'antenne parisienne de l'École nationale d'administration.*
*L'établissement est dirigé par Robert Delavignette. Ce haut fonctionnaire, issu de l'école coloniale, a servi au Niger et en Haute-Volta jusqu'en 1930. À Paris, il a participé – en lien avec le maréchal Lyautey – à la préparation de l'exposition coloniale de 1931. En 1937, il succède à Henri Gourdon et à Georges Hardy à la direction de l'École nationale de la France d'outre-mer, poste qu'il occupe jusqu'en mars 1946, avant d'être nommé haut-commissaire au Cameroun. Il contribue à faire de l'école un établissement de qualité, très sélectif, portant la scolarité à quatre années et obligeant les élèves à terminer leur formation par un stage appliqué. Pendant les années de guerre, il protège certains de ses élèves du Service du travail obligatoire en les affectant à des missions fictives. Il a par ailleurs une bienveillance particulière pour ceux d'entre eux – comme André – qui se sont engagés dans la Résistance.*
*André épouse Simone Peyronnet et effectue l'ensemble de sa carrière en Afrique, au Togo, au Sénégal, au Dahomey (aujourd'hui le Bénin) et en Côte d'Ivoire. C'est là que naissent ses deux filles, Véronique, l'aînée, en 1952 à Lomé, et Florence, en 1954 à Dakar. Cette dernière est la filleule de Jacques-Yves Le Toumelin. Son fils François viendra au monde en 1961 à Guérande. Les enfants conservent le souvenir d'instants partagés – de navigation ou autres – avec le navigateur. La famille revient en effet régulièrement au Croisic l'été, pour les grandes vacances. André dirige notamment la Caisse de compensation des Cafés et Cacao. Cette dernière – connue également*

*sous le vocable de Caisse de stabilisation et de soutien des prix des productions agricoles – est l'organisme étatique ivoirien en charge de la gestion des filières du coton, du cacao et du café. Créée en 1960 par Félix Houphouët-Boigny, elle a pour rôle de protéger les planteurs en leur épargnant les contraintes financières liées aux fluctuations du prix du cacao sur le marché international.*

*Au Croisic, les parents d'André possèdent – outre la villa de la rue Emmanuel Provost – une autre maison de famille, située entre le Mont-Esprit et le Traict. Construite en 1885, elle est l'une des plus vieilles demeures de la pointe, près de la vasière du Prince. Blanche Gautret, la mère d'André, y est née en 1889.*

*Pendant le tour de monde de Jacques-Yves Le Toumelin, cette maison est prêtée à Victor et Yvonne Le Toumelin. Ils y habitent au moment du retour de leur fils au Croisic. Dans cette maison séjourne pendant un mois d'été Yahne Le Toumelin (la sœur de Jacques-Yves), en compagnie de son mari Jean-François Ricard et de leurs deux enfants, Matthieu et Eve.*

*Pendant le chantier de construction de Gwenved – la maison de Jacques-Yves Le Toumelin – les Bligné viennent à plusieurs reprises rendre visite à leur ami. Ils empruntent le raccourci maritime constitué par la liaison régulière du passeur entre Le Croisic et Pen Bron. Jacques-Yves s'est construit une sorte de bâtisse en bois, où il habite dans une grande frugalité, de façon à suivre de près l'avancement des travaux. Le terrain est alors encore nu, semé d'ajoncs. Il y règne l'hiver un froid terrible et le navigateur les reçoit emmitouflé dans une couverture.*

*André décède au Croisic le samedi 21 avril 2018, à l'âge de 98 ans, huit ans et cinq mois après son ami. Le 21 avril 2018,* Ouest-France *publie un article à l'occasion de sa disparition. Il décrit en ces termes la personnalité de ce fidèle parmi les fidèles:* « Ami d'enfance du navigateur Jacques-Yves Le Toumelin, André Bligné est décédé ce week-end, à l'âge de 98 ans. Toujours très élégant, sourire aux lèvres, peu avare de paroles, André Bligné s'était prêté en début de mois aux jeux de l'interview pour notre journal, une rencontre effectuée dans le cadre d'une page rétrospective sur les 70 ans du Kurun. […] Reçu dans sa demeure Croisicaise, André Bligné avait alors dévoilé, avec grande passion, son amitié pour son ami. Ses obsèques auront lieu, mercredi 25 avril, à 14h30, en l'église Notre-Dame de Pitié. »

**Jean Quilgars**

Jean Quilgars est – avec André Bligné – l'autre membre du cercle resserré des intimes. Comme ses deux amis, il est né également en 1920, le 27 juillet, mais au Croisic. Jean (dit Jano) est le fils de Louis Auguste Marie Quilgars (dit Auguste), né à Guérande le mardi 27 avril 1880 et de Madeleine Anne Marie Eudel.

*Jano sert dans la marine nationale. Il embarque notamment sur le contre-torpilleur* L'Indomptable *qui, le 1er septembre 1939, intègre la Force de Raid. Placée sous le commandement du vice-amiral d'escadre Marcel Gensoul, cette formation rassemble les navires les plus performants de la Force de l'Atlantique engagée contre les navires allemands. Basée à Brest, elle opère de septembre 1939 à avril 1940 dans l'océan Atlantique. Après un rapide passage en Méditerranée, elle revient à Brest lors de l'attaque allemande contre la Norvège en avril 1940. L'Allemagne a alors envahi ce pays afin de s'emparer du minerai de fer suédois nécessaire à ses approvisionnements, pour contrer le blocus maritime exercé par la Royal Navy. À cette époque, le contrôle des aérodromes norvégiens revêt une importance certaine dans le contexte de la bataille de l'Atlantique. La surveillance de la mer du Nord peut s'effectuer à distance des côtes britanniques. Pour cette raison, de violents affrontements entre Allemands et Britanniques opposent, dans les fjords et dans le Skagerrak, sur les côtes de Norvège, des forces importantes : bâtiments de guerre, sous-marins et avions. Le 16 avril 1940, l'amirauté française décide d'envoyer en appui des forces britanniques trois de ses torpilleurs parmi les plus rapides* L'Indomptable, Le Malin *et* Le Triomphant. *Après son retour,* L'Indomptable *quitte Brest pour gagner Casablanca puis Mers-el-Kébir. Le 27 novembre 1942, il est amarré à Toulon lorsque les Allemands déclenchent l'opération Lila destinée à capturer les navires intacts. Il est l'un des nombreux navires qui se sabordent pour éviter de tomber dans les mains des Allemands.*

*Revenu au Croisic après la guerre, Jean Quilgars travaille d'abord avec son père, ostréiculteur, à la récolte de naissains sur la côte sau-*

*vage. Pour un franc symbolique, il fait l'acquisition d'une ruine, un bateau de pêche fatigué qu'il retape de ses propres mains. Devenu patron-pêcheur, il se spécialise dans la pêche au homard à bord de son bateau qu'il baptise* L'Indomptable, *en souvenir du torpilleur sur lequel il a servi.*

*En 1955, alors qu'il se trouve en mer sur* L'indomptable, *Jano sort de l'eau un homard dont la couleur détonne par rapport à celle des autres spécimens de l'espèce. Au lieu d'être bleu, il est vert. Pêcheur expérimenté, Jano sait d'expérience l'influence qu'exerce l'environnement marin sur la couleur des crustacés. Il se rappelle l'exemple des homards pêchés à proximité de l'épave du* Laos, *qui a sombré sur le plateau du Four, à 5 milles à l'ouest du Croisic.*

*Jano parvient rapidement à la conclusion que des éléments de bronze ou de cuivre se trouvent sur la roche dite « Basse du Soleil Royal ». Ils donnent à ces homards leur coloration particulière. Le pêcheur prend contact avec les membres du Groupe Armoricain de Plongée, récemment créé. Les recherches peuvent commencer. Elles aboutissent rapidement à la découverte d'un grand canon, posé sur un épaulement rocheux.*

*Les efforts conjoints de deux bateaux –* L'Indomptable *auquel s'est associée* La petite Claudine *de Bernard Lalande – sont nécessaires pour le ramener au Croisic. L'objet est gruté et sorti de l'eau. Sa qualité exceptionnelle apparaît aux regards. Sur le fût, un médaillon ovale cerné d'une guirlande de feuilles de chêne et de glands, entoure le profil reconnaissable de Louis XIV, couronné de lauriers. À proximité, l'emblème personnel du roi – le soleil – figure au regard de sa devise* « Nec pluribus impar ».

*Le canon de 24 provient de la deuxième batterie du bateau amiral de Louis XV, le* Soleil Royal *échoué en face du Croisic en novembre 1759 à la fin de la Bataille des Cardinaux. L'engin mesure 3 m 62 de longueur pour un poids de 22 259 kg. La découverte fait sensation. Les journaux de l'époque relatent abondamment l'événement. Le musée de la Marine, à Paris, dépêche un conservateur pour apprécier la valeur esthétique et artistique de l'objet et prendre une éventuelle option. Jean Quilgars est officiellement reconnu comme inventeur – suivant le terme consacré – « propriétaire virtuel » du canon. Le musée de la Marine se montre très intéressé et se verrait bien récupérer cette pièce d'exception pour compléter ses collections. Il faut toute l'énergie et l'entregent de Jano pour garder sa découverte au Croisic. Finalement, le canon y restera avec pour obligation à la ville de constituer un petit musée de la Marine qui puisse le recevoir. En février 2010, le canon est implanté sur le parvis de l'ancienne criée, puis devant la mairie.*

*Jano décède le lundi 24 septembre 2012 au Croisic, trois années après son ami Jacques-Yves.*

**L'année du baccalauréat**

Son baccalauréat enfin obtenu, Jacques-Yves peut enfin déterminer quelle carrière embrasser, même s'il récuse plus tard ce terme en lequel il voit un cours tracé, une existence rectiligne par une absence d'imagination et de liberté d'action. Il prépare fin 1939, début 1940 le concours d'entrée à l'école navale au lycée Dupuy-de-Lôme, 4 rue Jean Le Coutaller, à Lorient.

Le plus ancien établissement de la localité portuaire a ouvert ses portes en 1822. Ancien collège royal, puis lycée impérial, il porte depuis 1922 le nom du polytechnicien et ingénieur naval Stanislas Dupuy de Lôme, originaire du Morbihan, qui y fut élève. Il ouvre dès 1824 une classe préparatoire au concours d'entrée au Collège royal de la Marine, préparant la carrière de nombreux amiraux.

Pendant cette période, la lecture des œuvres de Schopenhauer et de Nietzsche permet à Jacques-Yves de s'abstraire du bachotage, nécessaire mais contraignant, de la préparation au concours.

Du premier de ces deux auteurs, il apprécie l'inspiration puisée aux sources de Platon, de Kant et des textes sacrés indiens. D'aucuns reconnaîtront plus tard la convergence de certains points de vue de Schopenhauer avec la philosophie bouddhiste. N'écrivit-il pas, d'ailleurs : « *Bouddha, Eckart et moi-même, nous enseignons pour l'essentiel la même chose* ». Dans *Le monde comme volonté et comme représentation*, il place la volonté au-dessus de tout, comme une façon de se connaître soi-même. Rejetant la philosophie de « l'objet » et le matérialisme dont il montre les contradictions, il lui préfère la sagesse du « sujet » empreinte d'idéalisme.

Dans la philosophie nietzschéenne, Jacques-Yves adhère à l'idée que le terme de civilisation ne renvoie pas à l'idée de progrès de l'humanité ou d'avancée technique et culturelle, mais s'apparente davantage à un processus de domestication de l'homme afin de le rendre inoffensif. La notion de civilisation s'oppose pour lui à celle de culture, au sens d'enrichissement et d'approfondissement. Alors que la civilisation serait une maladie, la culture s'avère un gage de santé.

Nietzsche associe également au concept de modernité une notion de sophistication que récuse Jacques-Yves. Surtout, il partage la perception qu'exprime le philosophe dans *La naissance de la tragédie*, l'opposition antithétique en l'homme de la démesure de Dyonisos et de la mesure d'Apollon. Cette confrontation s'inspire des constats effectués par Plutarque, repris plus tard par Michelet dans la *Bible de l'humanité*. Parmi les humains se différencient ceux que motive la recherche dionysiaque et esthétique d'une vérité insaisissable au sein de la nature – cette dernière se dérobe en se révélant – et ceux qui s'attachent à l'apollinien, autrement dit à la stabilité cadrée, ordonnée, dans la mesure.

L'annonce de l'interruption du concours d'entrée à Navale affecte sur l'instant Jacques-Yves, qui n'essaie pas de se présenter à l'une des sessions suivantes. Dans le contexte indécis de la guerre, il voit son rêve secret – et sans doute celui aussi de son père – brisé. L'École navale, par son prestige, son image d'ordre et de discipline, aurait répondu aux aspirations profondes du jeune homme, ainsi qu'à sa volonté de servir. Cette porte se ferme précisément au moment où le contexte de la Seconde Guerre mondiale bride l'horizon des espérances et des projets.

### L'École d'hydrographie de Nantes

Jacques-Yves ne se laisse pas abattre. La mer reste pour lui un objectif ainsi qu'un idéal. Il décide d'acquérir par une autre voie la connaissance pratique et concrète de l'univers marin. Il s'inscrit en conséquence à l'École d'hydrographie de Nantes, aujourd'hui École Nationale Supérieure Maritime, qu'il intègre en octobre 1940.

L'école se trouve à Nantes près de la Loire, 38 rue Gabriel Péri, à la jonction du quai de la Fosse et du quai Ernest Renaud qui porte le nom du capitaine du trois-mâts *Maurice* qui, le mercredi 15 septembre 1858, sauva 67 naufragés de l'*Austria* au large de Terre-Neuve.

L'école occupe à 150 mètres de la Loire le vaste quadrilatère circonscrit par la rue Eugène Varlin au sud, la rue Gabriel Péri à l'est, la rue Babonneau au nord et la rue Ursule Chevalier à l'ouest. Ce terrain fut initialement l'emprise de l'hôtel Musset et de son parc. La demeure existe encore quand Jacques-Yves fréquente l'école. Au fond du parc, à gauche, se trouve l'hôtel. De grands arbres, vestiges du parc originel, assurent à l'endroit son environnement paysagé.

L'enseignement maritime à Nantes relève d'une longue tradition qui remonte au XVII$^{e}$ siècle. Les premiers professeurs furent des Jésuites à qui le roi demanda d'assurer un enseignement public et gratuit de mathématiques et d'hydrographie.

Le registre des élèves de 1937 à 1952 de l'école de Nantes a été conservé. Son état passablement fatigué témoigne des épreuves du temps et des bombardements que subit Nantes en 1943. Le quai de la Fosse, proche de l'école, fut en effet pendant la guerre le point d'accostage des navires d'assistance aux sous-marins et aux navires de guerre allemands. C'est là également que parvenait le carburant destiné à la base d'aviation de la Luftwaffe de Château Bougon.

Le registre des élèves recense sur une double page les cinquante-sept candidats élèves officiers de la marine marchande de l'école de Nantes pour l'année scolaire 1940-1941. Jacques Yves Le Toumelin y figure, avec la mention du lieu et de la date de sa naissance. Le registre précise sa date d'entrée à l'école, le lundi 7 octobre 1940. La provenance scolaire indiquée par l'élève est celle du Lycée de Lorient.

L'adresse des parents précise « Hôtel Masson, Le Croisic, Loire-Inférieure », celle de ses grands-parents. Pour ce qui concerne l'indication de la profession des parents le document indique « *Mutuelle Chalutiers de Grande-Pêche* ». Là encore, une autre question se pose. Son père, Victor, en ce début de guerre, a été arrêté et emprisonné à Nantes par les Allemands. Jacques-Yves souhaite-t-il ne pas attirer l'attention de l'occupant qui pourrait avoir accès aux informations concernant les élèves de l'école ?

Autre élément significatif révélé par le registre, l'adresse en ville de Jacques-Yves. Il habite le 10 rue de Gigant, à Nantes. Cette localisation géographique est intéressante, à deux pas du centre. Non loin se trouvent le musée Dobrée et le Muséum d'histoire naturelle. Un peu plus loin, la place Graslin permet de gagner par la rue Crébillon la Place royale, au cœur de Nantes. Au-delà du cours des 50 otages se trouve le vieux Nantes, la cathédrale et le château des ducs de Bretagne. Quelle fut sa vie d'étudiant en ces années de guerre pendant lesquelles l'occupant exerce un contrôle permanent, nul ne le sait ? Jacques-Yves ne s'est pas étendu sur ces années d'apprentissage, ses camarades, sa vie nantaise.

Le registre de l'école précise, dans l'avant-dernière colonne, que le jeune homme est reçu dès la première session. Au total, sept élèves sont admis à l'ensemble des épreuves, obtenant le brevet d'élève officier au long cours, stipulé en marge.

Triste rappel du contexte de guerre de l'époque, au regard du nom de l'un de ses camarades – Jean Roger Louis Boissière, fils d'instituteur – figure la sinistre mention « Fusillé par les Allemands ». Sans doute s'agit-il du résistant Jean Boissière, né le 21 août 1921, à Meigné-Le-Comte, dans le Maine-et-Loire, qui fut membre des Forces Françaises de l'Intérieur.

Le relevé de la réussite aux examens de la marine marchande de l'École Nationale Supérieure Maritime, pour le centre de Nantes, confirmera en 1948 l'admission de 40 élèves au titre de Capitaine de la marine marchande (théorie). Ils ont satisfait aux épreuves de la session d'octobre. Le nom de Jacques-Yves y figure.

Le 10 rue de Gigant, où habite Jacques-Yves, conserve aujourd'hui encore son aspect de l'époque. Le petit immeuble est composé d'un rez-de-chaussée et de deux étages, à proximité immédiate du centre de Nantes. Pour se rendre à l'école d'hydrographie, il suffit à Jacques-Yves d'emprunter la rue de Gigant sur 250 mètres, puis de tourner à gauche pour prendre la rue Lamoricière, puis la rue Mathurin Brissoneau, afin de rejoindre le quai de la Fosse. Au total, la distance depuis son logement jusqu'à l'école n'excède pas 1,5 km. Lorsqu'il emprunte chaque jour ce chemin, on imagine son regard s'attardant avec intérêt sur l'activité du port, encore intense à cette époque. De l'autre côté de la Loire, les silhouettes des navires en construction se détachent devant la perspective des chantiers navals.

**10, rue des Cordiers**

Désireux d'acquérir un petit voilier, Jacques-Yves convie le fidèle André à l'accompagner à Noirmoutier où un petit cotre est proposé à la vente. Les deux amis partent à bicyclette, empruntant le bac de Saint-Nazaire pour franchir l'estuaire de la Loire. Longeant la route par Saint-Brévin, Saint-Michel-Chef-Chef, Pornic, ils se dirigent vers l'île. Parvenus dans l'après-midi à Beauvoir-sur-Mer, les deux hommes ne peuvent emprunter le passage du Gois qui n'est accessible qu'à marée basse. Forcés de bivouaquer le soir dans un pré, ils sont réveillés au petit matin par une vache visiblement surprise de cette intrusion. Après avoir franchi le passage, ils gagnent – par Barbâtre, La Guérinière et Noirmoutier-en-L'Ile – le port de l'Herbaudière, au nord-ouest de l'île. Là, l'embarcation convoitée se révèle décevante, incompatible avec le programme prévu par Jacques-Yves.

Au Croisic, Jacques habite une mansarde située 10 rue des Cordiers. Le confort y est succinct, sans eau courante ni chauffage. Il se lave aux bains douches situés non loin, dans la même rue. Certains témoins, parmi les plus âgés, se rappellent l'avoir vu, en short et chemise – son habillement coutumier – se rendre à l'établissement avec son savon, sa brosse à dents et son dentifrice rangés dans une carapace d'araignée de mer en guise de boîte à savon.

Jacques-Yves puise l'eau qui lui est nécessaire à la borne située à l'angle de la rue Jean-Jacques Rousseau. Il se lie d'amitié avec ses voisins qui vivent dans le même inconfort que lui. L'un d'entre eux est Francis Frappin, un patron pêcheur.

Arrivés en 1940, les Allemands sont là. Ils bivouaquent au début de la guerre aux alentours du Mont-Esprit, où sont dressées leurs tentes. L'état-major militaire occupe l'hôtel de ville.

Au Croisic, Jacques-Yves est plus que jamais attaché à l'idée de posséder enfin son premier voilier. Un cotre de 6 mètres non ponté, le *Crabe*, lui permet de concrétiser son projet. Avec lui, il pratique la pêche pour subvenir à ses besoins. Attentif au spectacle du port et aux particularités des bateaux de travail qui s'y trouvent, il éprouve une forte émotion en découvrant le vendredi 6 juin 1941 les lignes élégantes et les proportions parfaites de la *Marie*, récemment mise à l'eau. Elle vient d'être construite par Robert Bureau, pour Jean, un pêcheur surnommé « Pironton ». Ce soir-là, Jacques-Yves écrit sur son carnet son engagement irrévocable à partir seul, un jour, sur un bateau semblable.

Dès cet instant, il prend langue avec le charpentier de marine pour s'enquérir de ce que coûte un tel bateau, bien qu'il n'ait les moyens de ses ambitions. Jacques-Yves doit à la fois gagner l'argent nécessaire à la réalisation du voilier qu'il projette d'acheter et effectuer les périodes de navigation nécessaires à la qualification de sa formation maritime. Pour cette raison, il signe avec son ami Jean-Michel Crolbois un embarquement sur le chalutier *Alfred*, à Port-de-Bouc. Les deux amis partent effectuer la saison de pêche en Mauritanie.

L'*Alfred* est un chalutier à vapeur, construit à Nantes en 1926, et appartenant à l'armement Victor Pleven. Sur ce navire, Jacques-Yves connaît la réalité éprouvante du métier de pêcheur en pleine mer. Il lui faut travailler, parfois pendant des journées entières, mais surtout se confronter au traitement du poisson qu'il faut trier, vider, laver et saler, avant de le stocker dans les cales.

À son débarquement, Jacques-Yves regagne le Croisic, à peine plus riche. À l'automne, il revend le *Crabe*, à Nantes, afin d'acquérir un autre canot de pêche – cette fois ponté – le *Marilou*. Il entretient Robert Bureau de son projet de lui commander à terme un voilier de 10 mètres qui serait financé pour une part par la vente du *Marilou*.

Pour l'assister, il embauche le père Rimbaud, un ancien gabier du *Mélpomène*. Cette frégate, lancée en 1887 à Rochefort, servit de navire école et de poste des torpilleurs à l'Aber-Wrac'h. D'une longueur de 53 m, elle portait une voilure de 1 769 m². École des gabiers jusqu'en 1904, les élèves l'affublèrent du surnom de « La Belle Paumelle ». Gageons que Jacques-Yves et son matelot échangèrent fréquemment, lors de discussions sans fin, sur cette époque révolue de la marine à voile. Après le père Rimbaud, Jacques-Yves embauche un temps un autre marin expérimenté, Perré, un ancien capitaine au long cours qui avait franchi le cap Horn. Trouver un matelot s'avère difficile. Les pêcheurs du Croisic considèrent avec un peu de suspicion, voire d'incompréhension, ce garçon de bonne famille qui partage leur activité.

***Tonnerre***

Le jeudi 20 mai 1943 commence la construction de *Tonnerre*, commandé par Jacques-Yves au chantier Bureau. Plein d'allant, il suit le chantier avec la passion qu'on imagine. Il prend livraison de la quille en métal – fondue à Quimperlé – dans le petit port de Doëlan. La pièce est ramenée par la mer sur le cotre de Jean-Michel Crolbois. À Paris, Jacques-Yves acquiert une ancre de 30 kg qu'il rapporte par le train. Curieux bagage... Le samedi 7 août 1943, la coque sort enfin du chantier. L'embarcation mesure 8 m 63 de longueur, 3 m 15 de largeur, 1 m 40 de tirant d'eau. La coque reste en plein air sur le terre-plein du chantier pendant la poursuite et l'achèvement des travaux. Le mercredi 27 octobre, *Tonnerre* est enfin mis à l'eau. Remorqué par la *Marilou* manœuvrée par Perré, il est amarré dans la Chambre des Vases.

Jacques-Yves possède enfin son bateau. Pendant les mois qui suivent, il s'installe à bord. Il ressent avec plénitude cette concrétisation qui renforce sa détermination à rompre avec les trajectoires classiques de la vie à terre.

Le samedi 27 novembre 1943, à 9 heures du matin, Jacques-Yves effectue sa première sortie en mer. Dans les jours qui suivent – tout au bonheur d'être enfin sur son propre voilier – il embauche Norbert Le Blond pour l'assister dans ses sorties en mer, en raison de son expérience mais aussi par générosité pour aider financièrement le vieil homme dont la pension semble bien maigre. La chute à l'eau de Norbert, depuis le bateau, le conduit à renoncer à son compagnon au profit d'un autre marin, Le Roch *« boute-en-train inlassable, ayant toujours la plaisanterie sur les lèvres, têtu particulièrement, mais d'un bon naturel, excellent marin »*.

L'année 1944 se révèle décisive à différents titres. Début janvier, un souffle d'espérance éclaircit l'horizon. Les Forces Françaises de l'Intérieur (FFI) se constituent, regroupant les formations militaires de la Résistance : Armée secrète, Organisation de résistance de l'armée, Francs-tireurs et partisans (FTP). Jacques-Yves songe à les rejoindre mais y renonce au risque d'être interné. Au même moment, Darnand, figure majeure de la collaboration, est nommé Secrétaire général au maintien de l'ordre. La répression s'intensifie.

Le mardi 6 juin 1944, 156000 soldats alliés débarquent en Normandie. L'opération Overlord commence. La Bretagne est libérée le 1er août mais un fort contingent de soldats allemands de l'armée en déroute se réfugie dans l'estuaire de la Loire, constituant la Poche de Saint-Nazaire. Au moment de la libération de la France, les Allemands défendant la place portuaire sont encerclés dans un premier temps par des bataillons FFI venus de Nantes.

La brigade Charles Martel, du général Raymond Chomel, forte de 2 500 hommes, prend position devant Saint-Nazaire le 11 novembre 1944, avant l'arrivée en renfort des soldats de la 66e division d'infanterie américaine du général Krammer. Elle reçoit pour mission de contenir les forces allemandes des poches de Lorient et de Saint-Nazaire en menant des opérations de harcèlement des positions ennemies.

Dans ce contexte troublé *Tonnerre* est volé, vraisemblablement par des officiers allemands qui essaient de fuir la poche de Saint-Nazaire. Spectateur impuissant, Jean Quilgars ne peut s'opposer à sa réquisition, en l'absence de son ami. Il parvient néanmoins à soustraire quelques objets et instruments de navigation qu'il lui remettra plus tard.

Mésestimant la force des courants et la mer qui lève souvent aux abords de la grève de Saint-Marc-sur-Mer, l'équipage du voilier est drossé vers les rochers. Le voilier est détruit.

Jacques-Yves apprend à son retour que son cotre a été retrouvé à la côte, à 6 kilomètres de Saint-Nazaire. Irrécupérables, les restes du voilier ont été démembrés par les habitants pour servir de bois de chauffage. Quelques objets seulement ont semble-t-il été ramassés et stockés dans le hangar du canot de sauvetage, situé en haut de la grève, en contrebas de l'hôtel de la Plage. Jacques-Yves s'y rend mais trop tard. Le lundi 28 mai, alors qu'il visite, sur la côte du Croisic, des villas récemment désertées par les Allemands qui les ont occupées pendant la guerre, il découvrira – dans un amoncellement d'objets disparates – deux tiroirs du poste avant de *Tonnerre*.

Abattu, prostré, Jacques-Yves revient au Croisic, dans sa mansarde. En dépit du sentiment de profonde injustice qu'il éprouve, il fait preuve d'une force d'âme exceptionnelle. Il rend compte pudiquement de cette volonté farouche en reprenant – à la fin du premier chapitre de *Kurun autour du monde* – la première strophe du poème de Rudyard Kipling.

*« Sur son mur nu, j'écrivis en rouge les vers de Kipling :*
*"Si tu peux voir détruit l'ouvrage de ta vie*
*Et sans dire un seul mot te mettre à rebâtir,*
*Alors…*
*Tu seras un homme mon fils." »*

La reddition de la Poche est signée le mardi 8 mai 1945 – jour de la capitulation allemande – à Cordemais, dans la maison de Francis Moisan. Les Allemands quittent dans le désordre le domaine de Penn Avel dont les bâtiments et le parc de 10 hectares, clos de murs, avaient été réquisitionnés par l'armée allemande. Avant la guerre, cinq jardiniers étaient employés à plein temps à l'entretien du parc. Pendant le conflit, les arbres furent abattus pour servir de bois de chauffage. Jacques-Yves et ses amis ont coutume d'explorer après leur départ les lieux où ont vécu des soldats allemands, à la recherche d'objets utiles, voire de victuailles. Lors d'une de ces expéditions, un soir, à l'un de ses amis qui lui demande de faire moins de bruit au risque de se faire repérer, Jacques-Yves répond qu'il a de quoi recevoir ceux qui se présenteraient. À l'appui de ses dires, il sort de sa poche un revolver. Ses amis l'admonestent en raison des risques inconsidérés qu'il leur fait courir à tous. Ce menu fait témoigne de son caractère aventureux.

**Visite d'Henri Dervin**

Jacques-Yves rend visite le mercredi 13 juin 1945 à l'architecte Henri Dervin pour l'entretenir du projet de son futur voilier. Il sait que Marcel Bardiaux a en chantier au même moment son cotre *Les quatre vents*, inspiré d'un plan du même architecte.

Né en 1903, Henri Dervin est un architecte naval réputé, concepteur de nombreux plans de bateaux, notamment dans le domaine de la plaisance. Il vient d'être agréé comme architecte conseil de la marine nationale et des Administrations d'État. Expert auprès des tribunaux, il est possible que Victor Le Toumelin, qui exerce la même fonction, ait fait sa connaissance dans le cadre de son activité. Dervin connaît également Pierre Dumontier, le directeur la revue *Le Yacht*, dans laquelle il publie de nombreux articles depuis 1926.

Jacques-Yves se rend à ses bureaux, à Pavillon-sous-Bois. L'architecte réside 22 allée Jean-Jacques Rousseau. Attaché à la Bretagne, il passe ses vacances à Carantec, dans le Finistère, où il possède une villa.

Désormais pleinement absorbé par le projet de son futur bateau, Jacques-Yves apprend le 15 juin la fâcheuse nouvelle de sa mobilisation pour effectuer – avec retard du fait de la guerre – son service militaire. Il doit être incorporé à la fin du mois d'août, comme les autres appelés de la classe 1940.

Dans ce contexte, le jeudi 26 juillet 1945 constitue cependant une occasion de réjouissance pour la famille Le Toumelin du fait du mariage de Yahne, la sœur de Jacques-Yves, avec Jean-François Constant Ricard (ce dernier adoptera en littérature le pseudonyme de Jean-François Revel). Le couple donnera naissance à Matthieu Ricard – futur interprète du Dalaï Lama et moine bouddhiste – le vendredi 15 février 1946. Le neveu de Jacques-Yves évoquera plus tard l'influence que son oncle exerça sur lui et sur l'éveil de sa spiritualité.

Le vendredi 10 août, Jacques-Yves se rend donc, la mort dans l'âme, au dépôt des équipages du quartier de Vannes où il est convoqué. Il supporte difficilement l'idée d'une nouvelle parenthèse qui diffère de trente mois la concrétisation de son projet de navigation au long cours. Un dénouement heureux intervient avec l'annonce du raccourcissement de la période à six mois. Une autre péripétie survient : sa désignation pour l'Afrique, qui signifie un éloignement physique important alors qu'il compte poursuivre la préparation de son projet pendant ses périodes de congé militaire. La fortune lui sourit quand, après s'être expliqué de ses intentions avec le commandant du dépôt, ce dernier, magnanime, lui obtient de rester en France.

Affecté grâce à son père à l'École militaire, à Paris, Jacques-Yves s'évade le soir pour rentrer chez ses parents. Rendu à la vie civile le samedi 2 février 1946, il retrouve enfin la liberté. Sa priorité consiste à s'acquitter du dossier administratif fastidieux des dédommagements qu'il peut obtenir pour la destruction de *Tonnerre*, considérée comme fait de guerre.

À la même époque, l'offre lui est faite d'un embarquement pour l'Angleterre. Elle lui permet de s'y rendre afin d'acquérir différents matériels de bord nécessaires à son voilier, alors introuvables en France.

Le mercredi 1er mai 1946, Jacques-Yves retourne à Pavillon-sous-Bois pour prendre possession des plans établis par Henri Dervin. Son idée se concrétise enfin. Dans *Kurun autour du monde* Jacques-Yves évoque ses partis pris et les caractéristiques de son futur voilier : « *La coque est puissante, bien défendue, dotée d'une grande stabilité initiale avec une bonne réserve de flottabilité. Elle donne un bateau gîtant peu, sec et au mouvement doux. La quille longue et le balancement des lignes sont des éléments de base pour une très bonne stabilité de route, ce qui est important. Le bateau est entièrement ponté et constitue un véritable caisson étanche quand toutes les ouvertures sont condamnées. Celles-ci se limitant aux deux panneaux de descente de l'avant et de l'arrière, et à celui du rouf* ». La description rend compte par la précision des détails de l'intense préparation du projet. Les choix du futur navigateur relèvent d'une intention claire, nourrie d'observations, de lectures et surtout d'une parfaite connaissance de l'environnement nautique. Le gréement est celui d'un cotre à corne traditionnel. Un important boute-hors, de près de 3 mètres, permet d'amurer le foc, déporté vers l'avant. Jacques-Yves a en effet des idées arrêtées sur l'équilibre du bateau sous voiles et sur sa capacité à naviguer barre amarrée. Bien qu'il n'ait commandé que les plans de la coque, Henri Dervin lui fournit également celui de la voilure.

En ces temps de disette, le plus difficile consiste à rassembler les moyens matériels et financiers de la construction du voilier. Le dossier de dédommagement traîne en longueur en raison du nombre de demandes et de la nécessité de vérifier, une par une, leur bien-fondé.

Pour vivre, Jacques-Yves se remet à la pêche. Il fait l'acquisition auprès d'un ami du *Tabou*, un canot à voile. L'opération se révèle plus difficile qu'il l'escompte car le titre de navigation demandé pour obtenir le droit de pêcher, à titre de marin professionnel, lui est refusé. Il n'a même pas la possibilité de le faire au titre de la plaisance car la vente du poisson lui serait en ce cas interdite.

**Le chantier Leroux**

Au sortir de la guerre, Lucien Leroux, un entrepreneur de travaux publics de Nogent-Le-Rotrou, en Eure-et-Loir, acquiert le chantier d'Auguste Bihoré, au Croisic. Convaincu qu'après la guerre la reconstitution de la flotte de pêche sera une priorité du gouvernement, il compte bénéficier de commandes favorables. Il reprend à cet effet les ouvriers du chantier, embauche notamment René Bihoré, le petit-fils d'Auguste, qui fait son apprentissage sous la direction de Jean Moullec, un charpentier de marine expérimenté.

Lucien Leroux entreprend dans son chantier du Croisic la construction de trois chalutiers de 18 mètres dont les pièces détachées sont réalisées à Nogent-Le-Rotrou et acheminées jusqu'à la presqu'île guérandaise. L'un de ces trois navires est baptisé *Nono*, surnom de sa fille, Noëlle Hougard. Au titre des dommages de guerre pour la perte du *Tonnerre*,

Jacques-Yves – inscrit maritime et propriétaire d'un bateau armé à la pêche au moment de la destruction de son précédent voilier – obtient un dédommagement financier et le droit de construire un bateau de pêche. Il cède cette autorisation à Lucien Leroux en contrepartie d'une part cédée par ce dernier dans le chalutier *Nono*, ainsi que l'engagement de lui construire son nouveau voilier.

Dans ce contexte, Jacques-Yves fait la connaissance d'Alain Rouart, le gestionnaire du *Nono*. Bibliothécaire à la Bibliothèque nationale, l'homme a fait le choix de quitter Paris pour trouver au Croisic une vie calme, propice à la méditation. Grand lecteur, il se lie d'amitié avec Jacques-Yves et avec André Bligné. Les trois hommes ont des conversations fréquentes et fécondes concernant René Guénon. Ce dernier, personnage inclassable, est né en 1886 dans une famille catholique. Il décède dans la foi musulmane en 1951, au Caire. Auteur de vingt-sept ouvrages toujours réédités, il consacre sa vie à une réflexion approfondie sur la métaphysique, le symbolisme et l'ésotérisme, dans une critique des déviances de la modernité. René Guénon s'intéresse particulièrement aux doctrines de l'Orient, en raison du caractère d'universalité qu'il leur prête. Ne revendiquant qu'un rôle de transmission, il souligne que ces doctrines se réfèrent – par une intuition intellectuelle – à une connaissance supérieure. Surtout, il voit en ces dernières l'expression d'une réflexion originelle et primordiale, libérée des déviations de la civilisation. Il considère que l'ésotérisme occidental pourrait se régénérer en s'inspirant de la spiritualité orientale.

### *Kurun* en chantier

*Kurun* entre donc en chantier le vendredi 9 septembre 1946 au chantier Leroux. Le contremaître chargé de la construction est le charpentier de marine Jean Moullec, assisté de René Bihoré, Roger Frappin, Roger Matho et Bruno Séverin. Âgé de 90 ans, René Bihoré – rencontré pendant la préparation de ce livre – garde le souvenir clair de cette époque. Assisté de Jacques-Yves, soucieux de s'impliquer, Moullec dessine l'esquisse des formes de *Kurun* sur le parquet du hangar où sera érigée la coque. Noëlle Hougard, la fille de Lucien Leroux, s'en souvient également.

René Bihoré se rappelle que le voilier fait appel à différentes essences d'arbres pour sa conception, notamment du chêne, de l'iroko et de l'acacia. Le bois arrive au Croisic par le train. Le pin douglas nécessaire à la réalisation du mât est offert par Jean Desjobert de Praha, un ami de Jacques-Yves, et acheminé depuis son château de Bogenet, dans la Creuse.

À la fin du mois de décembre, la quille en fonte, réalisée à Nantes par les chantiers Dubigeon, est livrée au Croisic. Elle est posée le 21 janvier 1947. L'hiver très rigoureux – avec des températures négatives fréquentes en janvier et février – ralentit le chantier qui ne peut véritablement reprendre que fin mai. Jacques-Yves évoque dans son livre les difficultés qu'il rencontre notamment pour trouver l'acacia nécessaire à la réalisation des membrures. Le jeudi 29 mai, ces dernières commencent à être posées, après avoir été ployées, au terme d'un travail physique qui se poursuit pendant trois jours. Le 9 juillet 1947, la coque sort du hangar dont l'exiguïté ne se prête plus à la poursuite des travaux.

Image symbolique, l'emplacement que *Kurun* occupe pendant la suite de sa construction est exactement celui où s'est trouvé *Tonnerre* quelques années plus tôt. L'été se poursuit avec les opérations de masticage et de peinture de la coque. Contrastant avec le froid de l'hiver, les températures de l'été sont exceptionnellement élevées.

À l'automne commencent les aménagements. Jacques-Yves a sur ce point des idées arrêtées. Désireux d'habiter son bateau à plein temps, il souhaite une configuration rationnelle et confortable pour la vie au port comme en mer. La cabine spacieuse – de 3 m 82 de longueur – occupe le centre du voilier. La hauteur de 1 m 82, sous les barreaux du roof, assure des déplacements faciles, sans se courber. Près de la descente, à tribord, se trouve la cuisine, et à bâbord la table à cartes. Plus avant, deux couchettes symétriques se font face, sur chaque bord. Le tout est complété par un placard et une grande étagère. L'avant et l'arrière de *Kurun* sont occupés par des cadres symétriques faisant fonction d'étagères.

René Bihoré se souvient que si le gros œuvre fut effectué rapidement, il fallut en revanche plus d'un an pour assurer l'aménagement intérieur et les finitions, notamment la réalisation des 31 tiroirs que souhaite expressément Jacques-Yves. Ils sont réalisés par le menuisier Gaston Blain. Méticuleux à l'extrême, Jacques-Yves accompagne chaque étape de la réalisation, interférant parfois dans le travail des charpentiers, dans son souci de perfection.

Au début de l'année 1948, le programme du chantier s'accélère en raison de l'échéance de lancement d'un chalutier programmé par le chantier. La décision de mise à l'eau est fixée au jeudi 26 février. Il reste encore à poser les ferrures du gouvernail et les cadènes des haubans. Jacques-Yves clopine, le pied dans le plâtre, en raison d'une fracture survenue peu de temps auparavant. Ses amis l'assistent dans ses menus travaux.

Lors de la mise à l'eau, le ber se brise et la coque se couche sur le sable, heureusement sans dégâts. Il ne reste plus qu'à attendre la marée montante. À 16h30, le 26 février 1948, *Kurun* flotte enfin, librement. Jacques-Yves brise sur l'étrave la bouteille remplie d'eau de mer puisée à l'endroit même où *Tonnerre* s'est disloqué, à Saint-Marc. Le sort est conjuré ! Quatre ans, trois mois et vingt-neuf jours (soit 1 582 jours), se sont écoulés entre le jeudi 28 octobre 1943, date de la mise à l'eau de *Tonnerre*, et le jeudi 26 février 1948, échéance de la mise à l'eau de *Kurun*. Le jour même, le cotre s'amarre à la grande Jonchère, à l'emplacement de son prédécesseur.

Le 28 avril 1948 le cotre est maté. La première sortie de *Kurun* a lieu le 13 juin 1948. Jacques-Yves embarque ses amis Alain Bligné, Alain Rouart, Pierre Bachelier et Claude Olivier. Quelques jours plus tard, un dimanche, il effectue une nouvelle sortie, seul cette fois, afin de s'approprier son bateau. Au retour, la brise fraîchit et Jacques-Yves passe à bord une nuit inconfortable qui n'entache pas le bonheur d'être enfin chez lui.

Le 11 juillet 1948, Jacques-Yves appareille seul du Croisic pour Saint-Nazaire où les Ateliers et forges de l'Ouest ont accepté d'effectuer les travaux de finition. Toute occasion lui est bonne de manœuvrer *Kurun* en solitaire. Il jouit pleinement de cette navigation d'une vingtaine de milles. Arrivé dans le chenal, l'accès au bassin de Saint-Nazaire se révèle un peu complexe pour manœuvrer le voilier seul. Il parvient cependant, sans encombre, à franchir l'écluse.

À l'été 1948, le port de Saint-Nazaire se remet des dégâts occasionnés par la guerre. Lorsque le vendredi 11 mai 1945 les Américains pénètrent dans la ville, après la reddition de la poche, ils découvrent une ville quasiment détruite, ainsi que ses chantiers et son port. Labourés par les bombes, les terrains de l'infrastructure portuaire offrent une vision terrible. Les grues sont renversées, des blockhaus émergent en différents endroits, aux environs de la base sous-marine.

Comme le port compte au nombre réduit des installations capables d'accueillir des navires d'un tirant d'eau supérieur à 8 mètres – à la différence de Nantes, de Bordeaux et de Rouen – il bénéficie d'une priorité dans la remise en état de ses installations. Cinq cents prisonniers allemands assurent le déminage du port et de ses alentours. Les travaux se poursuivront jusqu'en 1949, date à laquelle Saint-Nazaire dispose à nouveau d'installations de manutention sur quatorze postes à quai.

Les ouvriers des Ateliers et forges de l'Ouest se mettent au travail sans tarder, complétant l'équipement souhaité par Jacques-Yves. Une caisse à eau de 300 litres est installée, ainsi qu'un placard supplémentaire. Des chandeliers à double filière ceinturent le pont. Le portique, destiné à supporter la bôme, est réalisé puis monté à l'arrière. Les tangons en spruce destinés aux trinquettes jumelles sont mis à poste. Dans les fonds, 600 kg de gueuses de fonte viennent compléter le lest. Enfin, la potence de tête de mât est installée.

Satisfait des travaux effectués avec célérité et compétences, Jacques-Yves reprend la mer pour s'en retourner au Croisic le vendredi 27 août 1948. Son père, Victor, est du voyage. Les manœuvres de sortie du port sont facilitées grâce à l'aide de Marcel Hougard, dit « bras d'acier », sur le baliseur des Phares et Balises Paul Leferme.

Ce vendredi, une bonne brise souffle lors du retour de *Kurun* vers son port d'attache. Au portant, le cotre met 3 h 30 pour effectuer les 22 milles jusqu'au Croisic. Parvenu sans encombre au port, Jacques-Yves poursuit les derniers préparatifs de son voilier. De moindre ampleur que les travaux précédents, ils prennent plus de temps que prévu. La raison principale en est la pénurie de matériel qui sévit encore. Les reconstructions monopolisent l'essentiel des ressources et de la main-d'œuvre disponible. Tout est compliqué.

La date d'appareillage prévu à la mi-août est déjà dépassée. Certains travaux restent à faire, une partie du matériel en provenance d'Angleterre n'est pas arrivée. Jacques-Yves met à profit le temps qui s'offre à lui pour naviguer sur *Kurun* afin d'en connaître les réactions et de parfaire ses connaissances.

Conscient de l'importance de l'entretien de la coque sur un bateau en bois, il accorde le temps nécessaire à la qualité de l'apprêt et à celle de la peinture de la carène. Il porte une égale attention aux finitions de l'intérieur, facteur de confort pendant les longs mois de navigation qui l'attendent.

Cette période d'expectative lui permet de se préparer psychologiquement au départ. Il mesure pleinement l'enchaînement des actions et des épreuves qui séparent l'adolescent de l'homme qu'il est devenu. Douze années d'un chemin initiatique marqué de rencontres, d'expériences diverses, ont mûri son caractère, renforcé ses convictions, sans altérer sa détermination. Il sait également que prendre la mer l'oblige à prendre de la distance par rapport aux hommes.

## Chapitre 4 : Le grand départ

*« J'ai passé des nuits entières*
*Debout au gaillard d'avant.*
*Sous bons vents, sous vents contraires,*
*Sous la brise ou les brisants ».*
Tri Yann, *Guerre guerre vente vent*

***3 février 2020.***

*Alain se rend à Couëron pour le début des travaux sur* Kurun. *Les membrures fissurées et les points d'attention du chantier ont été recensés et identifiés avec précision. Les pointes du bordé occasionnent parfois une faiblesse à l'origine de fissures quand le voilier travaille à la mer. Les membrures nécessitant une intervention sont poncées, mises à nu, puis traitées au minium avant la pose du bordé. À la poupe, la bauquière ceinturant de façon longitudinale l'intérieur du voilier et reliant les couples entre eux est cintrée puis mise en place. En complément, la contre-bauquière est posée. Elle supportera les barrots du pont.*

*La presse se fait l'écho du tour du monde à la voile que réalise Jon Sanders sur* Perie Banou II, *son voilier de 34 pieds. Il bouclera un an plus tard sa onzième circumnavigation le 31 janvier 2021. Ce navigateur, âgé de 81 ans – fils de Colsell Sanders, professeur à l'université de l'ouest australien, et de Dorothy Lucie Sanders, romancière réputée – fut élevé par ses parents à Perth. Il travaille à la tonte des moutons avant de réaliser en 1970, à l'âge de 31 ans, son premier tour du monde en solitaire, d'est en ouest. Onze ans plus tard, il est le premier navigateur à effectuer deux fois le tour de l'antarctique en solitaire d'ouest en est en 1981, sur* Perie Banou.

*Sa route le fait passer par le sud des trois caps : cap Horn, cap de Bonne-Espérance et cap Leeuwin. Parti de Fremantle le 25 mai 1986, il y revient le 26 janvier 1987, sans mettre pied à terre, avant de repartir le même jour pour sa seconde circumnavigation qu'il achève le 13 mars 1988. Cette aventure fait tomber plusieurs records, dont celui de la plus grande distance marine parcourue sans escale par un homme seul (78 000 km), celui de la plus grande durée de navigation en solitaire dans un même voyage (419 jours), celui enfin du premier marin à avoir contourné deux fois les cinq caps les plus au sud.*

*Cinq ans plus tard, Jon repart de Fremantle pour effectuer trois nouvelles circumnavigations en solitaire sur* Parry Endeavour, *son voilier de 14 mètres. Le 2 novembre 1916, il quitte Carnavon pour sa dixième navigation autour du monde, dont il revient le 20 décembre 2017.*

*Un autre octogénaire, l'Australien Bill Hatfield, âgé de 81 ans, l'a précédé. Il est devenu de façon transitoire, le 22 février 2020, l'homme le plus âgé à avoir effectué un tour du monde en solitaire, sans escale sur son voilier* L'Eau Commotion, *un Northshore 38. Parti de Brisbane le 8 juin 2019, il passe 258 jours 22 heures et 24 minutes en mer, parcourant 21 600 milles marins à la moyenne de 3,48 nœuds. Pendant son périple, il n'effectue qu'une escale, dans les îles Falkland, pour réparer les dommages de son gréement et de son gouvernail. Il rend compte de façon régulière de sa progression dans son blog équipé d'un tracker permettant à ses lecteurs de le localiser. Il poste même un essai inspiré de ses réflexions de navigateur solitaire. Intitulé «* Les lois de la nature et les lois de l'homme *», il fait part de ses réflexions sur la distorsion croissante entre les règles qui régissent la vie humaine et celles qui s'appliquent dans l'univers, occasion de s'exprimer sur la responsabilité humaine à l'égard des altérations climatiques actuelles.*

**1949 : L'année du départ**

Ce millésime reste dans les mémoires comme celui du départ de Jacques-Yves Le Toumelin pour son tour du monde. Même si le souvenir de la guerre s'estompe, la situation de la France est encore difficile. Jacques-Yves commence, dans sa tête, le compte à rebours de son départ prévu à l'été. Ses ressources financières sont au plus bas. L'argent de l'indemnisation de *Tonnerre* a été intégralement investi dans la construction de *Kurun*.

Une partie du matériel nécessaire, commandé en Grande-Bretagne, lui est apportée par un pêcheur de l'île de Sein après avoir relâché dans un port de la Cornouaille britannique. Jacques-Yves se procure au service hydrographique, à Paris, les cartes concernant la première partie du voyage. Faute de moyens suffisants, il fait l'impasse sur celles qui concernent la seconde partie du projet, ce dont il se repentira plus tard.

Le 11 juillet 1949 paraît dans la revue *Le Yacht* un article détaillé présentant les spécifications de *Kurun*. Il fait suite à la publication des plans du voilier publiés dans le numéro du 11 juin 1949.

Les parents de Jacques-Yves – sa mère surtout – s'inquiètent devant l'imminence de son départ. Elle est préoccupée de savoir son fils s'engager en solitaire dans une aventure risquée. Pour cette raison, elle et son mari s'efforcent de lui trouver un compagnon et de le convaincre d'en accepter l'idée. Plus au fait que son épouse des choses de la mer, Victor Le Toumelin éprouve une secrète satisfaction à savoir son fils sur le point d'entreprendre une aventure humaine dont il apprécie à juste titre les enjeux mais aussi les bénéfices. Non pas tant sous l'angle matériel que sous celui de son épanouissement personnel. Pour avoir suivi avec passion et en connaisseur les préparatifs de son fils, pour connaître son caractère et ses qualités physiques, intellectuelles et morales, il ne doute pas du résultat.

Le samedi 13 août 1949, Jacques rencontre donc Gaston Dufour, approché par eux, dont l'oncle est l'une de leurs connaissances. Le terme approche. Le dimanche 4 septembre, Jacques rend une dernière visite à ses parents. Les jours qui suivent sont occupés par les derniers rangements à bord de *Kurun*. Le mardi 13 septembre, Dufour embarque. D'ultimes formalités de dernier instant retardent de quelques jours le départ qui a lieu le lundi 19 septembre après-midi. Jacques-Yves déjeune avec son père, partageant un dernier moment d'intimité précieuse avec celui qui fut l'initiateur de son attirance pour la mer.

Au moment de l'appareillage, les membres de sa famille sont là, sur les quais du Croisic, ainsi que ses amis les plus proches : André Bligné, Jean Quilgars, Jean-Marc Eudel. De façon pudique, Jacques-Yves mentionne également la présence d'une camarade, sans en dire plus. Qui est cette femme ? S'agit-il de Gisèle Renard ?

À 16 h 00, l'heure de la pleine mer étant passée, la marée descendante est propice au départ. *Kurun* quitte son poste d'amarrage. Sur le quai sont présents un oncle de Jacques-Yves, commandant dans la marine marchande, l'épouse de ce dernier et Jean-Pierre Lepape. Gaston Dufour, André Bligné et Jean-Marc Eudel aident Jacques-Yves à s'écarter du quai et à établir la voilure. Le foc n° 2 est hissé le premier.

Le cotre prend de l'erre, longe lentement les quais, l'estacade, puis la jetée. Jacques-Yves jette un dernier regard un peu nostalgique à cet univers familier qu'il aime profondément. Parvenu au phare du Tréhic, qui marque l'extrémité de la jetée, il fait cap vers la bouée indiquant le haut-fond de Basse-Castouillet, à un mille au large.

En cet endroit, *L'Indomptable* de Jean Quilgars manœuvre pour les rejoindre. Le pêcheur se rapproche, bord à bord, permettant le débarquement de Victor Le Toumelin, d'André Bligné et de Jean-Marc Eudel. Les deux bateaux naviguent de conserve quelques instants encore puis, sur un dernier salut empreint d'émotion, *L'Indomptable* décrit un demi-cercle pour s'en retourner vers le Croisic. Leurs routes désormais opposées, les deux embarcations s'éloignent rapidement l'une de l'autre. Moment d'émotion intense pour Jacques-Yves – Gaston à ses côtés – face au grand saut vers l'inconnu.

Le temps, incertain, puis l'annonce d'un coup de vent incitent les deux hommes à faire route vers Belle-Île pour s'y abriter et laisser passer la dépression, avant de s'engager dans la traversée du golfe de Gascogne. Moins de deux heures plus tard, *Kurun* passe près de Bonen du Four, au nord du plateau du Four.

Jacques-Yves sait que Belle-Île se trouve droit devant vers l'est, à 17 milles, cap au 272°. La route du cotre le fait passer au sud des Grands Cardinaux et de Hoëdic. Conformément à ses prévisions, il atteint la pointe de Kerdonis aux premières heures de l'aube avant de se diriger vers le port du Palais, au nord de l'île, sur la côte « en dedans ». Cette dernière fait face au continent, protégée du vent du large qui forcit. Le mauvais temps garde l'équipage prisonnier pendant plusieurs jours.

Le dimanche 25 septembre 1949, le départ a enfin lieu. Jacques-Yves aperçoit en mer *Farewell*, le yacht à gréement marconi de Jean Marin. Cette belle unité, de 14,40 mètres hors-tout (10,60 mètres à la flottaison) porte 120 m$^2$ de voilure au près. Son déplacement est de 15 tonnes. Dessinée par l'architecte Claude Boucard, elle a été construite en 1947 par le chantier Costantini, à La Trinité-sur-Mer et mise à l'eau l'année suivante.

Par petit temps désormais, porté par le courant, *Kurun* contourne la pointe de Taillefer, au nord-ouest du Palais, puis se dirige vers Kerdonis, au sud-ouest. Le vent venu, le cotre s'ébroue et fait route tribord amure le long de la côte nord de Belle-Île pour atteindre la Pointe des Poulains. Après avoir empanné, vers 11 heures du soir, il trace sa route vers le sud, dans le golfe de Gascogne. Sur l'arrière du cotre, le pinceau lumineux du phare de Goulphar s'amenuise jusqu'à disparaître sur l'horizon.

À 450 milles plus au sud – une fois contournée la Corogne et le cap Finisterre – *Kurun* et son équipage parviennent le dimanche 2 octobre 1949 à Vigo. Le Real Club Nautico, où séjourne Jacques-Yves, est un club centenaire fondé le 17 avril 1906 afin d'ancrer les activités nautiques au cœur même de la ville. Lorsque *Kurun* y relâche, le nouveau bâtiment – avec ses terrasses et ses jardins – a été inauguré quatre ans plus tôt.

### *Omoo* et les Van de Wiele

Poursuivant sa route, le 9 octobre 1949, Jacques-Yves rencontre le 16 octobre le Yacht belge *Omoo*. À bord se trouvent Annie et Louis Van de Wiele.

*Cette dernière, pionnière de la navigation hauturière, est l'une des premières femmes à effectuer un tour du monde à la voile. Elle relate cette aventure dans* Pénélope était du voyage, *ouvrage qui connaît dès sa parution un grand succès. Édité par Flammarion, le livre est traduit en plusieurs langues. Quelques années plus tard, Annie reprendra la mer en 1965 vers les Antilles à bord du* Hierro, *dessiné par Louis, un voilier de 9,50 m.*

### Escale à Fedala

À son arrivée au Maroc avec Gaston Dufour, le 2 novembre 1949, Jacques-Yves fait d'abord escale à Fedala, à 24 km de Casablanca. Ce port est dès le XIVe siècle fréquenté par les marchands espagnols, génois et vénitiens. Il sert plus tard de refuge aux corsaires de la République de Salé. Cette association de pirates morisques (musulmans d'Espagne et Turcs) accueille aussi des renégats européens ayant abjuré la religion catholique. Ils sont poursuivis par les frégates du roi de France. Sept ans avant l'arrivée de Jacques-Yves, la plage de Fedala est l'un des emplacements choisis par les Alliés pour le débarquement des forces terrestres du général Patton en Afrique du Nord, le 8 novembre 1942.

Jacques-Yves évoque en cet endroit la rencontre de la goélette *Carola* qui manque de mal tourner lors de la rupture du mouillage de cette dernière. La goélette à hunier de 300 tonneaux appartient au docteur Chantereau, un pharmacien. Construite en acier en 1927 au chantier Weiner Werft en Autriche, ce trois-mâts de 44 mètres de longueur hors-tout et de 7 mètres de largeur, transformé en yacht en 1931, hiverne à cette époque dans le port marocain. À près de quatre-vingts ans, son propriétaire songe à s'en défaire en raison de son âge.

À Casablanca a lieu l'épisode du débarquement de Dufour, le premier compagnon de route de Jacques-Yves. Les relations entre les deux hommes se sont détériorées du fait de leur différence de caractère. Une altercation plus forte a même entraîné un affrontement physique. Les choses s'arrêtent donc là !

Dufour à terre, le navigateur apprécie la solitude retrouvée, occasion dans le même temps de parfaire les préparatifs pour la grande traversée, celle de l'Atlantique. Son père lui fait parvenir un compas inversé qui lui permet de vérifier le cap depuis sa couchette, en perspective notamment de la navigation en solitaire.

L'escale de Fedala s'achève le 3 avril 1950. La revue *Le Yacht* évoque cette escale dans son édition du 7 janvier 1950. Victor Le Toumelin signe un article intitulé « *Croisière du* Kurun *du Croisic au Maroc* », après avoir dans un précédent numéro averti les lecteurs du début de la circumnavigation de son fils.

Le père de Jacques-Yves reprend les notes du journal de bord que son fils lui a adressé peu de temps après son arrivée au Maroc. Après avoir appareillé le 11 octobre 1949 à la godille du port de Vigo, ce dernier a emprunté le chenal du sud qui contourne l'île de Saint-Martin (San Martino), la plus méridionale des îles Cies qui ferment la baie vers le large. Au large du cap Sileiro, il franchit le 12 octobre la limite territoriale entre l'Espagne et le Portugal.

L'article relate ensuite l'accueil cordial réservé à l'équipage de *Kurun* au club nautique de Lisbonne, 220 milles plus au sud, après une navigation sans histoire. Jacques-Yves fait état de sa rencontre avec M. d'Almeida, le correspondant local de la revue. Parmi les bateaux mouillés dans le port, son attention est attirée par l'ex-pilote du Havre *Jolie Brise,* à cette époque sous pavillon portugais. Ce cotre à voile aurique a été construit en 1913 au Havre. Racheté en 1923 par E. G. Martin, il est transformé en voilier de course au large et remporte en 1925 la première édition de la course du Fastnet.

Victor relate que le 28 octobre 1949 *Kurun* a quitté Lisbonne pour parvenir le 1er novembre 1949 au Maroc. Immobilisé par l'absence de vent au large de Fedala, il ne peut mouiller au fond du port que le lendemain. Jacques-Yves se lie d'amitié avec un jeune médecin d'origine bretonne, mordu de voile. Il rencontre également un autre Breton, originaire de l'île de Groix, le pilote du port. Lors de son escale, le navigateur bénéficie des services d'un charpentier de marine qui l'aide à réaliser la corne creuse de rechange dont il n'a pu s'équiper avant son départ.

Non sans lyrisme, Victor exprime sa perception personnelle de l'aventure que vit son fils : « *Voici donc les débuts de navigation au long cours à bord d'un bateau modeste mais approprié à la mission et aux buts qui lui sont demandés. Traversée jusqu'ici sans aventure, comme beaucoup d'autres. Longues veilles, dures manœuvres parfois, patience... mais qui font apprécier davantage les belles heures, sinon les journées de route confortable par bonnes brises, sans changer d'amures et les agréables repos aux escales nouvelles. Satisfaction enfin, de conduire son bateau par sa seule volonté en dépit de toutes les contrariétés du vent et de la mer* ». Il entend, par ce propos, mettre l'accent sur ce qui n'apparaît jamais dans l'évocation littéraire d'une navigation au long cours, l'apparente banalité du quotidien dans la répétition des manœuvres. Surtout, il laisse entendre la nécessité essentielle de choisir avec soin le voilier approprié à une telle aventure.

Après ce commentaire personnel, Victor redonne la parole à son fils à la fin de l'article, le citant à nouveau. Jacques-Yves exprime sa satisfaction devant la confirmation des espoirs qu'il place dans son voilier. La justesse de ses choix lui est clairement apparue au large. Sa confiance dans la réussite de son entreprise s'en trouve confortée.

### Plaidoyer en faveur de *Kurun*

Dans un autre article de la revue *Le Yacht*, Victor le Toumelin publie un peu plus tard un long article intitulé « *À propos du Kurun et des bateaux de croisière de faible tonnage* ». Il rappelle que – préalablement à son tour du monde – son fils a présenté les caractéristiques détaillées de *Kurun* et les considérations qui ont présidé à sa conception dans deux articles publiés respectivement les 11 et 18 juin 1949.

Ces textes ont suscité les réactions de plusieurs lecteurs aussi Victor estime-t-il nécessaire d'apporter une mise au point. Son fils semble avoir exprimé de façon un peu péremptoire pour certains sa conception personnelle des caractéristiques requises d'un bateau de plaisance engagé dans des navigations hauturières. Si les bateaux conçus pour la compétition ont l'obligation de se soumettre aux exigences de la jauge afin d'obtenir un rating favorable, adoptant des coques étroites et élancées, un gréement et une voilure qui privilégient l'aérodynamisme et la légèreté, il n'en est pas de même des voiliers hauturiers. À la différence des premiers, les bateaux de croisière satisfont à d'autres contraintes. Ils se distinguent des précédents par leur obligation de répondre à des conditions de navigation par tous les temps. En appui de son argumentation, Victor présente les comparaisons d'allures effectuées au cours de l'été 1949 entre le sloop marconi *Stiren Vittin* (Étoile du Matin) et *Kurun*. Ces deux voiliers, sensiblement de même tonnage, ont effectué plusieurs sorties de conserve, au large des côtes du sud de la Bretagne, afin de s'étalonner. Alors que *Stiren Vittin* présente les caractéristiques d'un sloop marconi aérodynamique, *Kurun* revêt celles d'un cotre classique, au maître-bau marqué, avec des lignes d'eau étudiées. Il est équipé d'un mât court et robuste qui supporte une brigantine (voile aurique) enverguée sur un pic en partie haute et sur une bôme à sa base.

Ces confrontations aboutissent au constat que par petit temps et au près serré *Kurun* perd tout à la fois en vitesse et en cap. À son profit, la mâture élevée de *Stiren Vittin* lui permet en effet l'utilisation de foc ballon ou de spinnaker. En revanche, au largue, *Kurun* prend l'avantage grâce à sa voilure plus allongée. Dans des conditions de mer et de vent plus marquées, ce bénéfice se confirme aux allures portantes. Les critiques opposées au boute-hors de *Kurun* et à sa brigantine – en apparence d'un autre âge et peu facile à manier – s'estompent donc. Et d'ajouter « *Quelles que soient les critiques faites à ce bout-dehors encombrant, à cette vieille brigantine et à sa corne impressionnante, quand certaines dispositions ne rendent pas sa manœuvre aisée et n'assurent au contraire un roulage très supérieur à celui du marconi, et à un seul homme, on n'oublie guère, quand on l'a connue, par jolie brise, cette impression de puissance et de vitesse que donnent le pic déployé en large éventail et ce grand foc qui, du boute-hors, donc incliné, soulève irrésistiblement le bateau à la lame avec une aisance et une stabilité de route incomparables* ».

Surtout, Victor met l'accent sur la simplicité et la fiabilité du voilier de son fils, conçu résolument sans accessoires fragiles ou vulnérables.

À l'appui de son argumentation, il évoque l'exemple de Jean-Michel Crolbois, marin confirmé et ami de longue date de Jacques-Yves – les deux hommes ont fréquemment navigué ensemble – qui posséda successivement plusieurs yachts de 8 à 11 mètres. À son retour de la Nouvelle-Calédonie et de l'Australie, ce marin a entrepris la construction d'un voilier de 12 mètres de grande croisière, dans l'intention de retourner dans l'ouest du Pacifique. Son expérience maritime bénéficiait de ses observations lors d'un séjour de deux ans à Sydney, en Australie, où se retrouvaient des navigateurs solitaires naviguant sur des bateaux de toutes classes. À la lumière de ses constats et de son expertise, son nouveau voilier présente beaucoup d'analogie avec *Kurun*, avec pour différence majeure l'adoption d'un gréement de ketch marconi. Il en a confié la réalisation au chantier Leroux qui avait mené à bien la réalisation de *Kurun*.

En conclusion, cet article documenté confirme en premier lieu les connaissances marines étendues de Victor Le Toumelin. Il révèle, dans le même temps, son implication très forte et son adhésion totale à l'entreprise vécue par son fils dans son tour du monde. Détail instructif, l'article est illustré de plusieurs photos réalisées à bord de *Mahana*, le voilier de Jean-Michel Crolbois. La légende rappelle enfin que dès 1946, Jacques-Yves a développé ses compétences de navigation sur d'autres voiliers que le sien.

**L'embarquement de Paul Farge**

Pendant l'escale de Jacques-Yves au Maroc, il cède à la pressante sollicitation de ses parents d'être accompagné d'un nouvel équipier, Paul Farge, pour succéder à Gaston Dufour.

Né le mercredi 18 juin 1924 à Pontoise, Paul Farge effectue sa scolarité au collège Saint-Martin, dans cette localité, de 1929 à 1942, avant d'étudier le droit. Il est pendant un temps séminariste, sans persévérer longtemps dans sa vocation religieuse. Son expérience de la voile se limite à quelques navigations effectuées sur le lac Léman mais il est attiré par une vie plus aventureuse, ce qui n'étonne ni ses parents, ni ses treize frères et sœurs. Son père est, semble-t-il, favorable à son embarquement sur *Kurun* qui l'oblige à se confronter au monde et à déterminer les orientations de sa vie future.

Les deux hommes commencent alors une aventure en commun qui se dénouera à Tahiti. Le caractère plutôt spontané et extraverti de Paul contraste avec la nature de Jacques-Yves, portée davantage à l'introversion et au silence.

À Tahiti, la séparation entre les deux hommes s'effectuera d'un commun accord, Jacques-Yves éprouvant le plaisir de se retrouver seul à bord. « *Comme convenu à Panama, je me séparai de Farge. Ce fut pour moi une indicible détente que de me retrouver seul. Je méditai sur les erreurs du début de ma croisière, et je n'incriminai nul autre que moi* » .

Paul dément en revanche, par ses propres expériences ultérieures, le jugement sans appel du navigateur lorsqu'il écrit « *Bien que son séjour à bord lui eût appris bien des choses, Farge n'était pas marin* ». Dans une courte notice Paul résumera de façon synthétique ses choix : « *J'ai quitté la France en 1950 pour rejoindre Jacques-Yves Le Toumelin sur son yacht* Kurun *(cotre franc, voilier pur sans moteur). Nous sommes allés ensemble jusqu'à Tahiti où nous nous sommes séparés. Après trois ans en Polynésie française, j'ai embarqué sur un autre yacht sans moteur et suis arrivé fin 1954 en Nouvelle-Zélande. Après avoir eu cinq enfants, j'ai construit un trimaran de 12 mètres et je suis parti avec quatre de mes enfants bourlinguer dans le Pacifique pendant dix-huit mois. Puis je suis revenu en Nouvelle-Zélande où j'ai pris la nationalité néo-zélandaise* ». Il s'établira à Wangharei, ville côtière la plus septentrionale du pays, capitale de la région du Northland. À deux heures de route d'Auckland, elle bénéficie en effet d'un climat quasi méditerranéen.

Après avoir épousé Maggie Mariassoucé dont il aura cinq enfants, Paul se mariera avec Elizabeth Patrick. En 1975, il se rendra sur son voilier *Tanéa* de Tauranga, en Nouvelle-Zélande, à Nouméa, en Nouvelle-Calédonie. Homme d'engagement, il manifestera fermement son opposition à la reprise des essais nucléaires français en Polynésie. Sur le site internet du *New Zealand Herald*, un avis de décès mentionnera son décès le vendredi 14 mars 2014, à l'âge de 89 ans, à l'hôpital de Whangarei.

À son arrivée aux Canaries, dans le port de La Luz, le vendredi 14 avril 1950, Jacques-Yves relate sa rencontre de l'équipage du *Président-Théodore-Tissier*. Premier navire océanographique français – construit par les Ateliers et chantiers de la Seine Maritime, au Trait – ce navire a été lancé en 1933 pour la marine marchande. Il sert de support logistique aux missions de l'Office Scientifique et Technique des Pêches Maritimes, dirigé par le professeur Le Danois.

Avec un décalage de temps dû aux échanges épistolaires avec son fils, Victor le Toumelin publie un nouvel article dans *Le Yacht* du 15 juillet 1950. Intitulé « *Croisière du Kurun : du Maroc aux Canaries et aux Antilles* » son texte rappelle que *Kurun* a appareillé de Fedala le 3 avril 1950. Le cotre est accompagné à sa sortie du port par la vedette du pilote qui ramènera ensuite à terre les amis venus assister au départ. Les premiers bords pour gagner le large sont tirés péniblement, dans un vent faible. À 15 milles de la ville de Mogador, Jacques-Yves confiera à un chalutier qu'il croise le courrier qu'il a oublié de poster avant de partir.

Les jours qui suivent sont décrits comme une alternance de calmes et de petites brises. Victor revient sur le choix effectué par son fils de ne pas disposer d'un moteur sur *Kurun*, décision qui semble intriguer les lecteurs. Il leur répond qu'en dépit de la quasi nécessité d'une telle assistance pour sécuriser les manœuvres de port, elle entraîne de façon inévitable l'encombrement d'une partie de l'espace disponible à bord par les bidons de combustible nécessaires à son fonctionnement.

## Chapitre 5 : Rencontres

*« Déborde, largue la voile, la barre à tribord, toute*
*Kénavo, Port-Maria, Loctudy, Ker Végan*
*Souffle, brise marine*
*À bloc de tes écoutes*
*La vague chante ce soir sur la harpe du vent ».*
Chant de marin : *Les grands dundées*

***Mars 2020***

*Réservé, voire secret, Jacques-Yves Le Toumelin s'est toujours livré avec parcimonie et réserve, raison pour laquelle le regard s'attarde – en ces temps de giboulées qui parcourent la presqu'île guérandaise et lavent le ciel – sur le texte de l'article qu'il a rédigé en décembre 1985 pour la revue municipale de La Turballe.*

*Dans cet écrit d'une grande clarté, le navigateur se livre en vérité. Il assume pleinement le choix de la réalisation d'un bateau déjà démodé en février 1948 au moment de sa mise à l'eau, au regard notamment des carènes plus fines et des gréements Marconi. Pas d'archaïsme dans cette option, mais la volonté affirmée de choisir «* du bien connu, de l'éprouvé *», inspiré d'une tradition séculaire, de façon à naviguer en sécurité par tous les temps.*

*Le navigateur insiste, dans le même temps, sur le fait que* Kurun *résulte en fait d'une intention réfléchie, celle de réaliser «* le meilleur *» en matière de construction d'un bateau en bois «* tout fait main *», tant au niveau de sa carène et de son gréement, que de son aménagement intérieur. Il rend à ce sujet hommage aux charpentiers de marine, forgerons et artisans qui ont ainsi contribué à réaliser ce qu'il qualifie d' «* œuvre d'art *». Ils ont ce faisant résolu la formule parfaite qu'il avait imaginée, celle d'un voilier «* sérieux, simple, solide, pratique et sûr *» qui «* marche tout seul, sans personne à la barre *».*

Kurun *s'inscrit dans une équation dont tous les paramètres ont été mûrement réfléchis. Celui d'un «* vrai bateau de mer *». Celui d'un voilier sans moteur ni électricité, hormis un poste récepteur à piles. Celui d'une navigation classique faisant appel à un loch à hélice, à une sonde à main, à l'utilisation d'un sextant, d'un rapporteur et d'un chronomètre, ainsi* *qu'aux tables de navigation et aux logarithmes.*

*Surtout,* Kurun *a été pensé comme un voilier à vivre – domicile du navigateur pendant des années – ce qui explique la cabine spacieuse, de façon à être partout* « chez soi ». *Souci de la praticité et du bien vivre, comme esthétique de vie. L'ensemble de ces facteurs explique, en complément, la volonté de prendre son temps dans ses navigations, bien éloigné de l'esprit de performance et de compétition qui anime les pratiques contemporaines en matière de voile. La résultante de tous ces paramètres explique le bonheur authentique qu'il éprouve lors de ses navigations.*

*Jacques-Yves s'explique par ailleurs sur les motivations qui l'ont conduit à devenir navigateur solitaire. Il récuse dans cette démarche toute volonté de* « singularité, de performance et d'intérêts vulgaires ». *Ses ressorts personnels tiennent en premier lieu à son authentique vocation de marin influencée par celle de son père, capitaine au long cours, qui navigua sur les derniers trois-mâts. Ils ont aussi pour origine sa défiance à l'égard du monde moderne matérialiste et son attirance pour l'idéal d'une humanité meilleure. De façon simultanée, il éprouve une attirance pour la découverte d'une nature vierge, dans des contrées lointaines et au contact d'êtres humains mus par des intérêts différents de ceux répandus dans la civilisation occidentale. Ces éléments se conjuguent chez lui avec l'impérieux besoin de partir vivre en solitude cette aventure personnelle.*

*Surtout, Jacques-Yves souligne que la conjonction constituée par l'exercice d'un métier porteur de sens, une vie saine et simple, la rencontre de gens de cœur, la solitude pleinement assumée, suffit à donner un sens à son existence, ressentie comme le privilège de son* « incarnation humaine au sein de cet univers sans limite ».

*Le navigateur conclut de façon philosophique que la quête du bonheur, inhérente à chaque être humain, peut donc se concrétiser de façon harmonieuse dans le respect des « lois fondamentales de la vie ». Son article se clôt sur l'injonction plaisante :* « Soyons heureux ! ».

### *Berlin* et Paul Müller

Aux Canaries, Jacques-Yves assiste à l'arrivée du petit voilier *Berlin*, venu s'amarrer à couple de *Kurun*. Cette proximité est à l'origine des liens qui s'établissent rapidement entre les équipages des deux voiliers. Jacques-Yves décrit de façon circonstanciée, dans *Kurun autour du monde*, le dénuement extrême dans lequel se trouvent Paul Müller et sa fille Aga. Il apporte généreusement son aide à l'équipage démuni. Leurs échanges permettent d'en savoir davantage sur leur traversée héroïque à bord de ce canot à avirons de 5 m 30, gréé d'une voile et équipé d'un abri rudimentaire.

*Avant-guerre, Paul, ingénieur chimiste, eut une première expérience de navigation. Il effectua en 1928 une traversée solitaire de l'Atlantique – de Hambourg à Miami – sur son minuscule voilier, l'*Aga. *Une photo prise par un journaliste de La Corogne, en Espagne, le présente sur son bateau, au moment de reprendre la mer. Sur la voile figurent les mots Hamburg Amerika, complétés par la mention en anglais et en espagnol* « Je traverse l'Atlantique de Hambourg à l'Amérique. Aidez-moi ». *Il lui fallut près de trois mois pour atteindre Cuba. Accostant à Villa Blanca, il demanda au premier passant, Manuel da Silva, la confirmation de son lieu d'arrivée.*

*Surnommé « Müller le fou », par les journalistes qui rendent compte de son voyage lors de ses différentes escales, il échappe de peu à la mort après avoir fait naufrage près du cap Hatteras, en Caroline du Nord, alors qu'il se dirige vers New York. Il ne parvient à sauver de l'épave que son compas. Rescapé, il est débarqué à Charleston, où il se fiance avec Agatha Gavinski, qu'il épousera l'année suivante.*

*Comme l'évoque* The Brooklyn Daily Eagle, *Paul reprend la mer sur l'*Aga II, *son nouveau voilier de 18 pieds, vers New York cette fois, afin de terminer le périple interrompu par le naufrage de l'année précédente. Il emporte à son bord une lettre du maire de Charleston, Thomas P. Stoney, destinée à celui de New York, Jimmy Walker. Parvenu à Manhattan, Paul publie dans le* New York Times *le dimanche 19 mai 1929 un long article (24 pages) destiné à Agatha, une déclaration d'amour décrivant ce qu'il a vécu et comment il fut contraint de se nourrir de poisson cru dans sa traversée de l'Atlantique vers La Havane.*

*Après un bref séjour en Allemagne, le couple s'installe aux Bahamas où naît leur fille Aga en 1931. Contraints de revenir en Allemagne, Paul et Agatha travaillent pendant la guerre dans une usine d'armement. À la fin du conflit, Paul fait partie des hommes requis de force* pour déblayer les décombres des ruines de Berlin. La famille – composée de Paul, Agatha et de leurs deux enfants Aga et Horst – survit d'expédients et des rapines effectuées par Paul dans les décombres des immeubles détruits. Dans ce contexte misérable, Paul fait l'acquisition d'une annexe de la Kriegsmarine qu'il transforme à peu de frais en canot habitable.

Il se résout à fuir le 17 juin 1949 la zone de Berlin occupée par les Soviétiques, où il vit, et à prendre la mer avec sa fille Aga, âgée de 17 ans. Il entend se rendre en Argentine pour s'y établir. Son épouse et son fils les rejoindront plus tard. Certains journalistes suspecteront plus tard que le départ de Paul eut pour origine ses démêlés avec la justice de son pays où il aurait fait de la prison.

Quoi qu'il en soit, après avoir gagné la mer du Nord par l'Elbe en août, Paul fait escale le lundi 10 octobre 1949 à Shoreham puis à Weymouth, en Angleterre, où une famille propose même d'adopter Aga. Le film d'actualités « The Berlin leaves for South America », réalisé par British Movietone, montre le petit canot au départ de Falmouth le 7 décembre 1949, en route vers l'Irlande. Lors de cette escale, les autorités locales, émues du dénuement et du courage des deux navigateurs, octroient un passeport britannique à Aga.

Les Müller font une escale forcée à Dungarvan, dans leur route vers Kinsale. Le dimanche 8 janvier 1950, ils sont secourus par le bateau de sauvetage de Helvick Head, alors que Berlin dérive dans un fort coup de vent vers les rochers du phare de Ballinacourty.

Les habitants de Dungarvan accueillent généreusement les rescapés. L'altération de la santé de Paul est cependant remarquée. Interrogée sur les raisons de leur voyage considéré comme suicidaire, Aga répond qu'il est indispensable à la concrétisation de leur projet familial. Sans ressources, ils ont choisi la seule façon de quitter Berlin. Dès leur arrivée en Argentine, ils ont l'intention d'écrire l'histoire de leur périple pour le Berlin Telegraph afin de gagner de quoi faire venir sa mère Agatha et son frère Horst. Une fois ce projet réalisé, ils continueront à collaborer à des journaux américains pour gagner suffisamment d'argent pour acheter un terrain et y installer une ferme.

En dépit des exhortations à la prudence des marins locaux, les Müller quittent Dungarvan le mardi 10 janvier 1950 pour Cork. La nuit sui-

*vante, ils jettent l'ancre à Ardmore, 10 milles plus loin, où ils reçoivent l'hospitalité du Docteur Cleary, le médecin local, puis de T. F. Quain.*

*Après avoir repris la mer et traversé le golfe de Gascogne en 22 jours de mer, le père et sa fille font escale le mercredi 22 mars 1950 à Luarca, en Espagne, contournent le cap Finisterre avant de longer la côte vers le sud. Ils parviennent aux Canaries sans savoir – faute d'une navigation précise – dans quelle île ils arrivent, car ils ne disposent que d'une carte marine à petite échelle et d'un compas. Ils arrivent à Las Palmas alors qu'ils se croient à Ténériffe.*

*Lorsqu'il repart des Canaries le 1er mai 1950, Paul décide de descendre plus au sud le long des côtes africaines avant de se laisser porter vers les Antilles par l'alizé. Il relâche à Freetown, en Sierra Leone, d'où* Berlin *repart le mercredi 14 juin 1950. Une forte tempête le contraint à se rapprocher des côtes et à jeter l'ancre devant les côtes du Liberia le 27 juin.*

*Gravement malade du fait des privations subies, la santé de Paul décline soudainement. Alors qu'Aga veille son père mourant, des hommes s'approchent du voilier, dans un canot, au prétexte d'apporter leur aide. Voyant la jeune fille occupée au chevet du moribond, ils s'emparent de ce qui a la moindre valeur à bord, y compris les couvertures et la nourriture, avant de s'enfuir.*

*Dans la crainte de leur retour, Aga coupe l'amarre de l'ancre du bateau pour se réfugier au large. Son père, à l'agonie, décède dans la nuit. La jeune fille gagne alors la côte africaine pour s'y échouer. Parvenue à terre, elle part chercher de l'aide, traversant pieds nus une zone aride avant de trouver du secours à Buchanan, à l'embouchure du fleuve Saint-John, au Libéria.*

*Secourue, des habitants l'aident à porter à terre le corps de son père pour l'enterrer. Gravement blessée aux pieds en marchant pieds nus sur les sentiers caillouteux, Ada est soignée par les Libériens puis rapatriée en Angleterre. Elle s'établira plus tard en Irlande, à Dublin, où son périple sera raconté dans plusieurs articles de la presse locale. Elle épousera Fred Catwell, employé dans le journal pour lequel elle-même travaille.*

Sans connaître cet épilogue tragique, Jacques-Yves sera ému d'apprendre la destinée tragique de Paul et son décès. Il admira surtout l'énergie et le courage d'Aga, la confiance en son père, ainsi que son dévouement filial.

Le séjour de *Kurun* aux Canaries est agrémenté de nombreuses réceptions, invitations et visites de l'île. Jacques-Yves profite de l'accueil et de l'hospitalité d'un armateur local, d'origine française, qui a servi dans la marine nationale. L'escale permet également la réalisation de films en couleurs destinés à être projeté lors de conférences ultérieures du navigateur.

**Arrivée aux Antilles**

Le 2 mai le cotre reprend la mer afin d'effectuer la traversée de l'Atlantique, tant attendue. Trente jours plus tard, le 1er juin 1950, à 22h55, le cotre passe à toucher le rocher de la Caravelle. Par sa forme particulière, il constitue un amer remarquable culminant à 30 mètres aux approches de la Martinique.

Contournant l'île par le nord, Jacques-Yves éprouve l'émotion de naviguer dans le sillage de son père. Il se souvient en effet des impressions relatées par ce dernier à son arrivée cinquante ans plus tôt à la Martinique sur le trois-mâts *Fort-de-France*.

Jacques-Yves approche la terre par l'île du Diamant, à deux kilomètres de la pointe du même nom, dans le canal de Sainte-Lucie. Le 2 juin, *Kurun* jette l'ancre devant le yacht-club de Fort-de-France, près du quai de Candé, du nom de l'Amiral Maussion de Candé, le gouverneur qui posa le 16 mars 1864 la première pierre du bassin. L'officier de marine signa le 21 janvier 1862 le décret désignant Fort-de-France comme port d'arrivée des transatlantiques venus de la Métropole.

Dès son arrivée, Jacques-Yves adresse une longue lettre à son père. Ce dernier la recevra le 3 juin 1950. Il en reproduit la teneur dans un article de la revue *Le Yacht*. Le navigateur décrit les conditions de mer rencontrées pendant sa traversée et explique ses choix de navigation. Paul Farge, son équipier, a été confronté pour la première fois à un réel gros temps pendant la traversée de l'Atlantique, ce qui pour Jacques-Yves se résume à un banal coup de vent (sic). Pendant près de trois jours, *Kurun* étale une mer formée, à la cape, avant de reprendre sa route le 5 mai 1950, par bonne brise. Les jours qui suivent sont marqués par des vents plus faibles. Le navigateur ne retrouve des conditions de navigation favorables que le 19 mai au soir, après 17 jours de mer.

La moitié de la traversée de l'Atlantique est réalisée en dix jours, sous voilure réduite. *Kurun* navigue vent arrière, barre amarrée. Le 1er juin 1950, la proximité de la terre rend le navigateur plus attentif. Alors qu'il effectue du matelotage à l'avant du voilier, il aperçoit enfin la presqu'île de la Caravelle dans l'axe du boute-hors du voilier. Seul sur le pont pendant la nuit, il contourne l'île par le nord, jouissant de cet instant privilégié. *« Le lever du jour fut une révélation. Paysages grandioses. Je naviguais la matinée à toucher terre, déventé, mais goûtant pleinement le charme d'une nature prodigieuse »*.

Les abords de la baie de Fort-de-France n'en sont pas moins sportifs, en raison de la brise fraîche qui souffle dans l'axe du bateau. Jacques-Yves est contraint de tirer des bords difficiles, avant d'envoyer la trinquette de 15 m² pour faire un meilleur cap. *« L'eau aux dalots, le* Kurun *marchait comme un cheval de course, remontant dans le vent comme un petit yacht. Le vent sifflait dans le gréement et partout l'écume et les embruns volaient »*. Le train d'enfer du voilier est remarqué depuis la terre. Bord après bord, il progresse dans la baie pour jeter l'ancre à 17 heures précises, à 50 mètres du yacht-club. L'équipage envisage d'appareiller le 25 juin 1950 pour Colon et le Pacifique.

Le 9 juin 1950, *Ouest-France* rend compte de l'arrivée du navigateur en ces termes : *« Les deux jeunes navigateurs partis du Croisic vont-ils battre sur l'Atlantique le record de Marin Marie ? »* Le journaliste rappelle leur départ du Croisic en vue d'effectuer un tour du monde et leur arrivée le vendredi 2 juin 1950 à Fort-de-France, après un mois de mer. *« Les 2 jeunes gens : Paul Farge, 26 ans, photographe, et Jacques Le Toumelin, 29 ans, fils d'un officier de la marine marchande, ont été chargés de mission ethnologique dans les îles du pacifique par le musée de l'Homme »*. L'article fait ainsi allusion à un point intéressant, la recherche scientifique qui constituerait l'un des buts annexes de la navigation de Jacques-Yves Le Toumelin. On n'en sait pas plus cependant sur cette démarche, sans doute restée à l'état de projet.

Avant Jacques-Yves, Marin Marie a lui-même quitté Douarnenez pour une traversée de l'Atlantique, le mercredi 10 mai 1933, seul à bord de *Winibelle II* qu'il vient d'acheter. Par Madère et La Martinique, il gagne

New York où il arrive le jeudi 17 août 1933. Dans la perspective de la traversée, il installe à bord un système de double trinquette assurant le pilotage automatique du voilier par le réglage judicieux des voiles. Il effectue une brève escale à Madère d'où il repart le vendredi 9 juin vers les Antilles, arrivant à Fort-de-France après 29 jours de mer. Le mardi 25 juillet, il quitte la Martinique en direction des côtes américaines et de New York où il débarque le 17 août 1933. Ce périple est effectué en 65 jours, soit 40 de moins que son prédécesseur Alain Gerbaud en 1923.

Pour cet exploit, Marin Marie reçoit en 1935 le prix Virginie Hériot, attribué par l'Académie des Sports, celui-là même que recevra Jacques-Yves en 1952. Marin Marie est ainsi le second Français après Alain Gerbault à traverser l'Atlantique à la voile en solitaire.

Alain Gerbault est lui-même parti de Cannes le 25 avril 1923 à destination de Gibraltar où il relâche 3 semaines plus tard. Le 6 juin, il s'engage dans la traversée de l'Atlantique, parvenant à New York le 14 septembre 1923, après 101 jours de mer.

**André Sadrin**

Jacques-Yves séjourne un mois à La Martinique, profitant de la découverte des lieux. Il est notamment accueilli au yacht-club de Fort-de-France, créé en 1935. Près du Robert, il découvre l'épave à l'abandon d'*Ananda*, le trimaran gréé en ketch à voiles de jonque sur lequel André Sadrin a traversé l'Atlantique du Cap-Vert à la Martinique en octobre 1946. Jacques-Yves hérite même des cartes marines laissées par ce navigateur au yacht-club de Fort-de-France.

*Par un titre en forme d'interrogation « Le voilier* Ananda *fera-t-il le tour du monde? » La gazette de Lausanne du vendredi 21 février 1947 avait rappelé le contexte et la genèse du projet de tour du monde d'André Sadrin. Inspiré de la pirogue de Polynésie, son voilier fut construit par Fernand Raymond au chantier naval du Léman, à Amphion-les-Bains, près d'Évian. Ce chantier, réputé, racheté par l'architecte de marine en 1942, fut précédemment connu sous le nom de chantier Excelsior (Société anonyme des Chantiers Excelsior), dirigé par Théodore Alexandre Clarke, pilote et constructeur.*

Ananda, *construit en chêne et en acajou sur les spécifications d'An-*

*dré Sadrin, comprend une coque centrale de 12m90 de longueur, flanquée de façon symétrique par deux autres coques, plus petites et étanches, exerçant le rôle de flotteur ou de balancier. Son faible tirant d'eau lui permet de s'engager sur les hauts-fonds et d'aborder en n'importe quel endroit, notamment dans les mers du Sud. Le terme Ananda se réfère à l'état de « félicité » ou de « joie profonde » auquel une démarche méditative approfondie permet de parvenir. Il est aussi le nom du principal disciple et cousin du Bouddha, personnage considéré comme sympathique.*

*Au terme de sa construction, le voilier parvient par voie ferrée à Sète. À Toulon, Sadrin est rejoint par deux équipiers, Roger Moniel, un navigateur, et Pierre Gaugler, un reporter photographe et cinéaste, désireux de l'accompagner dans son tour du monde. Les trois hommes prennent la mer pour une navigation d'initiation vers Ajaccio, en Corse. La mer, agitée, éprouve l'équipage qui découvre les réactions inhabituelles de ce voilier d'un genre nouveau. En l'absence de quille lestée,* Ananda *se révèle difficile à contrôler dès qu'il prend de la vitesse. À l'usage, il est affecté d'un roulis accentué qui fatigue le bateau et épuise l'équipage.*

*Roger Monier, le premier, déclare forfait. Le voilier reprend ensuite la mer pour Mostaganem, près d'Oran, où Pierre Gaugler abandonne à son tour. Doté d'une détermination sans faille et d'une bonne condition physique, André Sadrin se déclare prêt à poursuivre seul l'aventure lorsque Roger se ravise et décide de réembarquer. Mal lui en prend, malade pendant deux jours et demi sur les trois jours de route jusqu'à Gibraltar, il abandonne définitivement. André Sadrin parvient seul à Casablanca.*

*Au Maroc, André se met en quête de nouveaux équipiers. Didier Petit et Nic Sherer, le rejoignent en avion et embarquent avec lui. Les trois hommes prennent la mer à destination des îles du Cap-Vert où ils parviennent sans encombre, après seize jours de mer. De là, ils arrivent au Robert, sur la côte est de La Martinique, au terme d'une traversée épique. Dans ses propos, repris par* La Gazette de Lausanne, *Didier Petit déclare :* « C'est *(Ananda)* un bateau hystérique et infernal. Avec ses réactions brutales, on a toujours l'impression qu'il veut nous balancer par-dessus bord. Continuer pour entreprendre la traversée du Pacifique serait un vrai suicide ».

*Fernand Raymond, le constructeur du voilier, a lui-même été sceptique à l'égard du choix effectué par André Sadrin. Il déclara :* « Je n'ai jamais été partisan des bateaux à balancier. Mais j'ai été obligé de respecter les instructions de mon client, qui a suivi lui-même la construction d'*Ananda*. Il voulait absolument faire un essai. Peut-être réussira-t-il quand même car il possède une volonté de fer. Pour ma part, je préférerais un yacht classique comme celui que nous construisons actuellement ».

*Pendant la traversée, l'équipage découvre tout à la fois le potentiel de vitesse important du voilier mais aussi son inconfort en raison de la difficulté à contrôler ses trajectoires erratiques. Sa faible hauteur sur l'eau mouille en outre constamment son équipage.*

*Le 22 février 1947,* Le Yacht *rendit compte de la traversée d'André Sadrin. Il semble qu'à La Martinique le navigateur ait cherché en vain deux équipiers pour remplacer son équipage défaillant. En 1974, le navigateur publia ses souvenirs dans* Au péril de la mer *décrivant, après l'interruption de la route d'*Ananda *à La Martinique, la poursuite de son chemin en réponse à l'appel mystérieux de l'Inde, de l'hindouisme et de l'expérience du yoga. Cette expérience, riche et féconde, le ramena ensuite au christianisme, après son retour, dans sa paroisse de Saint-Pierre de Neuilly.*

Le 3 juillet 1950, *Kurun* reprend la mer en direction de l'Amérique du Sud, effectuant une traversée de 1 200 milles jusqu'au Panama. La majeure partie est réalisée sous trinquettes jumelles, en pilotage automatique qui donne toute satisfaction. La traversée du Pot au noir s'effectue dans les vents instables propres à cette zone de convergence intertropicale proche de l'équateur. L'équipage parvient cependant sans encombre à Colon, à l'embouchure du Chagres, le 16 juillet 1950.

Sur le livre d'or du yacht-club de Cristobal, Jacques-Yves relève avec délectation le souvenir du passage de John Antle sur *Rêverie*, d'Alfred Petersen sur *Stornoway*, de *Störtbecker II*, qui a appartenu au capitaine Slimbach.

La revue *Le Yacht* du 29 juillet 1950 évoque dans sa rubrique nécrologique le décès de Paul Müller, rappelant dans quelles circonstances

Jacques-Yves Le Toumelin et son équipier Paul Farge ont rencontré aux Canaries *Berlin*, avec à son bord le chimiste Müller, âgé de 65 ans et, sa fille de 18 ans. La nouvelle fait l'objet d'interprétations fantaisistes, raison pour laquelle la revue décide de publier un extrait d'une lettre de Jacques-Yves Le Toumelin : « *Nous les avons invités à venir se mettre à couple de nous : ce sont vraiment de pauvres gens qui font un voyage extraordinaire de témérité. Ils ont quitté l'Irlande en février et ont mis plus d'un mois pour parvenir au Portugal. Ils ont été rejetés trois fois dans le golfe de Gascogne. Leurs conditions matérielles sont plus que sommaires. Leur outillage, par exemple, est constitué par une vieille paire de tenailles rouillées et un marteau de cordonnier. Tout à bord est dans un état qui inspire la pitié. Leur fourneau est un Primus qu'ils installent où ils peuvent et sur lequel ils font cuire quelques patates, à peu près leur seule nourriture. Ils n'ont que 120 litres d'eau douce. Inutile de dire que malgré leur nationalité, nous leur avons rendu tous les services que nous avons pu et leur avons donné différentes bricoles.* »

*Le Yacht* se fait par ailleurs l'écho des articles de la presse martiniquaise et du courrier de l'équipage relatant la réception cordiale de *Kurun* et de son équipage par les membres du yacht-club de Fort-de-France comme par les autorités locales. Au cours d'une soirée de la Marine, organisée à leur intention, Paul Farge projette une série de diapositives commentées par Jacques-Yves. L'article est illustré de deux photos. La première, prise le 27 mai 1950, présente Jacques-Yves relevant les hauteurs du soleil au sextant. La seconde image montre Paul Farge faisant office de coiffeur le 25 mai 1950 dans la perspective de l'arrivée. Cette dernière est prise de façon automatique grâce au retardateur, l'appareil posé sur le roof.

**Tom et Diana Hepworth**

Jacques-Yves évoque dans *Kurun autour du monde* la rencontre qu'il fait à cette époque de Tom et Diana Hepworth, couple britannique engagé dans un projet de tour du monde sur *Arthur Rogers*. Ce dernier est un Brixham Trawler qui a servi dans une vie antérieure au transport d'explosif de 1947 à 1957.

> *Les Hepworth ont acheté ce ketch de 21 mètres en 1947, après qu'il eut servi de bateau pilote dans le port de Falmouth. Partis d'Angle-*

*terre à la recherche de l'endroit où s'établir, ils traversent l'Atlantique, font escale en Guyane anglaise (aujourd'hui Guyana) et à la Nouvelle-Orléans, franchissent le canal de Panama pour se rendre à Tahiti puis en Nouvelle-Zélande.*

*Tom est le fils du réalisateur et producteur de cinéma Cecil Hepworth, également acteur dans une vingtaine de films. Diana, dont la famille émigra aux États-Unis, est une ex-top-modèle dont l'élégance naturelle frappe ceux qui la rencontrent. Elle exerce à l'âge de vingt ans le métier de modèle, mais aussi – ce qui est moins courant – celui de charpentier de marine, en lien avec son caractère énergique.*

*Alors qu'*Arthur Rogers *navigue en Polynésie française, en août 1952, William Ion Berlton Crealock, un membre de l'équipage du voilier – il deviendra plus tard un architecte de marine réputé – découvre la passe permettant d'accéder à l'atoll de l'île de Nengonengo, dans l'archipel des Touamotou. Parvenus en 1957 en Nouvelle-Zélande, les Hepworth se rendent ensuite dans l'archipel des îles Salomon. Ils ouvrent un commerce à 400 kilomètres de la capitale, dans les îles Santa Cruz, initialement peuplées par des communautés mélanésiennes. L'une de ces îles n'est autre que Vanikoro, où s'acheva tragiquement l'expédition de Jean-François de La Pérouse en 1788.*

*Le magasin ouvert par les Hepworth prospère. Il est pendant longtemps le seul commerce de l'archipel. Tom conjugue avec brio les fonctions d'épicier, de libraire, de mécanicien, de postier et de banquier. Avec son épouse, il loue en 1960 la petite île de Pigeon Island, dans la mer de Corail, dont le nom local, Ngarando, signifie « endroit lointain ». Par son travail acharné, le couple transforme l'îlot corallien, initialement couvert de broussailles, en un lieu de vie paradisiaque.*

*Les Hepworth mènent une existence idyllique, dans un premier temps, avec leurs enfants. En 1958, ils donnent naissance à leur fille Tasha, à Auckland, en Nouvelle-Zélande. Deux autres enfants, les jumeaux Bressin (dit Ben) et Ross, naissent en 1961. Ils vivent une enfance insoucieuse dans le décor paradisiaque de Pigeon Island jusqu'à ce qu'un diagnostic médical révèle les graves problèmes physiques et mentaux de Tasha.*

*Soucieux de l'éducation de leurs enfants, Tom et Diana embauchent pendant deux ans une préceptrice de 22 ans, Christine Bertaut, ori-*

*ginaire de Putaruru, en Nouvelle-Zélande. Pour cette occupation, elle dispose d'une salle de classe spécialement aménagée. Elle s'occupe également des activités extrascolaires, éveillant les enfants à toutes sortes de disciplines comme la création florale, la réalisation de collages décoratifs ou la lecture des œuvres de Tolkien. Une photo du* Pacific Islands Monthly *montre en 1971 la jeune enseignante avec les trois enfants dans leur salle de classe.*

*Tom Hepworth décède en 1994 et Diana quelques années plus tard. Lucy Irvine publiera en 2002* Faraway *ouvrage inspiré de la vie des Hepsworth à Pigeon Island.*

### *Islander* et Harry Pidgeon

Après avoir remarqué la signature de John Antler sur le livre d'or du yacht-club de Cristobal, le regard de Jacques-Yves s'attarde sur celle d'Harry Pidgeon. Constructeur de son propre voilier, ce navigateur né le 31 août 1869 dans une ferme de l'Iowa, fils de Quakers, est le premier plaisancier à effectuer le tour du monde par la route des Alizés.

*Dès l'âge de 15 ans, il travaille dans un ranch en Californie avant de descendre le Yukon sur un radeau à l'instar des marchands de fourrure russes qui l'explorèrent en 1831. Puis il navigue à la voile entre les petites îles du sud-est de l'Alaska. Revenu en Californie, il travaille comme photographe pour gagner sa vie.*

*À 48 ans, Pidgeon entreprend en 1917 de réaliser de ses mains son propre voilier de 10 mètres* Islander, *à partir de plans publiés dans le* Rudder Magazine, *un magazine de voile. Le chantier, dans le port de Los Angeles, dure un an et demi, sans dépasser 1 000 \$. Son bateau terminé, Harry Pidgeon embarque sur* Islander *et entreprend une première navigation vers les îles Catalina, à 22 milles de San Pedro, en Californie, puis une traversée aller et retour jusqu'à Hawaï. Amariné, confiant en la fiabilité de son voilier, il décide alors de se rendre aux îles Marquises le 18 novembre 1921. De là, il s'engage dans un premier tour du monde de 1921 à 1925.*

*Pidgeon revient à Los Angeles le 31 octobre 1925. La relation de cette navigation solitaire est décrite dans son livre* Autour du monde

en solitaire : La croisière de l'Islander, *publié en 1932. L'ouvrage, riche d'enseignements pratiques, détaille les innombrables escales de ses navigations. Traité pratique sur la manière de naviguer de façon économique, le livre constitue un manifeste écoresponsable avant la lettre. Le navigateur décrit ses rencontres avec les populations côtoyées lors de ses escales, l'hospitalité et la générosité dont ces dernières témoignent à son endroit, les rites tribaux qu'il observe. Il met également l'accent sur la prudence à observer en mer, une attention de tous les instants car, en dépit de sa vigilance, Harry Pidgeon manque de faire naufrage près des côtes d'Afrique du Sud.*
*À 74 ans, Pidgeon épouse en 1944 Margaret Dexter Gardner, la fille d'un officier de marine, elle-même née à bord d'un bateau. En sa compagnie et celle d'un équipier, il entreprend en 1947 une nouvelle circumnavigation mais fait naufrage le 23 janvier 1948 près d'Espiritu Santo, une île de l'archipel des Nouvelles-Hébrides (aujourd'hui Vanuatu). Il décède de pneumonie le 4 novembre 1954, à San Pedro, en Californie.*

**_Stornaway_ et Alfred Peterson**

Jacques-Yves relève également sur le livre d'or de Cristobal la signature d'Alfred Petersen. Elle évoque à son esprit *Stornaway*, le voilier de ce dernier, dont le dessin s'inspire d'un plan Colin Archer de 1910. Le voilier, de 9 m 66 hors-tout, de 8 m 83 à la flottaison et de 3 mètres de maître-bau, possède un tirant d'eau de 1 m 52. Dessiné par Albert Strange, il est construit en 1926 au chantier Dauntless, établi depuis 1917 à Essex, dans le Connecticut, dirigé par le Major William Smyth. Son premier propriétaire le baptise *Bar Ann*. Ensuite renommé *Vaeringer*, le nom de *Stornaway* lui est attribué en 1928, par Lloyd Nichols, son nouveau propriétaire. Il aura par la suite trois autres propriétaires, avant son rachat par Alfred Petersen en 1948.

*Petersen quitte New York en juin 1948 et se rend à Oxford, dans le Maryland, afin de préparer son bateau. Il termine à Miami ses préparatifs. En novembre, il traverse les Caraïbes, longe la Jamaïque pour parvenir à Panama. Après avoir franchi le canal, il se rend aux Galapagos puis aux îles Marquises. Depuis cet endroit, il visite longue-*

*ment les Tuamotu et Tahiti. Il poursuit sa route vers la Nouvelle-Zélande, l'Australie avant de relâcher à Sydney.*
*Empruntant la route classique des navigateurs solitaires, il longe la grande barrière de corail avant d'emprunter le détroit de Torres vers l'Indonésie. Il fait escale ensuite à Port-Moresby, en Papouasie-Nouvelle-Guinée, au Timor oriental, à Bali, Djakarta, Singapour, avant de traverser l'océan Indien en direction de la mer Rouge et d'Aden.*
*Alors qu'il navigue dans le détroit de Bab-el-Mandeb, à 10 kilomètres du port yéménite d'Al-Mukha,* Stornaway *s'échoue sur un haut-fond. Le navigateur a la malencontreuse idée de s'éloigner pour trouver de l'aide, laissant seul son voilier. Il le retrouvera pillé, à son retour.*
*Parti demander l'aide des autorités à Al-Mukha mais incapable de se faire comprendre par sa méconnaissance de l'arabe, Alfred est jeté en prison et incarcéré pendant quatre jours. Relâché, il loue un bateau de pêche et les services de vingt policiers. Dégagé du récif,* Stornaway *retrouve l'eau libre. Les plaies du voilier sont pansées près de la ville d'Assab, en Érythrée, avant la réalisation de travaux plus importants à Massawa, au nord de l'Éthiopie.*
*Bien qu'épuisé par la succession d'épreuves qu'il a connues et plutôt que de se reposer, Petersen décide de gagner Suez en une seule étape. Parvenu à l'entrée du canal, il fait rapidement escale à Port Saïd avant de se rendre à Chypre, en Méditerranée. Il navigue de conserve avec un Anglais, Edward Poett, qui emprunte laborieusement la même route sur son voilier* Kefaya. *Alfred s'offre à l'aider et l'accompagne jusqu'à Nice, laissant au port* Stornaway.
*Revenu à Chypre chercher son voilier, il effectue en 34 jours la traversée de la Méditerranée d'est en ouest – vent debout et par une mer hachée – jusqu'à Gibraltar. Il gagne ensuite Dakar. Après avoir quitté l'Afrique,* Stornoway *s'engage plein ouest dans l'Atlantique pour parvenir à New York en août 1952, en 50 jours de mer, sans escale. Sa circumnavigation s'achève après 4 années et 4 mois.*
*Comme l'évoque David Loscalzo dans le livre qu'il écrit à bord de* Stornaway, *pour l'ancien combattant qu'est Alfred Peterson, ce tour du monde de juin 1948 à août 1952 symbolise la liberté retrouvée, la possibilité inouïe de pouvoir vivre et se déplacer suivant son bon vouloir dans le vaste monde. Après son arrivée discrète, Alfred re-*

*trouvera l'anonymat et sa vie d'avant. Son aventure étonnante n'aurait sans doute jamais eu de publicité si Edward Poett n'avait entrepris de faire connaître l'aide désintéressée qu'il lui a apportée. Il adressera une lettre au comité du Cruising Club of America expliquant le comportement généreux et compatissant de son ami.*

*Malgré la compétition qui se fit jour en 1952 pour l'attribution de la Blue Water Medal, la distinction fut accordée à l'unanimité à Alfred Petersen. L'année suivante, elle le sera à Louis Van de Wiele, pour le tour du monde d'*Omoo.

*Alfred épousera Marjorie, une navigatrice expérimentée. Après deux années de mariage et de vie à terre, il lui proposera en 1955 de reprendre la mer. Ils repartiront sur* Stornoway *pour une longue navigation vers les Bermudes.*

*De retour à New York, Alfred songe à tous les pays qu'il n'a pas eu le loisir de visiter suffisamment. Capables l'un comme l'autre de gagner leur vie partout dans le monde, Alfred et Marjorie repartent de New York le 10 juin 1955 pour une traversée transatlantique vers le Portugal et Lisbonne. Le Français Jean Lacombe assiste à leur départ. De là, ils effectuent un périple en Méditerranée qui les mène à Marseille, Monaco, en Corse, Malte, Tunisie et Gibraltar. Ils traversent à nouveau l'Atlantique par les Canaries et la Barbade, regagnant les États-Unis par Antigua. Ils effectuent au total 13 000 milles, visitant 85 ports dans 9 pays européens et africains. Par leur organisation méticuleuse, ils font la preuve de leur capacité à effectuer une navigation économe efficace, sur un petit voilier.*

*En 1966, Alfred et Marjorie partent pour un nouveau long voyage par le canal de Panama jusqu'à San Francisco. Marjorie rédige* Stornoway East & West, *le récit des pérégrinations du voilier. En 1970, le voilier hiverne à Sausalito, en Californie, après avoir navigué dans le Pacifique. Le retour vers San Francisco est éprouvant. Les coups de vent se succèdent sans cesse. En 1972, Alfred et Marjorie partent cette fois vers le sud, en direction des côtes du Mexique et de l'Amérique centrale, par le canal de Panama. Ils ont, cette fois encore, la Méditerranée comme objectif. Ils reviendront à Sausalito en 1989.*

Stornoway *sert de base de vie itinérante à Alfred et Marjorie pendant presque quatre décennies, travaillant l'un et l'autre aux escales pour gagner leur vie. Alfred décède sur son voilier le jour de Noël 1981, celui de son 70e anniversaire. Marjorie continue à vivre à bord avant de se résoudre à s'installer à terre en 1985, où elle décède en novembre 2001.*

**Canal de Panama**

Après s'être attardé sur les signatures apposées par ses prédécesseurs sur le livre d'or du yachting club de Cristobal, Jacques-Yves recueille les précisions nécessaires à la traversée du canal.

L'équipage profite de l'assistance amicale de l'agent consulaire de la France au Panama, Monsieur Gringoire, qui cumule cette fonction officielle avec celle d'agent portuaire des principales compagnies de navigation. Grâce à son entregent, *Kurun* obtient la traversée du canal en remorquage du caboteur bananier *Baracoa*. Confronté à l'épineux problème des montants élevés des droits requis pour le passage du voilier dans le canal, l'équipage a la bonne surprise de ne pas y être assujetti.

L'avitaillement terminé, *Kurun* pénètre le 20 août 1950, à 09h15, dans le canal, à couple de *Baracoa*. À cette époque, ce vapeur de 430 tonneaux assure la liaison régulière entre New York, Puerto Colombia, Cartagena, Colon, la zone du canal, et Kingston. Au terme d'une navigation de 41 milles sans encombre le cotre parvient ce même jour à 17h00 en vue du Pacifique et s'amarre devant *Le Yacht*-club de Balboa.

**Clinton Baverstock**

À la même époque, la rencontre de Clinton Baverstock constitue pour Jacques-Yves un autre moment d'échanges, en raison de l'expérience maritime de ce navigateur. Attiré très tôt par la mer, Clinton Baverstock – né le 15 mars 1901 dans l'état de Washington – se résout dès l'adolescence à en faire son métier. Il construit son premier bateau très jeune, avec son père, avant d'approfondir sa formation maritime.

*Au début de sa carrière maritime, il navigue sur le quatre-mâts barque* Joseph Dollar, *à bord duquel il rencontre plusieurs typhons, en route vers le Japon. Embauché par la Pacific Mail Line, Clinton navigue sur plusieurs navires de la compagnie. Dès 1929, il en est l'un des plus jeunes capitaines. Il épouse en 1928 Ellen Pinborg, une passa-*

*gère rencontrée lors d'une traversée. Débauché par la Grace Line, il commande ensuite le* Santa-Cecilia, *puis le* Santa-Rita, *accoutumés à emprunter le canal de Panama entre New York et l'Amérique du Sud. Après avoir appris l'embauche de pilotes par les autorités du canal, Clinton démissionne en 1934 pour exercer ce métier pendant vingt-cinq ans à Panama. Comme Elmer Small, il construit lui-même son voilier, un ketch avec lequel il effectue de nombreuses traversées dont deux navigations jusqu'aux îles Galápagos.*

*Dans la perspective de sa retraite, il recherche l'endroit idéal qui lui permettrait de se fixer tout en offrant un climat agréable et un accès facile à la mer. Il choisit Hope Town, une petite ville des Bahamas au nord de l'île d'Elbow Cay, dans les îles Abacos. En 1954, il fait l'acquisition d'un terrain et s'y rend régulièrement à la voile depuis Panama avant de s'y établir en 1959.*

Le lundi 25 septembre 1950, Jacques-Yves quitte Balboa. Il commence – « *au plus près bâbord amures* » suivant ses propres termes – le premier bord de sa traversée du Pacifique en direction des Galápagos. Sorti du Golfe de Panama, il fait route au sud-est, passe le dimanche 1<sup>er</sup> octobre à l'est de la petite île de Malpelo, située à 240 milles au sud de la côte du Panama, l'une des crêtes émergées de la cordillère volcanique sous-marine.

Bien que pleinement satisfait de *Kurun*, dont il apprécie jour après jour les qualités et son adéquation au programme qu'il s'est fixé, Jacques-Yves se prend de temps à autres à songer pendant sa navigation à ce que serait un voilier plus performant. C'est ainsi qu'il écrit le jeudi 28 septembre 1950 : « *Je rêve plus d'une fois de ce qu'une belle coque fine, profonde, élancée, avec une voilure bien plate – le* Firecrest *de Gerbault par exemple – eut fait dans ces conditions une route satisfaisante.* » Dans le petit temps, le voilier se révèle en effet assez lent, compte tenu de ses formes, de son poids et de sa voilure.

## Chapitre 6 : Galápagos

*« Il faut chanter puisque la mer est belle*
*Il faut chanter puisque nous partirons (bis)*
*Nous voguerons le cap sur le printemps*
*Et dans les mâts vont chanter nos vingt ans... ».*
Chant de marins

***Avril 2020***

*Le déconfinement et l'autorisation de déplacement dans un rayon de 100 kilomètres permettent à Alain de se rendre à Couëron afin d'effectuer l'état de situation des travaux réalisés. Les choses avancent bien. Les ferrures de fixation du safran ont été remplacées. Le passe-coque avec clapet destiné à la pompe de cale a été mis en place. Des nouveaux caissons en inox, pour l'eau et le gasoil, remplacent les anciennes installations rouillées. Leur repositionnement dans la coque participe d'un meilleur équilibre de charge. À travers le bordé est fixé le tuyau d'échappement du moteur, en inox également. Le pont est terminé de même que les hiloires destinées à supporter les capots. À l'avant, une découpe octogonale prévoit le passage du mât.*

*Alors que se poursuit la rédaction du livre, vient à l'esprit de l'auteur la question saugrenue de ce qui se passe quand deux voiliers croisent leur sillage respectif dans un port du bout du monde. La réponse semble claire : à l'évidence ils se racontent des histoires de voiliers. Au-delà de cette boutade, on ne peut manquer d'être surpris par l'extraordinaire diversité des équipages et des voiliers rencontrés par Jacques-Yves Le Toumelin pendant son tour du monde puis son voyage aux Antilles. Il est à ce phénomène deux explications.*

*La première tient sans nul doute à l'intense aspiration de liberté éprouvée par ceux qui furent contraints pendant les années de guerre à un confinement forcé. La violence du conflit, les années d'Occupation, furent autant d'éléments qui pesèrent gravement sur les esprits. Pour cette raison, l'autonomie retrouvée encouragea la concrétisation des espérances de ceux qui voyaient dans les océans l'aventure suprême. Sans étonnement, ces navigateurs furent de toutes nationalités comme Louis Van de Wiele, Paul Müller, Harry Pidgeon, Alfred Peterson, Bud*

Divine, Ernst Whilelm Lamberty, Irving Johnson, William Robinson, Gerry Trobridge, Erling Tambs, Wolfgang Kraker von Schwartzenberg, Terrence Carr. Même si le souvenir des années de guerre était encore prégnant, leur nationalité respective ne pesa pas dans leurs rencontres, attachés qu'ils étaient à partager en commun une même idée du monde libre dans la grande fraternité maritime. Dans le même temps, ces rencontres permettaient de distinguer différentes approches de la mer exprimées d'une part dans le choix du voilier choisi pour le périple, d'autre part dans l'équipement de ce dernier. Ainsi, Jacques-Yves Le Toumelin relève avec étonnement la profusion technologique de certains voiliers américains équipés d'un confort et d'équipements techniques bien éloignés de son choix spartiate d'origine. Il n'en éprouve aucune envie, se limitant à effectuer un constat objectif.

La seconde raison de cet encombrement bien relatif des océans préfigure – au début des années 1950 – l'explosion de la plaisance. Le Yachting, avant-guerre loisir parfois élitiste, devient à cette époque un plaisir populaire. Il n'est que de citer pour s'en convaincre l'avènement du Corsaire, conçu en 1953 par Jean-Jacques Herbulot pour le centre nautique des Glénans, premier habitable d'initiation à la croisière côtière. Le premier exemplaire, construit à Lormont par le chantier Bonnin, fut mis à l'eau le 23 mai 1954. Quelques années plus tôt, l'école de voile des Glénans était née en 1947 de la volonté d'Hélène et de Philippe Vianney, anciens résistants. Sous son pseudonyme d'« Indomnitus », Philippe – fondateur du quotidien Défense de la France pendant l'Occupation (plus tard France Soir) afin de développer une information objective en réaction aux valeurs inadmissibles promues par l'occupant – avait été l'un des animateurs de la presse clandestine pendant le conflit. À la fin de la guerre, il fut l'un des responsables des maquis de Seine-et-Oise.

L'école des Glénans naquit de la volonté de ses concepteurs de réacclimater à la vie civile d'anciens résistants marqués dans leur chair et dans leur esprit par la violence du conflit. L'école de voile commence son activité sur l'île du Loch avec l'autorisation de la famille Bolloré qui en est propriétaire. Elle s'installera un peu plus tard sur Penfret. L'explication de cette migration aurait eu pour explication l'indignation de la vénérable aïeule de la famille propriétaire de l'île, offusquée d'apprendre que garçons et filles partageaient la même activité et vivaient en commun l'ap-

*prentissage de la voile. Dans cette aventure naissante, Philippe Vianney fut rejoint par Henri Desjoyeaux – père du navigateur Michel Desjoyeaux – qui l'avait accompagné dans la Résistance.*

**Lundi 20 octobre 1952**

Le départ du Panama en octobre 1952 confirme l'arrivée de Jacques-Yves Le Toumelin dans un nouveau monde, celui de l'océan Pacifique et de ses promesses. La distance entre le canal de Panama et l'île de San Cristobal est à vol d'oiseau – qui est rarement comme l'on sait la route des voiliers – de 912 milles. D'après ses calculs, le navigateur en parcourt 950 en 26 jours. Il aborde les Galápagos par le sud. Les 233 îles, îlets et rochers de cet archipel d'origine volcanique déploient au total 1 688 kilomètres de côtes. Les îles les plus importantes sont, d'est en ouest, San Cristobal, Santa Cruz, Santiago, Isabela et Fernandina.

Le vendredi 20 octobre 1950, après avoir contourné San Cristobal par le sud, *Kurun* remonte le long de la côte ouest de l'île, faisant cap sur l'îlot Dalrymple, jusqu'à ce qu'il aperçoive sur sa droite la profonde échancrure de la baie Baquerizo Moreno. Elle accueille Puerto Chico (aujourd'hui Puerto Baquerizo Moreno) au sud-est de l'île. *Kurun* pénètre dans la large baie, ouverte à l'ouest, que ferment la pointe Malamocco au sud et celle de Lido au nord.

Jacques-Yves égratigne au passage la description fantaisiste de l'atterrage d'Alain Gerbault, démentie par la carte détaillée offerte par Clinton Baverstock au départ de Panama. La seule difficulté majeure est en fait constituée par le récif Schiavoni au milieu de la baie. Jacques Yves rend compte de l'état de plénitude qu'il ressent au terme de sa première navigation dans le Pacifique : « *En excellente santé, je respire l'air pur à pleins poumons. Je suis heureux.* »

San Cristobal, l'île la plus septentrionale des Galápagos, doit son relief découpé à l'amalgame de plusieurs volcans éteints. Première des îles de l'archipel visité par Charles Darwin, elle accueille Puerto Baquerizo Moreno, la capitale des Galápagos. Une partie du port sert de base militaire à la Marine équatorienne.

Le navigateur la présente en ces termes : « *Wreck Bay, ou Puerto Chico, est une anse bien abritée, offrant un mouillage de toute sécurité. Dans le fond, une plage de sable d'un blanc éclatant, à laquelle aboutit un vieux pier en bois délabré. La terre disparaît sous une végétation compacte mais desséchée (nous sommes en saison sèche). Quelques taches d'un vert prononcé, cependant, raniment un peu ce « roussi » où foisonnent des cactus. Plus haut le paysage change, c'est la montagne et sa verdure ; j'y distingue nettement deux palmiers et deux maisons, dont une en ruine. »*

La découverte de l'île est pour Jacques-Yves un éblouissement en raison de la beauté des paysages, la limpidité de l'eau, la température agréable contrastant avec la touffeur du Pot-au-noir lors de sa traversée. Cette admiration vaut également pour sa faune composée de frégates, pétrels, pélicans, fous, puffins, iguanes, otaries et tortues géantes, mais aussi pour le mode de vie en plein air des habitants, leur sens de l'accueil. Le navigateur s'inquiète, en revanche, des déprédations causées par l'homme à l'environnement, notamment à l'égard des animaux comme les tortues géantes.

Dans *Kurun autour du monde*, il brosse à grands traits l'histoire de la colonisation des Galápagos, rappelant notamment le projet norvégien de colonisation initié par Harry Randall en 1927. Avant ce dernier, le premier habitant historique des Galápagos serait l'Irlandais Patrick Watkins, marin embarqué de force à bord d'un voilier. Après avoir déserté, il s'établit en 1807 sur Floreana, l'île la plus méridionale de l'archipel, pour se consacrer à la capture de tortues. Pendant deux ans, il vit misérablement de la chasse aux tortues et de la culture des légumes qu'il vend à l'occasion aux baleiniers de passage.

Le capitaine américain David Porter – qui recueille des témoignages à son endroit en 1813, lors de son passage dans l'île – rapporte que Watkins porte des vêtements en lambeaux dissimulant à peine sa nudité. La peau brûlée par le soleil, il dissimule sa chevelure rousse sous un chapeau et son visage derrière une barbe embroussaillée. Par son apparence, il suscite la crainte chez ceux qu'il rencontre. Porter précise que les témoignages s'accordent à reconnaître que Watkins fait boire hors de raison les marins de passage sur l'île pour les conduire à abandonner leurs navires, afin de les faire ensuite travailler comme esclaves.

Avec quatre compagnons de beuverie, Watkins parvient à voler un canot pour gagner Guayaquil, en Équateur. Il se rend ensuite à Payta, au Pérou, où il devient amoureux d'une femme qu'il tente de convaincre de revenir avec lui aux Galápagos. Suspecté par la police locale, il est arrêté alors qu'il se dissimule sous un bateau en passe d'être terminé, sans doute avec l'intention de le voler. Jeté en prison, il y passe le reste de sa vie.

**Karin Gulberg**

La maison en ruine identifiée par Jacques-Yves dès son débarquement sur la plage de Wreck Bay, à San Cristobal, constitue à cette époque l'un des vestiges d'El Progreso (le progrès). Cette colonie – au nom évocateur des intentions premières de son fondateur – est fondée en 1869 par Manuel J. Cobos, l'un des premiers colons équatoriens. Jacques-Yves rencontre à son arrivée Karin, d'origine norvégienne, l'épouse alors séparée d'un autre Manuel (le fils du précédent). Elle rencontra Alain Gerbault lors de son passage dans l'île en 1925. Lorsque Jacques-Yves fait sa connaissance, elle vient de reprendre son nom de jeune fille, Guldberg, et elle convie le navigateur à rendre visite à son père, Thorleiv Gulberg, qui vit à l'écart, avec son autre fille Snefrid (sœur de Karin). Comme le consigne le navigateur : *« Je conserve un souvenir inoubliable de cette visite. Nous étions si loin de la vie moderne ! Quel silence ! Quelle paix ! Quel décor ! Un sentiment d'éternité »*. Jacques-Yves souligne l'impression forte que lui laisse – dans ce cadre du bout du monde – ce vieil homme au soir de sa vie, perdu dans ses pensées, dans le décor typiquement norvégien de son logis.

*Deux rencontres, deux noms, qui résument en quelque sorte une page essentielle de l'histoire des Galápagos. Le premier nom, est celui de Cobos que Karin porta un temps pour avoir épousé Manuel, fils de Manuel Cobos (1er du nom) qui, à la fin du XIXe siècle, fonda la colonie El Progreso. Le deuxième nom est celui de Gulberg, patronyme de naissance de Karin, de Thorleiv et de Snefrid.*

*Manuel Cobos (père) arrive sur l'île de San Cristobal en 1869 avec dix ouvriers et le projet de la transformer pour lui apporter une activité pérenne en faisant appel à la modernité technologique et s'enrichir. Originaire de Cuenca, en Équateur, où il est né en 1836, il s'installe à Chanduy, sur la côte de ce pays, à l'est de Guayaquil où il développe l'entreprise Cobos Y Hermanos, avec son frère Angel et José Monroy.*

*Intéressés par l'exploitation de la Roccela fuciformis, un lichen présent aux Galápagos servant à la production de l'orseille, un colorant violet, les trois hommes créent en 1866 à San Cristobal, l'Empresa Industrial de Orchillana y de Pesca. Pendant plusieurs années, ils développent également – sous le couvert de cette enseigne – une activité illicite de contrebande entre Panama, l'Équateur et les îles Galápagos.*

*L'intérêt pour le colorant – la raison sociale de leur activité – déclinant du fait de l'apparition de pigments chimiques, ils délocalisent cette activité en Basse-Californie. À San Cristobal, les trois associés se recentrent dès 1879 sur le défrichage de l'île, l'élevage du bétail et le développement de la canne à sucre. Le domaine exporte vers l'Équateur de la viande, du poisson séché, de l'alcool de canne et de la mélasse.*

*Deux cents hectares de canne à sucre sont cultivés en 1889, employant 287 personnes. Le domaine situé à l'intérieur des terres, à 7 kilomètres de Puerto Chico, est baptisé El Progreso pour témoigner de ses ambitions. Il dispose désormais de routes d'accès, de magasins, d'un abattoir, de réservoirs d'eau et d'un canal d'irrigation. En pleine expansion, l'entreprise dispose en complément de 25 bateaux de pêche dans la baie de Puerto Chico. Les associés importent d'Écosse les machines les plus avancées dans le domaine de l'industrie sucrière.*

*Personnage haut en couleur, autoritaire voire brutal, Manuel Cobos fait appel pour le développement de ses activités à l'utilisation quasi gratuite – hormis le logement rudimentaire, l'habillement sommaire et la nourriture frugale – à une main-d'œuvre de prisonniers équatoriens condamnés à la déportation aux Galápagos. Le jeudi 14 janvier 1904, il est assassiné par Elias Puertas, l'un de ses contremaîtres lassé de son despotisme, de sa violence et des mauvaises conditions de travail. Ce dernier tue également Leonardo Reina, le représentant du gouvernement équatorien. Le décès de Manuel est suivi du saccage des bureaux et du pillage des magasins. Le domaine accueillait à cette époque 400 employés qui cultivaient 1 200 hectares de canne à sucre, de caféiers et de vergers, et entretenaient 4 000 hectares de pâturages.*

*Après la mort de Manuel J. Cobos, son gendre Rogerio Alvarado et sa fille Josefina, lui succèdent à la direction de l'activité. Le frère de Josefina, Manuel (qui épousera plus tard Karin Gulberg) est encore jeune. Il suit ses études en France. Le drame interrompt brutalement l'élan initial de l'entreprise, causant la baisse significative de l'activité et des difficultés financières croissantes en raison des obligations de remboursement des emprunts. Le matériel de valeur est vendu et le domaine réduit ses activités et ses ambitions.*

*De retour de France en 1919, Manuel Augusto Cobos (junior) rejoint sa sœur et son beau-frère avec le projet de relancer l'activité sucrière. Moins violent et brutal que son père, il n'en a pas les qualités de meneur d'hommes et d'entrepreneur. Il reste sous la coupe de son beau-frère et de sa sœur.*

*C'est dans ce contexte que la famille Gulberg – composée du père, Thorleiv, veuf, et de ses quatre enfants : Liv, Frithjof, Snefrid et Karin – arrive à San Cristobal en 1926, à bord de l'*Albemarle. *Elle fait partie du groupe de quatre-vingts personnes qui parvient sur l'île dans le cadre d'un projet déterminé. Outre ses passagers, le navire débarque un important matériel composé de maisons préfabriquées, d'un tracteur, de groupes électrogènes et de nombreux outils. Le projet ne vise en effet pas moins que l'édification d'une véritable petite ville dotée du confort moderne.*

*Dès leur débarquement, les Norvégiens sont accueillis par le gouverneur de l'île, ainsi que par Manuel Cobos (le futur époux de Karin) et le beau-frère de ce dernier, Rogerio Alvaredo. Manuel fait forte impression sur les nouveaux arrivants du fait de sa culture notamment. Il évoque son admiration pour Ibsen. Manuel et Rogerio proposent aux arrivants de s'installer à proximité de leur domaine tant l'espace est disponible.*

*Gunnar Thorleiv Guldberg, le père de Karin, est un ancien fermier établi en Norvège à Nordgard Hjelle, au fond d'un fjord situé à une trentaine de kilomètres de Sunndalsora. La rentabilité de sa ferme ne lui permettant pas de subvenir aux besoins de sa famille, il se prend progressivement d'aversion pour le climat norvégien, âpre et rigoureux, qui rend l'exploitation de la terre difficile. Devenu veuf en 1926, ses désillusions se transforment en aversion, car il a connu dans son en-*

*fance des latitudes plus clémentes. Né en effet le jeudi 19 août 1880 à Madagascar où son père, Carl Johan Guldberg, missionnaire et médecin a été envoyé, il a mal vécu le retour avec ses parents à Dovre, dans une région montagneuse et austère de Norvège.*

*Dans cet état d'esprit morose, Thorleiv tombe par hasard sur l'article publié par le* Gudbrandsalen *évoquant le livre qu'Harry Randall a consacré aux Galápagos. Randall, de son vrai nom Petersen, est un aventurier né à Oslo en 1858. Fils d'un juriste, il effectue sa formation maritime à la Christiana Navigation School, avant de naviguer comme second sur des navires de commerce et parcourir le monde. Homosexuel, il change de nom aux États-Unis où il s'établit vers 1890, avant de diriger un théâtre, d'exercer la fonction d'agent artistique et d'organisateur de conférences. De façon temporaire, il dirige en Amérique une fabrique de cigares et travaille pour l'importation de produits scandinaves.*

*Revenu s'établir en 1908 à Oslo, Harry Randall dirige le Tivoli, parc d'attractions réputé, créé en 1877 dans le quartier de Klingenberg. Il poursuit en parallèle son activité d'agent artistique, d'organisateur de concerts, de spectacles et de voyages. Éditeur du mensuel* Overalt *et de quatre autres publications, c'est un personnage brillant et convaincant, jouissant d'un talent d'orateur indéniable. Il monte l'expédition aboutissant à l'arrivée aux Galápagos des Norvégiens.*

Karin relate à Jacques-Yves les grandes lignes de cette aventure. Sur ses conseils – un peu à la manière de Robinson découvrant son île – Jacques-Yves se plaît à découvrir le pittoresque insulaire. Il observe avec amusement l'effervescence qui accompagne rituellement l'arrivée d'*El Oro*, le navire assurant la liaison régulière avec l'Équateur. Par la pensée, il se remémore le souvenir de ceux qui l'ont précédé dans l'archipel, en d'autres temps, ainsi Herman Melville, à bord d'*Acushnet* – immortalisé sous la forme du *Pequod* dans son roman Moby Dick – ou William Albert Robinson sur le *Svaap*.

À bord du *Firecrest*, Alain Gerbault séjourne pour la première fois sur l'île Santa Cruz en juillet 1925, avant de se rendre aux îles Gambier. Il y revient en 1933 sur son cotre l'*Alain Gerbault*, lancé le 4 juin 1931 à Sartrouville. Avant son départ, il a terminé la rédaction de *L'Évangile du Soleil* qui dénonce les méfaits de la civilisation sur les populations locales. S'il donne son propre nom à son voilier ce n'est pas tant par mégalomanie que pour éviter la spoliation dont il a été victime lorsque le nom du *Firecrest* lui fut volé.

Après Jacques-Yves, Bernard Moitessier se rendra lui aussi aux Galápagos en 1963 avec son épouse Françoise, à bord de *Joshua*, lancé l'année précédente, dans sa route vers la Polynésie française. Profitant du conseil de Jacques-Yves, il mouillera près de l'île de Barrington (aujourd'hui Santa Fé). Cette terre inhabitée de 24 km$^2$ est en effet idéalement située, au centre de l'archipel entre les îles de San Cristobal et Santa-Cruz, à 10 milles de cette dernière et à 26 milles de la première.

Lors du mois et demi de son séjour idyllique aux Galápagos, Jacques-Yves eut le plaisir de voir arriver le 1$^{er}$ novembre 1950 le ketch *Fleur d'Océan*, de Saint-Malo, barré par Pierre Suzanne. Le voilier transporte le couple Van de Wiele, précédemment rencontré en octobre 1949 et avec qui il a sympathisé. L'équipage est composé de Pierre Suzanne et de son épouse, du capitaine Argod, d'Annie et de Louis Van de Wiele, des quatre enfants des deux couples, d'un matelot monégasque et d'un mécanicien alsacien. Annie évoquera en 2001, dans *Fleur d'Océan*, ce périple haut en couleur. Après cinq jours d'escale à Wreck Bay, près de *Kurun*, *Fleur d'océan* reprend la mer le 5 novembre 1950 vers les Marquises.

À son arrivée à San Cristobal, Jacques-Yves est frappé, en raison de ses connaissances en matière de pêche, par la flotte de thoniers américains stationnée dans le port. Il visite notamment le *Normandie*, de Manuel O. Medina, qui constitue, avec ses 42 mètres, l'une des unités les plus importantes de la flotte thonière de San Diego, en Californie. La communauté portugaise constitue à cette époque la majeure partie de la flotte de pêche californienne. Elle profite de l'essor de la pêche au thon dans le Pacifique entre 1921 et 1940. La majorité des pêcheurs vient des Açores, de Madère et des îles du Cap Vert.

Pendant son escale, Jacques-Yves se lie d'amitié avec Bud Divine et son épouse Doris qui vivent depuis un an à bord de *Symbol*, leur ketch de 11 m 18. Les affinités entre les deux hommes se fondent notamment sur l'attention quasi maniaque qu'ils accordent l'un comme l'autre à l'entretien de leur voilier. Admiratif plus qu'envieux, Jacques-Yves observe avec intérêt l'équipement technique sophistiqué du voilier américain ainsi que le matériel dont dispose Bud pour les inévitables travaux du bord, jusqu'au poste de soudure autogène. *Symbol* possède tout le confort disponible à cette époque sur un yacht, notamment l'électricité nécessaire au fonctionnement de l'électroménager. Sans le critiquer, Jacques-Yves qualifie d'« américain » cet excès pléthorique de matériel contrastant avec la limitation volontaire et raisonnée de son propre équipement.

*Les Divine ont vécu auparavant dans un ranch de l'Arizona avant de s'installer aux Galápagos. Partis de Seattle, ils gagnent San Cristobal. Dans un premier temps, Bud trouve un emploi sur un remorqueur de la base américaine de l'île Seymour (aujourd'hui Baltra Island), au nord de Santa Cruz.*
*Après l'attaque de Pearl Harbor le dimanche 7 décembre 1941, les Américains ont en effet installé sur cette île une base navale équipée de radars, en fonction jusqu'en 1947. Elle leur permet de protéger les abords du canal de Panama et de contrôler la zone orientale du Pacifique. Baltra Island, dite Beta Base, fut – avec Alpha Base au Nicaragua et Gamma Base à Salinas, en Équateur – l'un des éléments du dispositif de protection des côtes américaines.*
*Après la fermeture de la base, les Divine font l'acquisition d'un terrain sur l'île Santa Cruz où ils vivent en autosuffisance, de la chasse, de la pêche et de l'agriculture. En 1952 naît leur fils Steve. Dès l'âge de 14 ans, en 1966, le jeune garçon s'exerce au métier de guide, accompagnant les hôtes de l'hôtel Nelson dans des promenades à cheval. Les Galápagos, devenues un parc national en 1959, connaissent en effet un afflux croissant de touristes – mais en nombre limité – au début des années 1960. Des restrictions sévères s'imposeront alors aux nouveaux habitants qui souhaitent s'installer sur l'île, comme aux résidents installés antérieurement qui se voient supprimer leur liberté de chasse et de pêche.*
*Le parc national ouvre en 1959, l'année même du centenaire de la publication par Charles Darwin de son livre* L'origine des espèces, *le jeudi 24 novembre 1859, expliquant la diversification des espèces à partir d'une ascendance commune.*

*Renouant avec le premier métier de son père, Steve Devine s'adonne dans un premier temps à l'élevage de bétail, au ranch Mariposa, entre Bellavista et Santa Rosa, avant de diversifier avec son épouse Jenny l'activité touristique par l'installation d'une ferme aux papillons. Près d'Academy Bay et de Puerto Ayora, une baie de l'île, Divine Bay, se verra attribuer le nom de son père.*
*À son départ de San Cristobal le 3 décembre 1950, Jacques-Yves croise* Ho Ho II. *À bord de ce ketch de 54 pieds en pin de la Baltique, construit en 1939 à Arendal, en Norvège, Birger et Margit Bryhn ont quitté la Norvège le soir du nouvel an 1949 avec un équipage et leurs enfants. Après leur départ des Galápagos, ils poursuivront leur périple vers l'Australie et la Nouvelle-Zélande, où ils s'établiront. Birger rencontrera son épouse Margit lors d'un voyage à Tahiti et l'épousera en 1944.*
*Birger a réalisé dix ans plus tôt un tour du monde de 1933 à 1936, sur* Ho Ho *(premier du nom) avec Thorstein Schyberg, un architecte, et Thorolf Ostmoen, un officier de la marine marchande. Diplômé de l'université d'Oslo, il sert comme lieutenant dans l'aviation norvégienne. Thorstein travaille à Montréal, au Canada, depuis six ans. Architecte de formation il est également officier dans l'armée. Thorolf est pour sa part hôtelier et globe-trotter depuis longtemps.*
*Un quatrième membre d'équipage, parti d'Oslo avec les trois hommes, est contraint de débarquer aux Canaries au décès de son père.*

Le dimanche 3 décembre 1950, Jacques-Yves quitte à son tour Puerto Chico, sur l'île de San Cristobal, en début d'après-midi, pour la petite île de Barrington (Santa Fe), à 25 milles à l'ouest. Situé entre les îles de San Cristobal et de Santa Cruz, l'îlot inhabité de 24 km$^2$ culmine à 259 mètres. Son nom fait référence aux Capitulations de Santa Fe, contrat signé le mardi 17 avril 1492 entre Christophe Colomb, Isabelle 1re de Castille et Ferdinand II d'Aragon.

Sans plus de précision apportée sur le lieu où Jacques Yves décide de mouiller mais à la lumière des quelques précisions qu'il fournit, on peut imaginer qu'il a choisi la baie située au nord-est de l'île. Fermée à l'est par plusieurs îlots, en continuité, elle s'apparente au « *long couloir recti-*

*ligne, de largeur uniforme aboutissant à la jolie petite plage de sable d'un blanc aveuglant »* évoqué par le navigateur. Pour brève que soit l'escale – n'excédant pas quatre jours – Jacques-Yves apprécie avec intensité cette expérience de solitude qu'il décrit comme l'une de *« ses plus délicieuses escales »*, avouant même s'*« être complu à jouer au roi de l'île »*.

Le jeudi 7 décembre 1950 *Kurun* quitte Barrington pour Academy Bay, sur l'île de Santa Cruz, à 15 milles plus à l'ouest. Dans *Kurun autour du monde*, Jacques-Yves évoque la mésaventure qui faillit le jeter sur les rochers. Après avoir débordé le petit îlot Caamanõ, au centre de la baie, il s'est sans doute dirigé vers la pointe Angermeyer (Punta Estrada) à quelques degrés au sud de Puerto Isidro Ayora.

Au centre de l'archipel des Galápagos, l'île d'Indefatigable (Santa Cruz) possède une superficie de 986 kilomètres carrés, dont le sommet culmine à 864 mètres. De forme ovale, elle est la plus importante en surface après l'île d'Albemarle (Isabela). Depuis 1964, la base de la Fondation Charles Darwin étudie la faune et la flore de l'archipel. Un centre d'accueil propose aux visiteurs une évocation de l'histoire des îles et de leur environnement écologique privilégié.

**Les Angermeyer**

Arrivé à Academy Bay (Puerto Isidro Ayora), sur l'île de Santa Cruz, Jacques-Yves fait la connaissance des Angermeyer dont il évoque brièvement la vie aventureuse, ainsi que celle de Carlos et Marga Kubler.

> *A la fin des années 1920, la famille Angermeyer entend parler en Allemagne des Galapagos du fait de l'intérêt croissant porté par les journaux à ces îles du bout du monde. La montée du nazisme au milieu des années 1930 renforce sa détermination à quitter l'Allemagne, quasiment envoutée par la description paradisiaque que le capitaine d'un navire hollandais leur fait de l'archipel.*
>
> *Les Angermeyer procèdent à la vente de leur maison et de leurs biens dans la perspective d'acquérir le voilier qui leur permettrait de réaliser leur projet. Ils décident d'un commun accord que les trois frères – Gus, Karl et Fritz – partiront en éclaireurs, en prévision d'être rejoints plus tard par leurs parents. Par différentes étapes par la Hollande puis l'Angleterre, les trois hommes parviennent à Santa-Cruz*

*en 1937, où ils s'établissent. Ils s'installent à l'intérieur de l'île, sur les hauteurs, où ils s'adonnent à l'agriculture, à la chasse aux chèvres et aux cochons sauvages. Quand leurs parents les rejoignent, la famille regroupée se rapproche du littoral pour y installer une activité de pêche sur la pointe Estrada (qui porte un temps leur nom) au sud de Puerto Isidro Ayora, dans Academy Bay, là où Jacques-Yves manque de s'échouer. Les trois frères entreprennent la construction de leurs maisons respectives en utilisant comme matériaux les pierres de lave et les roches présentes alentour en quantité.*

*Gus Angermeyer épouse une Équatorienne dont il a un fils, Johnny. Le plus jeune des frères, Fritz, se marie avec Carmen Kubler, la fille d'un voisin. Karl épouse en secondes noces Martha Kubler, séparée de son mari.*

*À la fin des années 1950 et pendant la décennie suivante, les trois frères sont parmi les premiers habitants de l'archipel à tirer parti de l'engouement international qui s'exprime à l'égard des Galapagos. Pêcheurs à l'origine, il se reconvertiront dans l'activité de charter, accompagnant dans leurs déplacements les scientifiques et les touristes qui arrivent désormais en nombre croissant dans les îles.*

**Les Kübler**

Outre les Angermeyer, Jacques-Yves fait la connaissance de Carl Kübler, d'origine alsacienne. Né à Saint-Amarin, dans le Haut-Rhin, à 9 kilomètres de Than, il s'établit à Santa Cruz en 1934. « *Après une existence chaotique et aventureuse – souvent en marge des lois – Kübler est venu échouer aux Galápagos.* » Le navigateur décrit la force physique impressionnante et le caractère sauvage de l'homme qui ne fraye qu'avec quelques voyageurs de passage.

Kübler vit volontairement à l'écart des autres même s'il a une épouse et une fille sur l'île. Il construit sa maison de ses mains. Une énigme subsiste toutefois, évoquée par Jacques-Yves : « *Personne, au su des autres habitants, n'avait jamais pénétré dans cette maison plus loin que la grande pièce d'entrée, à multiples usages. Au-delà régnait le mystère. Je tentais moi-même d'aller plus loin, mais je sentis tout de suite qu'il n'eût pas été de mise d'insister dans cette voie…* » On n'en saura donc pas plus.

*Avant de s'établir à Santa Cruz, Carl (Carlos) Kübler a travaillé à l'am-*

*bassade d'Allemagne à Madrid. À cette époque, il fait la connaissance de Martha, originaire de Hanovre, qu'il épouse. Le couple a une fille, Carmen en 1928, élevée dans la capitale espagnole jusqu'à l'âge de six ans. Kübler a son attention attirée par les Galápagos au début des années 1930, après avoir pris connaissance de différents articles écrits par le docteur Ritter.*

*Inquiet de la situation européenne, il se rend pour la première fois aux Galápagos en 1932 et passe quatre mois sur l'île d'Isabela. Au terme de son séjour, il a l'occasion rare d'assister à une éruption volcanique sur Santa Cruz. Après avoir quitté l'île, il vit plusieurs mois en Équateur visitant le pays, puis revient à Madrid retrouver sa famille. Il décide de revenir aux Galápagos en 1934 et demande la citoyenneté équatorienne.*

*Après leur traversée en cargo, les Kübler se trouvent dans l'obligation de passer six mois à Guayaquil avant de gagner les Galápagos. Leur fille Carmen est tombée malade. Au terme de sa convalescence, ils ratent de peu le départ du bateau pour l'archipel et il leur faut attendre le suivant. Ils font escale à San Cristobal avant qu'une autre embarcation, à destination d'Isabela cette fois, les dépose au passage à Santa Cruz. Les Kübler viennent ainsi compléter la population locale des vingt-huit habitants d'Academy Bay à cette époque. Ces derniers sont en majorité d'origine norvégienne ou équatorienne, complétés par un couple de Danois.*

*Carmen Kübler grandit sur l'île, élevée par sa mère. Elle en fait de même plus tard pour ses propres enfants, après avoir épousé Fritz Angermeyer. Leur fils Fiddi, fréquente l'école pendant deux ans, entre 10 et 12 ans, avant de poursuivre son éducation aux États-Unis. Tel n'est pas le cas de leurs filles dont la formation s'effectue à la maison. La vie dans l'île est encore isolée, avant la mise en place des navettes régulières du* Bucanero, *affrété par le gouvernement équatorien à compter de 1979.*

*Avant cette date, un bateau en provenance du continent n'accoste que de façon épisodique, tous les quatre mois. Son apparition à l'horizon déclenche chaque fois une grande animation. Tout le monde se rend à la plage. Le commandant du navire a la réputation d'être fréquemment pris de boisson et les machines du navire sont parfois*

*défaillantes. Pour ces raisons, il lui arrive souvent de heurter des rochers ou des bateaux lors de manœuvres portuaires problématiques, ce qui participe à l'animation locale.*
*Les voyages sur le continent sont rares. Leur motif est le plus souvent médical. Ils impliquent de demeurer parfois plusieurs semaines sur le continent, en raison du délai entre deux navettes. Chaque départ de l'île est précédé de l'établissement par tout le voisinage de listes minutieuses de courses confiées aux voyageurs, dans l'appréhension permanente d'oublier quelque chose.*
*Au terme d'un travail acharné, Carlos Kübler développe sur les hauteurs de l'île la ferme que visite Jacques-Yves. Ce dernier décrit son beau jardin où la production de fruits et de légumes est prolifique. Carlos a cerné sa propriété d'un mur de pierres pour se protéger des voleurs. Devant sa maison se trouve son « musée », exposition hétéroclite de coquillages, de mâchoires de baleines et de carapaces de tortues.*
*Sa femme et ses enfants habitent une maison à proximité de la plage. Carlos se partage entre sa ferme et sa famille. Il alterne les séjours dans la ferme, nécessités par ses plantations, et des périodes de même durée passées avec les siens. L'économie locale est basée à cette époque sur le troc car personne n'a d'argent. Cette pratique n'interviendra que plus tard, avec le tourisme. Avec l'essor de ce dernier les liaisons maritimes s'intensifient. L'installation de la base américaine entraîne momentanément un afflux soudain de population qui vient habiter Baltra, où s'ouvrent une école et un hôpital.*

Carl Kübler connaît une fin tragique. Il disparaît un jour, soudainement, et l'on retrouvera plus tard sa dépouille dans une grotte de l'île. Quelques effets personnels permettent de l'identifier dont son revolver à crosse de nacre, aisément reconnaissable. Peut-être cette grotte fut celle que Jacques-Yves a cherchée sans parvenir à la trouver avant son départ des Galápagos? *« J'aurais aimé partir en expédition de chasse avec Kübler, sur des pistes connues de lui seul, et surtout visiter certaines grottes mystérieuses sur lesquelles on avait rapporté des faits étranges, mais le temps manqua »*. Certains pensent que Carl Kübler mourut d'avoir consommé le contenu d'une boîte de conserve avariée.

Jacques-Yves est véritablement conquis tant par la nature sauvage des îles que par les personnalités hors du commun rencontrées. Ces personnages sont, selon lui, en quête d'une vie authentique qui ne soit pas encombrée des contraintes de la société moderne. *« Nos amis cherchèrent à me convaincre de rester dans ces îles, où il est permis à quiconque de vivre en paix. " Ne savez-vous donc pas ce que vous allez retrouver en Europe ? " Je le savais, assurément, mais je voulais réaliser le programme que je m'étais fixé. »*

L'un des seuls regrets de Jacques-Yves, à l'instant de reprendre la mer, est de n'avoir eu le temps de visiter Floreana, l'île la plus méridionale de l'archipel. À 30 milles au sud de Santa Cruz, elle tire son nom de Juan José Flores, président de l'Équateur au moment de l'annexion des Galápagos, le 12 février 1832. Elle sert de centre de détention aux détenus équatoriens qui y sont internés une vingtaine d'années après que leur condamnation à mort eut été commuée en déportation. Avant son annexion par l'Équateur, les baleiniers britanniques l'utilisèrent comme base temporaire.

Jacques-Yves mentionne dans *Kurun autour du monde* les trajectoires étonnantes de deux couples allemands (celui constitué par Friedrich Ritter et Dore Strauch et celui d'Heinz et Margret Wittmer) que rien ne prédispose à partager au Galápagos un même cadre de vie en raison de la différence de leurs conceptions respectives de l'existence. En complément de ces deux couples vient s'adjoindre la singulière aventure d'une aventurière, Éloïse Wehrborn de Wagner-Bosquet, et de ses amants, Robert Philipson et Rudolf Lorenz.

Trois aventures humaines distinctes et pourtant étroitement imbriquées. Il semble inévitable, compte tenu des approches existentielles différentes des protagonistes, que les relations entre ces derniers aient été parfois tendues, voire conflictuelles. Trois histoires distinctes qui s'agrègent l'espace de quelques années avant de se disloquer, dans une déflagration sur fond de mystère. Des protagonistes, aujourd'hui tous décédés, certains ont livré avant de mourir des versions dissonantes sur ce qui reste un mystère.

# Deuxième partie

## *Rencontres autour du monde*

## Chapitre 7 : Vers les Marquises

*« L'Océan sonore*
*Palpite sous l'œil*
*De la lune en deuil*
*Et palpite encore ».*
Paul Verlaine, *Marine*

***Mai 2020***

*Retrouvé ce jour l'article consacré à Yahne Le Toumelin – la sœur de Jacques-Yves – par* Le Télégramme *du mardi 20 juillet 2004 à l'occasion de l'exposition de ses œuvres à Loc-Envel, près de Belle-Isle-en-Terre. Il rappelle que la peinture s'est imposée à elle dès l'enfance. Dès l'âge de 12 ans, en 1935, elle se plaît à copier les œuvres de Vélasquez et de Goya. Elle peint nombre de paysages et de portraits.*

*Se remémorant il y a 17 ans sa carrière artistique, elle déclarait :* « Ce n'est pas facile d'être à contre-courant. J'étais surréaliste quand ce n'était pas à la mode... j'étais abstraite quand cela n'était plus la mode... » *La question de la notoriété de la réputation n'a jamais semblé être le moteur de cette artiste aussi indépendante que libre.*

*Jeune, elle lit la Gîtâ – le texte fondateur de l'hindouisme – sur un rocher de la côte sauvage. Dans un article de la revue* Le monde des religions, *publié le lundi 7 janvier 2019, elle déclare :* « J'écoutais le ressac qui psalmodiait : « Lumière, réveille-toi à mon cœur ! ». *Les ouvrages d'Alexandra David-Neel et La vie de Rama Krishna de Romain Rolland constituent à cette époque de sa vie des lectures fondatrices. Elle rêve déjà de se rendre en Inde et au Tibet.*

*Admise à l'École des Beaux-Arts de Paris à 17 ans, elle préfère suivre les cours de l'Académie de la Grande Chaumière. Rencontre déterminante, elle intègre l'atelier d'André Lhote en 1943. L'atelier sert de refuge pendant la guerre à de nombreux artistes. Elle y fait la connaissance d'Henri Cartier-Bresson, échange avec Georges Gurdjieff, mystique, philosophe et professeur spirituel. Leurs échanges influent sur son psychisme et sur sa peinture dans laquelle elle s'efforce désormais d'exprimer la lumière.*

*Gurdjieff est pour elle à l'origine d'autres rencontres déterminantes comme le poète et essayiste, René Daumal, indianiste, qui l'introduit auprès de Lanza Del Vasto. Ce philosophe italien, disciple chrétien de Gandhi, est le fondateur en 1948 des Communautés de l'Arche privilégiant – sur le principe des ashrams de Gandhi – la vie intérieure et la non-violence active.*

*Yahne apparaît un peu plus tard en compagnie de Jean-Paul Sartre, Simone de Beauvoir, Boris Vian, Orson Welles, Jean Cocteau, Juliette Greco, Sydney Bechet et Claude Luter, dans le film* Le désordre à vingt ans, *réalisé par Jacques Baratier en 1966. Cette production cinématographique évoque la vie de Saint-Germain-des-Prés aux premières années de l'après-guerre et au milieu des années 1960.*

*À la fin de la guerre, elle fait la connaissance de Jean-François Ricard – qui adoptera en 1952 le pseudonyme Revel – au studio d'essai de la RTF. Elle l'épouse le 26 juillet 1945. De leur union naissent deux enfants : Matthieu en 1946 – moine bouddhiste, écrivain et interprète du Dalaï-Lama – et Eve en 1948.*

*Le couple part vivre à Tlemcen, en Algérie, où Jean-François Revel est muté, puis au Mexique, où il est nommé professeur à l'Institut Français d'Amérique latine. À Mexico, Yahne se lie d'amitié avec Leonora Carrington – artiste peintre et romancière mexicaine d'origine anglaise, amie de Max Ernst – qui lui apprend la fabrication de la peinture* a la tempera, *méthode utilisant le jaune d'œuf comme liant des pigments.*

*Au Mexique, Yahne réalise en 1951 une importante fresque commandée par l'Institut français d'Amérique latine. Elle conçoit les affiches des films du premier ciné-club du Mexique fréquenté par Benjamin Péret, Luis Buñuel, Frieda Kahlo, Diego Rivera ou Mario Vargas Llosa.*

*Séparée de Jean-François Revel, elle s'installe à Valmondois, dans le Vexin, où séjourne André Breton ainsi qu'Henri Michaux et Louis Althusser. En 1955, Breton présente ses tableaux dans la galerie* À l'Etoile scellée, *dont il assure la direction artistique. Le 16 octobre 1957, il rédige la préface de l'exposition de Yahne à la Galerie d'Orsay. Dans les années 1960, Yahne expose au Salon de Mai, au Musée d'art moderne de la ville de Paris. Elle rencontre en avril 1963 Pierre Soulages qui l'invite à* « peindre en grand » *au sens symbolique et physique du terme.*

*L'année 1967 est marquée par son départ pour l'Inde où elle se convertit au Bouddhisme. Elle prend ses vœux au monastère de Rumtek, dans l'Himalaya. À son retour en France, son style graphique s'épure et se dépouille. Pendant les manifestations de mai 1968, elle organise la démonstration* La révolution du cœur, *se lie d'amitié avec Béjart qui lui confie la scénographie de certaines de ses œuvres. En 1985, elle s'installe en Dordogne. Jacques-Yves Le Toumelin dédia à sa sœur en 1957 son livre* Kurun aux Antilles.

**Mardi 12 décembre 1950**

Le jeudi 12 décembre 1950, Jacques-Yves reprend la mer au terme de son séjour de deux mois aux Galápagos. L'archipel lui fit forte impression tant par l'exotisme de ses paysages, sa faune et sa flore, que par les personnalités hors du commun qu'il y rencontra. Dans leur grande majorité, ils exprimaient, sous des formes différentes, leur recherche d'une existence libre et conforme à leurs attentes, libérée des influences de la civilisation occidentale. Alors que s'estompent sur l'horizon les silhouettes des dernières îles, le navigateur se souvient en ces lieux de l'expérience du *Kon Tiki* dont il ne fut pas – sous l'angle strict de la navigation maritime – un zélateur.

Au terme de 31 jours de mer, le dimanche 12 janvier 1951, *Kurun* voit émerger dans la brume les contours d'Hiva Oa, l'île la plus peuplée de l'archipel des Marquises. En cet instant, Jacques-Yves se remémore l'émotion ressentie par Robert Stevenson lorsqu'il parvint en ce même endroit en 1888. Avec son épouse, sa mère et son beau-fils Lloyd, l'écrivain avait quitté San Francisco le 28 juin 1888 pour une longue croisière dans les îles tropicales de la Polynésie française. Cette longue itinérance s'acheva en janvier 1889 à Hawaï.

Dans son ouvrage intitulé *Dans les mers du Sud* – rassemblant les notes et articles divers rédigés pendant son voyage – Stevenson relate lui-même la forte impression suscitée par son arrivée à Nuka Hiva, le samedi 28 juillet 1888 : *« La première expérience ne peut jamais être répétée. Le premier amour, le premier lever de soleil, la première île de la mer du Sud, sont des souvenirs à part car ils atteignent une virginité de sens »*. Le mercredi 22 août, il parvient à Hiva Oa où il rencontre les dignitaires de l'île, des missionnaires et différentes personnes susceptibles de renseigner son prochain travail sur les mers du Sud. À ses côtés, Lloyd photographie les scènes et les paysages ce qui lui permet de documenter l'ouvrage en projet. Le mardi 4 septembre, le *Casco* reprend la mer en direction des atolls coralliens des Tuamotu.

### Guillaume Le Bronnec

Pour aborder les Marquises, *Kurun* fait route vers l'amer constitué par le mont Temetiu, point culminant de la côte montagneuse d'Hiva Oa. À deux mille à l'ouest de ce dernier, Jacques-Yves se repère sur l'îlot Hanake (Motu Anakee), au sud-ouest de la baie de Taahuku. Après avoir mouillé, il débarque avec Paul Farge. Dès ses premiers pas sur l'île, il n'est pas indifférent, ainsi que son compagnon de bord, au charme et à l'élégance des deux filles du chef d'Atuona.

Il rencontre dès les premiers instants à terre M. Roques, le gendarme local, ainsi que le docteur Boutonnet et son épouse tahitienne. Une autre rencontre, déterminante, est celle de Guillaume Le Bronnec, arrivé en Océanie pour le compte de la société des Pionniers de l'Océanie. Cette compagnie a représenté l'une des dernières expressions de l'idéal exprimé par Charles Fourier lorsqu'il fonda l'école sociétaire dont l'un des principes était la création de phalanstères, lieux de vie collectifs favorables à l'épanouissement de communautés humaines.

Guillaume Le Bronnec, né en 1884 à Pontivy, dans le Morbihan, et Jacques-Yves éprouvent d'emblée la sympathie qui naît aux antipodes de l'attachement à une même terre, la Bretagne, du fait de leurs racines familiales respectives.

> *Guillaume travaille un temps comme employé à la Samaritaine, à Paris, dans les années 1900, à une époque où le gouvernement français est soucieux d'installer outre-mer des ressortissants français pour favoriser le développement économique et social des « colonies ». Dans ce contexte, le jeune Breton prend connaissance avec intérêt des articles publiés par différents journaux, dont le mensuel* La vie coloniale, *évoquant les possibilités qu'offre la Martinique aux esprits entreprenants. Il suffit de disposer de quelques fonds, d'être en bonne santé et surtout courageux. Le mensuel recommande aux candidats de s'associer pour mutualiser leurs moyens et se soutenir dans leur projet commun.*
>
> *Le fouriériste René Vachon, l'un des fondateurs en 1895 de l'École*

*Sociétaire Expérimentale, participe en 1903 à l'expérimentation sociétaire du Vaumain, près de Beauvais. Après avoir lu en particulier un article de* La vie coloniale *d'avril 1908 faisant état d'une certaine similitude de vue entre ses idées et celles promues par le journal, il demande à rencontrer le directeur de la publication. Lors de cette entrevue, il obtient l'accord du journal pour promouvoir dans ses colonnes la société Les Pionniers de l'Océanie, en juin 1908. Cette dernière vise l'établissement de groupes communautaires à Tahiti. Elle fait appel, en complément des ressources propres de ses membres, à la contribution de sociétaires français et étrangers désireux de participer au financement du projet. Le projet d'ensemble s'inscrit dans un cadre social consistant à encadrer et à former des orphelins ou pupilles de l'État qui participeront à l'opération.*
*En parallèle des articles destinés à l'élargissement du recrutement, Vachon organise des conférences et des réunions destinées à préparer les candidats à l'expatriation. Nombre de personnalités éminentes de l'époque considèrent avec sympathie son initiative. Pour favoriser son entreprise, Vachon prend soin d'identifier outre-mer des correspondants susceptibles, par leur connaissance des lieux, de lui apporter toute information utile sur ce qui attend les colons.*
*La communication faite autour du projet suscite un réel enthousiasme puisque Vachon envisage dès février 1909 le départ de 16 pionniers, de 20 colons l'été suivant, puis de 50 personnes à l'automne de la même année. Dans ce contexte enthousiaste, Guillaume Le Bronnec signe son adhésion à la société Les Pionniers de l'Océanie. Parmi les informations requises du candidat figurent, outre les éléments d'état civil classiques, l'obtention d'un certificat de bonne conduite, des précisions sur les séjours éventuels effectués par le candidat dans les colonies, la mention des langues vivantes pratiquées, les distinctions honorifiques obtenues, ainsi que le parrainage du candidat.*
*En décembre 1908, le noyau du premier groupe – auquel appartient Guillaume – se réunit à l'initiative de René Vachon pour faire connaissance, dans la perspective du départ prévu quelques mois plus tard. Les Bretons constituent l'essentiel de ce groupe. En décembre, deux délégués, Tambrun et Achard, partent d'Anvers en avant-coureurs. À leur arrivée, Chauvel, un compatriote, s'est proposé d'être non seule-*

*ment leur correspondant en Polynésie, mais aussi de les accueillir sur son vaste domaine de 1 500 hectares.*
*Au printemps 1909, 17 pionniers accompagnés de René Vachon quittent donc Paris en train et embarquent à Marseille sur le vapeur* Ormuz. *Par Sydney et la Nouvelle-Zélande, le navire parvient à Papeete. À la mi-juin, un second groupe, plus restreint, quitte Le Havre pour New York, avant de traverser les États-Unis en train jusqu'à San Francisco, puis d'embarquer depuis ce port pour Tahiti.*
*Les deux groupes se retrouvent le jeudi 15 juillet 1909 à Papeete où ils sont accueillis par les délégués Tambrun et Achard, ainsi que par une habitante des lieux, Mme Texier, favorable aux idées de Fourrier. Sur place, d'autres colons proposent à la petite communauté plusieurs terrains cultivables qu'ils pourraient exploiter à leur convenance pour leur subsistance, sans en avoir pour autant la propriété.*
*Rapidement, toutefois, la situation se dégrade. Certains des nouveaux venus, une fois établis, se dérobent à leurs obligations envers la communauté. D'autres choisissent de s'établir plus loin. René Vachon repart en décembre 1909 pour la France afin de préparer la suite des opérations tout en se montrant plus strict dans le recrutement. Il ne reviendra pas. Les finances de la société Les Pionniers de l'Océanie sont mises à mal par les défections et les difficultés rencontrées. Le projet s'écroule.*
*Sans le sou mais déterminé, Guillaume Le Bronnec fait contre mauvaise fortune bon cœur. Il exerce successivement les fonctions d'instituteur, de gérant de société, avant de travailler pour la compagnie navale de l'Océanie qui possède six navires au début du XXe siècle. En 1910, il s'installe à Taahuku où il fait l'acquisition d'une cocoteraie et épouse une Tahitienne dont il a six enfants. Il arrive aux Marquises sept ans après le décès de Paul Gauguin et le bref passage de Victor Segalen qui s'y arrête le vendredi 23 janvier 1903, alors qu'il est médecin à bord de l'aviso* La Durance.
*Lorsque Jacques-Yves fait sa connaissance, Guillaume Le Bronnec a 66 ans. Il vit sur son domaine avec ses employés indigènes, cultivant sa cocoteraie. D'esprit curieux, il se passionne jusqu'à sa mort pour son pays d'adoption. Il accueille pendant un demi-siècle, lors de leur passage à Hiva Oa, nombre de scientifiques, archéologues,*

*ethnographes, ornithologues et biologistes marins qu'il aide en toutes circonstances. Il se constitue des herbiers et des collections. Aussi généreux que modeste, il aime partager ses connaissances. Sa bibliothèque comprend de façon éclectique des romans et des ouvrages scientifiques en quatre langues. Elle occupe l'intégralité d'une pièce de sa maison.*

*Guillaume Le Bronnec est aussi un membre apprécié de la Société des Océanistes. Dans le* Bulletin de la Société des Études océaniennes, *il publie en 1954 un article sur la vie de Gauguin aux Marquises, de son arrivée en 1901 à sa mort en 1903. Il fait la connaissance et s'entretient avec de nombreux témoins qui ont connu le peintre. Il rencontre également en 1913 le journaliste et aventurier Frederick O'Brien à qui il fait connaître l'œuvre de Gauguin. Ce dernier publie en 1919* White Shadows in the South, *le récit de son séjour aux Marquises.*

*Le Breton apporte également à Bengt Danielsson – ethnologue suédois membre de l'expédition de Thor Heyerdahl sur le* Kon Tiki *– et son épouse Marie-Thérèse, une partie de la matière qui lui permettra d'écrire son œuvre* Gauguin à Tahiti et aux Iles Marquises, *publié en 1964.*

*Au décès de Guillaume Le Bronnec en 1968, le Père Patrick O'Reilly, secrétaire général de la Société des Océanistes, rendra hommage dans le* Journal de la Société des Océanistes *a :* « Son intelligence, sa modestie, son intérêt passionné pour les choses de la nature, sa connaissance raisonnée et approfondie des Marquises ».

*C'est à Atuona également que s'était installé Paul Gauguin en 1901 pour y mourir en 1903 et reposer au cimetière communal. Quelques mois après sa mort, Victor Segalen ramena à Tahiti les bagages du peintre. À peu de distance Jacques Brel y sera enterré en 1978.*

**_Kroja_ et Ernst Wilhelm Lamberty**

Jacques-Yves fait état dans *Kurun autour du monde* de sa découverte sur la plage, près de Taahuku, de l'épave de *Kroja*, le bateau d'Ernst Wilhelm Lamberty jeté à la côte.

*Ernst Wilhelm naît en 1915, à Nimègue, aux Pays-Bas. Attiré très tôt par la mer, ses parents l'inscrivent à l'âge de 15 ans dans une école de la marine marchande. Rebuté par le côté formaliste de la formation, il quitte l'école pour embarquer à 17 ans sur un yacht allemand qui a pour projet d'effectuer un tour du monde. L'aventure tourne court après le naufrage du navire près des côtes bretonnes.*

*Engagé dans la marine hollandaise, Ernst ne s'adapte pas à la discipline militaire. L'expérience tourne court. À 20 ans, en 1935, il s'engage dans la légion étrangère sous le matricule n°61842 et sert en Algérie puis au Maroc. Sa tentative d'évasion échoue et lui vaut 14 mois de section disciplinaire à Colomb-Béchar, au Sahara. S'ensuit une autre tentative de fuite, également avortée, pour laquelle il effectue deux mois de prison supplémentaires.*

*À la déclaration de la guerre, il se porte volontaire pour se battre en Finlande sans avoir jamais fait de ski, l'une des conditions essentielles requises. L'armistice survient après que la Finlande a déposé les armes. Ernst rejoint alors les troupes qui se battent en Norvège, participe à la bataille de Narvik pendant la campagne de Norvège d'avril 1940 et obtient la Croix de guerre pour son engagement au feu.*

*Revenu en France avant l'armistice, il se rend en Angleterre sur un charbonnier. Victime de la défiance britannique à l'égard des légionnaires dont certains sont des transfuges allemands ou italiens, il est interné à Trentham Park, au nord-est de Birmingham, l'un des camps de regroupement militaire pour les soldats français. Libéré grâce à l'intervention du général de Gaulle, il poursuit le combat en Afrique, au Gabon et au Cameroun. Désireux de rejoindre le combat des Hollandais, il se voit refuser cette autorisation.*

*À nouveau, Ernst déserte ce qui lui vaut d'être interné à Durban, en Afrique du Sud. Libéré sur l'intervention du consul hollandais, il rejoint la Hollande en passant par l'Angleterre où il est arrêté à nouveau, puis relâché. Sous le drapeau hollandais, il se rend ensuite à Ceylan et à Madagascar, se battant contre les Japonais à Sumatra puis en Indonésie.*

*De retour après la guerre dans son pays natal, il gagne modestement sa vie en se livrant au commerce de bulbes de tulipes. Le peu d'argent gagné lui permet d'acquérir* Kroja*, un voilier de 11 mètres, avec lequel il part en août 1951 d'Ijmuiden avec quatre équipiers à*

*destination de l'Australie. Les cinq hommes parcourent 5 000 milles en 47 jours, sans escale jusqu'à Curaçao.*
*Des dissensions surviennent au sein de l'équipage, à Floreana, aux Galápagos, provoquant le départ de deux des membres du groupe. Plus tard, Ernst s'installera aux Nouvelles-Hébrides (Vanuatu) en 1954. Il sera successivement gérant d'une plantation avant de commander différents bateaux qui effectuent du cabotage dans le Pacifique.*
*Marié à Rebecca, il aura des enfants mais son goût de l'indépendance lasse son épouse. Elle le quittera pour retourner vivre à Papeete. Remarié à une jeune néo-hébridaise, Ernst aura une autre fille, Bertha, en 1970. Il apprendra tardivement qu'il est aussi le père d'une autre fille lorsque cette dernière prendra contact avec lui à l'âge de 20 ans, fruit d'une liaison oubliée avec une jeune Anglaise rencontrée longtemps auparavant.*
*Ernst Lamberty commandera notamment le* Konanda. *Ce navire, lancé en 1955 – long de 51 mètres, avec un maître-bau de 9 mètres – fut construit au chantier D & J Boot, à Alphen, en Hollande, pour le compte de la Adelaide Steamship Company, compagnie maritime fondée par des hommes d'affaires australiens. Après avoir établi des lignes régulières entre Adelaïde et Melbourne, l'entreprise diversifie ses destinations. Le navire sert dans un premier temps au transport de sucre. Revendu au capitaine Athol Rusden, de Port Vila, aux Nouvelles-Hébrides (Vuanatu), il entame une nouvelle carrière de bazar ambulant entre les îles, proposant aux escales les produits les plus disparates.*
*Pendant des années Ernst sera le truculent capitaine du* Konanda *décrit par Charlène Gourguechon dans* L'archipel des tabous. *Le navire sombrera le 8 février 1987, victime du cyclone Uma.*
*Ernst relate sa vie d'aventures dans plusieurs livres dont le premier paraît en 1952 sous l'intitulé* Avec le Kroja à Taha-Uku : Aventures et romances dans le Pacifique Sud. *Deux ans plus tard, il évoquera en 1954 son expérience de la Légion étrangère dans* Légionnaire, du purgatoire du Maroc à l'enfer de l'Indochine. *Ernst Lamberty décédera en 1982, à 67 ans.*

Jacques-Yves Le Toumelin déplore aux îles Marquises de ne pouvoir approcher le *Stella Polaris* dont la visite est attendue mais qui se déroute sans y faire escale en raison des conditions de mer. Ce yacht de légende, construit en 1925 à Göteborg, pour la Bergen Line, fut mis en service en février 1927. L'un des navires les plus luxueux de sa génération, il accueille jusqu'à 200 passagers. Cent-trente membres d'équipage sont au service des passagers. En période ordinaire, le navire se limite à des croisières en Europe pour quelques passagers fortunés.

Réquisitionné par les Allemands en 1940, le *Stella Polaris* sert aux loisirs des équipages de sous-marins allemands jusqu'en 1943, puis de transport de troupes. Restitué en 1945 à son propriétaire initial, la Bergen Line, ses aménagements intérieurs ont été détruits par les Allemands. Ils sont intégralement restaurés dans l'esprit originel. Après cet important chantier, il reprend ses croisières autour du monde ce qui conduit Jacques-Yves Le Toumelin à se trouver à plusieurs reprises dans les mêmes eaux que lui.

L'escale de Taahuku s'imprime à jamais dans l'esprit de Jacques-Yves : « *Ce qui frappe le plus dans les paysages marquisiens, c'est le silence : nul bruissement. La faune, à part des bœufs, porcs, chèvres ou même des chiens vivant à l'état sauvage et plus ou moins nombreux suivant les lieux, est pratiquement inexistante. On peut rester des journées entières sans voir ou entendre un seul animal. La montagne est d'une sauvagerie splendide. [...] À Taahuku, le temps s'écoule aussi doucement que la petite rivière aux eaux claires qui murmure sous le feuillage. Cette escale de plus de trois semaines passa comme un rêve. Choyé par tous, il nous fallut du courage pour partir...* »

Le vendredi 2 février 1951, *Kurun* appareille pour Nuku-Hiva, à une centaine de milles, avec le docteur Boutonnet comme passager. Cette île, volcanique elle aussi, est la plus importante de l'archipel des Marquises avec près de 400 km$^2$ de superficie. Au point le plus élevé, le mont Tekao culmine à 1 224 mètres. La tradition locale rapporte que le premier roi de l'île de Pâques, Hotu Matu'a, serait arrivé de Nuku Hiva après avoir envoyé en éclaireurs sept praos dans différentes directions, afin de localiser de nouvelles terres. Charles de Thierry, aventurier français autoproclamé roi de Nouvelle-Zélande annexe l'île à son royaume en 1835, avant de poursuivre sa route vers Tahiti et la Nouvelle-Zélande. L'île sert ensuite de lieu de déportation, accueillant les opposants à Napoléon III.

Jacques-Yves rencontre sur l'île Robert Mac Kittrik, d'origine écossaise. Ce dernier, né en 1891 à Liverpool, s'est fixé dans les îles après avoir navigué sur les grands voiliers. Il a épousé le samedi 29 décembre 1917 Louise Elisabeth Lichtlé dont les parents ont émigré en Polynésie. Il se remariera le jeudi 1er décembre 1932 avec Augustine Hina Tuteatua Raiehutu Raiehutu.

Comme le rappelle Jacques-Yves, Herman Melville a accosté en juillet 1842, plus d'un siècle plus tôt, à Nuku Hiva. Accompagné de Richard Tobbias Greene, il quitte le baleinier *Acushnet* pour s'enfoncer dans les montagnes. Après le départ de son compagnon, il vit trois semaines chez les Taïpis. Cette découverte et expérience de vie fournissent le sujet central de son livre *Typee*.

Le dimanche 11 février 1951 *Kurun* quitte les Marquises pour Tahiti : « *C'en était fini pour moi des Marquises – et j'en avais déjà la nostalgie* ». Un mois plus tard, le dimanche 18 février, le navigateur pénètre dans la rade de Papeete, accueilli par ses amis Robert Argod, Pierre Suzanne, Gérard et Jacqueline de Broca. « *Un peu prévenu* » contre Tahiti, suivant ses propres termes, Jacques-Yves admet cependant avec franchise que, vue de la mer, les surnoms de « Reine des Mers du Sud » et de « Perle de l'Océanie » sont amplement mérités.

### *Yankee* et Irving Johnson

À son arrivée dans le port de Papeete, *Kurun* a pour voisin de mouillage *Yankee*, la goélette à bord de laquelle Irving Johnson et son épouse Electa (Exy) effectuèrent quatre tours du monde en onze ans. De belle taille, avec sa longueur hors-tout de 29,30 m, son maître-bau de 6m60, le voilier possède un tirant d'eau de 3m40. La goélette porte 722 m2 de voilure.

*Irving McClure Johnson est né le mardi 4 juillet 1905 dans une ferme de Hadley, dans le Massachusetts. Dès l'adolescence, il se prépare à la vie de marin et s'engage dès qu'il le peut dans la marine marchande, profitant de ses vacances estivales pour se faire embaucher comme skipper sur des yachts.*

*Après avoir obtenu ses galons de capitaine, Johnson commande le* Squaw *pendant deux ans, à New York, puis* Charmian, *un yacht de* jauge Seawanhaka pendant quatre étés consécutifs. Avec son sister-ship Apache, Charmian est construit en 1925 par Cox & Stevens, à Bath Iron Works, dans le Maine. Les propriétaires de ces deux voiliers de 17 m 67 sont membres du même yacht-club à New York. Ils désirent s'affronter sur l'eau sur des voiliers identiques.

Johnson s'engage dans la marine marchande en 1926 pour assouvir son envie de voyages. D'abord embauché comme quartier-maître sur le paquebot Santa Teresa, on le retrouve en 1927 sur le cargo Stanley Dollar, avant de naviguer sur le Président Wilson. Il effectue son premier tour du monde en 1928. En 1929, il embarque sur l'Aquitania, un navire de la Cunard jusqu'en Europe où il met pied à terre. Cette même année, il reprend la mer sur le trois-mâts barque Peking à bord duquel il franchit le cap Horn en novembre 1929, scène qu'il enregistre sur un film. Suit l'année suivante une traversée de l'Atlantique à bord de Shamrock.

Irving rencontre sa future épouse Exy, née à Rochester, le 17 août 1909, lors d'une traversée de l'Atlantique à la voile sur le Wanderbird. Après des études à Smith College, à Northampton dans le Massachusetts, puis à l'université de Californie, à Berkeley, elle se rendait en France sur la goélette dont Irving était l'un des membres de l'équipage. Les jeunes gens se plaisent et se marient en 1932. Ils décident de naviguer ensemble sur leur propre voilier. Dans ce but, ils font l'acquisition d'un premier Yankee – une goélette de 28 mètres en bois – et commencent leur activité de charter. Elle consiste à embarquer des équipiers payants, désireux d'effectuer un tour du monde à la voile. Ils réalisent ainsi trois circumnavigations avant de vendre leur voilier en 1941.

Pendant la Seconde Guerre mondiale, Irving est appelé sous les drapeaux. L'amiral Husband Edward Kimmel, commandant la flotte du Pacifique américaine lors de l'attaque de Pearl Harbor, souhaite avoir à ses côtés l'un des meilleurs connaisseurs des mers du Sud. Sa compétence est la bienvenue, car il connaît tous les pièges du Pacifique. Il contribue à la détermination des meilleurs emplacements pour établir les bases navales et militaires du Pacifique Sud. Johnson se trouve à Pearl Harbor lors de l'attaque japonaise du dimanche 7 décembre 1941. Il est ensuite affecté au navire de surveillance

Sumner *qui cartographie les passages de navigation les plus dangereux de ces latitudes.*

*Après-guerre, Irving et Exy procèdent en 1946 à l'achat du deuxième* Yankee*. Construit en 1911 au chantier Nordseewerke, à Emden, en Allemagne, ce navire à coque en acier porte d'abord le nom d'*Emden, *puis de* Duhnen *en 1919. Il sert de bateau-pilote à l'embouchure de l'Elbe et aux abords du port de Hambourg, en mer du Nord. Reconverti en bateau de plaisance pour les pilotes de la Luftwaffe pendant la Seconde Guerre mondiale, il est capturé par les Anglais et affecté à la même fonction pour les loisirs des pilotes de la RAF.*

*Racheté par Irving et Exy,* Duhnen *est réaménagé et gréé en brigantin au chantier naval Upham, à Brixham, en Angleterre, puis rebaptisé* Yankee *(deuxième du nom). Irving et Exy peuvent l'acheter grâce à l'aide financière de la vedette de cinéma Sterling Hayden. À bord du voilier, ils se rendent aux Caraïbes, puis effectuent quatre autres tours du monde en embarquant des équipiers payants, pendant les neuf années qui suivent.*

*Chacun de ces voyages, bien rodés, a pour point de départ le port de Gloucester, dans le Massachusetts. Yankee embarque un équipage composé – outre Irving, Exy et leurs deux fils Arthur et Robert – de quatre femmes, seize équipiers et d'un médecin. Ces navigations sont organisées suivant un cycle de trois années de sorte que, entre deux tours du monde,* Yankee *puisse passer deux étés et un hiver au repos, dans le Massachusetts.*

*Une fois débarqué, Irving donne dans tout le pays des conférences sur ses différents voyages. Pendant son séjour à terre, il loue* Yankee *aux scouts marins locaux. Un équipage de seize jeunes garçons, encadrés par quatre équipiers expérimentés, effectue alors des navigations le long de la côte est des États-Unis, qui peuvent les mener jusqu'au Nouveau Brunswick, au Canada.*

*Lorsqu'il reprend ses voyages autour du monde,* Yankee *longe les côtes américaines vers le sud, emprunte le canal de Panama, traverse l'océan Pacifique par les Marquises, Tahiti et l'Australie, puis emprunte l'océan Indien jusqu'au cap de Bonne Espérance. Après avoir traversé l'Atlantique en diagonale, il rejoint son port d'attache dix-huit mois plus tard. Trois de ces circumnavigations eurent lieu avant la Seconde Guerre mondiale. Le quatrième tour du monde commence le 2 novembre 1947 pour s'achever le 1er mai 1949. Irving en tire la matière de son livre intitulé* Westward Bound in the Shooner Yankee.

*Le sixième voyage s'effectuera de novembre 1953 à mai 1955. Le journal de bord de ce périple fournit la matière nécessaire à la rédaction de* Yankee's people and places, *rédigé conjointement par Irvin, Exy et Lydia Edes, l'un des membres de l'équipage. Lors du dernier voyage, effectué de 1956 à 1958, la chaîne de télévision CBS et* National Geographic *réaliseront un film à bord. Intitulé* Voyage of the Brigantine Yankee, *la voix du narrateur n'est autre que celle d'Orson Welles. Le documentaire est réalisé par Elmer Bernstein.*

*En 1958, Irving et Exy cesseront de naviguer avec des équipiers pour vivre leur vie propre. Ils vendront* Yankee *pour acquérir leur troisième voilier, un ketch de 15 mètres portant le même nom que ses prédécesseurs. Conçu par Irving avec l'aide d'Olin Stephens, il sera construit par le chantier Scheepswerf, à Westhaven, en Hollande. Avec pour port d'attache Mystic Seaport, dans le Connecticut, le couple reprendra ses navigations, découvrant les canaux et les fleuves d'Europe comme les mouillages de Méditerranée.*

*Irving et Exy se serviront de la matière de leurs aventures pour écrire* Yankee Sails Across Europe et Yankee sails to the Nile. *Exy décidera cependant de tourner définitivement la page de leurs aventures sur l'eau en 1975 pour s'installer avec son mari à Headley, dans le Massachusetts, dans la ferme qu'Irving, renouant avec son enfance, a aménagé. En 1984, leur étonnant parcours de vie sera mis en avant dans un numéro spécial de la revue* National Geographic, *sous le titre* Irving Johnson, aventurier de la haute mer *(Irving Johnson, High Seas Adventurer). Irving décédera en 1991, précédant Exy qui mourra en 2004.*

### *Varua* et William Robinson

Si les échanges entre Jacques-Yves, Irving et Exy Johnson laissent au navigateur un plaisant souvenir, il n'en est pas de même de la rencontre du navigateur avec William Albert Robinson – propriétaire de la goélette *Varua* – homme cassant et peu sympathique.

*Varua* fut lancé en 1942. Conçu par W. Starling Burgess et L. Francis Herreshoff, il porte la signature de deux des plus prestigieux architectes de voiliers de la coupe de l'America. Il est le premier voilier de plaisance américain à utiliser la construction composite alliant charpente métallique et coque en bois. Sa conception et sa construction respectent de manière précise – ce qui est inhabituel pour sa taille – les standards de l'American Bureau of Shipping, normes considérées comme les plus contraignantes en matière de construction navale.
À sa création, en 1862, l'American Bureau of Shipping (ABS) certifie initialement les aptitudes requises des officiers de marine pendant la guerre civile. Par la suite, en 1870, il établit les premières normes de construction des navires en bois, puis en fer. L'ABS adopte son nom actuel en 1898 et accompagne les évolutions de la construction américaine au XXe siècle, notamment son essor spectaculaire pendant les deux guerres mondiales. Organisme à but non lucratif, il fonctionne en lien avec le gouvernement américain et les Coast Guards.
Dès son lancement, *Varua* retient l'attention des connaisseurs par l'élégance de ses formes, ses performances nautiques et son aptitude à affronter le gros temps, sous toutes les latitudes. Son propriétaire, William Albert Robinson, est né le samedi 13 août 1902 à Kenosha, dans le Wisconsin. Fils unique, il a été élevé par sa mère, Ella Huegin. Il se crée une réputation de navigateur émérite en effectuant un tour du monde sur un petit voilier entre juin 1928 et novembre 1931.
Publié en 1932, *Deep water and Shoal* – l'ouvrage décrivant sa circumnavigation – est dès sa parution un best-seller. Robinson se rend ensuite aux Galápagos où il manque de mourir d'une crise d'appendicite, puis à Tahiti en 1934. Il évoque cet épisode dans *Voyage to Galapagos*. En 1938, il fait l'acquisition d'*Annapooryamal* à bord duquel il se rend à Tahiti en vue de l'utiliser pour faire du cabotage.
William Albert Robinson dirige un chantier naval à Ipswich pendant la Seconde Guerre mondiale et construit plusieurs mouilleurs de mines pour la Marine américaine. Il réalise aussi différents yachts dont *Varua*, de 21 mètres de longueur. Starling Burgess, auteur du dessin de la coque prévoit de doter le voilier d'un gréement de ketch mais le Stephens Institute préconise un gréement de brigantin, plus résistant en cas de tempête.

*À bord de* Varua, *Robinson se rend après la guerre à Tahiti, puis dans les mers du Sud en quête de la* « tempête ultime ». *Il rend compte de cette navigation dans* To The Great Southern Sea. *Par la suite, il naviguera dans l'océan Pacifique en lien avec des scientifiques qui cherchent à éradiquer la filiarose (ou éléphantiasis), maladie tropicale invalidante due à des vers parasites.* Return to the sea *paraîtra en 1972, évocation de cette période itinérante de sa vie.*

**En solitaire...**

Pour Jacques-Yves Le Toumelin, l'escale de Tahiti est surtout marquée – après le débarquement de Paul Farge – par le début de sa navigation en solitaire. S'il n'avait tenu qu'à lui, il aurait fait ce choix bien auparavant. Il semble qu'il ait supporté avec difficulté ses hôtes successifs, pour complaire à sa mère par obéissance filiale, plus que par goût. Au fil de ses navigations il a acquis la pleine maîtrise de son voilier. Même si ses équipiers ont facilité les manœuvres du voilier et la répartition des quarts, Jacques-Yves a eu, au fil des jours, la confirmation de sa vraie nature de solitaire. Méticuleux, tatillon, il supporte mal la moindre inattention de ses compagnons. Surtout, l'un puis l'autre accusaient un fort décalage de compétences maritimes par rapport aux siennes, ce qui parfois l'agace. *« Ce fut pour moi une indicible détente que de me retrouver seul. Je méditais sur les erreurs du début de ma croisière, et je n'incriminais nul autre que moi. Cette présence continuelle m'avait fatigué et rendu nerveux. J'allais pouvoir retrouver un équilibre et une discipline. »*

**Le *Commandant Charcot***

En toutes circonstances, Jacques-Yves put compter sur la solidarité et l'assistance des navires français rencontrés lors de son tour du monde. Elle tient à la solidarité naturelle entre gens de mer, à l'aide spontanée accordée à un compatriote, mais aussi à sa qualité d'officier de la marine marchande. Tout ceci, conjugué, participe au début de notoriété que lui valent les nombreux comptes-rendus sur son périple publiés principalement par la revue *Le Yacht*, ainsi que par *Ouest-France*.

Ainsi en est-il de l'accueil du *Commandant Charcot* en mai 1951, lors du passage de ce navire à Tahiti. Jacques Yves éprouve une émotion en découvrant la silhouette de ce bateau d'exploration polaire arborant le nom de Jean-Baptiste Charcot, l'explorateur emblématique que son père a connu et respecté. Décédé en mer lors d'une tempête en septembre 1936, alors qu'il revient du Groenland à bord du *Pourquoi-Pas IV*, son corps fut retrouvé plus tard. Victor Marie Le Toumelin veilla sa dépouille avec Marin Marie, la nuit du 11 octobre 1936, à Notre-Dame de Paris, quelques heures avant ses funérailles nationales.

> *Le* Commandant Charcot *est un ex-mouilleur de filets de l'US Navy, le* Lancewood *lancé le 3 avril 1943. D'une longueur de 59 mètres, large de 11 mètres, il atteint la vitesse de 12 nœuds. Il sert dans le Pacifique pendant la Seconde Guerre mondiale et obtient une distinction pour son comportement au combat. Il est racheté par la France le 28 février 1948 grâce au financement accordé par le ministère de la France d'Outre-mer.*
> *Le 9 mars 1948 un équipage français le réceptionne aux États-Unis pour lui faire traverser l'Atlantique. Il arrive le 29 mai à Saint-Malo. Pris en charge par les chantiers Mougin Baslé, ces derniers mènent les travaux destinés à l'adapter à sa vocation de navire polaire. La coque du navire est renforcée pour qu'il puisse s'aventurer dans les éléments disloqués du pack glaciaire. Le 20 avril, il est rebaptisé* Commandant Charcot *par le secrétariat d'État à la marine marchande.*
> *Lorsque Jacques-Yves le rencontre, le navire est en route vers Brest, son port d'attache. Parti du Finistère le 3 octobre 1950, il a rejoint la terre Adélie en passant par Alger, Djibouti, Diego Suarez, Fremantle et Hobart. La route du retour l'a mené à l'île Macquarie, rattachée à la Tasmanie, à mi-chemin entre l'Antarctique et la Nouvelle-Zélande, à l'île Campbell, sous pavillon néo-zélandais, à Auckland, Hobart, Nouméa et Papeete. Après avoir fait escale à Papeete en mai 1951, il poursuit sa route vers Panama, Fort-de-France et Brest.*
> *L'initiative de la reprise des expéditions polaires françaises est redevable à Paul-Émile Victor et à trois jeunes explorateurs des régions boréales qui proposent au gouvernement français d'explorer la Terre Adélie, possession française inexplorée. Pour ce faire, la nécessité d'un navire polaire s'impose. Paul-Émile Victor, revenu des États-Unis en décembre 1945, après avoir commandé une escadrille de recherche et de sauvetage de pilotes perdus dans le cercle polaire.,*

*détermine lui-même les caractéristiques requises du bateau nécessaire. Son expérience antérieure d'ethnologue de terrain constitue une compétence précieuse pour des expéditions scientifiques. Il dirigera de 1947 à 1976 les expéditions polaires françaises. En l'espace de 29 années, elles seront marquées par 150 expéditions. Paul-Émile Victor participera en personne à 17 d'entre elles dans l'Antarctique, en Terre Adélie et à 14 en Arctique, au Groenland.*

Revenons à Jacques-Yves Le Toumelin. Sa découverte de Papeete, pendant les quatre mois de son séjour, se révèle plaisante. Il profite pleinement des excursions auxquelles le convient ses amis Broca et Argod. Le navigateur s'étonne toutefois du faible nombre de bateaux de plaisance dans le port de Papeete, ce qui témoigne à pareille époque d'un intérêt encore peu marqué pour cette pratique à Tahiti.

Le navigateur consacre la majeure partie du temps dont il dispose à l'entretien méticuleux de *Kurun*, car cette tâche repose pleinement sur lui, maintenant qu'il est seul. Il a conscience de la route qu'il lui reste à accomplir et de la nécessité de compter, sans faille, sur le bon état de son embarcation. Le 25 mai 1951 le voilier, caréné et la coque repeinte, est remis à l'eau.

À Tahiti s'effectue une inflexion psychologique dans son esprit, le navigateur commence pour la première fois à évoquer la perspective de son retour en France. Cela tient vraisemblablement à plusieurs facteurs. Le premier est sans doute l'éloignement des siens et l'attente du plaisir anticipé de les revoir. Le deuxième a pour origine le sentiment de liberté retrouvée que lui procure le débarquement de son compagnon, Paul Farge. Il peut enfin mener seul son voilier, maître à bord. Le troisième est l'absolue confiance qu'il a désormais en *Kurun,* après avoir vérifié dans des conditions de mer et de temps différentes, son adéquation au projet qu'il s'est fixé. Enfin, peut-être y a-t-il aussi, de façon latente, le secret désir – après avoir pris goût à son itinérance marine – de concevoir le projet d'un voilier plus grand, tirant parti de l'expérience acquise, dans la perspective d'autres programmes plus ambitieux.

Le 19 juin 1951, *Kurun* quitte Tahiti, pressé par le calendrier qui lui intime d'éviter la saison des cyclones dans l'océan Indien. Il lui faut être à La Réunion mi-octobre. Après une navigation de courte durée, il parvient à Bora Bora. Délaissant Raiatea, Jacques-Yves préfère faire escale dans l'île de Taha, au nord de cette dernière. Il lui faut contourner l'île dans sa plus grande longueur pour accéder à la passe Teavanui, à l'est, qui permet de gagner Vaitape.

**Souvenir d'Alain Gerbault**

Dès le mouillage de *Kurun* près de la plage de Vaitape, à Bora Bora, le souvenir d'Alain Gerbault s'impose à Jacques-Yves. En effet, cet aîné a été pendant son tour du monde non pas son mentor – ce qui serait injustifié car il n'a semble-t-il pas une grande estime pour l'homme – du moins une référence inconsciente, l'étalon de ses propres trajectoires. Ces dernières lui sont apparues, avec satisfaction, souvent plus tendues et rapides. Jacques-Yves ne se prive pas de les commenter, parfois avec une certaine condescendance. Il en est également de même des appréciations effectuées par Gerbault dans ses navigations ou atterrages, qu'il considère comme parfois erronées. Soulignons cependant que la notion de temps ou de distance importe peu à Gerbault qui forgeait sa propre expérience sur l'eau, sans avoir eu la préparation à la navigation et aux choses de la mer de Jacques-Yves, passé par l'École d'hydrographie de Nantes et formé au métier de pêcheur. Sans doute, aussi, Le Toumelin s'agace-t-il du lyrisme qui emporte parfois Gerbault dans ses évocations littéraires.

*Pour son dernier voyage dont il ne revient pas – neuf ans avant sa mort – Gerbault quitte la France pour la Polynésie et les îles du Pacifique le 28 septembre 1932, sur l'*Alain Gerbault, *son dernier voilier. Les années qui suivent sont une longue déambulation vagabonde, voire une fuite, sous le soleil des mers du sud. Il atteint les Marquises en décembre 1933 avant de gagner l'archipel des Tuamotu en 1934 puis Tahiti l'année suivante. C'est là qu'il se lie d'amitié avec la reine Johanna Marau Ta'aroa Tepau Salmon.*

*Cette dernière, fille du marchand britannique Alexandre Salmon et de la princesse Oehau (Ariitaimai), est l'épouse de Pomaré V, avec qui elle s'est mariée le 28 janvier 1875 à Papeete. Elle reçoit pendant son enfance une excellente éducation en Europe puis en Australie. À Paris, où elle se rend en 1884, ses manières et son habillement retiennent l'attention des femmes du monde. Après son séjour remar-*

*qué dans la capitale, elle poursuit son voyage dans d'autres régions françaises puis en Europe avant de revenir à Tahiti.*
*Dernière reine de Tahiti, depuis son divorce, elle vit à Papara avec sa mère. Outre Alain Gerbault, elle rencontre lors de leurs voyages en Polynésie Pierre Loti, Paul Gauguin et de nombreux écrivains britanniques ou anglo-saxons comme le dramaturge et écrivain Somerset Maugham ou le romancier Robert-Louis Stevenson.*
*Ses pérégrinations à travers le Pacifique conduisent Gerbault à devenir un ardent défenseur de la Polynésie. Bora Bora est de toutes les îles qu'il visite celle qui a sa préférence. Sa santé déclinant, il quitte l'île à la mi-septembre 1940 pour son dernier voyage. L'année suivante, il décédera dans l'indifférence à Dili, au Timor, à 48 ans. La nouvelle de son décès ne sera connue en France qu'après la guerre.*
*En 1951, lorsque Jacques-Yves Le Toumelin jette l'ancre à Bora Bora, un monument vient d'être installé pour rappeler la mémoire d'Alain Gerbault. Ses cendres ont été ramenées quatre ans plus tôt, en septembre 1947, à l'initiative de Jean-Paul Alaux et du Yacht Club de France. L'amiral André Lemonnier, d'origine bretonne, futur chef d'état-major de la Marine, dépêche l'aviso* Dumont d'Urville *pour l'exécution de cette mission.*
*L'édition du 7 février 1948, du journal* Le Monde *relate cette arrivée. Le quotidien rappelle que c'est loin de la mer, à Laval, qu'est né le navigateur, dans une famille aisée, le 17 novembre 1893. Son père possède des fours à chaux et plusieurs bateaux en lien avec ses activités. La fortune familiale comme le succès de ses livres permettent à Alain de bénéficier sa vie durant d'une aisance qui facilite ses projets.*
*À la différence de Jacques-Yves Le Toumelin, initié par son père, rien ne prédispose Gerbault à éprouver une attirance pour la mer hormis quelques expériences de yachting à Dinard pendant les vacances.*
*La Première Guerre mondiale révèle en revanche ses talents d'aviateur et surtout ses indéniables qualités de courage et d'endurance.*
*Insensible à la peur, il aime repousser ses limites. Neuf de ses victoires aériennes sont homologuées.*
*Alain rapporte plus tard que la lecture de Jack London éveille en lui dès l'adolescence le secret désir de parcourir seul l'océan. L'achat du* Firecrest *(feu follet) un voilier de 11 mètres de longueur, de 2 m 60*

*de large et d'1 m 80 de tirant d'eau, gréé en cotre, lui permet d'assouvir son rêve. Il quitte Cannes à bord de son voilier le 25 avril 1923, réalise la première traversée de l'Atlantique en solitaire d'est en ouest. Il rallie Gibraltar à New York en 101 jours de mer.*
*Des années après son décès, Jean-Paul Alaux incite Le Yacht Club de France à ouvrir une souscription dans le but d'apporter au navigateur disparu une sépulture plus décente. Il a retrouvé, en effet, parmi les notes de Gerbault son désir de sépulture :* « Un simple marae en pierre sur une petite pointe, avec un espace nu autour, et pour seul arbre, un arbre de fer. C'est là que je désirerais être apporté s'il ne m'était pas permis de disparaître avec mon bateau, ou d'être enseveli avec lui sous la mer. »
*Architecte né à Bordeaux le 12 mars 1876, Jean-Paul Alaux descend d'une lignée de peintres et d'architectes, parmi lesquels figurent son grand-père Gustave et son père Michel. Sa mère, Jeanne, est elle-même artiste, de même que ses oncles, Daniel et Guillaume, son frère François, et son cousin Gustave. Jean-Paul épouse une Américaine, Agnès Moore, et enseigne à Pittburgh aux États Unis. Il participe ensuite avec Nadia Boulanger à la fondation des écoles d'art américaines de Fontainebleau.*
*Après le transfert des cendres du navigateur de Dini, au Timor, à Bora Bora, Jean-Paul Allaux procède à la réalisation du monument dépouillé que souhaitait Gerbault. Il reprend la forme stylisée et épurée d'un temple polynésien sur lequel est apposée la simple mention :* « Alain Gerbault, seul sur le *Firecrest*, a fait le tour du monde. 25 avril 1923 – juillet 1929 ». *Sous cette inscription figure une ancre de marine avec la mention des initiales du Yacht Club de France (YCF), ainsi que deux pavillons croisés.*

**Octave Morillot**

Lors de son escale à Hurepiti, dont il admire le cadre splendide, Jacques-Yves Le Toumelin mouille près de l'appontement de la maison d'Octave Morillot, admirateur de Gauguin.

*Cet officier de Marine et peintre sert en 1901, à l'âge de 23 ans, sur l'aviso* La Durance, *à la station du Pacifique. Il se lie d'amitié avec Vic-*

*tor Segalen et Claude Farrère (ce dernier sert sur le contre-torpilleur* Vautour *commandé par Pierre Loti et obtient en 1905 le prix Goncourt pour son roman* Les civilisés*).*

Le dimanche 24 juin 1951, Jacques-Yves Le Toumelin quitte Bora Bora pour la Nouvelle-Guinée et Port Moresby, 3 600 milles plus à l'ouest. Sa navigation vers l'ouest est marquée, le jeudi 5 juillet, par vent faible, par la rencontre de plusieurs baleines. Le navigateur monte en haut de sa mâture pour observer le déplacement paisible et puissant des cétacés.

Sur l'horizon, les îles se succèdent, l'une après l'autre, comme autant de bornes marquant sa progression vers l'ouest. Jacques-Yves vérifie son intuition suivant laquelle un voilier de grande croisière comme *Kurun* est capable de garder son cap, barre amarrée, à toutes les allures pour peu que les réglages appropriés aient été effectués.

Le dimanche 15 juillet 1951 survient un événement imprévu qui – sans altérer sa confiance à l'égard de son voilier – le marque par sa soudaineté et sa brutalité. Alors que la mer est grosse, une vague plus forte qu'une autre soulève *Kurun* et manque de le faire chavirer. Spectateur impuissant de la situation, Jacques-Yves assiste – comme distancié et anesthésié – à la trajectoire folle des multiples objets du bord projetés en tous sens. Pour ajouter au désastre, le hublot de la cuisine, resté ouvert, déverse à l'intérieur de l'habitacle une masse d'eau.

Puis, aussi soudainement qu'elle est survenue, la situation se rétablit. *Kurun* retrouve son assise, voiles faseyantes. Sonné, tuméfié, un œil à moitié fermé, le navigateur contemple, prostré, le désolant spectacle de l'intérieur de sa cabine. Au sentiment d'abattement causé par la nécessité de tout remettre en état s'ajoute l'obligation de se dérouter pour rallier les Nouvelles-Hébrides le temps d'assécher, de nettoyer, puis de ranger les objets du bord (vivres, matériel, etc.) Il interprète cette épreuve fortuite comme un avertissement du ciel de rester toujours vigilant car l'impensable peut déjouer son attention et survenir à tout moment. Comme toujours chez Jacques-Yves, l'instant d'abattement ne dure pas. Une semaine plus tard le moral revient après avoir pris le temps, de façon méthodique, de tout remettre en ordre.

Apercevant le jeudi 2 août les sommets de la chaîne Owen Stanley dont le mont Victoria est le point culminant avec ses 4 072 m de hauteur,

Jacques-Yves a la confirmation qu'il approche de la Papouasie-Nouvelle-Guinée.

Le lendemain, après avoir longé les îles côtières, il repère l'épave du *Pruth*, un cargo échoué sur le récif de Nateara le 31 décembre 1923, lors d'une forte tempête. Cette épave indique, 4 milles plus à l'ouest, l'entrée du Basilisk Passage, le chenal d'accès à Port Moresby. Le navigateur se montre en cet instant satisfait de la conformité du temps de sa navigation avec ce qu'il avait escompté. Il lui a fallu en effet 39 jours pour effectuer sa traversée alors qu'il en avait prévu 40. L'un de ses plaisirs consiste à observer, lors de son atterrage, qu'à la différence des Polynésiens les Papous conservent leur lien organique avec la mer, ce dont témoignent les nombreux lakatois (voilier de commerce à deux coques utilisé par les Motus de Papouasie-Nouvelle-Guinée) utilisés avec dextérité par les indigènes pour le commerce local.

## Chapitre 8 : Les missionnaires de Yule

> *« Maintenant Dieu me garde !*
> *Où vais-je ? Eh ! Que m'importe ?*
> *Quels que soient mes destins, je dis comme Byron :*
> *« L'Océan peut gronder, il faudra qu'il me porte. »*
> *Si mon coursier s'abat, j'y mettrai l'éperon ».*
> Alfred de Musset, *À mon ami Alfred T.*

***Juin 2020***

*Le déconfinement s'accentue en France de façon progressive. La seconde phase de cette mesure est annoncée par le Premier ministre Édouard Philippe le 2 juin. Marquée par la réouverture des cinémas, des salles de spectacle, bars, restaurants et piscines, la France respire avec le retour des beaux jours. Elle retrouve avec un plaisir non dissimulé les plaisirs de la vie en plein air. Certains enfants retrouveront avec un bonheur moins intense le chemin de l'école quelques jours plus tard, le 22 juin.*

*À Couëron, Alain, Dominique et Michel se livrent au travail ingrat du nettoyage des fonds de* Kurun. *Si le pont est maintenant posé, le nouveau roof n'est pas encore en place pour faciliter l'accès à l'intérieur du voilier pendant les travaux prévus. Les planchers, enlevés, révèlent les varangues et la contre-quille. Pendant les travaux de l'hiver, Loïc Fouchard et son fils ont procédé à l'enlèvement des gueuses de métal qui constituent l'ancien lest. Hétérogènes par leurs formes et leur format, ces dernières ne permettaient pas le centrage optimum du poids de l'ensemble et sa bonne répartition. Pour cette raison, a été décidée la réalisation de nouvelles gueuses en plomb, plus compactes dans un moindre volume. Avec la nouvelle répartition des caisses à eau et à carburant, ce nouveau lest contribue au meilleur équilibre général du voilier, dans le respect de ses lignes d'eau.*

*L'enlèvement des planchers révèle l'étendue du travail à mener. Les fonds d'un voilier en bois sont toujours cette zone d'ombre indéterminée que l'on ne visite que rarement et où se condense un liquide fangeux – constitué d'eau saumâtre et de liquides improbables – sur un fond gras et visqueux. En cet endroit se complaît, généreusement réparti sur les œuvres mortes, le brai utilisé pour protéger les œuvres basses de la carène. En dépit du temps, il a gardé ses caractéristiques d'adhérence et témoigne d'une ténacité redoutable. Le lessivage de l'ensemble se fait au prix de contorsions dignes d'un fakir, notamment dans les extrémités de la proue et de la poupe, peu accessibles. Le chantier est complété par le nettoyage à la vapeur de l'ensemble des parties basses, avant l'assèchement des moindres interstices. L'opération se termine, quelques jours plus tard, par l'apposition d'une nouvelle couche de brai. En parallèle un enduit recouvre les têtes de clous apparentes pour éviter la propagation de la rouille dans les membrures.*

**Vendredi 3 novembre 1950**

À Port Moresby, Jacques-Yves Le Toumelin rencontre Monseigneur André Sorin, le vicaire apostolique de la Nouvelle-Guinée. Originaire de Vendée, le prélat est né aux Sables-d'Olonne le dimanche 7 juin 1903. Comme il l'évoque, le navigateur se montre « *tout de suite séduit par son allure jeune et sympathique. Il me fit connaître l'œuvre admirable et si peu connue de la mission française en Nouvelle-Guinée.* »

Le jeune prêtre avait 22 ans quand il a rejoint, vingt-cinq ans plus tôt, la mission de la Papouasie animée par Monseigneur de Boismenu en 1925. Dans un premier temps, il est affecté comme missionnaire chez les Fouyoughés, une tribu de l'est de la Papouasie parlant la langue goilalane. Vivant de la culture d'ignames, de légumes et de l'élevage de porcs, ses membres organisent régulièrement des fêtes associant les chefs d'autres villages voisins, marquées par des danses rituelles. La période des festivités, le Gâbé, peut s'étendre sur une longue période, appauvrissant les villages qui se doivent d'accorder l'hospitalité à leurs hôtes.

Passionné de musique, André Sorin s'intéresse à leurs traditions. Il se livre à un important travail de collecte de documents sonores et de recensement des traditions papoues. À son invitation, Jacques-Yves se rend sur l'île de Yule, dans le district de Lairuku, à 70 milles au nord-ouest de Port Moresby pour la visiter. Elle porte le nom de Charles Bampfield Yule, l'officier de Marine britannique qui découvrit la région en 1842. Elle constitue la première partie de la Papouasie en contact avec des Européens.

Au terme de sa visite, Jacques-Yves est vivement impressionné par le travail mené par les missionnaires en Nouvelle-Guinée. Il l'est aussi en prenant mieux conscience des dimensions de cette île de l'Océanie, la troisième par la taille au monde après l'Australie et le Groenland avec ses 775 000 km² et ses 2 300 km de longueur. Il garde une forte impression de ses massifs montagneux imposants et de son caractère encore vierge.

### Le détroit de Torrès

Le jeudi 14 juin 1951, Jacques-Yves Le Toumelin reprend la mer. Au moment de quitter la terre, il est vivement touché par les délicates attentions des missionnaires et des sœurs à son endroit. Il part avec profusion de vivres frais. Dans les jours qui suivent son départ, il pratique avec satisfaction le procédé de pilotage automatique qu'il a précédemment expérimenté et traverse le golfe de Papouasie en vingt-quatre heures, dans sa route à l'ouest en direction du détroit de Torrès.

Ce passage de 150 km dans sa partie la plus étroite sépare le cap York au sud, extrémité septentrionale du Queensland en Australie, de la partie occidentale de la Papouasie-Nouvelle-Guinée, au nord. Il forme la jonction entre la mer de Corail à l'est et celle d'Arufara à l'ouest. Seules 17 des 274 îles qui parsèment le détroit sont alors habitées. Un certain nombre d'entre elles ont été annexées dès 1879 par l'Australie.

Jacques-Yves atteint 27 jours plus tard les îles Coco. Bien qu'effectuée en solitaire, cette traversée constitue l'un des meilleurs temps de navigation de *Kurun*.

La profondeur d'eau dans le détroit de Torrès ne dépasse guère 13 mètres avec une largeur réduite à 800 mètres dans le chenal du Prince-de-Galles à son extrémité sud-est. En provenance de la mer de Corail, Jacques-Yves bifurque vers le sud après avoir longé l'effleurement de basalte de l'île de Bramble Cay (Maizab Kaur). À son entrée dans le passage de Bligh, le navigateur se souvient que l'*Anahita* de Louis Bernicot y est passé en juillet 1937, ainsi qu'Alain Gerbault sur le *Firecrest*, dix ans plus tôt, en mai 1927.

Parvenu à l'ouest de Darlrymple, Jacques-Yves oblique vers le sud, à proximité des îles Roberts et Cocoanut. Il tire des bords, passe au nord du chenal Vigilant en direction de l'île Longue, puis de l'île Ernest. Les conditions de mer et de vent le contraignent à rebrousser chemin et à revenir en arrière. Désireux de passer la nuit au mouillage, à proximité de l'île Ernest, il connaît la déplaisante expérience de perdre son mouillage.

Reprenant sa route vers le sud-ouest, il gagne le chenal du Prince-de-

Galles, au nord de l'île Wednesday. Cette dernière partie du passage constitue la phase la plus périlleuse et la plus compliquée du détroit. Il atteint l'île Booby le 18 août 1951 à 15 heures. Les naufrages de navires ont été si nombreux dans ces parages qu'au XIX$^{e}$ siècle des vivres furent stockés de façon permanente sur l'île par les navires de passage pour permettre la survie des marins naufragés. Joshua Slocum aborde ce même passage par le sud, en septembre 1903, après avoir longé la côte australienne du Cap York.

Au total, entre l'entrée du navigateur dans le détroit de Torrès le jeudi 16 août 1951 à 09h15 et son arrivée à l'île Booby le samedi 18 août à 15 heures, 77 heures et 45 minutes lui ont été nécessaires pour réaliser les 175 milles de ce parcours redouté. Fidèle à son engagement, il débouche alors la bouteille de champagne conservée spécialement pour cette occasion. Elle lui fut offerte par le docteur Loirhy à son départ de Tahiti. Après les instants de forte tension vécus lors du franchissement du passage, la traversée de la mer d'Arafura constitue une réelle récompense par son agrément de navigation.

Dix jours plus tard, le mercredi 29 août, Jacques-Yves passe les derniers bancs qui mènent à l'océan Indien, dont le banc de Sahul qui pour certains aurait constitué l'un des points de passage de l'arrivée des Aborigènes d'Australie en provenance des îles d'Indonésie sur leurs embarcations. Deux jours plus tard, la découverte par le navigateur, le 1$^{er}$ septembre, de la dégradation du pied de mât de *Kurun*, creusé par les capricornes, survient heureusement après le passage du détroit de Torrès. Sans nul doute, son appréhension aurait été grande s'il l'avait appris plus tôt, en raison des conditions de mer qu'il vient de connaître.

Après une inspection minutieuse, le navigateur se rassure et se convainc que le mât – maintenu en compression par les haubans – est encore robuste. L'hypothèse d'un changement d'espar à la Réunion traverse son esprit mais suscite de nouveaux questionnements avec notamment l'appréhension du temps nécessaire pour réaliser cette opération et surtout son coût.

De l'île Booby, à la sortie du détroit de Torrès jusqu'à l'île Coco, il lui faut traverser 2 660 milles de mer, plein ouest, cap au 260°. Cet archipel corallien de l'océan Indien comprend deux atolls principaux. Ils forment le Territoire des îles Cocos relevant de l'Australie et non plus de l'Indonésie. L'atoll du nord (North Keeling Island), non habité, s'ouvre à l'est par un étroit passage. Il fait aujourd'hui partie du parc national de Pulu Keeling. L'atoll du Sud (South Keeling Islands) enserre pour sa part un lagon intérieur de 110 km² où se déploient 26 îles.

Jacques-Yves se dirige vers Direction Island, domaine exclusif de la Cable and Wireless Limited Company, opérateur historique de l'ancien empire britannique. L'orgueilleuse et puissante compagnie a fait sienne l'insolente devise : « *Le soleil s'est couché sur l'empire britannique mais pas sur les filiales lointaines de C&W* ». L'île où le navigateur accoste se trouve au nord de l'archipel, où se situe l'entrée principale du lagon.

À l'extrémité septentrionale du plan d'eau, Direction Island épouse la forme d'un croissant. Les autres îles se répartissent le long de la périphérie intérieure de l'atoll. Direction Island possède une jetée, dans l'arc intérieur du plan d'eau. À l'opposé de cette dernière se trouve West Island, la plus importante en superficie, où sont installés l'aéroport et un phare. L'intérieur du lagon, d'une grande superficie, présente des fonds peu profonds, inférieurs à 6 mètres d'eau.

**L'épopée de la famille Ross**

*En 1826, Alexander Hare s'installe sur l'île Direction, avec un groupe de Malais, après avoir quitté la Compagnie des Indes Orientales. Il est suivi l'année suivante par le capitaine John Clunies-Ross, un marchand britannique originaire de Weisdale, dans les îles Shetland, qui s'installe sur l'île Home avec sa famille en 1827. Il a servi en 1813 au Timor comme lieutenant sur le baleinier* Baronne Longueville, *avant de commander le brick* Olivia. *Au cours de ses navigations, il a visité l'archipel des îles Cocos alors inhabité. Après plusieurs années de relations conflictuelles entre les deux hommes, Alexander Hare décide de quitter les îles Cocos pour Batavia, John Clunies-Ross prend alors les rênes des îles.*

*Joshua Slocum présente pour sa part une version différente des choses, expliquant dans* Seul autour du Monde *en 1901 que John Clunies-Ross aurait en fait gagné l'île dès 1814 à bord du* Bornéo, *alors qu'il se rendait en Inde. Lors de son passage, il aurait cloué sur un poteau le pavillon de l'Union Jack, avec des documents précisant sa ferme intention d'y revenir plus tard. Slocum précise d'ailleurs qu'à son retour, Clunies-Ross plante des centaines de cocotiers et fait venir une importante main-d'œuvre malaise pour récolter les noix et construire ainsi sa fortune sur le traitement du coprah.*

*Ross commerce avec les navires néerlandais en route vers les ports de Java et de Sumatra, sous le protectorat de leur pays. Il devient sujet néerlandais, une nouvelle nationalité qui facilite ses affaires. Fort de ses positions de premier occupant des lieux, il approche successivement le gouvernement britannique puis néerlandais pour obtenir l'annexion définitive des îles. Ses demandes restent sans réponse.*

*Autoproclamé Roi des Cocos, lui et sa famille dirigent l'île pendant plus de 150 ans. Charles Darwin lui rend visite à bord du* Beagle *au début du mois d'avril 1836, précisant que les indigènes s'y trouvent dans un certain état de liberté, avec toutefois la précision suivante qui nuance quelque peu son propos :* « Mais sur la plupart des autres points, ils sont considérés comme des esclaves ». *L'annexion de l'archipel par la Grande-Bretagne en 1857 ne supprime pas, dans un premier temps, les privilèges de la famille Ross.*

*Le fils de John Clunies-Ross, John George (Ross II), assure en 1854 la succession de son père. Lorsque le capitaine Stephen Grenville Fremantle aborde les îles à bord du* Juno *en 1857, pour en prendre possession au nom de Sa Majesté britannique, il confie naturellement à l'héritier de la famille Ross la fonction de surintendant des îles. La troisième génération des Ross prend le relais en 1871 avec George (Ross III), avant qu'en 1886, la reine Victoria concède à perpétuité les îles à la famille Ross. John Sidney (Ross IV) succède lui-même à son père en 1910.*

Pendant la Seconde Guerre mondiale, une garnison de 3 000 soldats britanniques s'y installe. John Cecil (Ross IV) y assure la dernière administration familiale, de 1944 à 1978, au moment où Jacques-Yves y fait escale. Le navigateur ne le rencontre pas en raison de son mariage au même moment, en Grande-Bretagne. Il visite cependant Oceania House, sur Home Island, la demeure historique de la famille. À quelques mètres de la mer, la vaste maison offre une vue imprenable sur le lagon et conserve son élégance coloniale.

Le navigateur souligne l'aspect quelque peu géométrique de la bâtisse patricienne et son esthétique surréaliste dans ce cadre de cocotiers et de soleil. Il est en revanche agréablement frappé par la gentillesse et la simplicité des habitants. Il observe l'absence de monnaie utilisée dans les échanges commerciaux, ce qui fut voulu dès l'origine par la famille Ross. Le coprah est à cette époque encore l'activité majeure des îles.

Lors de son séjour, Jacques-Yves se rend à l'endroit même où le *Spray* a été caréné. Il se rappelle que ce dernier a parcouru les 2 000 milles qui séparent l'île Thursday des îles Cocos en 23 jours, barre amarrée. Il y était parvenu en juillet 1897 et il y effectuera une longue escale avant de gagner l'île Maurice en septembre. Autre signe du passage d'un prédécesseur français, le navigateur remarque la photographie de Louis Bernicot et d'*Anahita* dans la maison du manager de la Compagnie du câble, sur Direction Island.

Au mouillage de Home Island, Jacques-Yves repère la silhouette du trois-mâts goélette *Albatros*. Ce dernier est vraisemblablement le voilier évoqué par le commandant Lacroix dans son ouvrage sur les derniers voiliers français. Armé par Louis Bigard, un armateur de La Rochelle, il a accompli le coup d'éclat – pendant la Première Guerre mondiale – d'attaquer au canon un sous-marin allemand le samedi 2 mars 1918. Le fait d'armes est relaté par l'édition de Caen du journal *Ouest Éclair* le vendredi 26 et le dimanche 28 avril 1918. « *Un voilier dénommé* Albatros *fut attaqué au canon par un sous-marin en Manche occidentale, dans la nuit du 6 au 7 novembre 1917, un quart d'heure après qu'un trois-mâts, le* Saint-Bernard, *l'eut lui-même été. Ils se trouvaient tous deux dans un important convoi de navires à voiles, parti d'Angleterre le 6 novembre, qui faisait route sous escorte, mais s'était trouvé disloqué pendant la nuit, en raison d'une forte brise de noroît et d'une grosse mer. Ils mirent tour à tour en fuite leur agresseur en ripostant au canon.* »

Jacques-Yves obtient de Leigh Parkin – le responsable de la station télégraphique des îles Cocos – l'autorisation d'adresser un télégramme en France. Il peut ainsi apporter des nouvelles à sa famille comme à ses amis. Le 12 septembre 1951, *Ouest-France* titre : « *Le jeune Breton Le Toumelin qui fait le tour du monde est arrivé aux îles Cocos* ». Avec le décalage lié au délai d'acheminement du courrier, le quotidien régional rend compte de l'arrivée du navigateur en provenance de Port Moresby en Papouasie. Il précise : « *Le Toumelin, parti de France depuis deux ans, a déclaré qu'il a eu du mauvais temps entre la Nouvelle-Calédonie et l'Australie. Après un court séjour aux îles Cocos, il partira pour Le Cap via La Réunion. »*

*Le Yacht* publie pour sa part, dans son numéro du 1er septembre 1951, un article de deux pages consacré au navigateur. Daté du 18 août 1951, le texte est illustré de six photos prises par Jacques-Yves. Poursuivant la relation de l'itinéraire parcouru par le navigateur autour du monde, le texte reprend les notes de bord adressées par le navigateur à sa famille d'abord de Bora Bora, en Polynésie, puis de Port Moresby, en Papouasie Nouvelle-Guinée.

Après son départ des îles Cocos, la progression vers l'ouest du navigateur profite d'un vent régulier. Il progresse cependant dans une mer formée plutôt désagréable. Au fil des jours, Jacques-Yves constate le rafraîchissement progressif de la température. Il lui faut ressortir une couverture de laine, sensation un peu dépaysante après ses longues navigations dans les mers chaudes. Les jours s'égrènent – l'un après l'autre – dans le rite régulier des relevés astronomiques, l'observation de la mer et des oiseaux de passage. En de rares occasions, les nouvelles de la radio lui parviennent. Il se trouve ainsi relié à la terre pendant quelques instants éphémères. Profitant du temps dont il dispose, il recense les modifications susceptibles d'être apportées à *Kurun* à la Réunion. Il lui faudra en effet préparer son voilier à la longue route qui se présentera à lui, une fois passé le cap de Bonne-Espérance.

Le 22 septembre 1951, une double page de la revue *Le Yacht* revient sur la route effectuée par *Kurun* de Bora Bora aux îles Cocos et sur le franchissement du détroit de Torrès entre la Nouvelle-Guinée et l'Australie. L'article est illustré de photos et d'une cartographie détaillée du parcours effectué. Au bas de la carte, Jacques-Yves mentionne à destination des lecteurs les différentes étapes de sa navigation ainsi que les distances parcourues. Ainsi, la trajectoire de Bora Bora à Port Moresby – entre le 24 juin et le 3 août 1951 – mentionne 39 jours de mer et 3 750 milles parcourus. Celle de Port Moresby aux îles Cocos – entre le 14 août et le 11 septembre – représente 3 100 milles parcourus en 27 jours.

Deux semaines après son appareillage des îles Cocos, Jacques-Yves aperçoit sur l'horizon, le 2 octobre 1951 au soir, le contour de Rodrigues. Cette île d'origine volcanique fut découverte par les Portugais en

1528. Elle est occupée par les Français en 1725, au moment de la colonisation de l'île Maurice et surnommée la Cendrillon des Mascareignes en raison de sa petite taille.

En vue de Rodrigues, mais sans s'y arrêter, le navigateur étalonne une fois encore sa navigation sur celle de ses prédécesseurs, Joshua Slocum et Louis Bernicot. Il a plaisir à constater à cette occasion que son temps de parcours est meilleur que les leurs. Dans la mesure où ces derniers ont enregistré des vitesses supérieures à celle de *Kurun*, il en déduit que sa route est donc satisfaisante.

Le 5 octobre 1951 au matin l'île Maurice est en vue, assez proche pour que le navigateur en détaille les paysages en la longeant par le sud. 2 300 milles ont été parcourus depuis les îles Cocos. Jacques-Yves relève, à ce moment-là, un curieux phénomène d'hallucinations lors duquel il lui semble entendre distinctement l'appel d'une voix humaine. Après cet épisode inexpliqué, il aperçoit le lendemain, comme il s'y attend et dans l'axe du bateau vers l'ouest, les sommets de la Réunion. La distance entre les deux îles n'est en effet que de 122 milles nautiques.

Jacques-Yves aborde La Réunion le 6 octobre 1951 par le nord. Le piton de la fournaise, culminant à 2 632 mètres, offre le premier indicateur aisément reconnaissable de la position de l'île. Le navigateur repère la ville de Saint-Denis, identifiable à ses maisons blanches qui se détachent sur le vert de la végétation. Elle s'est développée à compter de 1667, quatre ans après l'installation des premiers habitants. Saint-Paul, au sud de la Pointe des Galets, est le premier port d'accès à La Réunion avant que Saint-Denis prenne plus tard l'ascendant. La ville en devient en 1 738 le chef-lieu, résidence du gouverneur Bertrand-François Mahé de la Bourdonnais.

### Escale à La Réunion

Au port de Saint-Denis, en plein développement après-guerre, Jacques-Yves préfère celui de la Pointe des Galets. Les travaux de construction de ce port, situé au nord-ouest de l'île à proximité de la pointe éponyme, commencent en 1878. C'est là qu'accostent jusqu'en 1925 les paquebots en provenance de Marseille.

À son arrivée, le 6 octobre, Jacques-Yves a la désagréable surprise de découvrir l'entrée du port obstruée par des amas de rochers déplacés lors d'un précédent cyclone. Dans la nuit du 26 au 27 janvier 1948 l'île de la Réunion connaît en effet un phénomène d'une ampleur exceptionnelle. L'annonce de pluies diluviennes et de vents violents est communiquée à la population par les journaux locaux *Le Peuple* et *Le Progrès*, ainsi que par les cloches des églises qui sonnent le tocsin. De mémoire de Réunionnais, jamais la colonie n'a subi d'épisode d'une telle violence. Le cataclysme cause la mort de plus de 165 personnes. Les vents atteignent la vitesse de 350 km/h. Sur la rive droite de la rivière des Galets, le raz-de-marée violent arrache les remblais qui supportent la voie ferrée. Plus de 1 200 habitations sont détruites. La catastrophe détruit l'ensemble des récoltes.

Dans l'impossibilité de pénétrer dans le port, *Kurun* mouille dans la darse sud près de deux cargos : le *Taurus* et le *Ville de Majunga*. Satisfait de sa navigation, Jacques-Yves constate qu'il a gagné neuf jours par rapport à sa prévision initiale. Il est arrivé le samedi 6 au lieu du 15 octobre. Il apprend avec surprise que sa circumnavigation, relatée par la presse, est connue de nombre de personnes. Il est particulièrement sensible aux attentions que lui témoigne le commandant Menguy, capitaine du cargo-mixte *Ville de Majunga*. Dès les premiers jours de son arrivée, il apprécie de pouvoir visiter la montagne avoisinante, découvrant notamment le plateau de Cilaos, à l'instar de Louis Bernicot précédemment marqué par ces mêmes paysages.

Surtout, Jacques-Yves bénéficie lors de son escale de l'aide précieuse du charpentier du *Ville de Majunga* qui s'offre à réaliser de menus travaux sur *Kurun*. Une complicité le lie au vieil homme qui a précédemment travaillé sur le *Winnibelle* de Marin Marie. Outre les réparations indispensables qu'il a soigneusement notées, Jacques-Yves profite de la complicité amicale des officiers du cargo pour affiner la préparation de ses prochaines escales, en Afrique du Sud. Il effectue même un calque de la carte de Durban et copie la partie du livre des phares consacrée à l'Afrique du Sud.

*Le* Ville de Majunga *est un cargo mixte construit en 1931 aux ateliers et chantiers de la Seine-Maritime, au Trait. Il appartenait à la Nouvelle Compagnie Havraise Péninsulaire. Le 1er mars 1940, alors qu'il fait route de Marseille vers l'océan Indien par le Cap, il est arraisonné et réquisitionné par les Anglais. Il participe à la campagne de Norvège en avril 1940 puis en juin de la même année à l'évacuation de la ville du Havre. Frappé par une bombe, il est remorqué à Brest pour y subir les réparations nécessaires. À la fin de la guerre, en avril 1945, il est restitué à son propriétaire et reprend son service régulier depuis Marseille.*

Le dimanche 11 novembre 1951, Jacques-Yves quitte Port-des-Galets, pour une longue navigation de plus de 1 500 milles. Son départ est salué par la corne du *Ville de Majunga*. Il dispose des dernières informations météorologiques sur les conditions de mer qui l'attendent. Elles lui ont été communiquées par le commandant Depagne du *Ville-du-Havre* qui a quitté l'Afrique du Sud deux jours plus tôt. Jacques-Yves sait qu'il lui faut contourner l'extrémité méridionale de Madagascar pour joindre la côte sud de l'Afrique. Sa progression vers l'ouest est marquée par un vent changeant et par plusieurs grains violents qui l'obligent à mettre à la cape le temps de leur passage.

En décalage avec la progression de la navigation de Jacques-Yves, *Le Yacht* évoque dans ses colonnes le courrier du 11 octobre adressé par le navigateur à la revue depuis le Port-des-Galets. La revue fait état de l'accueil qui lui a été réservé et des excursions effectuées sur les hauteurs de l'île. Elle s'étend sur les conditions de mer rencontrées avant son arrivée à La Réunion. Le vent soutenu l'a contraint à prendre plusieurs tours de rouleaux sur sa grand-voile pour ne pas fatiguer *Kurun* dans la mer formée. Dans une formule lapidaire, il résume sa perception: *« L'océan Indien est loin d'une mare aux canards »*. Il se félicite cependant d'avoir effectué ce trajet en 18 jours et demi, réalisant un meilleur temps que Slocum et Bernicot avant lui.

À la fin de l'article, il témoigne de son impatience de parvenir au cap de Bonne-Espérance, considérant que les principales difficultés de son tour du monde seraient à cet instant derrière lui. De façon jubilatoire, il évoque le plaisir profond qu'il ressent à voir confirmées ses prévisions au terme de ses navigations: *« Quand, après plusieurs semaines de mer, seul, sans rien voir, je découvre la terre, exactement en accord avec mes observations et mes calculs, je ressens chaque fois une joie et une satisfaction intense »*.

Le 1er décembre 1951, un nouvel article de la revue *Le Yacht* évoque en complément, de façon rétrospective, le départ de *Kurun* de la pointe des Galets. Il apporte des précisions sur l'escale de La Réunion. Le docteur Estienne, de Saint-Denis, et le docteur Destombes l'ont accueilli de façon particulièrement amicale. Le navigateur a notamment apprécié son excursion de plusieurs jours dans l'île même si le relief accidenté a été fatal à son appareil photo, hors d'usage après une baignade intempestive au passage d'un gué.

Affecté par cette perte, Jacques-Yves a eu la bonne surprise de se voir offrir un appareil à soufflet Zeiss-Ikon 6x9 par André Blay, photographe rue de la victoire, à Saint-Denis. De conception allemande, l'appareil est robuste et doté d'un objectif de qualité. Il permet de réaliser des clichés au format 56 x 84 mm grâce à des pellicules en rouleaux protégées par une bande de papier.

Le geste généreux du photographe réunionnais permet à Jacques-Yves de poursuivre sans interruption la documentation photographique de ses navigations. L'article de la revue est illustré de cinq photos présentant respectivement le navigateur en conversation avec J.-J. Eude, administrateur de l'inscription maritime de Saint-Denis, une vue panoramique du cirque de Cilaos prise depuis la route du col de Taïbit en direction du cirque de Mafate, la traversée d'un gué de la rivière des Galets, le commandant Menguy en compagnie de Jacques-Yves à bord de *Kurun*, enfin une vue des Salazes, dans la descente vers le cirque de Mafate.

Jacques-Yves évoque enfin dans le courrier adressé à la revue *Le Yacht* sa gratitude à l'égard des officiers et des équipages des navires rencontrés à la Réunion, dont il constate l'origine en majorité bretonne. Il cite notamment le commandant Menguy, du *Ville de Majunga*, le commandant Depagne du *Ville du Havre*, et le commandant du *Leconte de Lisle*, paquebot des Messageries maritimes saisi par les Japonais pendant la guerre, qui assure la ligne de l'océan Indien. Il sympathise enfin avec un marin breton originaire des rives de la Rance, charpentier du *Ville de Majunga*, qui répond au plaisant surnom de Doux Jésus.

## Chapitre 9 : Durban

*« La lune de ses mains distraites*
*A laissé choir, du haut de l'air,*
*Son grand éventail à paillettes*
*Sur le bleu tapis de la mer ».*
Théophile Gautier, *Au bord de la mer.*

***Juillet 2020***

*Sur le front de la pandémie, 150 pays à travers le monde sont désormais associés dans le mécanisme Covax, d'une ampleur inégalée. Cette initiative mondiale repose sur la collaboration inédite de l'Organisation mondiale de la santé et des autorités gouvernementale avec les laboratoires pharmaceutiques. Elle accélère la recherche en faveur de la découverte d'un vaccin et contribuera à assurer l'accès équitable à ce dernier.*

*Les mesures sanitaires se renforcent en France. Le 20 juillet, le port du masque est obligatoire dans les lieux clos. Les Français se présentent désormais masqués dans les magasins, centres commerciaux, administrations, banques et marchés couverts. Lueur d'espoir, les laboratoires Pfizer et Moderna entament les essais de leurs vaccins respectifs. La Russie annonce qu'elle disposera bientôt d'un vaccin nommé Spoutnik V.*

*Pendant ce temps, à Couëron, se poursuit le décapage de l'intérieur de la coque de* Kurun *avant sa mise en peinture. Afin de faciliter l'accès au vaigrage, les éléments amovibles à l'intérieur du cotre sont démontés. Débarqués, ils sont lessivés puis séchés. Ils comprennent notamment les planchers qui recouvrent les fonds, les planches qui supportent les couchettes, les tiroirs des meubles du bord, les étagères des postes avant et arrière. Certaines pièces de bois nécessitent d'être identifiées pour faciliter leur localisation lors du remontage. L'opération permet en même temps de s'assurer de leur état comme de comprendre l'ingéniosité de l'assemblage de l'ensemble. Beau travail de menuiserie et de charpenterie ! Au passage, certaines pièces révèlent – discrètement mentionnée sur l'envers – la numérotation minutieuse à laquelle a procédé Jacques-Yves Le Toumelin lors de l'équipement de son voilier. Prévision et anticipation toujours. Comme un message venu d'un autre temps !*

*Préalablement à la mise en peinture, les parties neuves du bordé sont recouvertes d'une couche de minium pour protéger le bois, avant de procéder à leur mise en peinture. Une première couche recouvre les cloisons de l'ensemble de la cabine, de la proue à la poupe. L'opération est acrobatique quand il s'agit d'accéder à la pointe avant comme à la pointe arrière, exiguës par nature et d'accès difficile. La température estivale rend l'exercice sportif.*

*Loïc Fouchard et son fils procèdent pendant ce temps à l'encastrement dans le pont des prismes lumineux d'origine. Ces derniers participent à l'éclairement de la cabine du voilier, en complément des hublots. Le père et le fils ont déjà procédé à l'installation des nables en laiton qui protègent l'accès aux tuyaux de remplissage des réservoirs d'eau et de carburant. Ils ont prévu l'ouverture de la pompe de cale manuelle et positionné les hublots du roof ainsi que la nouvelle commande du moteur. La nouvelle pompe de cale automatique, électrique, est également fixée. Elle participera de la sécurité à bord en évacuant régulièrement les eaux qui stagnent dans les fonds dès qu'elles atteignent un certain niveau. Une sujétion de moins dans la veille attentive et l'attention constante que nécessite* Kurun *lorsqu'il repose à son mouillage du Croisic. Le 30 juillet, le toit du roof est posé. Traité au minium, il est revêtu d'une toile de coton imbibée.*

*En parallèle, le guindeau – déposé pendant les travaux – a été sablé, avant d'être recouvert d'une couche de peinture époxy et peint en blanc. Les 5 et 6 août prochains, Alain, Dominique et Jacques procéderont à la seconde couche de peinture sur l'ensemble de l'intérieur. Puis Alain s'attellera au ponçage du mât avant de le revernir. Le terme des travaux approche !*

**Dimanche 2 décembre 1951**

Ce jour-là précisément la côte africaine est enfin en vue, au petit matin. Le navigateur identifie l'estuaire de la Tongaat, rivière située près de la localité du même nom, à 20 milles au nord de la ville de Durban, caractérisée par son architecture hollandaise. Le mauvais temps et les conditions de vent retardent cependant son arrivée dans la ville du Natal le 4 décembre au milieu de la nuit. Dès l'aube, le premier réflexe de Jacques-Yves consiste à se faire une idée de son environnement en explorant à l'aide des jumelles le paysage qui l'entoure. La localité a été fondée en 1824, après que F. G. Farewell, un lieutenant britannique, ait obtenu l'autorisation d'édifier en cet endroit un poste commercial et un port. Deux ans avant l'arrivée de Jacques-Yves, la ville a connu en janvier 1949 des émeutes lors d'une confrontation violente entre les communautés indiennes et Zoulous. Dans les années 1950, Durban est encore placée sous le régime de la ségrégation. Dès le début du siècle, les autorités locales ont instauré l'obligation d'un permis de résidence octroyé aux seules personnes habitant le centre-ville pour limiter l'afflux de population.

La ville ne laisse pas à Jacques-Yves une impression inoubliable. Il trouve la cité sans caractère et sans âme, même si l'exotisme des marchés où se mêlent les populations les plus diverses l'intéresse. Ce retour à la civilisation lui fait dans le même temps percevoir, par contraste, combien il s'en est détaché au fur et à mesure de l'avancement de son voyage.

Le navigateur évoque dans ses souvenirs Cato Manor, quartier populaire situé à 7 km du centre-ville, dont le nom s'inspire de celui de Georges Christopher Cato, le premier maire de Durban en 1865. À l'issue de la Seconde Guerre mondiale, près de 30 000 squatters y ont construit leurs abris misérables, constituant un foyer d'insurrection permanent et d'affrontement entre résidents Zoulous et Indiens. Peu de temps avant l'arrivée de Jacques-Yves, en 1950, le Group Areas Act a été adopté par le gouvernement. Il oblige les habitants noirs du quartier à quitter Cato Manor pour les townships de KwaMashu.

Indifférent aux questions de couleur de peau, Jacques-Yves fréquente les populations les plus diverses dans cet environnement pluriethnique et multiracial. Il est pour cette raison surpris de constater l'étonnement que suscite son absence de préjugés. Il évoque notamment le cas de cet Indien, bouleversé de l'échange informel et amical que les deux hommes ont eu, et qui veut à toute force lui offrir sa bague en or.

Visiteur de passage, Jacques-Yves a tout loisir d'observer, avec une distance critique, le paradoxe sud-africain. Il relève d'une part la fierté légitime de ceux qui contribuent à transformer le pays et à lui apporter une véritable réussite économique, et de l'autre le climat de violence sous-jacente des laissés-pour-compte de cette évolution. *« L'Afrique du Sud est un pays de mécontentement et de haine. »* Dans le même temps, il observe l'impasse dans laquelle se trouve le pays dont la production économique est liée à une main-d'œuvre faiblement rémunérée, donc exploitée. Conscient que tout ceci ne peut pas fonctionner dans la durée, il parvient à la conclusion d'une situation insoluble : « *Quoi qu'il en soit, c'est avec une amère ironie que l'on songe au mot dont l'homme blanc se gargarise volontiers : la liberté, la dignité humaine…* »

### *White Seal* et Gerry Trobridge

Curieux comme toujours de rencontrer d'autres navigateurs, Jacques-Yves Le Toumelin fait la connaissance à Durban de Gerald Frank Lewis (Gerry) Trobridge qui se prépare à effectuer un tour du monde à bord de *White Seal*.

> *Âgé de 27 ans, Gerry est né à Johannesburg en 1924. Le nom de son voilier lui est inspiré par le souvenir de la lecture que lui fit son père, alors qu'il était enfant, du poème de Rudyard Kipling portant le même titre. Sur une île de la mer de Béring, Kotick, petit phoque blanc, découvre un jour le sort terrible réservé par les hommes à ses frères, dans les abattoirs. En dépit des railleries de ses congénères, il décide de les quitter pour rechercher l'île légendaire où les hommes ne se sont jamais rendus. Cette quête aventureuse lui apprend les vertus du courage et de la persévérance.*
> *La circumnavigation de Gerry se réalise plus tard que prévu. Il avait initialement envisagé d'effectuer son tour du monde avant-guerre. La déclaration du conflit le conduit à s'enrôler dans un bataillon d'infanterie sud-africain. Il combat dans le désert d'Afrique du Nord, terminant la guerre en participant aux derniers combats en Italie. Il avait fait l'acquisition en 1943 des plans d'un Tahiti ketch de 30 pieds, voilier à moteur auxiliaire conçu par John G. Hanna, architecte naval talentueux de Dunedin, en Floride. Ce dernier fut également l'auteur des bateaux de Jean Gau et de Tom Steele qui réaliseront chacun une circumnavigation à bord de leurs voiliers respectifs.* Atom *effectuera avec Jean Gau sa grande boucle au départ de Valras en France, de 1953 à 1957. Parti de Riverside en Californie,* Adios *– avec Tom Steele à bord – parcourt le monde de 1950 à 1953.*
> *Comme l'évoque l'écrivain Don Holm, une fois démobilisé avec le*

*grade de sergent-major, Gerry Trobridge revient en Afrique du Sud afin de réaliser le ketch dont il a rêvé pendant ses années de guerre. Les plans de son futur voilier l'ont accompagné dans son paquetage. Sa maîtrise du travail du métal le conduit à préférer l'acier au bois pour sa construction. Il écrit donc à John G. Hanna pour l'entretenir de son projet. Ce dernier, compréhensif, accepte son choix de réaliser un voilier en acier et effectue les modifications de plans nécessaires. Un échange fructueux s'établit entre les deux hommes.*

*Pour établir son chantier, Gerry achète le terrain limitrophe de celui de ses parents. Il y coule une dalle de béton pour travailler à l'aise. Il s'inscrit à un cours par correspondance afin d'acquérir les connaissances nécessaires à la construction d'un voilier. Il redessine les différents éléments spécifiques à la construction métallique et les soumet à John Griffin Hanna. Après avoir obtenu son approbation, il opère une vérification complémentaire auprès de J. Murray Watts, un spécialiste des coques en acier.*

*Le chantier commence. Dès le mois de janvier 1947, la quille et les membrures sont posées. Le chantier se poursuit jusqu'en 1951 sur un rythme d'abord assez lent du fait de la nécessité pour Gerry de gagner sa vie tout en construisant son bateau. Victime d'une chute pendant la construction, il se blesse et est cloué au lit pendant quelque temps. Loin de rester inactif, il profite de cette immobilisation forcée pour apprendre la navigation astronomique. En une autre occasion, une fracture du bras le contraint à ralentir le rythme sans s'arrêter puisqu'il s'occupe de la réalisation de finitions légères.*

White Seal *une fois terminé et baptisé est chargé sur une remorque. Il accomplit par la route son acheminement jusqu'à Durban. En avril 1952, il est prêt à tirer ses premiers bords. Avec trois amis guère plus expérimentés que lui, Gerry effectue sa première navigation de près de 300 milles le long des côtes africaines jusqu'à Lourenco Marques dans le Mozambique.*

*Cette première expérience lui permet de découvrir les réactions de son voilier, de s'amariner et de maîtriser sa route en mer. Il identifie également quelques aménagements et améliorations nécessaires. Mécanicien hors pair, insatisfait de la performance du moteur Le Roy de 28 CV., de fabrication américaine, qu'un ami lui a donné, il s'em-*

*ploie à le transformer pour le rendre plus performant.*
*Le dimanche 28 février 1954, Gerry prend enfin la mer pour son tour du monde avec quatre équipiers, Colin Greenaire, Gene Greathead, Bill Rigs et Bunny Lagerwey. Ce dernier, pilote d'avion confirmé, a une connaissance précieuse de la navigation. Les cinq hommes quittent Durban à destination de l'Angleterre. Commence un périple qui durera six ans et neuf mois, représentant au total 63000 milles de navigation hauturière.*
*À la différence des nombreux navigateurs attirés spontanément par les mers du Sud, l'itinéraire de Gerry est plus surprenant. Parvenu à l'extrémité septentrionale de l'Angleterre, le navigateur redescend à Londres où il passe une année entière, gagnant sa vie comme mécanicien et conférencier. Il quitte la capitale anglaise le dimanche 9 mai 1954, traverse le Golfe de Gascogne avant de longer les côtes de l'Espagne (faisant escale à Vigo) et du Portugal, puis gagne les Canaries.* White Seal *parvient sans encombre à Trinidad et aux Antilles. Le jeudi 20 juin 1955, il poursuit sa route le long de la côte est américaine, par la Floride, atteignant New York par l'Hudson, puis empruntant le canal Érié pour atteindre Buffalo et les Grands Lacs. À Détroit, il fait la connaissance de Marie Hickey, qu'il épouse.*
*Le jeudi 22 août 1957,* White Seal *avec pour équipage Gerry, Marie et Shettel, quitte Chicago en empruntant la liaison du Mississippi qui le conduit à la Nouvelle-Orléans. De là, il traverse le canal de Panama. Marie étant enceinte, il leur faut attendre trois mois qu'elle soit rétablie de la violente tempête rencontrée dans les Caraïbes avant leur arrivée au canal. Gerry profite de ce moment de répit pour procéder à des aménagements du gréement de son voilier, effectuant de façon complémentaire des petits travaux rémunérateurs à droite et à gauche. La perspective de la naissance l'incite à rendre le voilier plus confortable et il le dote de l'électricité, ce qui améliore par la même occasion la sécurité lors des navigations de nuit en autorisant la présence d'un feu en tête de mât.*
*Une fois Marie remise, les Trobridge gagnent les Galápagos, les îles Marquises, Tahiti, Bora Bora. Ils se rendent ensuite aux îles Samoa, aux îles Fidji, et s'arrêtent en Australie, à Brisbane, où leur fille Tracy naît le mercredi 27 mai 1959. Parvenus dans le détroit de Torrès, ils*

*relâchent à Thursday Island le vendredi 7 août 1959 puis empruntent la même route que Jacques-Yves par les îles Cocos et l'île Maurice, pour s'en revenir à Durban le mardi 24 novembre 1959. Gerry Trobridge est le premier Sud-Américain à terminer un tour du monde à la voile.*

À Durban, Jacques-Yves évoque également dans *Kurun autour du monde* le souvenir de Tom Steele, qu'il a rencontré et qui a fait escale dans cette ville quelques jours auparavant.

*Né en 1926, Steele effectue deux tours du monde, respectivement entre 1950 et 1955, et de 1957 à 1963. En mars 1950, il part de Newport Beach, dans le comté d'Orange, au sud de Santa Ana, en Californie, sur son Tahiti Ketch à arrière norvégien de 32 pieds, nommé* Adios. *Ce voilier mesure 9 m 14 de longueur, 3 mètres de largeur, avec un tirant d'eau d'1 m 21.*
*Son frère Charles et son cousin Gene Ross l'accompagnent dans sa navigation. L'année précédente, Tom a procédé en 1949 à une première tentative de départ mais s'est vu dans l'obligation d'opérer un demi-tour en raison d'une forte tempête alors qu'il a parcouru la moitié du chemin séparant la Californie de Tahiti. Parvenus en Australie, son frère et son cousin débarquent d'*Adios *pour gagner les États-Unis.*
*Tom fait affaire avec un Australien pour l'accompagner dans la suite de son aventure avant de prendre le large avec son nouvel équipier. La longue absence de nouvelles de l'équipage conduit à penser indûment que le voilier et son équipage ont disparu. Plus tard, un télégramme en provenance de Cape Town lèvera le doute, confirmant leur arrivée en Afrique du Sud. Le texte précise l'intention des deux hommes de reprendre leur route pour terminer leur tour du monde en mars 1953. Le navigateur racontera plus tard comment, lors d'un ouragan au large des côtes de la Californie, il se mit en fuite en traînant derrière lui, à la vitesse résiduelle de 2 nœuds, 100 mètres de câble de nylon lestés par une ancre. Tom Steele recevra en 1962 pour son périple la Blue Water Medal, attribuée par le Cruising Club of America.*

Comme souvent dans chaque endroit où il accoste et où se trouve une communauté française, Jacques-Yves fait la connaissance du Père Joseph L'Hénoret. Originaire de Léchiagat, près du Guilvinec, dans le Finistère, ce prêtre est un missionnaire des oblats de Marie Immaculée. Cette congrégation religieuse consacrée aux missions a été fondée à Aix-en-Provence le mardi 25 janvier 1816 par Eugène de Mazenod.

Le prêtre fait part au navigateur de sa rencontre de Louis Bernicot, lors du passage de ce dernier en Afrique du Sud, 14 ans plus tôt, à bord d'*Anahita* et du séjour qu'il effectua du samedi 6 novembre au jeudi 2 décembre 1937. Joseph L'Hénoret sert de guide à Jacques-Yves lors de ses expéditions dans la région des « Mille collines », entre Durban et Pietermaritzburg, une vallée creusée par la rivière Mngeni où se rencontrent les fleuves Umgeni et Msunduzi. Elle est la patrie de puissantes tribus zoulous et fut le théâtre d'affrontements sanglants entre les Boers et les Britanniques. Le navigateur peut ainsi, lors de ces excursions, découvrir l'organisation patriarcale des Zoulous dans leurs kraals, ces hameaux traditionnels entourés d'une clôture d'épineux.

Pendant cette escale, Jacques-Yves obtient de plus amples précisions sur les insectes qui dévorent son mât. Il est éclairé à ce sujet par le sous-directeur du musée d'histoire naturelle qui lui confirme qu'il s'agit de capricornes des maisons, larves de xylophages embarqués avant son départ au Croisic. La question du remplacement du mât se pose pendant quelque temps, puis le navigateur décide de poursuivre son voyage avec le même espar.

**En route vers Le Cap**

Le dimanche 3 février 1952, *Kurun* quitte Durban. Le navigateur éprouve un peu d'appréhension au moment d'effectuer cette ultime étape avant de rejoindre les eaux de l'Atlantique, prémices du retour au Croisic. En effet, il lui faut compter avec le courant des Aiguilles qui longe les côtes africaines aux abords du Cap. Il est l'une des deux branches du courant équatorial sud à sa séparation au nord de Madagascar. Ce flot de surface, puissant et régulier, est la conséquence de la rencontre des eaux chaudes avec les courants froids venus de l'Atlantique sud.

Au sud-ouest de Durban, *Kurun* longe la Wild Coast, passant au large d'East London, puis de Port Elizabeth et du cap Recife, avant d'obliquer le long de la côte sud de l'Afrique, au large de Plettenberg Bay, en direction de la ville portuaire de Mossel Bay et du Cap Agulhas.

Le mercredi 13 février, Jacques-Yves voit enfin se profiler au nord de sa route le cap des Aiguilles (Cabo das Agulhas). Il marque le passage de l'océan Indien à l'océan Atlantique. Découvert en 1488 par l'explorateur portugais Bartolomeu Dias, il acquiert cette dénomination du fait de l'observation en ce lieu de la coïncidence entre le nord magnétique et le nord géographique. La rencontre des courants lève aux abords de la côte une mer agitée et formée. Les fréquents naufrages dans ces parages ont conduit à la mise en service d'un phare en mars 1849.

Le jeudi 14 février 1952, *Kurun* pénètre dans le bassin des yachts du Cap après avoir été encalminé quelque temps sous la montagne de la Table, à 5 milles de la Gordon Bay. Le cotre a franchi le cap de Bonne-Espérance, qui ferme à l'ouest la False Bay, ce point symbolique où la route sud des navigateurs venus d'Europe obliquait vers l'est, en direction de l'Extrême-Orient.

À l'extrémité australe du continent africain, la ville du Cap s'est développée depuis sa fondation en 1652 sur le rivage de la baie de la Table, du nom de la montagne qui la surplombe, elle-même coiffée par ses deux pics – Lion's Head et Devil's Peak – dont la silhouette respective évoque la tête d'un lion et celle d'un démon.

Jacques-Yves est reçu dès son arrivée au Royal Cape Yacht, près de Duncan Road, à l'extrémité sud du port de la Table. Fondé en 1905 dans un modeste hangar à bateau en bois situé près de Loop Street, il adopte son nom actuel en 1914. Le navigateur est heureux d'apercevoir dans le bassin de nombreux bateaux aptes à affronter les conditions de mer souvent hostiles de l'endroit, confirmant la tradition locale de yachting bien établi.

Le navigateur est impressionné à son arrivée par l'attention que lui réservent les journalistes et les photographes. En France, après avoir annoncé le départ du navigateur de Durban le dimanche 3 février, l'édition de *Ouest-France* du 19 février 1952 évoque en ces termes son passage dans l'océan Atlantique : « *Une dépêche du Lloyd nous apprend que le* Kurun *est arrivé au Cap le 14 février, après une traversée qui n'a donc duré que 11 jours. Jacques-Yves Le Toumelin a maintenant franchi les plus dures étapes de son périple autour du monde puisqu'il ne lui reste qu'à remonter l'Atlantique. Ce marin breton a fait la preuve de ses qualités de navigateur, prudent et audacieux à la fois. Et nous ne doutons pas qu'il n'arrive en excellente forme, à l'été, au petit port du Croisic d'où il partait en septembre 1949 pour un voyage prévu de trois ans. Nos meilleurs vœux l'accompagnent. »*

En ce moment même, Jacques-Yves ressent en effet un sentiment nouveau de plénitude et d'accomplissement lié à l'échéance désormais proche de son retour. Le Cap de Bonne Espérance – dont le surnom de Cap des Tempêtes rappelle les difficultés – marque ainsi son arrivée dans l'océan Atlantique et, avec elle, le commencement de sa route vers Le Croisic. *« À Cape Town, je pouvais considérer ma croisière comme terminée. Toutes les difficultés étaient dès lors derrière l'étambot du* Kurun. *J'en ressentis une satisfaction intense, une joie presque enfantine. Mon retour au Croisic n'était plus qu'une promenade en mer, avec peut-être quelques perturbations dans l'hémisphère Nord, mais je ne craignais plus un vulgaire coup de vent d'été, au large, en eaux profondes, et j'écrivis alors à ma famille : " Nous fêterons mon prochain anniversaire à la maison." »*

Cette sérénité confiante lui permet de profiter pleinement de ce mois d'escale qui s'offre à lui du jeudi 14 février au dimanche 16 mars 1952. Le navigateur visite à loisir le centre historique de la ville, le City Bowl, découvrant la diversité de son habitat, des maisons coloniales de Belvedere Avenue à celles d'inspiration néerlandaise du quartier du port. Si Bartolomeu Dias fut le premier Portugais à accoster dans la région, en 1488, Vasco de Gama a été en 1497 le premier Européen à franchir le cap de Bonne-Espérance, dans sa recherche de la route vers l'Asie. Le roi du Portugal lui donna ce nom en lien avec les promesses de la nouvelle route maritime qui s'offrait à son pays.

### *Sandefjord* et Erling Tambs

Dans le bassin du yacht-club du Cap, Jacques-Yves remarque dès son arrivée au port *Sandefjord* dont il se souvient qu'il fit naufrage dans l'Atlantique lors de sa participation à la course-croisière des Bermudes, avec à sa barre Erling Tambs, son propriétaire.

*Né à Larvik, en Norvège, le lundi 28 mai 1888, ce navigateur perd son*

*père, avocat, et son frère, qui se noient lors d'une navigation. Cela ne l'empêche pas d'embarquer dès 15 ans sur un voilier à phare carré et de naviguer pendant huit années, se rendant à l'occasion jusqu'en Australie.*
*Après avoir gagné sa vie dans différents métiers – secrétaire, journaliste, écrivain, importateur à Oslo – mais sans grand succès, il se résout à prendre la mer en 1928 avec sa femme Julie à bord de* Teddy, *un ancien bateau-pilote de 40 pieds construit par Colin Archer à Larvik en 1898. Erling connaît dès l'enfance ce voilier qui s'amarre régulièrement à l'un des quais de sa ville natale. Il sait l'aptitude de l'embarcation à tenir la mer. Son remplacement par les autorités portuaires par un autre bateau, cette fois motorisé, lui permet d'acquérir à coût réduit l'ancien pilote. Il l'aménage dans la perspective des navigations à venir. Du fait de ses faibles moyens, il se trouve dans l'incapacité d'acquérir l'ensemble des instruments de navigation nécessaires pour qu'il soit autorisé à prendre la mer.*
*Erling écrit un article pour l'un des journaux à grand tirage de Norvège pour compléter ses ressources. Puis les deux amoureux s'éclipsent. Ils quittent Oslo en toute discrétion pour leur lune de miel en août 1928. Peu de temps après le départ, Julie est confrontée à une forte tempête dans la mer du Nord. Affectée du mal de mer, elle fond en larmes devant ces prémices peu rassurantes. Le couple parvient cependant à gagner Le Havre où il effectue une escale bienvenue. De là, il contourne la Bretagne avant d'entreprendre la traversée du golfe de Gascogne en neuf jours de mer. Erling relâche à Vigo pour réparer sa bôme et embarquer un chien. Puis d'autres escales – Lisbonne, puis Madère – les conduisent à Las Palmas, aux Canaries, où ils passent quatre mois, le temps de permettre la naissance de leur fils Antonio (Tony), moins d'un an après leur départ de Norvège.*
*Dès que Tony est en âge d'accompagner ses parents, Erling reprend la mer avec sa famille pour traverser l'Atlantique en direction de Curaçao, avant de se diriger vers Aruba et le canal de Panama. Il s'arrête pendant près de cinq mois au Panama. Poursuivant sa navigation dans l'océan Pacifique, il visite les îles Cocos, les Marquises, puis se rend à Papeete. Entre Tahiti et Moorea, une voie d'eau l'oblige à relâcher dans un port. Il passe ensuite deux semaines aux Samoa.*

Erling est affecté en mer par une grippe sévère et une infection du bras droit qui conduit Teddy à dériver au large pendant près de trois semaines. Inquiet pour sa santé, il suggère à Julie de jeter son corps à la mer s'il venait à décéder, ce qu'elle se refuse à entendre. Ils parviendront cependant, à toute extrémité, dans le port de Tonga, en Océanie.

Soigné, Erling reprend des forces et se rétablit. Teddy reprend la mer pour la Nouvelle-Zélande, à 1 750 milles de là. Il y parvient peu de temps après le terrible tremblement de terre de Hawke's Bay, survenu le mardi 3 février 1931, qui tue 231 personnes et dévaste le centre de la ville de Napier. Les Tambs y passent une année agréable en raison notamment de la naissance d'un second enfant, leur fille Tui, qui élargit le cercle familial. Peu de temps après son départ d'Auckland, au mois de mars 1932, Teddy est jeté sur les rochers par un fort courant, près de l'île Challenger, au nord-ouest du port. La famille est sauvée mais le voilier détruit. Erling Tambs relate plus tard son long périple dans The cruise of the Teddy, publié à Londres en 1933.

En 1935, Erling décide de s'engager pour représenter la Norvège dans la course transatlantique organisée entre Newport, Rhode Island, et Bergen en Norvège (3 000 milles). La route, très septentrionale, oblige à naviguer à la limite de la zone des icebergs dans l'Atlantique Nord. Dans cette perspective, Erling acquiert Sandefjord. Cet ancien garde-côte norvégien, gréé en ketch – construit en 1913 à Risor par Jens Olson – a été dessiné par Colin Archer (il porte le n° 28). Long de 14 m 36, avec un maître-bau de 4 m 94 et un tirant d'eau de 2 m 44, il porte 83 $m^2$ de voilure. Il accompagna la flotte de pêche norvégienne sur les bancs de 1913 à 1934.

Après son acquisition par les Tambs, Sandefjord est équipé d'un moteur auxiliaire. Par ses formes, le voilier compte au nombre de ces voiliers controversés à propos desquels s'affrontent les points de vue des thuriféraires d'Archer d'une part, qui soulignent l'élégance de leurs lignes comme leur sécurité par tous les temps, et de leurs détracteurs d'autre part qui les considèrent comme des bateaux lents, aux faibles performances à la voile. Ils lui reprochent par ailleurs une portance insuffisante de l'arrière.

Après avoir embarqué plusieurs amis comme équipiers, Erling quitte

*la Norvège en mai 1935. Les conditions de mer se révèlent difficiles dès le départ. Lors d'une violente tempête, une vague énorme retourne le bateau, noyant l'un des membres de l'équipage. Le navigateur poursuit cependant sa traversée jusqu'aux États-Unis, effectue les réparations nécessaires avant de revenir en Norvège.*
*Les Tambs quittent à nouveau la Norvège en 1939, à la veille de la guerre, pour le Pacifique. Afin de renflouer la caisse de bord, Erling propose une activité de charter à bord de* Sandefjord, *emmenant des ornithologues explorer l'île de Tristan da Cunha. Il recherche en vain d'autres affrètements et arrive au Cap sans ressources. Malade, il souffre du scorbut et son bateau est en mauvais état. Par manque d'argent le couple se voit contraint de vendre* Sandefjord. *Erling Tamb décède en 1967 après avoir publié plusieurs ouvrages.*

### *Cariad* et A.-W. Flitton

Dans le port du Cap Jacques-Yves est également sensible à la silhouette de *Cariad*, amarré dans le dock Duncan, voisin de celui où se trouve *Kurun*. Ce ketch de 39 mètres hors-tout, de 5 m 64 de largeur, porte 455 m$^2$ de voilure. Il appartient à Alan W. Flitton – l'un des cofondateurs du Transvaal yacht-club – qui l'a racheté à H.-J. Wenburn en 1948. Le voilier a effectué deux tours du monde, l'un en 1947 et le second en 1950.

*Construit en 1896 au chantier Summer & Payne à Southampton, la coque en teck est fixée de façon audacieuse pour l'époque sur une ossature en acier.* Cariad *(dont le nom signifie « Chérie » en gallois) représente la plus grande unité réalisée par cet architecte. Il a été commandé à Arthur Payne par Windham Thomas Wyndham-Quin, comte de Dunraven, journaliste, propriétaire foncier, entrepreneur et homme politique. Fort riche, ce dernier fut également le propriétaire des* Valkyrie II *et* Valkyrie III *engagés en 1893 et 1894 dans la Coupe de l'America.*
*Le yacht fut lancé le mercredi 15 janvier 1896 puis conduit dans les docks de Southampton pour la pose de ses mâts. Il participe dès la première année de sa mise à l'eau à la Coupe des Empereurs, lors de la semaine de Cowes, terminant l'épreuve en seconde position, une demi-heure après* Anémone, *le vainqueur de l'épreuve. Le vendredi*

*19 février 1897,* Cariad *part pour la Méditerranée mais doit rejoindre Plymouth prématurément en raison d'une avarie de gouvernail.*
*Une fois les réparations effectuées à Northam,* Cariad *reprend ses navigations avant de regagner Southampton le 16 juillet pour se préparer à la semaine de Cowes. Du 11 février au 25 mars 1898, il s'aligne dans toutes les régates de la saison. En mai 1898, il participe à l'épreuve de la coupe Vasco de Gama, au départ de Lisbonne, épreuve destinée à commémorer le 400e anniversaire du voyage de Vasco de Gama en Inde et son passage par le cap de Bonne-Espérance. Le yacht remporte l'épreuve et rapporte la coupe au Royal Yacht Squadron, à Cowes.*
*Le yacht change plus de dix fois de propriétaire au cours du XXe siècle. Racheté en 1900 par J. B. Miller, un éminent yachtman, il devient deux ans plus tard la propriété du capitaine C. B. Dixon-Johnson de Darlington, un membre du Royal Yorkshire yacht-club de Hull, puis celle de Frank Chaplin, du Royal Yacht Squadron, qui le rebaptise* Fidra, *du nom d'un îlot du Firth of Fourth, en Ecosse, et l'équipe d'un moteur.*
*À la fin de la Première Guerre mondiale, en 1919, le voilier est racheté par un lieutenant de la marine suédoise, Sune Tamm et son frère Sebastian. Avec un équipage composé de quatre autres officiers et de six hommes d'équipage, tous dans la trentaine, il se prépare à un tour du monde. Il prend la mer en septembre 1920 à Karlskrona, sur la côte sud de la Suède, emprunte le passage de Magellan pour se rendre à Tahiti, Honolulu, Yokohama, Hong Kong, Singapour, Colombo, Aden, Suez et Gibraltar, avant de revenir en Suède en 1922.*
*En 1927,* Fidra *devient la propriété des Sud-Africains H. J. Wenburn et H. E. Evans. Le premier des deux acquéreurs en devient l'unique propriétaire en 1929. Il redonne son nom d'origine au voilier en 1933. Pour le différencier, il lui ajoute le chiffre II (*Cariad II*). En 1948, Le yacht est racheté par A.W. Flitton, un autre Sud-Africain qui, à son bord, se rend à Trinidad dans les Caraïbes et l'équipe en 1953 d'un nouveau moteur, un diesel General Motors de 80 chevaux.*

Jacques-Yves le Toumelin profite pleinement de ce mois de répit pour visiter le Cap et ses abords, avant la grande traversée du retour. Outre les rencontres de navigateur français comme Georges de Léon, propriétaire du cotre *Stella Maris*, il se lie d'amitié avec plusieurs habitants de la ville qui lui font visiter la péninsule sous ses différents aspects.

Jacques-Yves se rend également à Stellenbosch – à une cinquantaine de kilomètres du Cap au bord de l'Eerste River. Au village de Franschhoek (le coin des Français), il a une pensée pour les Huguenots d'origine française qui fondèrent la localité. Van der Stel avait en effet insisté auprès de la Compagnie des Indes orientales néerlandaises pour que lui soient trouvés des vignerons expérimentés ainsi que des spécialistes de la culture de l'olivier. Le 31 décembre 1687, un premier navire quitte la Hollande pour le Cap avec, à son bord, des réfugiés huguenots venus de France. La compagnie leur octroie un petit pécule pour faciliter leur installation et une terre à cultiver pendant une période de cinq ans au minimum. Il faudra à cette première expédition trois mois pour atteindre les côtes de l'Afrique du Sud au premier semestre 1688. Après ces 176 premiers arrivants, un autre navire, le *Berg China*, quittera la Hollande le samedi 20 mars 1688, transportant un contingent de 277 autres Huguenots.

Les terres de la vallée d'Olifantshoek qui sont réservées aux Huguenots par le gouverneur prendront peu de temps après leur arrivée le nom de Franschhoek, « le coin des Français ». Le pasteur qui accompagne la congrégation, Pierre Simond, s'efforce en vain de préserver la langue française sans pouvoir s'opposer à la politique d'assimilation voulue par le gouverneur. À l'époque où s'y rend Jacques-Yves, le village est encore une communauté afrikaner d'origine française, dans son intégralité.

## Chapitre 10 : Sainte-Hélène

*« Elle est retrouvée.*
*Quoi ? – L'Éternité.*
*C'est la mer allée*
*Avec le soleil ».*
Arthur Rimbaud, L'éternité

***Août 2020***

*À Couëron, la coque de* Kurun *est peinte dans la perspective de sa prochaine mise à l'eau. Le 20 août, jour de grande marée sur la côte, accuse un coefficient de 99 à haute mer à 6h19 et de 101 à 18h31. La météo fait état d'un temps couvert au réveil et d'une température de 22 degrés dans l'après-midi. Le vent est faible, de l'ordre de 10 nœuds. À la marée du soir, le ber qui supporte* Kurun *glisse lentement dans l'eau qui remplit l'étier. Le voilier flotte à nouveau. Conduite à l'appontement voisin, la coque nécessite de progressivement gonfler pendant les quinze jours qui viennent, jusqu'à son étanchéité, avant de reprendre la mer.*

*Même si l'été – temps des vacances – est bien là, les médias font état de la propagation de la pandémie. Vingt-quatre millions de cas sont comptabilisés dans le monde et 826 743 décès enregistrés. L'université de Hong Kong constate la réinfection au coronavirus d'un patient déjà guéri. De façon plus optimiste, l'organisation mondiale de la Santé déclare la poliomyélite officiellement éradiquée en Afrique. Seuls l'Afghanistan et le Pakistan connaissent encore des cas de contamination.*

*Le 30 août, l'actualité nautique est marquée par le départ des 35 voiliers de la 51e édition de la Solitaire du Figaro, qui faillit être annulée pour cause de pandémie. Née en 1970 avec l'affrontement de half-tonners de 18 pieds, elle est devenue l'épreuve reine de la monotypie à partir de 1991, obligeant les concurrents à se confronter à armes égales sur un voilier identique. Elle se dispute depuis 2019 sur Figaro Bénéteau 3, un monocoque de régate de 10 mètres – premier monocoque à foils de série au monde – construit par le chantier du même nom et dessiné par le cabinet d'architecte Van Peteghem – Lauriot-Prévost.*

*À la différence des Imoca 60, les foils du voilier présentent un profil orienté vers l'intérieur qui favorise l'antidérive. Sa quille profonde et étroite ne génère qu'une faible traînée. Le mât de 13 m 76, reculé, participe de l'équilibre sous voiles, supportant une grand-voile de 39,5 m² et un génois de 30,5 m².*

*Les navigateurs quittent le port des Côtes-d'Armor pour quatre manches successives – trois d'entre elles excédant les 500 milles nautiques – avant une dernière étape de 24 heures. Ils s'élancent d'abord vers le Fastnet, au sud-est de l'Irlande avant de regagner Saint-Brieuc. La seconde manche les voit partir pour Dunkerque, après avoir viré la marque située devant le phare d'Antifer, près d'Étretat. La troisième étape les conduit ensuite de Dunkerque à Saint-Nazaire, en virant l'occidentale de Sein – à 16 milles de la pointe du Raz – lors du contournement de la Bretagne. L'ultime manche qui prévoyait de les voir s'affronter pendant 24 heures entre l'île d'Yeu, Belle-Île et Groix, au départ de Saint-Nazaire, sera annulée faute de vent.*

*Armel Le Cleac'h – détenteur du record du Vendée Globe avec une circumnavigation de 74 jours en 2016 – remporte à 43 ans, pour la troisième fois, l'épreuve. Vainqueur en 10 jours 1 heure et 26 minutes, il entre ainsi dans le club restreint des triples vainqueurs (avec ses victoires en 2003, 2010 et 2020). Il précède Frédéric Duthil de 10 minutes et 43 secondes.*

**Dimanche 16 mars 1952**

Jacques-Yves Le Toumelin quitte Le Cap, appareillant en direction de l'île de Sainte-Hélène, à 1687 milles au nord-ouest. Les premiers jours, l'avancement de *Kurun* est ralenti en raison de la faiblesse du vent. Des petites brises succèdent aux calmes. Le 30 mars, le cotre franchit le tropique du Capricorne l'un des cinq parallèles principaux des cartes terrestres. Il forme la latitude la plus méridionale permettant d'apercevoir encore le soleil au zénith lors du solstice de décembre.

Le 3 avril 1952, le méridien de Greenwich est atteint marquant de façon symbolique pour le navigateur le retour à l'heure qui sera désormais la sienne jusqu'à son arrivée. Le 7 avril enfin, le contour de Sainte-Hélène se dessine à l'horizon. L'île volcanique – découverte par le galicien João da Nova Castella le mercredi 21 mai 1502, jour de la fête de Sainte-Hélène – se découvre avec ses falaises abruptes et son abord inhospitalier.

La position de l'île lui valut pendant plusieurs siècles le surnom d'auberge de l'océan. Elle constitue très tôt une escale permettant l'approvisionnement d'eau douce et l'apport de vivres frais. En 1659, la Compagnie britannique des Indes orientales l'occupe puis l'aménage en réponse à ses besoins. L'astronome Edmund Halley choisit l'île en 1677 pour sa position géographique afin d'observer la planète Mercure lors de son passage devant le soleil. La compagnie la prête plus tard au gouvernement britannique, de 1815 à 1821, pour constituer le lieu d'exil de Napoléon. Elle est cédée définitivement à la couronne en 1834.

Abordant Sainte-Hélène par le sud, le 7 avril 1952, Jacques-Yves contourne l'île par l'ouest – découvrant au passage Speery Island et Castle Rock Point qui marquent son extrémité méridionale, la baie Manati et le sommet de Joan Hill – avant de parvenir à South West Point. Après avoir contourné la pointe, il remonte le versant ouest du littoral, passe au large de la baie de Thomson, de Peaked Island et d'Egg Island, avant de parvenir à Hickshali Point, dernier repère avant la baie James qui donne accès à Jamestown.

**Escale à Sainte-Hélène**

Dès *Kurun* amarré dans la baie James, Jacques-Yves fait la connaissance à Jamestown, la capitale de l'île, de Georges Peugeot venu aimablement l'accueillir. Il trouve en lui *« Le guide le plus obligeant comme le plus avisé »* . La relation amicale qui s'ensuit lui permet de devenir le temps de son séjour un familier du domaine de Longwood. Il s'y rend à plusieurs reprises.

Depuis 1945, Georges Peugeot assume en effet la fonction de consul et de conservateur par défaut de Longwood Manor, la résidence de Napoléon 1er. L'ancien empereur y vécut du samedi 14 octobre 1815, date de son arrivée sur le Northumberland, à son décès survenu le samedi 5 mai 1821. La France devient propriétaire en 1858 des bâtiments et des terrains qui l'accueillirent pendant son exil, après une négociation commencée en 1854 entre la reine Victoria et Napoléon III.

Le domaine, sous la responsabilité du ministère des Affaires étrangères français, comprend la maison de Longwood, la vallée du Tombeau et le pavillon des Briards. La première fut la résidence de l'Empereur. La seconde – ancienne vallée du Géranium – constitue l'endroit où Napoléon fut inhumé le mercredi 9 mai 1821, conformément à sa volonté au cas où son corps ne serait pas ramené en Europe. Près d'une source où il s'est désaltéré, il a en effet apprécié la beauté sauvage de l'endroit. La tombe où il reposa, avant le rapatriement de son corps en France en 1840, ne mentionne aucune inscription, du fait du désaccord entre les Français qui voulaient y graver l'inscription « Napoléon Ier » et le général Hudson Lowe qui s'y opposait, préférant l'inscription « Général Bonaparte ».

En l'absence de consensus, la plaque resta donc vierge. L'épouse du dernier gouverneur de Sainte-Hélène, Charles Dallas, fit planter à cet endroit, vers 1830, douze cyprès commémorant symboliquement les grandes victoires de l'Empereur. Après que Louis-Philippe ait obtenu la restitution des cendres de Napoléon, l'exhumation de son corps eut lieu le jeudi 15 octobre 1840 avant qu'il soit rapatrié en France sur la frégate *La Belle Poule* et inhumé aux Invalides à Paris.

Quant au pavillon des Briards, il concerne le petit bâtiment où Napoléon réside pendant les premières semaines de son arrivée dans l'île, du 18 octobre au 10 décembre 1815. Il appartenait à William Balcombe, plus tard fournisseur attitré de l'Empereur et des exilés français qui l'avaient accompagné. En 1959, Mabel Brookes, arrière-petite-fille de William Balcombe, fit don du pavillon à la France.

Le domaine de Longwood se trouve au centre de l'île, à 5 km au sud-ouest de Jamestown. La route qui y conduit emprunte la Rupert's Valley avant de remonter vers le plateau. Succédant à Georges Colin qui occupa avant lui sa fonction, Georges Peugeot découvre à son arrivée dans l'île – comme l'évoque Jacques Macé – une propriété à l'abandon en raison de l'absence d'entretien pendant la Seconde Guerre mondiale et du fait des ravages causés par les termites. L'habitation semble prête à s'écrouler. Le Quai d'Orsay envisage même sa destruction au profit de l'édification d'un monument commémoratif. Ceci explique, comme l'évoque Jacques-Yves, que « *Quand je visitais la demeure de Longwood, elle était vide, privée de ses planchers, détruits par les termites. La chambre de l'Empereur et son cabinet de travail – ensemble qu'il appelait ironiquement son intérieur – m'apparurent fort exigus.* »

Déterminé à tout faire pour sauver le bâtiment, Georges Peugeot sensibilise ses relations en France comme à l'étranger. Convaincant, il obtient un crédit de 20 millions de francs de l'époque. Plutôt que de recourir à des entrepreneurs venus de France ou de l'étranger, il préfère la solution moins onéreuse consistant à faire appel à la main-d'œuvre locale chaque fois que cela est possible.

Quand Jacques-Yves Le Toumelin fait sa connaissance, au début de l'année 1952, Georges Peugeot a déjà réalisé la moitié du chantier auquel il s'est consacré. Il le terminera quatre ans plus tard, en 1956, cédant sa place de conservateur au major Strong, un ancien officier de l'armée britannique.

Outre la rencontre de Georges Peugeot, Jacques-Yves rencontre Sir George Andrew Joy, le gouverneur britannique de l'île, qui lui réserve un accueil cordial. Ce fonctionnaire s'exprime dans un excellent français pour avoir étudié pendant un temps au collège Saint François-Xavier de Bruges, en Belgique. Sa demeure élégante, dans un parc arboré, garde encore la physionomie qu'elle avait à l'époque de la captivité de l'empereur français. Nommé gouverneur de Sainte-Hélène en 1947, il occupera ce poste jusqu'en 1953, date de son départ à la retraite, un an après le passage de Jacques-Yves.

Le navigateur a l'occasion d'assister pendant son séjour à Sainte-Hélène à l'arrivée du *Llandovery Castle*, le navire qui fait escale dans l'île lors de son retour d'Afrique du Sud vers Southampton. En raison de l'isolement de Sainte-Hélène, l'arrivée du paquebot constitue un événement local. Le *Llandovery Castle*, commandé en 1952 par J. A. Ferguson, fut lancé en 1925. C'est l'un des navires de l'Union-Castle Mail S.S. Company, née en 1900. Il effectuera son dernier voyage en décembre 1952.

Le samedi 12 avril *Le Yacht* accorde la page de couverture de la revue à Jacques-Yves Le Toumelin. Une photo le représente, accompagné de la légende *« Kurun et son pilote Jacques-Yves Le Toumelin à leur arrivée à Durban »*. L'article, en page intérieure, reprend les propos échangés par le navigateur avec les journalistes lors de son escale en Afrique du Sud.

La rencontre d'un vieux Boer rappelle par ailleurs à Jacques-Yves le conflit qui opposa les Britanniques aux Sud-Africains et le souvenir de la déportation d'un certain nombre d'entre eux à Sainte-Hélène. Après un dernier déjeuner à Longwood avec Georges Peugeot, le samedi 19 avril 1952, Jacques-Yves regagne *Kurun* pour appareiller dans l'après-midi, cap au nord. Alors qu'il progresse vers le Nord, la communication s'intensifie dans la presse française sur la perspective de son arrivée.

Mercredi 23 avril 1952, *Ouest-France* titre « *Jacques le Toumelin fait route de Sainte-Hélène vers les Açores* ». L'article rappelle le départ du navigateur le 16 mars 1952 du Cap pour la dernière partie de son voyage autour du monde. Il lui reste encore 7650 milles à parcourir en empruntant la route traditionnelle des grands voiliers.

Le quotidien rappelle son escale à Sainte-Hélène précisant qu'une dépêche en provenance du Lloyd annonce son départ prévu le 19 avril à destination de Fayal, aux Açores. Le journaliste suppute un éventuel passage de *Kurun* par l'île d'Ascension, à 720 milles plus au nord, sans garantie qu'il y fasse escale. L'article s'achève par des encouragements pour la dernière partie du périple : « *Nous souhaitons bon vent au vaillant navigateur qui, rappelons-le, doit arriver au Croisic fin juin ou début juillet.* ».

Pendant ce temps, le journal de bord de Jacques-Yves rappelle avec toujours la même méticulosité, signe d'une volonté inflexible, le relevé de la position des astres dans le ciel révélateur de sa progression régulière vers le nord. Le navigateur observe avec satisfaction, comme signe tangible de son avancement, la position plus basse de la Croix du Sud sur l'horizon, tandis qu'en parallèle s'élève celle de la Grande Ourse, au nord. En revanche, l'étoile Polaire n'est toujours pas visible, encore cachée sous l'horizon.

Le 26 avril, par temps clair, l'île volcanique d'Ascension apparaît sur tribord. À 1 600 km des côtes de l'Afrique et à 2 200 km de celles du Brésil, elle doit son nom à sa découverte le jour de cette fête religieuse. Sa position au milieu de l'Atlantique en fait une escale bienvenue pour le ravitaillement en charbon des navires ainsi qu'une escale opportune pendant les premiers voyages aériens internationaux en hydravions. Elle constitue à ce titre, pendant la Seconde Guerre mondiale, une des bases stratégiques de la traque des sous-marins dans la bataille de l'Atlantique.

Tandis que l'île défile sur tribord, Jacques-Yves détaille à loisir la physionomie de la côte ouest, surmontée par Green Mountain, ainsi nommée en raison de sa végétation abondante. L'éminence culmine à 859 mètres. Ile d'apparence plus hospitalière que Sainte-Hélène, le navigateur remarque ses plages de sable attirantes. Dans Mars Bay, entre South Point et Portland Point, il distingue les vestiges des installations américaines de la Seconde Guerre mondiale. Sans percevoir de présence humaine, il aperçoit à la jumelle des embarcations mouillées dans Clarence Bay, entre Tartar Rock et Bates Point, au nord de l'île.

Jacques-Yves rappelle dans son journal de bord que l'île constitue un relais important du câble assurant la transmission des communications entre les deux hémisphères. Son importance stratégique demeure aujourd'hui encore. Ascension abrite en effet l'une des quatre antennes au sol, dans le monde, en appui du système de géolocalisation satellitaire GPS (Global Positioning System), avec celles du Cap Canaveral (aux États-Unis), de Diego Garcia (dans l'océan Indien) et de Kwajalein (la plus méridionale des îles Marshall). La NASA y a également positionné un télescope permettant de suivre les débris orbitaux des satellites, fragments de leur désintégration, structures abandonnées et moteurs de fusée.

Le 28 avril 1952 Jacques-Yves Le Toumelin pénètre dans le Pot au Noir, région météorologique instable qualifiée de zone de convergence intertropicale (ZCIT). Son approche est identifiable à distance par les gros nuages qui barrent l'horizon. Sa traversée varie dans une extension qui peut durer de quelques heures à plusieurs jours. Le phénomène résulte de la confrontation entre les alizés de l'hémisphère Nord, soufflant du Nord-Est, et ceux inverses de l'hémisphère Sud. Le Pot au Noir a pour autre caractéristique la forte humidité qui y règne. La température élevée de la mer en cet endroit proche de l'Équateur – autour de 28 °C – se conjugue à celle de l'air (35 à 40 °C) accélérant le processus d'évaporation.

Le cours du temps de Jacques-Yves se partage désormais entre les tâches du bord, l'observation de la faune aquatique, les relèvements le jour et l'observation des étoiles la nuit. Seule irruption du monde des humains l'apparition d'un avion le 7 mai ainsi que celle d'un paquebot, lui rappelant la civilisation. Alors que *Kurun* s'échappe enfin du Pot au Noir, Jacques Yves identifie avec un plaisir véritable l'étoile Polaire enfin visible à la limite basse de l'horizon. « *C'est une joie de retrouver la précieuse petite étoile, après ma longue route dans l'hémisphère Sud.* »

Cette observation astronomique se confirme quelques jours plus tard, le 12 mai. Jacques-Yves compare sa position à celle relevée par Joshua Slocum lors de son tour du monde. Un autre constat symbolique est observé le 20 mai lorsque la route de *Kurun* coupe celle de sa traversée de l'Atlantique – des Canaries à la Martinique – le 17 mai 1950. En ce point précis, il remarque qu'il a effectué son tour du monde en 734 jours (soit 2 ans et 3 jours). En cet instant, les vivres frais commencent à s'épuiser. La navigation de *Kurun* alterne périodes de calme fréquentes et de vent plus rares.

**Le *Champagne***

De sa cabine, Jacques-Yves aperçoit par le hublot le 1er juin 1952, vers 18 heures, la silhouette d'un navire sur son arrière. Une fois monté sur le pont, il reconnaît un pétrolier dont la route coupe la sienne sur l'avant. Cette rencontre est la bienvenue, après 43 jours de mer. Elle lui permet de communiquer à terre la position de son voilier. Le navigateur arbore aussitôt le panneau de toile, confectionné spécialement à cet effet.

Le navire en question est le *Champagne*, l'un des pétroliers de 17 000 tonnes de la SFTP (Société Française de Transports Pétroliers). Le commandant Durand s'approche lentement du voilier, avant de mettre en panne à proximité et de s'enquérir des besoins de Jacques-Yves. Le navigateur lui répond que sa seule demande concerne la transmission de sa position à terre. L'officier confirmera non seulement la chose mais aura l'élégance de donner de vive voix des nouvelles du navigateur à ses parents.

Après la rencontre du pétrolier, Jacques-Yves aperçoit dans les jours qui suivent d'autres navires, à plus grande distance. Le 7 juin 1952, *Ouest-France* confirme l'avancée du voilier, annonçant son arrivée à proximité des Açores où le cotre ne devrait pas faire escale car le navigateur entend arriver au plus tôt au Croisic. Le quotidien suppute que son approche de la Bretagne s'effectuera au niveau de Belle-Île et que des thoniers bretons le croiseront vraisemblablement aux alentours du 15 juin dans le golfe de Gascogne ou au large du Finistère. Le journaliste se risque à annoncer pour la première fois l'hypothèse d'une date d'arrivée au Croisic vers le 19 juin. Toutefois, la route du navigateur, dans ses derniers bords, semble plus lente que prévue du fait d'un vent paresseux.

*Le Yacht* du 21 juin 1952 publie un important article de trois pages intitulé *« Le retour de Kurun »*. Il est illustré d'une cartographie représentant la navigation de Jacques-Yves Le Toumelin autour du monde. Le texte est signé R.G., vraisemblablement les initiales de René Gilson l'un des collaborateurs de la revue. Le journaliste estime qu'il se pourrait que son article soit publié après l'arrivée du navigateur en raison de la proximité de ce dernier de la Bretagne, à l'instant même où il le rédige.

Le journaliste dresse, carte à l'appui, la rétrospective de la circumnavigation réalisée par Jacques-Yves Le Toumelin. Il rappelle en premier lieu les spécifications du voilier dont la revue a publié les plans dans son numéro du 11 juin 1949. Depuis le départ du navigateur le 19 septembre 1949, la publication nautique a bénéficié des notes que le navigateur lui a adressées de façon épisodique en raison des difficultés d'acheminement des documents depuis ses différentes escales. L'article s'achève sur l'évocation de la souscription initiée par la revue en faveur de Jacques-Yves et l'invitation faite aux lecteurs d'y souscrire massivement.

Le 23 juin 1952, *Ouest-France* évoque à nouveau la perspective de l'arrivée de Jacques-Yves. Jacques Boixière rend compte de l'impatience qui se manifeste sur les quais du Croisic parmi les estivants et les habitants de la localité. Il souligne que : *« Si sur le plan national Jacques-Yves Le Toumelin n'a pas la vedette dont bénéficia en juillet 1920 son illustre devancier Alain Gerbault (dont le nom d'ailleurs était déjà universellement connu du fait de ses espoirs sportifs) on peut du moins écrire que la fièvre croît sur les quais du joli port du Croisic au fur et à mesure que s'approche l'heure d'arrivée du navigateur »*.

Avec humour, le correspondant local de *Ouest-France*, cité par Boixière, souligne que la question de l'heure de son arrivée revient de façon permanente : *« Comme s'il s'agissait d'un vulgaire autocar »*. Victor le Toumelin, lui-même interviewé, répond au feu roulant de questions avec la sage prudence du marin : *« Bien malin qui peut dire quand il arrivera ! »*. Et Jacques Boixière de conclure : *« Chacun continue d'avoir sa petite idée à ce sujet, tout juste si l'on ne reproche pas au navigateur de s'amuser en route [...] On oublie généralement que le* Kurun *est un voilier... »*.

Poursuivant sa route au nord-nord-est, Jacques-Yves passe à proximité des îles du Cap-Vert, où il ne s'arrête pas. À cet endroit, sa route l'éloigne des côtes africaines pour lui permettre de déborder celles de l'Espagne et de se diriger vers la Bretagne par le cap le plus direct. De l'île d'Ascension à Fayal, aux Açores, la route est longue de 2 900 milles. Le navigateur compte emprunter le canal qui sépare l'île de Fayal de celle de Pico.

Toutefois, en raison de la visibilité restreinte et du temps bouché, *Kurun* contournera finalement la première de ces îles par l'ouest.

De manière progressive, la remontée vers le nord s'accompagne d'un changement visible de la couleur de l'océan. Au bleu profond des eaux tropicales succède la teinte désormais verte des vagues. Depuis les Açores, 1 268 milles restent à accomplir. En ligne directe, la route du navigateur passe à 100 milles au large du cap Ortegal, extrémité septentrionale de la Galice.

**La frégate *Le Brix***

Le 26 juin 1952, à une heure du matin, Jacques-Yves Le Toumelin fait route vers la position de la frégate météorologique *Le Brix*, proche de la péninsule ibérique, pour lui demander d'informer la terre de sa position. Aimablement accueilli par l'équipage en dépit de l'heure avancée, il répond favorablement à l'invitation de venir au petit matin partager le petit-déjeuner du commandant Le Roux et des officiers du navire. Dans la perspective de son arrivée, il bénéficie également d'une douche revigorante et d'une coupe de cheveux effectuée par le coiffeur du bord.

Ce navire français est une ancienne frégate de la Marine américaine, l'*USS Manitowoc*, lancée pendant la guerre, le 30 novembre 1943. Elle sert dans la Navy de 1944 à 1946, menant des patrouilles de recherche des sous-marins allemands dans l'Atlantique Nord, de Terre-Neuve à l'Islande.

Le *Manitowoc* est acquis par la France le mardi 25 mars 1947 afin de servir de frégate météorologique. Rebaptisé *Le Brix* – du nom de Joseph Marie Le Brix, ce pilote d'origine bretonne disparu au-dessus de la Russie, le samedi 12 décembre 1931, lors de la tentative du premier vol Paris Tokyo sans escale – il est équipé dans le cadre de ses nouvelles missions d'un matériel puissant de transmission radio et d'observation météorologique. D'une longueur de 93 mètres, la frégate a un maître-bau de 11 m 43 et peut atteindre la vitesse de 20 nœuds.

Le lendemain même, *Ouest-France* du 27 juin 1952 relaie en Bretagne la nouvelle de la rencontre entre Jacques-Yves et la frégate : *« Le navigateur solitaire Jacques-Yves Le Toumelin est rencontré sur la route du retour par la frégate* Le Brix *au large du cap Finistère »*. Jean Boixière, l'envoyé spécial du journal à Saint-Nazaire, précise que la veille, à 04 h 44 GMT, la station de Radio-Donges a capté le message du capitaine de frégate Le Roux, stationné au point K (45° Nord et 16° Ouest), confirmant la position du *Kurun* le 26 juin à 2 h 30 GMT.

L'officier précise que tout va bien à bord et demande à la station de radio d'en aviser les parents du navigateur. Le journaliste suppose que Jacques-Yves s'est porté de façon intentionnelle à la rencontre de la frégate, seul moyen pour lui de faire parvenir rapidement un message à terre, pour informer de son retard. La lenteur de sa progression résulte des calmes plats inhabituels rencontrés à cette époque de l'année. Jean Boixière conclut son article en précisant aux lecteurs qu'il ne reste au navigateur que 580 milles à parcourir.

Le mercredi 2 juillet 1952 est la date anniversaire de la naissance du navigateur (ce jour-là il fête ses 32 ans). Dans son calcul initial, il avait espéré arriver ce jour-là au Croisic. La journée est marquée par un fort coup de vent qui oblige *Kurun* à se mettre à la cape, sous voilure réduite, dans une mer formée.

Le 5 juillet 1952, *Ouest-France* évoque la fébrilité qui s'empare du Croisic dans la perspective de l'arrivée du navigateur. Jean Boixière précise que les envoyés spéciaux de nombreux journaux occupent déjà la place depuis une quinzaine de jours. Les reporters se relaient à tour de rôle dans l'attente de l'événement. Ils ont choisi comme quartier général le lieu symbolique que constitue l'hôtel Masson, tenu pendant une vingtaine d'années par la grand-mère du navigateur solitaire, Jeanne Daniel. Comme il le rappelle : « *C'est par l'une des fenêtres de cet établissement que Jacques-Yves, alors ardent comme un mousse, s'échappait le soir pour larguer le bout de quelque canot.* »

Le 4 juillet, alors qu'il rédige l'article prévu pour la parution le lendemain, Boixière observe l'accroissement notable du nombre de journalistes, proportionnel au niveau d'impatience manifesté par le public. Le temps est pluvieux, un crachin persistant bouche l'horizon. Pendant ce temps, à Ker Guen – la maison qui leur est prêtée par leurs amis Bligné en contrebas du Mont Esprit et à proximité de la vasière du Prince – « *Le commandant et Madame Victor le Toumelin continuaient de recevoir la presse avec leur affabilité coutumière, mais ils ne pouvaient fournir des précisions qu'ils ne possédaient pas* ».

Le dimanche 6 juillet, Jacques-Yves évoque la rencontre du *Cœur-Vail-*

*lant*, un malamok de Concarneau. Ce terme désigne un bateau de pêche typique du Finistère Sud. Il est issu du breton « *malamok* », proche du terme anglais *mallemuck* ou *mollymawk*, désignant l'albatros. Le bateau de pêche appartient à l'armateur Pierre Audren.

Dans les heures qui suivent, la rencontre d'autres navires confirme l'approche de la terre. Impatient d'apercevoir Belle-Île, Jacques-Yves effectue un dernier relèvement. L'île lui apparaît enfin à 8 heures du matin dans des conditions de mer houleuses et un temps orageux. Pendant un instant d'hésitation fugace, il s'interroge sur l'éventualité d'une erreur d'atterrissage. Est-ce Groix ou Belle-Île ? La silhouette du phare de Goulphar dissipe vite l'équivoque. À proximité de Belle-Île, il ne reste au navigateur qu'à infléchir sa route vers l'est, cap au 87° pour passer au sud de Hoëdic, puis, après avoir débordé le plateau du Four, effectuer une ultime étape de 29 milles.

Le lundi 7 juillet 1952 au milieu de la journée, le phare du Four se détache sur l'horizon, de même que, un peu plus tard, la presqu'île du Croisic. L'ultime préoccupation de Jacques-Yves est l'heure de la marée pour son entrée au port. À l'approche du phare qui marque le Four, Jacques-Yves reconnaît la silhouette de *La Brière* qui se porte à sa rencontre. La vedette garde-pêche arbore son grand pavois. À son bord se trouve Jean Bélingard, l'administrateur de l'inscription des Affaires maritimes de Saint-Nazaire. Parvenu à proximité de *Kurun*, il lance au navigateur un message lesté d'une balle de fusil. Il contient les félicitations du ministre de la marine marchande et l'informe de l'attribution de la Croix de chevalier du mérite maritime.

### Une arrivée triomphale

Quelques instants plus tard, Jacques-Yves voit arriver, avec une émotion compréhensible, *L'indomptable*, la vedette de l'ami Jean Quilgars. À son bord se trouvent Victor et Yvonne Le Toumelin. Moment d'une rare intensité que ces retrouvailles, avant même l'accueil exceptionnel du Croisic.

Une foule, impressionnante, s'est amassée sur la jetée du Tréhic, sur le mont Lénigo et aux abords du port. Une fois les voiles ferlées, *Kurun*, pris en remorque par *L'indomptable* gagne son mouillage. « *Je ramenais mon* Kurun, *avec son mât à moitié dévoré, ses peintures assez pitoyables, ses voiles rouges délavées par le soleil, les grains et les coups de mer, un* Kurun *marqué par bien des milliers de milles, mais victorieux et l'âme intacte.* » L'article possessif « mon » *Kurun* traduit ici toute l'intensité de l'affection qui s'est tissée, au fil des milles parcourus et des épreuves endurées, entre le navigateur et son voilier.

Quant à l'expression « l'âme intacte », elle traduit sa détermination, doublée de sa conviction de s'être lui-même découvert dans cette expérience hors du commun. Jacques-Yves ressent en cet instant un sentiment double, celui de l'achèvement d'une aventure qui le laisse à jamais nostalgique de ce qu'il a vécu, en même temps que la paisible certitude intérieure qu'il y aura, par-delà l'instant qu'il vit avec intensité, d'autres départs : « *Cependant, malgré mon bonheur de retrouver mon pays et les miens, malgré la joie de leur présence, je sentais déjà, en amarrant mon petit cotre, que cette arrivée n'était pas un retour définitif au port. C'était une escale...* » Cette formule prémonitoire, vient clore le récit de son tour du monde. Elle signifie que ce qu'il vient de vivre, en dépit de son intensité, n'est pas une fin en soi mais une étape dans un dépassement personnel qui s'exprimera sous d'autres formes.

*Ouest France* consacre l'essentiel de son actualité du lundi 7 juillet 1952 à l'arrivée du navigateur. Il revient à Jean Boixière – qui a suivi avec un intérêt permanent sa circumnavigation – de rédiger l'article intitulé « *Jacques-Yves Le Toumelin, chevalier du Mérite maritime* ». Le journaliste rappelle qu'à l'instant même où le navigateur fait route vers le Croisic, André Morice, ministre des Travaux publics et des transports, a décidé de lui conférer le Mérite maritime. « *Bel exemple pour la jeunesse française, indique la citation, qui vient opportunément rappeler au pays qu'il possède une Marine et surtout des marins qui lui font honneur* ».

De façon rétrospective, le journaliste rappelle que le samedi 5 juillet à 11 heures un bateau de Douarnenez a croisé *Kurun* à 200 milles au large et que le 6 juillet, Jacques-Yves est entré en contact avec le capitaine Queignec qui a relayé la position transmise : « *46°18 de latitude, 05°21 de longitude, faisant route vers le Croisic. Vitesse : 6 nœuds. Vent de suroît. Tout va bien bord* ».

En complément de sa fonction de journaliste à *Ouest-France*, Jean Boixière est le directeur de l'hebdomadaire *Le Marin*, édité conjointement par *Ouest-France* et le secrétariat social maritime, dont le siège social se trouve à Rennes. Ancien officier de la marine marchande, il éprouve – outre son attirance naturelle pour la mer – une sympathie particulière pour la personnalité de Jacques-Yves Le Toumelin.

Boixière interviewe Jean Quilgars au retour au port de *L'Indomptable* qui a emmené Victor et Yvonne Le Toumelin accueillir leur fils. « À la bouée du Castouillet, ils aperçoivent une voile. Victor et Yvonne se lèvent et font de grands signes. Les deux bateaux, bord à bord, Jacques-Yves Le Toumelin a sauté sur *L'Indomptable* pour embrasser ses parents pendant que son bateau continuait seul, sous voiles, sans personne à bord, à 1 ou 2 milles du port. À son arrivée au port, le ministre des Travaux publics et des transports, André Morice, le fait chevalier du Mérite maritime. Il recevra une semaine plus tard Légion d'honneur ».

En illustration de l'article, une photo en grand format montre Jacques-Yves Le Toumelin félicité par Auguste Bihoré (le grand-père de René qui participa au chantier du *Kurun*). Auguste est le fondateur du chantier éponyme, racheté plus tard par Lucien Leroux, où fut construit le voilier du navigateur. Un autre ami du navigateur, Jean Durbin, est également à bord. Organiste et compositeur, il a mené à bien la réfection de l'orgue de l'église du Croisic et dédié à Jacques-Yves son « *Hymne à un jeune marin* », œuvre jouée ce jour-là dans l'église Notre-Dame-de-Pitié.

Gaumont dépêche sur place un caméraman afin de réaliser un court-métrage en noir et blanc de l'arrivée pour les actualités cinématographiques qui précèdent la projection des films dans les salles de cinéma. Le journaliste précise à sa direction, dans la note manuscrite accompagnant son reportage, qu'il a conclu un accord spécifique avec *Paris-Match* de ne pas céder à d'autres journaux les photos issues de son reportage, vraisemblablement pour préserver l'exclusivité du journal.

Le jour de l'arrivée de Jacques-Yves au Croisic, la France connaît un épisode de canicule qui a commencé le dimanche 29 juin et se terminera le mardi 8 juillet. La température relevée au Croisic atteint 37 °C. Le tour de France cycliste, parti le 25 juin, en est à sa 12e étape. Ce même 7 juillet 1952, le paquebot américain *United States* termine sa traversée de l'Atlantique en 3 jours et 10 heures lors de sa traversée inaugurale, remportant le nouveau record du Ruban Bleu.

Mercredi 8 juillet 1952, le lendemain de l'arrivée de Jacques-Yves, *Ouest-France* revient de façon plus détaillée sur le tour du monde du navigateur. Il titre « *Jacques-Yves Le Toumelin a bouclé la boucle* ». L'article évoque la réception triomphale au Croisic. Sous la photo du navigateur et du *Kurun* prise dans le port de Durban, Jean Boixière déclare avec enthousiasme : « *Il y a des moments qui, pour le reporter, sont la récompense de toutes les attentes. Ainsi en a-t-il été en cet après-midi du lundi 7 juillet, où le navigateur solitaire Jacques-Yves Le Toumelin a fait, au Croisic, une entrée triomphale, par le temps le plus beau qui se puisse rêver et, pour parler en marin, par jolie brise de suroît* ».

Boixière rappelle qu'il figure parmi les rares privilégiés admis par Victor Le Toumelin à embarquer sur *L'Indomptable* de Jean Quilgars pour se porter au-devant du voilier. Il doit vraisemblablement ce privilège à la connivence qui s'est établie entre les deux hommes – le père du navigateur et le journaliste – tous deux anciens officiers de la marine marchande. Il relate que le bateau de pêche a pris la mer à 14 heures pour gagner la rade du Croisic, précédé par la vedette garde-pêche à bord de laquelle se trouvait l'administrateur en chef Jean Bélingard, chef du quartier maritime de Saint-Nazaire. Boixière assiste donc aux premières loges à la scène émouvante des retrouvailles du navigateur et de ses parents.

Après ces effusions et avoir serré la main de son ami Jean (Quilgars), Jacques-Yves regagne son voilier. *Kurun* et *L'Indomptable*, bord à bord, font route vers Le Croisic, escortés d'une flottille de navires de pêche et de plaisance.

Boixière relate dans l'article quelques bribes de la conversation affectueuse et décousue entre Jacques-Yves et sa mère. Le navigateur apprend qu'elle s'est rendue à Houat pour le chercher. Jacques-Yves lui déclare qu'il se sent un peu fatigué, que Sainte-Hélène fut une jolie escale, que les calmes rencontrés pendant ses derniers jours de navigation ont été fatigants à supporter. Même s'il se sent encore capable de poursuivre sa navigation pendant 120 jours, il éprouve un vrai plaisir à retrouver sa famille et ses vieux amis.

Aux compliments qui lui sont adressés concernant les qualités marines de *Kurun*, il répond avec satisfaction qu'il a pu, grâce à son cotre, éprouver en sécurité ce qu'est du vrai mauvais temps. Cette conversation informelle, à bâtons rompus, se poursuit jusqu'à la jetée du Croisic atteinte à 16 h 25. Des milliers de personnes encombrent alors la jetée, l'estacade et les quais. « *Sur le pont du* Kurun, *vêtu d'un simple short bleu délavé, mais où ne manquait pas le couteau du marin, et d'une simple chemise, pieds nus, Jacques-Yves Le Toumelin allait et venait, mais sans s'occuper, semblait-il, de son solide Kurun, bien assis sur l'eau, grand-voile et foc portant plein ».*

Le journaliste décrit l'atmosphère de cette arrivée. Passé la jetée, le navigateur découvre avec stupéfaction l'engouement suscité par son exploit. Des milliers de personnes l'attendent alors que les sirènes mugissent et que les cloches de Notre-Dame de Pitié sonnent à toute volée. Debout sur le pont de son voilier, Jacques-Yves salue de la main, soufflant lui-même dans sa corne de brume en réponse à ce tohu-bohu. La voilure une fois amenée, la remorque lancée par *L'Indomptable* est frappée sur l'avant de *Kurun*.

Un défilé triomphal accompagne alors le voilier jusqu'à la Grande-Chambre où il reprend le mouillage quitté le lundi 19 octobre 1949. Sur la Grande Jonchère, M. Tannay, directeur du cabinet du préfet de la Loire inférieure, le colonel de gendarmerie Leménicier, commandant la subdivision de Nantes, Constant Germon, maire du Croisic et son conseil municipal, attendent impatiemment l'instant du débarquement du navigateur. Méticuleux comme toujours, Jacques-Yves prend le temps d'amarrer correctement son voilier et d'installer les béquilles. Même si des amis se sont proposés à l'aider, il préfère lui-même rabanter sa grand-voile et mettre de l'ordre sur le pont.

Après un dernier regard pour *Kurun*, afin de s'assurer que tout est en ordre, Jacques-Yves descend sur *L'Indomptable* qui le conduit à la Jonchère. Son premier élan le pousse vers sa grand-mère, Jeanne Daniel, alors âgée de 60 ans, qui pleure à chaudes larmes. Il embrasse ensuite sa tante, Madame Bailly, son cousin le commandant Paul Le Toumelin et ses amis. Ensuite commence la fastidieuse mais nécessaire étape des félicitations officielles. Le navigateur reçoit la confirmation par Monsieur Tannay, au nom du ministre de la marine marchande, de sa nomination dans l'ordre du Mérite maritime.

Le journaliste écrit : *« La gloire à sa rançon. Malgré sa grande modestie et sa simplicité charmante, Jacques-Yves Le Toumelin dut accepter tel qu'il était vêtu, en short, pieds nus, de monter dans une automobile qui l'emmena vers la mairie proche dans le fracas d'une escorte de motocyclistes et au milieu des acclamations enthousiastes. À la mairie, une réception s'ensuivit, lors de laquelle Jacques-Yves Le Toumelin reçut d'autres félicitations officielles, celles du représentant du gouvernement et celle du maire. »*

Une fois la réception terminée, le navigateur se livre de bonne grâce à l'échange qu'attendent impatiemment les nombreux journalistes venus spécialement de Paris et de province. Disponible, ouvert, il accepte cette contrainte sans manifester d'agacement en dépit de sa fatigue. Jean Boixière, en observateur, est frappé par la grande modestie du navigateur et par ses réponses empreintes de sagesse. Ainsi à la question concernant ce qu'il a retenu des différentes rencontres effectuées lors de ses escales, il répond: *« Ce qui m'a frappé dans mon tour du monde, c'est la gentillesse, l'amabilité de tous ceux qui m'ont reçu, dans tous les pays. C'est pourquoi je m'étonne qu'il puisse y avoir des guerres »*. Il livre ainsi deux enseignements significatifs. Le premier a trait à l'empathie à laquelle se trouve confronté tout voyageur dès lors qu'il va spontanément au-devant des habitants des pays qu'il découvre. Le second est sa répulsion à l'égard de la violence et des guerres, dont le souvenir et les traces marquent nombre de pays où il s'est arrêté, notamment dans le Pacifique.

Questionné sur ce qu'il retient de cette expérience de vie si intense, il souligne qu'il a beaucoup appris sur lui-même et gagné en compréhension du monde. Il se rend toutefois compte de la difficulté de partager cet enseignement avec ceux qui n'ont pas vécu une telle aventure humaine. En clôture de son article détaillé, Jean Boixière livre en confidence le projet de Jacques-Yves de concevoir et de construire un nouveau voilier, une sorte de *Kurun « amélioré »* pour reprendre ses propres termes.

Le vendredi 12 juillet, *Ouest-France* informe ses lecteurs de la remise de la décoration de chevalier du Mérite maritime à Jacques-Yves, le lundi 14 juillet, au terme du défilé de la fête nationale qui se tient ce même jour au Croisic. André Morice, ministre des Transports, des Travaux publics et du Tourisme viendra spécialement pour l'occasion lui remettre cette distinction.

## Chapitre 11 : *Kurun* à Paris

*« Voiliers de grand chemin qui joignent les climats,*
*Nous ne reverrons plus vos vergues ni vos mâts*
*Qui, par les claires nuits, montaient jusqu'aux étoiles.*
*Vous ne rêverez plus dans l'odeur du goudron,*
*Car le siècle nouveau, terrible bûcheron,*
*A coupé les forêts où palpitent les voiles. »*
René Badoche, publié dans *Le Yacht* 01/04/1950.

***Septembre 2020***

*30 septembre : Le vent forcit de façon progressive sur la Bretagne. La baisse du baromètre annonce l'imminence de la tempête,* «barr-amzer» *en breton. La péninsule armoricaine distingue cette dernière du mauvais temps,* «gwallamzer»*, voire d'*«aveliou»*, ce coup de vent fugace et rapide qui laisse un ciel lavé de frais, étincelant après la pluie.* «Barr-amzer»*, à l'inverse, c'est du « gros et du solide » ! Avec des coups de boutoir qui frappent les murs des maisons, font grincer les charpentes et claquer les volets. À marée montante, la crête des vagues se transforme en brouillard d'écume. L'air sent l'iode et l'ozone.*

*Cette nuit-là, la dépression de 980 hPa calée sur l'Irlande place la Bretagne en vigilance rouge. Suivie par les radars de la météorologie nationale, la tempête Alex dévale dans un grand souffle d'orgue musical les chemins du ciel. Le vent souffle à 186 km/h à Belle-Île, à 157 à Groix. Dans les forêts d'Arvor des arbres centenaires se couchent, les poteaux brisés plongent dans le noir fermes et villages.*

*Dans le demi-sommeil qui le gagne, une question s'insinue et flotte, indécise, dans l'esprit de l'auteur de ces pages. Quel est le début du commencement de l'idée du présent ouvrage ? À la lisière de l'endormissement des images se précisent. En premier lieu, celle de l'édition originale de* Kurun autour du monde *dans la bibliothèque de son père, en 1954, dans l'appartement qu'ils habitent – lui, ses parents, son frère et ses sœurs – dans le camp militaire de Fritzlar, en Allemagne, une ancienne base aérienne où se trouvait pendant la Seconde Guerre mondiale le site de production des Junkers 352 Herkules. Le régiment de char du troisième Spahis algériens – celui de son père, officier – participe des*

*Forces françaises en Allemagne prêtes, en ces temps de guerre froide, à s'engager en cas de conflit avec l'URSS.*

*De cette époque lui revient le souvenir oublié de la fontaine de Roland sur la place du marché de la localité voisine, entourée de ses maisons à colombage. La ville du Land de Hesse, au bord de l'Eder, vit Boniface de Mayence abattre le chêne de Thor, arbre sacré vénéré par la tribu des Chattes. Au nord de la ville, le Hohes Gras marque le sommet du Habitchtswald. À l'ouest se mêlent les eaux de l'Elbe et de l'Eder.*

*Dans ce contexte si particulier, le livre de Jacques-Yves Le Toumelin répond aux aspirations de mon père. Grièvement blessé pendant la libération de la France, il appartiendra en 1946 à la promotion Indochine (1946-1947), la deuxième à sortir de Coëtquidan après la guerre. L'ouvrage lui apporte un souffle de liberté, une autre vision du monde que celle où s'éternisent, au sortir du conflit mondial de 1939-1945, d'autres menaces imprécises. L'ouvrage l'accompagne dans ses affectations successives – en Indochine puis en Algérie – jusqu'à rejoindre plus tard la bibliothèque de la maison familiale, au bord de la plage de Kerfontaine, près de Sarzeau. La famille a en effet entretemps retrouvé ses racines morbihannaises. Vient alors le temps ou* Araok *(« en avant » en breton), son voilier, permet à l'ancien officier de concrétiser son aspiration pour la mer et la navigation.*

**Salon nautique 1952**

Le mercredi 23 juillet 1952, *Ouest-France* évoque dans ses colonnes l'invitation faite à Jacques-Yves Le Toumelin et à son voilier d'être les hôtes d'honneur du Salon nautique international prévu à l'automne, à Paris. Les organisateurs souhaitent vivement proposer aux Parisiens et aux visiteurs de la manifestation de rencontrer le héros du jour.

Depuis son retour au Croisic, Jacques-Yves vit dans un tourbillon éprouvant qui n'altère pas cependant le plaisir d'avoir retrouvé la terre et sa famille. Il reçoit un permanent courrier, si abondant qu'il lui est impossible de répondre à tous. Il s'en excuse auprès des journalistes en toute occasion, leur demandant de se faire, dans leurs colonnes, l'interprète de ses remerciements. Il est particulièrement sensible aux lettres qui lui sont adressées par de jeunes enfants ou des adolescents. Il reçoit également nombre de visites, celle d'amis qu'il apprécie de retrouver, en premier lieu, mais aussi de personnalités venues de France ou de l'étranger.

*Kurun* occupe également une part conséquente de son temps disponible, en raison des soins que nécessite le voilier après les épreuves du voyage. S'il est, pour l'essentiel, en bon état général, il lui faut un carénage et un entretien approfondi.

**Louis Bernicot**

Le mercredi 30 juillet 1952, *Ouest-France* annonce l'intention de Louis Bernicot de naviguer le long des côtes bretonnes pendant le mois d'août. De retour de Casablanca, où il a séjourné pendant près de trois mois, et en route vers Concarneau, il fait escale au port de La Rochelle au terme de 20 jours de traversée. Pendant celle du golfe de Gascogne, il rencontre une mer agitée et des conditions de vent qui l'obligent à rallonger sa route. Résolu à mettre un terme à ses navigations – après un ultime voyage qui le conduira aux Antilles l'année suivante – il fait état auprès des journalistes de la fatigue liée à l'âge (68 ans) et de la nécessité de « *laisser la place aux jeunes* » (sic). Il termine son échange en disant toute l'admiration et la sympathie que suscite en lui l'exploit de Jacques-Yves bien qu'il ne le connaisse pas. « *Les Toumelin et consorts ont prouvé qu'ils étaient dignes de la confiance de leurs aînés !* ».

Moins d'un mois plus tard, le jeudi 21 août 1952, les deux hommes se rencontrent au port du Palais, à Belle-Île. Instant émouvant. Adolescent, Jacques-Yves a suivi, passionnément – alors qu'il était pensionnaire à Saint-Louis de Saint-Nazaire – le tour du monde de l'ancien officier de marine marchande dont la circumnavigation a été relatée par *Le Yacht*.

*Originaire de Saint-Antoine-de-Landéda, près de l'Aber Wrac'h, dans le Finistère – où il est né le mercredi 13 décembre 1983 – Louis Bernicot est issu d'une famille de marins. Jean Bernicot, son père, a lui-même été officier de Marine. Louis s'engage dès ses 18 ans. À ses débuts, il navigue sur les derniers grands voiliers comme le* Président Félix Faure, *un quatre-mâts barque de 99 mètres de long qui assure le transport du nickel de la Nouvelle-Calédonie et la France. Il sert pendant 24 ans à la Compagnie des chargeurs réunis, évoluant – au fil de ses embarquements – de la voile traditionnelle aux navires à vapeur.*

Louis obtient en 1909 son brevet de capitaine au long cours et rejoint la Compagnie générale transatlantique au même moment que Victor Le Toumelin, sans que l'on sache si les deux hommes se sont connus. Peut-être se sont-ils croisés au gré de leurs embarquements respectifs ?
Au début de la Première Guerre mondiale, Louis Bernicot navigue sur des navires marchands acheminant des munitions des États-Unis vers l'Europe. À l'issue du conflit, il commande notamment l'Indiana puis le Saint-Louis qui assurent la ligne du Pacifique Sud récemment créée. Après avoir déposé sac à terre en 1921, il rejoint le siège de la Transat à Paris jusqu'au début des années 1930, avant de représenter cette compagnie à la Nouvelle-Orléans, puis à Houston, au Texas. Après une dizaine d'années passées aux États-Unis, il dirige l'agence de Basse-Terre, en Guadeloupe, un an avant sa retraite, à 55 ans.
Retiré au Bignac, près de Saint-Nexans, en Dordogne – où il a acquis en 1925 un domaine de 40 hectares – Louis épuise rapidement les charmes bucoliques de la campagne. Pour cette raison, il entreprend en 1935 la construction d'un yacht de 12 mètres à qui il donne le nom de la déesse des eaux dans la mythologie perse, Anahita. Les plans du voilier sont dressés par Talma Bertrand à partir de son propre cahier des charges. Cet architecte naval est un étonnant personnage. Fils du capitaine au long cours Félix Talma Bertrand, il naît le 3 avril 1872 à Trentemoult, près de Nantes, au bord de la Loire. Navigateur confirmé et excellent barreur, il se distingue au Sport Nautique l'Ouest (SNO), cercle réputé du milieu nautique nantais. Son plus jeune frère, René, cap-hornier, périt en mer en 1906 dans le naufrage du Saint Donatien, qu'il commandait.
Talma se passionne pour le Traité élémentaire d'architecture navale d'Adrien d'Etroyat. Il aurait aimé embrasser la carrière maritime de son père, mais sa vue déficiente l'en empêche. Ingénieur des travaux publics, il intègre l'administration des Ponts et Chaussées à Paimbœuf. Il se partagera plus tard entre travaux publics et architecture navale. Il est à ce titre l'auteur de nombreux plans de yachts ou de navires, soucieux de concevoir des embarcations aux déplacements légers, aux carènes fines, qui ne nécessitent que des moteurs de faible puissance.

*Louis Bernicot, à l'instar de Jacques-Yves plus tard, dresse lui-même de façon rigoureuse le cahier des charges de son voilier. Talma Bertrand lui dessine les côtes d'un cotre de 12 m 50, au gréement Marconi, doté d'un gui à rouleau et d'un roof vitré. Parti le 22 août 1936, Louis franchit le détroit de Magellan le 16 janvier 1937, fait escale à l'île de Pâques au mois de mars de la même année, puis à Tahiti en mai 1937. Il séjourne au Cap du 10 décembre 1937 au 4 janvier 1938.*

*Lors de sa remontée des côtes africaines, il relâche à Pointe-Noire, au Congo. Au terme de son périple, il parvient à la Pointe de Graves le 30 mai 1938. L'année suivante, Louis publie le récit de son tour du monde dans* La croisière d'Anahita, *qu'il dédie aux marins disparus au cap Horn. Le livre est par la suite traduit en anglais par l'architecte et navigateur solitaire anglais Edward Cecil Allcard lors de sa traversée de l'Atlantique.*

*Louis effectue après son retour du monde plusieurs autres navigations, souvent seul. Alors même que Jacques-Yves réalise sa propre circumnavigation, il se rend à l'automne 1951 au Maroc. L'année suivante, il y retourne au printemps. Après son retour en France, alors qu'il est mouillé à l'île de Ré, une douleur soudaine à l'aine le contraint à renoncer à ses navigations. De retour au Bignac à l'automne, sa santé se dégrade de façon rapide. Son médecin diagnostique un cancer du tube digestif dont le développement trop avancé ne permet pas d'opération. Louis Bernicot décède le samedi 29 novembre 1952, à l'âge de 69 ans, trois mois après sa rencontre avec Jacques-Yves Le Toumelin.*

Pendant l'été 1952, la perspective de se rendre à Paris se précise pour Jacques-Yves. Le Salon nautique international est prévu fin septembre et début octobre, sur la Seine, quai Louis Blériot. Le navigateur appréhende de naviguer seul dans les parages très fréquentés de la Manche et pendant la remontée de la Seine. Il fait part à Jean Quilgars de son inquiétude et lui demande de l'accompagner. L'ami fidèle accepte bien volontiers cet exercice de cabotage le long des côtes bretonnes, à la voile seule, puis la perspective de la remontée du fleuve.

Le mercredi 27 août 1952, Jacques-Yves reçoit à Deauville le Grand prix de la qualité française. Peu enclin aux mondanités, il décline l'invitation qui lui est faite d'assister au dîner de gala, servi dans le salon des Ambassadeurs du casino de la ville normande. Dans cette distinction, il succède à des personnalités connues comme Colette, dans le domaine de la littérature, Annie Baumel, la directrice de création de la maison Hermès dans celui la mode, Raymond Peynet pour le dessin, ou le cuisinier Alexandre Dumaine pour la gastronomie.

Le jury distingue les qualités de courage et de ténacité manifestées par Jacques-Yves lors de son tour du monde. *Ouest-France*, dans son édition du 28 août, rend compte de l'événement auquel assiste le tout Deauville. À la table d'honneur figurent notamment Robert Fossorier, maire de Deauville, Marie Morgan, la duchesse de la Rochefoucauld, Jean Marie, directeur de la Compagnie générale transatlantique, les peintres Kees Van Dongen et Louis Touchagues, la romancière Colette, Léopold Marchand, et Carmen Tessier de *France Soir*.

Le 10 septembre 1952, Jacques-Yves se rend à Paris pour recevoir la Croix de chevalier la Légion d'honneur. Elle lui est remise par Jacques Gavini, secrétaire d'État à la Marine du gouvernement d'Antoine Pinay. La cérémonie a lieu en fin de matinée, dans les salons prestigieux du ministère de la Marine, rue Royale. La réception, plutôt intime, rassemble ses parents et quelques proches, en présence du vice-amiral Henri Nomy, chef d'état-major général de la Marine, et du vice-président du Salon nautique, Monsieur Villard, représentant Jean Marie, son président. Dans son allocution, Jacques Gavini exprime son admiration pour la performance du navigateur : « *Pour surmonter les difficultés que vous avez rencontrées, vous avez dû faire preuve de toutes les qualités qui sont celles de notre Marine. Je suis heureux d'associer la Marine à la fierté qu'éprouve la nation pour la magnifique épopée que vous avez vécue.* »

Dans son compte rendu de la cérémonie, publié le 10 septembre, *Ouest-France* précise que Jacques-Yves sera reçu deux jours plus tard à l'hôtel de ville de Paris par Paul Coirre, le président du conseil municipal. À cette occasion lui sera attribuée la médaille d'argent de la Ville de Paris.

### En route pour Paris

En septembre 1952, Jacques-Yves et Jean Quilgars quittent le Croisic. *Kurun* reprend la mer pour se rendre à Paris. Le navigateur et son voilier sont attendus pour l'inauguration du Salon nautique international prévue le 27 septembre 1952. Après avoir contourné le Finistère, les conditions de vent et de mer défavorables contraignent les deux hommes à traverser la Manche, pour relâcher à Salcombe, près de Plymouth.

Un vent debout de nord-est, de force 7, oblige *Kurun* à louvoyer en permanence et à traverser à six reprises la Manche. Au paroxysme du coup de vent le pont de *Kurun* est constamment sous l'eau. Progressant péniblement vers l'est, le voilier contourne le Cotentin et oblique ensuite vers Le Havre. Il y parvient le vendredi 19 septembre au matin, au lieu du 15 initialement prévu. Dès son arrivée, une grue du port autonome procède au démâtage du voilier. Mis au sec le lendemain, les travaux commencent en toute hâte, avec le carénage intégral de la coque et la peinture des œuvres vives. Le cotre doit être dans un état parfait pour sa présentation à Paris.

Le samedi, l'équipage est convié à la réception donnée en l'honneur du navigateur par la Société des régates havraises (S.R.H) sur le ponton du bassin des yachts. Robert Pesle, son président, présente le navigateur aux personnalités locales avant de lui offrir le guidon du club. En cette même occasion, le député-maire, Pierre Courant, lui remet la grande médaille de la ville du Havre.

Le mauvais temps entraîne le report de la mise à l'eau au vendredi 26 septembre 1952, à 6h30 du matin, veille de l'ouverture du salon. André Bligné relatera plus tard qu'il avait été prévu qu'une péniche de la British Petroleum prenne en remorque *Kurun* pour lui faire remonter le cours du fleuve jusqu'à la capitale. *Ouest-France* précise pour sa part que les organisateurs du Salon nautique avaient initialement envisagé d'assurer la remontée de la Seine du voilier en remorque de petits bateaux à moteur affrétés par leurs soins. Le trajet contre le courant devait durer quatre jours.

Mais le cotre *Drenek*, prévu pour ce remorquage jusqu'à la capitale, connaît une panne mécanique qui affecte son hélice peu de temps après le départ du Havre et interrompt la remontée. Ce voilier, aux caractéristiques voisines de *Kurun* – dont il est le sister-ship en un peu plus grand – serait issu du même chantier. Au terme de recherches plus approfondies, il semble vraisemblable qu'il fut bien construit par Jean Moullec, comme *Kurun*, mais sans doute pas au chantier Leroux.

Pour suppléer à cette défection, une solution doit être trouvée en urgence. La péniche *Muriel* prend le relais. Elle appartient à l'Union Normande, une compagnie fluviale basée à Rouen, créée en 1905 par Gustave Borde Fretigny. Elle passe des amarres à *Kurun* et à *Drenek*, avant de remorquer les deux voiliers à Rouen.

Dans son édition du 27 septembre 1952, la revue *Le Yacht* évoque la 18e édition du Salon nautique international. Il ouvre ses portes le samedi 27 septembre 1952, cours Albert 1er, entre le pont des Invalides et celui du pont de l'Alma. Près de 200 stands sont répartis sur les 15 000 m² de l'exposition. Parmi les exposants figurent la marine nationale et la représentation de la batellerie. Soucieuse de modernisation, cette dernière est en effet en passe de s'adapter aux standards européens par l'adoption d'unités de grande taille. La manifestation se veut être également un salon technique maritime avec la participation de la Transat, des Messageries maritimes, des ports de Lorient et de Boulogne, des Chantiers de Bretagne, en complément des stands respectifs de la Chambre syndicale des constructeurs de navires et de la marine marchande.

La principale attraction est sans conteste la présence attendue de *Kurun* et de Jacques-Yves Le Toumelin. Un accueil triomphal lui est réservé le lundi 29 septembre. *Ouest-France* illustre sa couverture par la photo du navigateur et de son voilier. Le mercredi 1er octobre, le quotidien revient sur l'événement, publiant la photo de *Kurun* amarré sur la rive droite de la Seine. Le cadrage fait apparaître la tour Eiffel, en fond de décor, derrière la perspective du pont d'Iéna. Jacques-Yves, en veste et cravate, pose sur le pont, devant le capot de la descente.

Le voilier est encore démâté. L'extrémité de l'espar repose sur le portique métallique qui accueille en temps normal la bôme quand la voilure est affalée. Le quotidien rapporte que, dans l'obligation de gagner Paris dans les plus brefs délais en raison du retard survenu au Havre, Jacques-Yves n'a pas accompagné *Kurun* pendant les ultimes kilomètres de la phase de remorquage. Le 27 septembre au matin, il est récupéré en urgence à l'écluse de Bougival par une voiture qui le conduit au Salon nautique où une réception est organisée à son intention.

Dès l'arrivée du voilier, le dimanche 27 septembre en soirée, la première préoccupation de Jacques-Yves consiste à regréer son voilier en vue de la visite officielle du salon par le président de la République le vendredi 3 octobre 1952. Vincent Auriol accompagné d'André Morice, ministre des Travaux publics et des Transports, et de Jacques Gavini, secrétaire d'État à la Marine, parcourt longuement l'exposition. Quai de la Conférence, proche du pont de l'Alma, où *Kurun* est amarré, le Président s'attarde devant le voilier et félicite Jacques-Yves pour son périple.

*Le Yacht* du 4 octobre 1952 rend compte de la réception réservée à Jacques-Yves, accueilli par Jean Marie, président de la Compagnie transatlantique, et par Roger Narme, secrétaire général du Salon nautique. Le navigateur est l'objet de toutes les attentions. Questionné sur ses prochains projets, il fait part de son intention de construire un nouveau bateau – plus long d'un mètre que *Kurun* et plus maniable – et de profiter de sa présence au Salon pour rencontrer les constructeurs présents. Il ne précise pas pour autant son programme de navigation.

De façon anecdotique, l'article révèle que, par une étonnante coïncidence, Jacques-Yves a croisé sans le savoir à un moment donné de sa navigation pour venir à Paris la route de son père, Victor le Toumelin, alors en mission à bord du *Turmoil*, ainsi que celle de sa sœur de retour des États-Unis sur le paquebot *Liberté*.

*Le Yacht* du 11 octobre 1952 évoque la présence de Jacques-Yves comme invité d'honneur au dîner donné le 8 octobre par l'Union Nationale des Croiseurs. Le commandant Victor le Toumelin, son père, et Yvonne, sa mère, y sont également conviés. Créée en 1913, l'UNC – présidée par René Levainville – est le maître d'œuvre des compétitions nationales et internationales de yachting. Elle rassemble les propriétaires de yachts et les plaisanciers intéressés par la course au large.

Une photo pleine page, en couleur, présente Jacques-Yves de profil, le visage tourné légèrement vers le haut, dans le *Paris Match* le 11 octobre 1952. Sa veste arbore la croix de la Légion d'honneur qui vient de lui être attribuée. Le magazine relate notamment la rencontre du navigateur et de Maurice Herzog, le héros de l'Annapurna. Avec Louis Lachenal, Maurice est le premier alpiniste français à avoir vaincu un sommet de plus de 8000 mètres, le 3 juin 1950. Orteils et doigts gelés furent la rançon impitoyable de son exploit physique.

À son retour de l'Himalaya, il connaît une reconnaissance publique semblable à celle que vit en cet instant même Jacques-Yves, à l'automne 1952. Le projet d'Herzog et de Lachenal est né en 1949, l'année même où Jacques-Yves quitte Le Croisic pour effectuer son tour du monde. Une centaine d'expéditions sur le toit du monde ont précédemment échoué. En six semaines – sans cartes ni itinéraires préalablement explorés – l'expédition parvient à établir les cinq camps de base nécessaires à la réalisation de l'exploit. La redescente des alpinistes, après quelques brefs instants passés au sommet, est un calvaire. L'amputation s'avère nécessaire alors que la gangrène menace leurs doigts gelés.

En page intérieure de *Paris Match* figurent deux photos. La première présente Jacques-Yves et Maurice Herzog sur le quai, en pleine discussion, avec *Kurun* en arrière-plan. La seconde montre Jacques-Yves serrant la main du président Auriol, à l'ouverture du salon. Le texte évoque les 1 022 jours de mer du navigateur sur son voilier de 10 mètres. Jacques-Yves y est qualifié de « *Petit Breton têtu* » par le journaliste qui mentionne, dans une envolée lyrique, l'entrée du navigateur dans la « *promotion de l'aventure qui continue dans la paix la chaîne de gloire des héros de guerre* ».

Les propos échangés entre Jacques-Yves et Maurice Herzog sont ensuite relatés. À la question du navigateur s'enquérant de la nourriture emportée sur les sommets par les deux alpinistes, Herzog évoque sa prédilection pour le nougat en raison de sa teneur calorique et de sa compacité. Avec humour, Jacques-Yves lui rétorque que lui préfère chasser « *nu, les iguanes géants dans les îles Galápagos* », poursuivant cependant sur le mode plus classique qu'il aime également se préparer du poisson cru mariné dans du jus de citron.

Évoquant les contraintes de la navigation en solitaire, Jacques-Yves fait état de l'obligation de se tenir éveillé parfois plusieurs jours de suite dans certains passages dangereux. Il lui arrive alors de se piquer les jambes avec la pointe d'un couteau et de se donner des coups de poing pour lutter contre le sommeil. Sans se l'expliquer de façon rationnelle, il s'étonne de sa capacité – par une sorte de sixième sens – à se réveiller spontanément quand il dort dès que *Kurun* infléchit sa route. Dans un élan spontané, Herzog demande à Jacques-Yves de l'emmener dans l'une de ses prochaines navigations. Lui-même s'engage en retour à lui faire découvrir la montagne. Jacques-Yves acquiesce à cette perspective, proposant même d'aller découvrir ensemble les montagnes de Nouvelle-Guinée, encore inexplorées. Le projet ne se concrétisera pas.

L'entretien, amical et détendu, se conclut sur un trait révélateur du caractère de Jacques-Yves et de la direction qu'il entend donner à son existence. À l'instant de se quitter, Jacques-Yves lui demande où il se rend. Maurice Herzog répond qu'il rejoint son bureau chez Kléber Colombes, son employeur. Ingénieur, diplômé d'HEC, il travaille en effet depuis 1945 pour la filiale française de ce fabricant de pneus pour automobiles et avions. Jacques-Yves lui oppose spontanément cette formule sans appel : « *Moi,* dit Le Toumelin avec une lenteur qui semble cacher une violente émotion, *moi, non ! Je ne vais pas au bureau. Je n'y suis jamais allé. Je n'irai jamais travailler dans un fauteuil* ». Au-delà de l'anecdote, la fermeté de la réponse révèle en cet instant même les conclusions auxquelles le navigateur est parvenu quant au cours de sa propre existence et de ses choix de vie dans les années qui viennent. La liberté avant tout !

Le 18e Salon nautique se termine le dimanche 11 octobre 1952 au soir. Le bilan de la manifestation, évoqué par *Le Yacht* du 18 octobre, dépasse les espérances avec près de 150000 entrées. Roger Narme, le secrétaire général du salon prononce, dans son discours de clôture, un vibrant hommage à Jacques-Yves « *Qui a montré au monde que les vertus de notre race étaient plus vastes que jamais.* ». Il lui remet à cette occasion les différents prix offerts par le Salon nautique et les exposants. Parmi ces derniers figurent un chronomètre Auricoste, un kayak Chauveau, un canot métallique, une prame Matonnat, un assortiment d'engins de pêche du fabricant Pezon, des lignes de pêche en nylon.

On y trouve aussi un lot de conserves offert par le port de pêche de Boulogne, une médaille de la monnaie de Paris, un briquet Flaminaire, une règle de marine auto-cap, des glènes de filin en sisal, des manilles, un complet en drap de marine du tailleur Auld Reekie (spécialistes de marinières, de cirés et de tenues de yachtsmen...), deux matelas pneumatiques Dunlopillo (l'un à raies rouges pour bâbord, l'autre à raies vertes pour tribord), enfin deux plaids écossais de la maison Le Guen (rouge pour la couchette bâbord et vert pour la couchette tribord).

Le 16 octobre, lors d'une réunion intime organisée au cercle de la France d'outre-mer, aux Champs-Élysées, le navigateur reçoit le souvenir offert par les lecteurs des revues *Le Yacht* et *Cols Bleus*. L'article évoque la « *souriante simplicité du navigateur* » touché par ce cadeau émanant de « *ceux qui, comme lui, aiment la mer et les bateaux* ». Le navigateur remercie en retour *Le Yacht* pour l'évocation régulière de sa navigation, expression de la confiance de la publication dans l'aboutissement de son projet.

À la fin du mois de novembre 1952, Jacques-Yves apprend avec émotion la nouvelle du décès du commandant Bernicot. Cette disparition le touche d'autant plus qu'il a encore à l'esprit leur récent échange à Belle-Île, l'été précédent. *Ouest-Éclair* évoque de façon brève sa disparition, le décrivant comme un *« rude marin breton »*.

Marcel Collinet, rédacteur en chef de la revue *Le Yacht* intitule *« Sur une Légion d'honneur »*, l'éditorial du numéro publié le 13 décembre 1952. Il y fait état de la publication par un grand hebdomadaire illustré – sans en citer le nom – du courrier d'un de ses lecteurs. Au nom d'un « groupe d'amis » (dont la qualité n'est pas précisée) ce lecteur proteste contre l'attribution de la Légion d'honneur à Jacques-Yves Le Toumelin au prétexte que le navigateur a effectué sa circumnavigation pour son seul plaisir et que cela ne vaut pas une aussi prestigieuse nomination : *« Quand on songe que, tous les jours, des milliers de pêcheurs, leur vie durant, affrontent la tempête… et qu'ils n'auront jamais, eux, la Légion d'honneur… »*.

Le rédacteur en chef répond que parcourir seul les océans, planter le pavillon national au sommet de l'Annapurna, s'entraîner des années pour une victoire olympique, tout cela au premier regard peut effectivement sembler inutile. Citant Thierry Maulnier, il oppose à ce lecteur que la première gloire du sport est d'être justement inutile, notamment en un temps où chaque geste accompli se doit d'être utile. *« Le sport est d'abord une protestation contre l'utilitarisme universel… »*. Et Marcel Collinet de conclure : *« Si des lecteurs du grand hebdomadaire illustré feignent d'ignorer que l'on peut servir de grandes causes pour rien, ils n'ont pas manqué l'occasion d'une petite perfidie pour rien. Ce qui ne leur vaut aucun honneur »*.

À Paris, Jacques-Yves croule sous les invitations à participer aux manifestations les plus diverses. Le 9 janvier 1953, il rencontre Alain Bombard. Un différend a en effet opposé les deux hommes de façon brève. Jacques-Yves dont les formulations sont parfois abruptes a – sans le savoir – blessé le Naufragé volontaire (titre du récit éponyme publié par ce médecin) en émettant des doutes sur la pertinence et le sérieux de son expérience de survie. La réconciliation entre les deux hommes est toutefois immédiate, dès leur rencontre. *Ouest-France*, dans son édition du 10 janvier, titre « *Bombard et Le Toumelin, une paire d'amis* », soulignant que « *les deux navigateurs solitaires sont très vite tombés d'accord et se sont embrassés* ».

Le 14 février 1953, la chronique bibliographique de la revue *Le Yacht* rend compte de la parution du dernier ouvrage de Jean Merrien – de son vrai nom René de La Poix de Fréminville – *Les navigateurs solitaires*, publié par Denoël. Dans ce florilège de la mer, l'auteur et navigateur range Jacques-Yves Le Toumelin parmi les personnages du panthéon marin qu'il dresse, en compagnie d'Alain Gerbault, d'Éric de Bisschop et de Joseph Tatibouet, de Marin Marie, de Louis Bernicot, d'André Sadrin, d'Alain Bombard et de Marcel Bardiaux.

L'auteur se pose d'emblée la question de savoir pour quelles raisons les navigateurs s'exposent aux risques du large et du gros temps, s'engageant dans des aventures périlleuses. Évoquant la personnalité de Jacques-Yves Le Toumelin, Jean Merrien lui décerne un beau compliment, lui prédisant qu' : « *Un être comme vous ne pourra pas redevenir ordinaire !* ». Il a l'intuition que la solitude recherchée par ceux qui s'y confrontent risque fort de devenir « *une compagne dont l'âme ne peut plus se séparer et qui s'interpose désormais dans leur rapport avec leurs semblables* ». Merrien s'interroge, se demandant si cette spécificité ne constitue pas en fait une sorte de châtiment inhérent aux destins exceptionnels.

Au cours de l'hiver et du printemps suivants l'essentiel du temps libre de Jacques-Yves pendant son séjour à Paris est occupé par la rédaction à chaud du livre évoquant sa circumnavigation. Flammarion entend publier au plus tôt *Kurun autour du monde*. Relecture des épreuves, derniers ajustements de texte, sélection finale des photos parmi les siennes et d'autres qui lui sont proposées, choix des illustrations de Léon Haffner occupent le plus clair de son temps. Il est incité à avancer vite dans cette tâche nécessaire par ses parents comme par son éditeur, afin de bénéficier au mieux des effets de sa récente notoriété comme de l'attention que continuent de lui accorder les principaux médias nationaux.

Le dimanche 10 mai 1953, Jacques-Yves reçoit le prix Virginie Herriot décerné à l'athlète de l'année « *dont la carrière ou l'œuvre d'éducation physique et sportive constitue un exemple* ». Cette distinction – décernée par l'Académie des sports, institution fondée en 1905 – a été dotée en 1934 par Cyprienne Dubernet-Douine en mémoire de sa fille, Virginie Hériot. Cette dernière – prestigieuse navigatrice et richissime héritière – a notamment remporté la médaille d'or aux Jeux olympiques de 1928, en Hollande, à bord de son 8 m. JI, *Aile VI*. Elle publia ses carnets de voyage ainsi que trois recueils de poèmes, dont le dernier, *Une âme à la mer*, préfacé par Alain Gerbault, remporta en 1930 le Prix de la langue française, de l'Académie française. Victime d'une syncope au cours d'une régate à Arcachon, à la barre de son dernier 6 m JI *Petite Aile V*, le 27 août 1932, elle décède le lendemain, à 42 ans, sur son yacht. Ses cendres seront dispersées par son fils au large de Brest le 28 juin 1948, dans le respect de la volonté exprimée par sa mère. Pendant ses 28 années de navigation, Virginie a tenu le compte rigoureux des 143 232 milles marins parcourus sur ses différents voiliers.

Rendant compte de la remise du prix Virginie Herriot pour les colonnes de son journal, le journaliste d'*Ouest-France* recueille à cette occasion les propos du récipiendaire. Jacques-Yves lui livre son désir de reprendre la mer dès qu'il le pourra afin d'effectuer le voyage dans le Pacifique qu'il projette depuis son tour du monde. Le navigateur précise que son projet est subordonné à la construction d'un nouveau voilier, plus grand que *Kurun*. Il pourrait s'appeler *Tonnerre*, allusion explicite au bateau éponyme dont on se rappelle la fin prématurée pendant la guerre, sur les rochers de Saint-Marc-sur-Mer. Jacques-Yves souligne que, dans la perspective de cette réalisation, un comité rassemblant d'importantes personnalités s'est constitué, sous la présidence de l'amiral Lacaze. Cette souscription publique, relayée notamment par la revue *Le Yacht*, devrait lui permettre de disposer des fonds nécessaires à la réalisation de son projet.

La semaine suivante est marquée par la présentation – en présence de l'éditeur Charles Flammarion – du livre *Kurun autour du monde* relatant le tour du monde de Jacques-Yves. Elle a lieu le 18 mai 1953 sur la Seine, à bord de la péniche du Tourisme Club de France, au port des Champs-Élysées. Dans ce même décor, Jacques-Yves a, peu de temps auparavant, été intronisé membre d'honneur du groupe Plaisance et Croisière du TCF.

Publié dans la série intitulée « *L'aventure vécue* », le prix de vente de l'ouvrage à sa parution est de 650 francs. La collection, prestigieuse, accueille toutes formes de récits relatant des aventures sportives ou humaines. Elle est subdivisée en trois sections différenciant les ouvrages portant sur des sujets ayant trait à la terre, à la mer et au ciel. La section maritime compte notamment dans son catalogue les ouvrages de Georges Aubin sur les derniers grands voiliers, de Marcel Bardiaux, d'Annie Van de Wiele. Elle recevra plus tard les récits de Bernard Moitessier.

La couverture du livre présente la photo de *Kurun* – bâbord amure, la grand-voile débordée – prise le lundi 7 juillet 1952 lors de son arrivée au Croisic. Debout sur le pont, Jacques-Yves fait face à l'objectif de René Vidal, le photographe. La première page intérieure précise que l'édition initiale comprend d'une part 110 exemplaires (dont cent numérotés de 1 à 100 et dix de I à X), d'autre part 1 100 exemplaires sur papier alpha. Précision révélatrice, l'indication du tirage signale que, sur ce dernier contingent, 150 exemplaires – numérotés de 101 à 250 – sont réservés aux « amis du *Kurun* » et 150 autres exemplaires aux anciens élèves du collège Franklin (numérotés de 251 à 400). Cette indication rappelle manifestement le lien affectif et vivace que conserve Jacques-Yves à l'égard de son ancien établissement scolaire.

Prenant la parole devant la nombreuse assemblée, Marc Eyrolles, vice-président du TCF, prononce un vibrant éloge du navigateur en qui il voit un exemple pour les jeunes Français. Jacques-Yves se plie de bonne grâce à la séance de dédicace qui suit le cocktail. À proximité, le public est convié à visiter l'exposition présentant les instruments de navigation, les cahiers et les notes de Jacques-Yves Le Toumelin, ainsi que différents souvenirs ramenés de son voyage. Le TCF, qui a son siège avenue de la Grande-Armée, exerce à cette époque – sans doute la plus prestigieuse de son histoire – une grande influence avec ses 700 000 sociétaires. Sa notoriété tient notamment au fait qu'il facilite l'obtention des documents douaniers pour ses membres désireux de se rendre à l'étranger.

Questionné par le journaliste de *Ouest-France* présent à la réception, Jacques-Yves confirme sa présence prochaine au Bal des petits lits blancs, sur le Pont d'argent. L'œuvre a été créée en 1918 par Léon Bailby, fondateur de *Match l'intran* (ancêtre de *Paris Match*), puis du quotidien *Le Jour*. Elle a pour objet de venir en aide aux enfants nécessiteux atteints de tuberculose osseuse. Le gala de charité est rapidement devenu un événement prestigieux. Il prend la forme d'un dîner lors duquel un spectacle est donné par des artistes en vogue. Détaché des obligations mondaines, Jacques-Yves explique qu'il ne s'est résolu à se rendre à cette manifestation qu'en raison de son caractère humanitaire. Il confirme surtout qu'après s'être soumis à ses dernières obligations, il rejoindra Le Croisic au plus tôt, impatient de retrouver l'air du large.

Sous la plume de Jacques Boixière, *Ouest-France* revient pour ses lecteurs, le lundi 9 juin 1953, sur l'ouvrage publié par le navigateur. Le journaliste souligne d'emblée le caractère exemplaire de sa démarche pendant son tour du monde, exempte à ses yeux d'ambition matérialiste. Il est sensible au fait que l'auteur rend compte avec objectivité de son parcours. Il n'hésite pas à se livrer avec honnêteté sous son vrai jour, évoquant son enfance agitée, voire turbulente, de même que son adolescence marquée par certains emballements. Mais Boixière remarque que s'affirme déjà en ces jeunes années le souci d'intégrité et de refus du mensonge de Jacques-Yves, qualité suffisamment rare pour qu'il s'y attarde. Du fait de sa rectitude morale, il lui faut du temps pour se réaliser et s'affirmer. Par une discipline constante, il parvient à ses fins. Le journaliste remarque cependant que cette rigueur ne fait pas pour autant du navigateur un ascète indifférent aux plaisirs de la vie.

Avec Alain Gerbault – à qui certains le comparent – il partage le goût de la solitude et de la mer, l'attirance pour les paysages encore vierges d'intrusions touristiques. Il préfère le silence au bruit des machines et à l'agitation du monde, sans fuir pour autant la civilisation. Son caractère est en même temps inflexible pour ce qui concerne l'honnêteté, les arrangements de conscience, l'aspiration à rester soi-même en dépit des coups du sort et des vicissitudes de la vie. Il se considère comme investi de la responsabilité de ne pas décevoir les jeunes et ceux qui croient en lui.

Psychologue, le journaliste soulève l'apparent paradoxe d'un homme dont la réserve confine à une certaine timidité mais qui, quand l'occasion se présente, ne mâche pas ses mots et livre des propos parfois rugueux quand on le pousse à s'exprimer. Sans doute est-ce qu'en ces occasions *« sa jeunesse ardente, courageuse, l'emporte sur cette réserve d'homme réfléchi, de marin prudent »*.

Pour Boixière, Jacques-Yves s'épanche aussi dans son livre sur les fortunes diverses que connaît tout navigateur du fait du caractère imprévisible du vent et de la météo. Alors que certains jours sont marqués par la grâce, d'autres – sans signes précurseurs – se révèlent être un véritable enfer. Ces conditions contrastées sont les révélateurs de la force d'âme du marin, alors même que la tentation du renoncement et de l'abandon se fait parfois forte. La réussite consiste à tenir bon, en toutes circonstances, pour franchir l'épreuve. Le journaliste reconnaît à Jacques-Yves une détermination identique à celle exprimée par Alain Gerbault. Les deux hommes ne se plaignent jamais, dans leurs écrits respectifs, des choix qu'ils effectuent comme des coups du sort et en assument pleinement les conséquences. Leur plus grande fierté consiste à ramener leur voilier à bon port.

Le journaliste met également en exergue la qualité de l'ouvrage, rendu plaisant par l'iconographie, les cartographies explicatives et différentes annotations décidées par l'auteur. Elles rendent la lecture attrayante et jamais ennuyeuse. L'enthousiasme exprimé en certains passages par le navigateur – lors de sa découverte des Galápagos, de Tahiti ou des Marquises à titre d'exemple – reflète sa nature entière et l'enthousiasme inhérent à sa jeunesse et à son appétit de vie.

Ancien officier de marine marchande, Boixière souligne l'importance de l'expérience maritime pour celui qui se risque en haute mer. Naviguer n'est jamais une affaire d'improvisation. Cela nécessite une expérience patiemment apprise et assimilée. Pour cette raison – compliment de la part du journaliste – il recommande la lecture de l'ouvrage de Jacques-Yves aux marins eux-mêmes – plus exigeants par la nature de leur expertise que la moyenne des lecteurs – car à travers ce récit de mer ils reconnaîtront dès les premières lignes l'un des leurs. Et il conclut son propos sur la nécessité de lire l'ouvrage lentement et posément, *« Quelque impatience que l'on ait d'aller, avec un navigateur, jusqu'au bout »*, pour en apprécier pleinement le message.

L'intermède parisien de Jacques-Yves arrive à son terme en août 1953. Après le tourbillon d'évènements qu'il a vécus, les obligations mondaines, les festivités auxquelles il a été convié, les distinctions reçues, le navigateur a hâte de rejoindre le Croisic. L'expérience s'est certes révélée exaltante par la reconnaissance publique et les multiples rencontres qui l'ont accompagnée, ce qu'il ne regrette pas. Elle fut cependant épuisante par ses contraintes. Le but que le navigateur s'était fixé a été atteint. En répondant aux sollicitations multiples auxquelles il a été soumis, il a contribué indéniablement à la promotion de son livre, comme à faire connaître la souscription publique engagée en faveur du financement de son projet de voilier.

Mi-août, Jacques-Yves et *Kurun* quittent donc Paris par la Seine. Le navigateur repart seul. Jean Quilgars n'a pu se libérer pour l'accompagner dans la descente du fleuve et le contournement de la Bretagne par la mer. À l'aller, une petite tension – sans conséquence ultérieure sur la relation confiante entre les deux amis – était apparue. Jean avait gentiment rappelé à son ami, pris dans le tourbillon des sollicitations diverses auxquelles il était soumis, qu'il était pour sa part confronté à l'obligation de gagner sa vie et d'exercer son activité de pêcheur. S'il était toujours prêt à l'aider quand il le pouvait, il ne disposait pas de la même liberté d'action que lui. Il avait ressenti avec une légère amertume la façon dont Jacques-Yves avait disposé de lui pendant la conduite de *Kurun* à Paris, lui laissant le soin de la fin de l'acheminement du voilier alors même que commençait le grand tourbillon médiatique.

*Kurun* et Jacques-Yves descendent le fleuve et gagnent Sartrouville. Ils font escale au chantier Jouët, pour remplacer le mât d'origine, dévoré par les capricornes. Ce chantier réputé porta initialement le nom de Blondeau et Jouët, fondé à la fin du XIX^e^ siècle. Né dans l'Oise en 1846, André Blondeau s'installa à Sartrouville en septembre 1870, lors de la guerre contre la Prusse. Ce charpentier-pontonnier de l'artillerie vint contribuer à la reconstruction du pont reliant Sartrouville à Maisons-Laffitte. Héritier d'une famille de mariniers, il construisit sa propre péniche, dans le nord de la France, avant de la ramener à Sartrouville par les voies d'eau. Spécialisé plus tard dans la construction et la réparation de bateaux, il ouvre en 1977 son chantier naval. Son activité lui crée une belle réputation en raison de la qualité de son travail.

Au début du XX^e^ siècle, en 1905, l'association de son chantier avec l'établissement Deschamps étend les capacités de l'entreprise qui emploie après cette fusion une centaine d'employés. Après la guerre, André Blondeau embauche comme associé Paul Jouët en 1920, un polytechnicien visionnaire qui est également un gestionnaire rigoureux. La complémentarité des deux hommes fait merveille. Sous leur direction, le nouveau chantier naval de Sartrouville devient dans les années 1930 l'un des établissements les plus réputés de France.

Le fils de Paul, Jean-Pierre Jouët, centralien, prend à son tour la tête de l'entreprise en 1951. Dans la conjoncture difficile de l'après-guerre, il spécialise l'activité dans deux secteurs, celui des grands bateaux et celui des unités de plaisance réalisées en série.

Jean-Pierre Jouët est aidé en cela par la contribution de partenaires talentueux comme l'architecte Eugène Cornu et son élève Maurice Colin. L'entreprise construit en nombre canots de sauvetage et navires de transport de passagers destinés aux colonies françaises. En parallèle de cette activité lucrative, Jouët & Cie fabrique de nombreux yachts de course et de croisière. L'*Alain Gerbault*, le second voilier du navigateur éponyme, fut construit et lancé le 4 juin 1931 dans le chantier de Sartrouville.

Remis en état, doté d'un nouveau mât qui rassure pleinement le navigateur, *Kurun* poursuit sa descente du fleuve et parvient mi-août 1953 au Havre. Après une escale pour avitaillement il prend la mer le 18 août 1953. Dans des conditions météorologiques moins éprouvantes qu'à l'aller, il lui faut quand même traverser la Manche jusqu'aux côtes anglaises avant de virer de bord pour contourner l'extrémité de la Bretagne.

Jacques-Yves est attendu avec impatience au Croisic. Le samedi 29 août, *Ouest-France* se fait l'écho d'un échange entre le journaliste qui prépare un article et Victor Le Toumelin. Sans s'inquiéter outre mesure, ce dernier s'étonne du temps mis par son fils pour regagner son port d'attache. *« J'ai hâte de recevoir des nouvelles car vous le savez bien cette navigation solitaire en Manche et aux atterrages d'Ouessant et de Penmarc'h est toujours dangereuse, surtout par temps plus ou moins bouché »*. Ce qui préoccupe surtout Victor est de savoir Jacques-Yves seul à bord.

Le samedi 5 septembre 1953, Jean Boixière entreprend dans *Ouest-France* la publication d'une série d'articles consacrée aux solitaires des océans. Cette galerie de personnages connus comprend bien évidemment le portrait de Jacques-Yves, auréolé de sa gloire récente. Le journaliste lui consacre un article sur trois colonnes intitulé *« Du beau travail de marin : le Tour du monde de Jacques-Yves Le Toumelin »*. L'auteur évoque en préambule la difficulté consistant à définir en quelques phrases la personnalité du navigateur. Il se résout à le définir par une formule lapidaire qui, dans sa bouche, vaut tous les compliments : *« C'est un marin ! »*. Il explique plus loin que cette assertion recouvre implicitement une autre réalité *« C'est un homme »* (sic).

Marin et homme à la fois, cette double réalité embrasse la personnalité de Jacques-Yves. Il y a en effet en lui d'une part l'homme de mer expérimenté, qui prouva de façon magistrale ses compétences nautiques, d'autre part la dimension réellement humaniste d'un personnage réservé et discret, soucieux de son équilibre physique et intellectuel, voire spirituel. Boixière rappelle à cet endroit la discrétion de Jacques-Yves avant son grand départ, le soin méticuleux accordé à ses préparatifs dans une concentration extrême. Il évoque ensuite l'homme « fait », d'une autre stature, à son retour du tour du monde, mûri par l'expérience et par son propre dépassement dans les épreuves rencontrées.

Le journaliste met ensuite l'accent sur l'importance décisive de la préparation physique et technique comme préalables indispensables à l'exploit. Dans cet exercice, il rapproche le comportement de Jacques-Yves de l'exigence manifestée en d'autres temps par Joshua Slocum, Louis Bernicot, Alain Gerbault, Erling Tambs ou Marin Marie. Boixière rappelle à ce sujet la règle d'or inculquée par Victor Le Toumelin à son fils *« Ne pas prendre de risques »*. La formule ne signifie pas une navigation étriquée et peureuse, mais – bien au contraire – l'attitude mature consistant à éviter les risques inconsidérés pour affronter comme il se doit ceux inhérents aux conditions de mer.

Au passage, le journaliste évoque dans ce même article l'hypothèse, évoquée nulle part ailleurs, que Jacques-Yves aurait dû initialement partir avec trois chargés de mission du musée de l'Homme, projet qui ne s'est pas concrétisé, l'on ne sait pourquoi ? Après avoir évoqué de façon synthétique les principales étapes du tour de monde de Jacques-Yves, le bel hommage de Jean Boixière annonce une suite à paraître dans le quotidien. Elle sera intitulée *« Jacques-Yves Le Toumelin double le Cap des tempêtes »*.

Cet article paraît le lundi 7 septembre 1953. Dès les premières lignes, Jean Boixière contre les remarques hostiles de certains contradicteurs vétilleux pour qui la route empruntée par Jacques-Yves ne se distingue pas suffisamment de celles d'autres navigateurs. Il leur répond que ce dernier n'a en aucune façon inscrit son parcours dans une volonté de compétition ou de confrontation. Son intention n'était pas de faire mieux que d'autres que lui, mais d'accomplir à 31 ans ce que certains ont réalisé plus tard.

Au-delà de la relation de l'exploit humain, le journaliste met l'accent sur les qualités humaines de maîtrise de soi, de persévérance, dont Jacques-Yves a fait preuve. Il donne ainsi *« aux jeunes de France une belle leçon d'énergie, de courage patient, de devoir accompli »*. Ce qu'il remarque avant tout est la modestie constante du navigateur en dépit de l'adulation qui lui est témoignée dans ses rencontres avec le public. Il a, en ce sens, l'étoffe d'un Joshua Slocum ou d'un Louis Bernicot. Le qualificatif de « héros modeste » prend ici tout son sens. Autre qualité, la gentillesse du navigateur. Il ne se dérobe jamais aux questions qu'on lui pose, dans un souci évident de vérité. Il diffère en ce sens de l'image coutumière que l'on prête souvent à l'aventurier, avide de publicité.

En conclusion, Jean Boixière invite vivement le lecteur à faire l'acquisition du livre de Jacques-Yves. Il rappelle le message révélateur de l'état d'esprit du navigateur, adressé par Jacques-Yves à sa famille peu de temps avant son retour : *« Ce sera avec une joie émue que je passerai la jetée du Tréhic (Le Croisic) ramenant mon Kurun ayant un peu souffert, son mât à moitié dévoré, ses voiles rouges délavées : un Kurun marqué par des milliers de milles, mais victorieux et l'âme intacte »*.

### Super *Kurun*

L'année 1953 s'achève pour Jacques-Yves dans le calme retrouvé du port du Croisic. Pendant cette période paisible, il peut enfin faire le point sur les mois effervescents et contraignants passés à Paris, comme sur le trop-plein des émotions ressenties. Il lui est surtout possible de clarifier son projet de départ pour les Antilles. Dès la fin de l'année en effet, il apprend – cruelle désillusion sur l'instant – que la souscription publique destinée à lui fournir les moyens d'un nouveau bateau n'a pas eu le succès escompté. Il ne pourra pas construire le voilier qu'il a imaginé. Dès lors, le compagnon des bons et des mauvais jours, *Kurun*, en bon état et doté d'un nouveau gréement, lui semble apte à vivre de nouvelles aventures.

Jacques-Yves fondait un grand espoir sur l'initiative parrainée par l'amiral Lacaze. Par tempérament, lui-même aurait sans doute répugné en raison de sa réserve naturelle à engager une telle démarche. Mais de l'instant où elle est proposée par d'autres, pourquoi s'en priver? Le message fut relayé par différents journaux. Lucien Lacaze, officier de marine, jouissait d'un grand prestige. Il avait contribué de façon décisive à la modernisation de la Marine française avant de devenir ministre de la Marine pendant la guerre, de 1915 à 1917.

Dans l'incapacité de restituer les maigres fonds collectés aux multiples petits donateurs, Jacques-Yves fait le choix de compléter la somme obtenue pour acquérir un appareil photo. Son expérience de navigation avec Paul Farge, photographe averti, l'a en effet convaincu de l'intérêt de conserver des images de ses voyages pour illustrer ses conférences.

Après avoir nourri de grandes espérances, le navigateur renonce – de façon qu'il croit en cet instant provisoire – à ce projet de construction d'un nouveau voilier. Dans cet état d'esprit, il aborde le versant de 1954. L'hiver est marqué par un froid terrible. Le 1er février 1954, l'Abbé Pierre lance son appel véhément en faveur des sans-abri, relayé par *Radio Luxembourg*: « *Mes amis, au secours… Une femme vient de mourir gelée, cette nuit à 3 heures, sur le trottoir du boulevard Sébastopol, serrant sur elle le papier par lequel, avant-hier, on l'avait expulsée…* ». La RATP ouvre la nuit quatre stations du métro parisien. La ville de Paris donne accès aux nécessiteux à plusieurs écoles et à des gymnases. Le mardi 23 mars, l'Abbé Pierre fonde les Compagnons d'Emmaüs, une communauté de chiffonniers qui construisent des logements pour les sans-abris. Outre-mer, le 7 mai 1954, la bataille de Diên-Biên-Phú signera un peu plus tard la défaite et la capitulation française au Vietnam.

**Nouveau projet**

Dans ce contexte pesant, Jacques-Yves réfléchit aux modalités d'une croisière de « beau temps ». Elle consiste à quitter la France au cours de l'été pour y revenir un an plus tard, précisément. Ce faisant, le navigateur évitera les conditions difficiles de la saison des cyclones dans l'Atlantique. À la lumière de son expérience, il envisage une navigation intégrale en solitaire. Ses deux expérimentations successives d'embarquement d'un compagnon de route, au début de son précédent voyage et jusqu'à Tahiti, l'ont conforté dans l'idée qu'il a résolument un esprit de navigateur solitaire. Cela correspond à sa nature profonde, à son intériorité. La navigation au long cours est un état d'esprit, un mode de vie peu compatible – de son point de vue – avec le partage de l'intimité d'une autre personne.

De nombreuses propositions d'accompagnement sur *Kurun* lui parviennent cependant, en provenance d'amis notamment, ce qui rend le refus difficile mais nécessaire. D'autres offres proviennent d'inconnus, ce qui permet un rejet plus facile. Elles sont toutes inacceptables car elles nécessitent de composer avec des personnalités et des caractères dont il ne connaît pas le comportement à la mer. D'autres offres lui sont adressées par des femmes, ce qui ajoute une autre complexité. Idéaliste, Jacques-Yves considère en effet qu'il est déjà fort difficile, dans la vie courante, de trouver la compagne idéale correspondant à ses vœux. Les nécessités de la mer rendent l'exercice d'autant plus délicat avec une personne du sexe opposé.

La notoriété de Jacques-Yves est alors à son comble. Exemple pour les enfants, il obtient même les honneurs de la bande dessinée. Le dessinateur Jean Graton – dont la consécration viendra quelques années plus tard avec la publication des aventures de Michel Vaillant dans le journal *Tintin* – effectue à cette époque ses premières armes de dessinateur dans ce registre graphique.

*Né le 10 août 1923 à Nantes, orphelin de mère à l'âge de 11 ans, Jean Graton est élevé par son père qui fut emprisonné pendant la guerre. Il passe un CAP d'ajusteur, est ouvrier aux chantiers navals pour gagner sa vie. Pendant les années d'occupation, il habite près du Quai de la Fosse. De tempérament fougueux, il arrive au jeune homme de jouer du couteau dans les bars. Dans l'immédiate après-guerre, alors qu'il effectue son service à l'École d'application du génie d'Angers, la discipline de la vie militaire, comme le sport pratiqué dans cet environnement, s'accompagnent de l'estime grandissante que lui portent ses camarades, admiratifs de son coup de crayon. Décorateur du régiment, il bénéficie d'une certaine reconnaissance. Libéré des obligations militaires, il revient à Nantes où il s'exerce pendant deux ans à la fabrication de souvenirs bretons. Incapable de vivre économiquement de son art mineur – en raison des prodigalités du camarade chargé des ventes qui s'égare souvent dans les bars – il se décide à quitter Nantes pour aller vivre de ses dessins, rejoi-*

*gnant sa tante Alice en 1947 à Bruxelles.*
*Engagé en 1951 par l'agence de production de bande dessinée bruxelloise World Press, créée par Georges Troisfontaine, Graton rencontre Albert Uderzo, René Goscinny, Jean-Michel Charlier et Victor Hubinon. Il contribue à la réalisation de quarante-huit planches illustrées publiées sous l'intitulé* « Les belles histoires de l'ongle Paul ». *Elles paraîtront pendant de nombreuses années dans le journal* Spirou. *Inspirées d'histoires édifiantes, elles servent de caution pédagogique à la bande dessinée, à une époque où le monde enseignant récuse ce genre littéraire. Dans chaque épisode, une courte histoire, résumée en quatre ou six pages, traite d'un sujet en particulier.*

Le volume intitulé *Le mystère du Brick fantôme*, publié en 1953, rassemble sept histoires différentes, dont certaines ont une dimension historique. Octave Joly y évoque le tour du monde de Jacques-Yves Le Toumelin, illustré de dessins de Jean Graton.

La scène introductive présente l'oncle Paul, pipe à la main, face à ses deux neveux qui s'apprêtent à s'en aller camper. À son oncle qui évoque la « *grande aventure* » en perspective qu'ils vont vivre sous la tente, l'un des garçons répond sur un ton désabusé : « *Et pour l'aventure, nous pouvons repasser… Tout a été découvert. On ne nous a rien laissé. Des aventures ? Nous n'en vivrons jamais* ». Oncle Paul leur raconte alors le tour du monde de Jacques-Yves Le Toumelin pour leur prouver que l'aventure existe encore.

La bande dessinée résume en quelques pages l'exploit du navigateur croisicais. Elle commence par l'évocation de son départ du Croisic le 19 septembre 1949, puis évoque les principales escales de ses navigations, les Açores, le canal de Panama, le Pacifique, les mers du Sud, jusqu'à l'arrivée annoncée le 7 juillet 1952. L'histoire s'achève sur les retrouvailles de Jacques-Yves et de ses parents. Et l'oncle Paul de conclure pour ses neveux : « *Grand dans la lutte, modeste dans la victoire, Jacques-Yves Le Toumelin devient, par son magnifique exploit, une des plus belles figures de la Marine française et un splendide exemple de ténacité, d'endurance et de volonté pour toute la jeunesse.* »

## Chapitre 12 : Retour aux Antilles

*« Les Sirènes chantaient… Là-bas, vers les îlots,*
*Une harpe d'amour soupirait, infinie;*
*Les flots voluptueux ruisselaient d'harmonie*
*Et des larmes montaient aux yeux des matelots ».*
Albert Samain, *Les sirènes*

**Octobre 2020**

« Le temps ne respecte pas ce qui se fait sans lui ». *La formule de Paul Morand convient sans doute à Loïc Fouchard qui achève la restauration de* Kurun. *Au chantier de l'Arche du Dareau, près de Couëron, ce charpentier de marine entretient, restaure et fait revivre – sans hâte mais avec une attention méticuleuse – des bateaux, petits ou grands. Ici la qualité l'emporte sur la quantité, la lenteur féconde sur la précipitation. Loïc prête aux voiliers qui passent entre ses mains la même attention aiguisée, le même souci du détail que les charpentiers de marine qui conçurent à l'origine les embarcations qu'il restaure. Respect mutuel ! Pour lui chaque bateau est unique ! Son œil exercé saisit d'emblée ces détails discrets que peu de personnes parviennent à décoder. Puriste, il lui arrive d'embarquer sur un bateau avant même qu'il entre dans son chantier, tout simplement pour le voir vivre et ressentir son comportement à la mer.*

*Au premier temps de l'arrivée d'un nouvel esquif dans son chantier, le préliminaire est la nécessaire phase d'apprivoisement. Par une attention soutenue, elle consiste à observer avec minutie le voilier pour en comprendre la genèse, les détails de la conception et de la construction. Au-delà de la simple question posée par son client, dans sa réalité technique, il a la volonté d'embrasser l'objet dans sa réalité globale. Plus que tout autre, il sait que les différentes parties constitutives d'un voilier ne sont pas des objets inanimés, des entités isolées, mais les éléments d'un tout dont il importe de comprendre la synergie dynamique. En trois occasions,* Kurun *a rejoint le chantier pour des chantiers de plus grande ou moindre ampleur, en 2009, 2016 et 2019.*

*Loïc se plaît à dire que le temps est une composante intrinsèque de son métier. Il est multifactoriel : temps de comprendre le bateau hissé sur le ber, temps du dialogue avec le propriétaire de ce dernier pour se mettre* au diapason de ses attentes d'abord, avant de s'accorder sur l'ampleur du chantier, temps d'identifier les essences d'arbre nécessaires aux travaux, temps de trouver et de préparer – par un séchage adéquat – le bois qui sera utilisé, temps enfin de réaliser les travaux dans le souci permanent du détail. Nombreux sont ceux qui ne sauront jamais, aux endroits les plus inaccessibles de leur bateau, le travail d'orfèvre réalisé. Loïc est ainsi, une attention égale est apportée à ce qui est visible comme à ce qui ne l'est pas.

Pour cette raison le propriétaire d'un bateau – commanditaire d'un travail de quelque importance qu'il soit – entre, sans qu'il s'en rende compte de prime abord, dans la logique temporelle de Loïc. Elle consiste à comprendre, au-delà de l'apparence, la nature du problème à résoudre, puis à remonter à son origine pour en déceler la cause première. Tout ce qui suit, en découle, dans une série d'opérations minutieusement ordonnées. Comment défaire pour mieux refaire ? Et de ce compagnonnage entre le charpentier de marine et ses clients découle de façon progressive la compréhension commune des choses.

Ceci explique sans doute pourquoi – parenthèse hors du temps – le chantier, préservé de l'agitation du monde, semble d'une autre époque, niché dans les prairies du marais Audubon, à quelques encablures de Nantes. Les saisons s'y succèdent sans bruit, sous le vaste ciel changeant. À peu de distance, dans l'axe du Dareau, le bruissement de la Loire s'alterne au fil des marées. La hauteur de l'eau dans l'étier rend compte de cette respiration, en lien avec l'océan, là-bas vers l'estuaire.

Du fleuve, Loïc en connaît les aspects les plus intimes. Le brassage perpétuel des flots conditionne en effet tout un écosystème de faune et de flore. Le rythme des saisons s'écoule en lien avec l'activité de la pêche en Loire. Bien que déclinante, elle fait toujours vivre une population locale experte en matière de lamproies, d'aloses ou d'anguilles, voire de brochets. Même si les civelles se font rares, elles rappellent le passage semé d'embûches de ces alevins dans leur long périple des eaux salées du Gulf Stream aux eaux douces du fleuve. Plus tard, lors de la dévalaison, les anguilles rechercheront à nouveau les eaux salées pour s'en retourner aux Sargasses.

Les bosselles, ces nasses particulières à la Loire, permettent d'attraper à son passage le poisson vif et insaisissable. L'alternance des eaux douces *et salées dans les étiers explique par ailleurs les particularités de la flore locale. S'y épanouissent la renoncule à feuilles d'aphioglosse, l'étoile des marais ou la gratiole officinale.*

*Le marais Audubon est en effet ce paradis d'oiseaux où prolifère – dans ces prairies jadis inondables frangées de peupliers, asséchées par un lacis d'étiers, de rigoles et d'écluses – toute une population de canards, poules d'eau, vanneaux, sarcelles, cigognes et hérons cendrés. Tout ceci participe de l'univers de Loïc et de Jean-Baptiste Fouchard, expliquant sans doute le bonheur de la subsistance – dans un monde en mutation accélérée – d'un savoir-faire traditionnel, respectueux du passé.*

***Samedi 4 décembre 1954***

Le départ de Jacques-Yves vers les Antilles ne se déroule pas tout à fait comme prévu. Le mauvais temps rend l'été 1954 difficile et pluvieux. L'échéance du mois d'août, envisagé comme créneau de départ le plus favorable, est dépassée. Il en est de même de l'automne.

Le 4 septembre 1954, Jacques-Yves se rend au Service hydrographique de la Marine, 13 rue de l'Université à Paris, pour s'approvisionner en cartes marines. Ce service a succédé au Dépôt des cartes et plans de la Marine, créé le 19 novembre 1720 pour recueillir les documents de différentes natures ayant trait à la navigation maritime, à l'instar des dispositions équivalentes prises par l'armée dès 1688.

Le 25 septembre 1954, un dernier article de *Ouest-France* paraît avant le départ de *Kurun*. Jean Boixière répond aux impatiences manifestées par certains lecteurs à l'égard de la nouvelle navigation de Jacques-Yves. Défendant avec conviction le navigateur, le journaliste rappelle que ce dernier n'a plus à faire ses preuves, qu'il n'est contraint par nul impératif. Homme libre, Le Toumelin n'a « *ni auto, ni avion à prendre, aucune date fixée pour arriver* ».

Le journaliste souligne notamment l'indifférence du marin à « *Cette névrose de notre époque mécanique, qui conduit les gens des villes à tout précipiter, comme si la vitesse était la seule fin de notre humanité* ». Tout est dit ! À se fréquenter et à se mieux connaître, dans une estime réciproque, le navigateur et le journaliste partagent les mêmes convictions. L'article est illustré par une photo de Jacques-Yves prise par P. Guillard, le photographe du Croisic, le 18 septembre 1954.

Le mercredi 29 septembre, à 16h57, *Kurun* prend la mer, remorqué une fois encore par *L'Indomptable*, de l'ami Quilgars, sur lequel a embarqué Victor Le Toumelin. Le moment de la séparation est empreint d'une émotion rapide. Jacques-Yves évoquera plus tard, dans *Kurun aux Antilles*, son état d'esprit en cet instant : « *Je n'étais cependant pas trop soucieux, mais calmement attentif comme doit l'être un marin. Connaître ses forces comme ses faiblesses, mais avec certitude* ». La formule rend compte de façon lapidaire de l'état d'esprit du navigateur et de sa confiance en lui. Bien qu'aguerri par son tour du monde, sa vigilance reste intacte car il sait par expérience les surprises les plus imprévues que révèlent les fantaisies de la mer.

Passé Le Tréhic, le cotre fait d'abord route à l'ouest vers Belle-Île. Parvenu à Kerdonis, il infléchit sa route vers le sud pour traverser le golfe de Gascogne dans des conditions laborieuses en raison de la veille constante à laquelle il est tenu du fait des conditions météorologiques et de la présence de nombreux bateaux. Jacques-Yves rencontre, à distance, le dundee *Vague sauvage*. De 20 mètres de longueur, il a été construit en 1933 par un chantier de Keroman, à Lorient.

Le vendredi 22 octobre 1954, alors que *Kurun* se trouve encalminé près de l'île de Fora, à 300 km de Madère, il est abordé à faible vitesse – bien que prioritaire – par le *Monte-Brasil*. Ce cargo mixte, accueillant des passagers, a été construit à Capelle-sur-Lisse aux Pays-Bas, en 1947, pour la compagnie de navigation Açorean. Il assure la liaison régulière entre le Portugal, Madère, les Açores et la côte est des États-Unis. La collision ne cause cependant pas d'avarie qui contraigne Jacques-Yves à des réparations.

À Madère, le navigateur fait la connaissance en octobre 1954 de l'équipage du voilier *Jenco*. Elsa et Jens William Jenssen naviguent avec leur fils de 7 ans et leur fille de 3 ans et demi. Ils ont quitté Skien, un petit village du Telemark, en Norvège, en vue d'émigrer en Australie. En définitive, ils rejoindront la Nouvelle-Zélande pour s'établir à Napier, dans l'île du Nord.

Lors de cette même escale, Jacques-Yves voit arriver un matin le trois-mâts école danois *Denmark*. Ce magnifique voilier – 77 mètres de longueur, 10 mètres de large – accueille un équipage de 120 personnes. Son gouvernail ne dispose d'aucune assistance mécanique. Les ancres sont relevées grâce à un cabestan et non par un guindeau motorisé. Construit et lancé en 1932 au chantier naval de Nakskov, sur la côte occidentale de l'île de Seeland, au Danemark, il sert à la formation des officiers de la marine marchande danoise.

Quelques jours après avoir rencontré *Denmark*, Jacques-Yves rencontre deux autres voiliers d'exception, *Falken* et *Gladan*, dans la rade de Funchal. Ces sister-ships appartiennent à la Marine royale suédoise. Ils perpétuent dans leurs navigations la tradition pédagogique commencée en 1796 avec la frégate *Diana* et poursuivie depuis lors. Les deux voiliers jumeaux furent commandés en 1946 par le roi de Suède pour remplacer le trois-mâts carré *Najaden* et son sister-ship *Jarramas*.

Goélettes à hunier dessinées par Tore Herlin, *Falken* et *Gladan* furent respectivement construites à Stockholm en 1946 et en 1947. Longues de 39 m 30 hors-tout, elles ont un maître-bau de 7 m 20. Leur voilure pleinement établie atteint 519 $m^2$.

Jacques-Yves fait état, lors de son escale, de l'accueil que lui réserve le commandant Magrain, capitaine du paquebot *Louis Lumière*. Ce navire lancé le 28 novembre 1951 fut construit à Saint-Nazaire pour les Chargeurs réunis. D'une longueur de 163 m 60, large de 19 m 50, le *Louis Lumière* accueille 110 passagers de première classe et 326 en seconde classe. Comme ses sister-ships – *Charles Tellier* et *Laennec* – il dessert la ligne régulière reliant Hambourg, Le Havre et Buenos Aires, créée le 10 octobre 1952.

À son arrivée aux Canaries, le 13 novembre 1954, Jacques-Yves fait la rencontre de *Mistery*. Ce voilier, qui appartint à Juan Ojeda Hernandez est un Tumlaren, type de voilier à quille longue de croisière populaire en Scandinavie, dessiné par Hjelmberg Reimers dans les années 1930. Cet architecte danois originaire d'Arhus fut formé en Allemagne puis à Stockholm.

### *Seepfeil* et Wolfgang Kraker von Schwarzenfeld

Aux Canaries, Jacques-Yves découvre également le catamaran allemand *Seepfeil*. Intrigué par sa carène inhabituelle pour l'époque, il rédigera plus tard un article que publiera *Le Yacht* le 26 février 1955. Le navigateur se lie d'amitié avec son concepteur et propriétaire, Wolfgang Kraker von Schwarzenfeld. Le caractère entreprenant du jeune homme, son esprit pratique, son intérêt pour la philosophie orientale, ne sont pas étrangers au lien qui se noue entre les deux hommes. Wolfgang a pour projet de se rendre aux États-Unis pour construire un catamaran encore plus grand.

*Wolfgang est né en 1933, en Haute Bavière, en Allemagne, dans une famille noble ruinée. Son seul bagage est l'acquis de l'école primaire, complété par une formation de céramiste. Convaincu que cette activité professionnelle ne répond pas à ses attentes, il s'en détourne. Précurseur et ingénieux, il est l'un des premiers concepteurs de catamarans, précédant de peu le Britannique James Wharram.*
*Après avoir subi le traumatisme de la guerre, Wolfgang cherche en mer la réponse à ses interrogations métaphysiques. Quel ressort démoniaque a pu conduire les hommes à s'entretuer lors d'un conflit mondial d'une importance inégalée, menant son père au suicide? Pour trouver la réponse à ses questions, il construit* Seepfeil *de ses propres mains, à Cologne. La réalisation dure trois mois et demi. Le voilier est doté de deux flotteurs métalliques, symétriques. Une fois construit, Wolfgang descend le Rhin pour rejoindre la mer à Rotterdam.*
*Après avoir emprunté le chenal du nord à Dordrecht, le jeune navigateur s'arrête à Slikkerveer, dans l'île fluviale de IJsselmonde, afin de terminer l'équipement de son voilier. Le 4 août 1954, il longe les installations du port de Rotterdam avant d'emprunter le chenal qui conduit à la mer. Une fois franchi le Pas-de-Calais, le 8 août, il relâche à Newhaven, entre Brighton et Easbourne, au sud-est de l'Angleterre. La presse locale manifeste un réel intérêt – nuancé de scepticisme – pour cette curieuse embarcation composée d'une plate-forme tendue entre deux cylindres parallèles servant de flotteurs. Les réservoirs de l'embarcation contiennent 500 litres d'eau douce.*
*Wolfgang navigue et dort sur l'un des flotteurs. L'autre lui sert de cuisine et d'espace de stockage. Le 27 août,* Seepfeil *contourne l'extrémité ouest de la Bretagne lorsqu'il est abordé par un cargo. La collision n'occasionne aucune avarie majeure grâce à la robustesse de la coque. Le navigateur parviendra à Miami en 1956, après être passé par les Antilles. Contraint de gagner sa vie, le navigateur se*

*joint en Floride à l'équipage de* Janine, *le schooner de Michael (Mike) Burke, fondateur de la Windjammer Barefoot Cruises qui ouvre la voie du charter dans les Caraïbes.*

*Sur* Janine, *le navigateur se lie d'amitié avec Jim Brown et Jeannie Miller. Les trois amis naviguent ensemble, plongent dans les îles, mènent une vie de dilettante tout en gagnant leur vie. Un peu plus tard, Wolfgang reprend son indépendance. Il construit un autre voilier avec lequel il fait naufrage dans l'Atlantique Nord en 1957. Il survit à cette épreuve au terme de 16 jours terribles passés dans une humidité glaciale, avec du poisson cru pour toute nourriture et l'absorption de petites quantités d'eau de mer pour s'hydrater. Retrouvé à moitié mort, il éprouve pendant l'épreuve une expérience troublante de « mort imminente » qui le marque à jamais.*

*C'est alors que naît chez Wolfgang l'idée de concevoir l'œuvre d'art que concrétisera plus tard le projet Global Stone. Elle consiste à représenter symboliquement les étapes d'une démarche de construction de la paix. Il identifiera pour ce faire, dans chacun des cinq continents, des couples de pierres identiques. Chaque ensemble symbolise les différentes étapes de la paix : le réveil de l'Europe, l'espérance de l'Afrique, le pardon de l'Asie, l'amour de l'Amérique et la paix de l'Australie.*

*Une fois cette sélection opérée, il entreprend de conserver l'une des pierres jumelles dans son pays d'origine et de rapporter la seconde à Berlin, afin de la disposer dans les jardins du Tiegarten. Par son positionnement soigneusement étudié, chaque pierre réfléchit la lumière du soleil vers les autres pierres le 21 juin – jour du solstice d'été – restituant métaphoriquement l'image d'une humanité unie, désormais en paix. Wolfgang rend compte de sa réflexion sur le sens de la vie et le mécanisme de l'évolution dans l'ouvrage intitulé* La paix est possible, *cinq étapes vers la sensibilisation à la paix dans le monde.*

Jacques-Yves Le Toumelin évoque brièvement, lors de son séjour aux Canaries, le tournage de certaines scènes du film *Moby Dick* dont il est le témoin lors de son escale. Dans ce long-métrage de John Huston – il fit appel pour le scénario à Ray Bradbury – Gregory Peck incarne la folie grandissante du capitaine Achab. Campé sur sa jambe de bois, le personnage est obnubilé par *Moby Dick*, le cachalot blanc qui causa son amputation. Le film trouve son inspiration dans le roman éponyme publié par Herman Melville en 1851. Pendant que l'ample musique de Philip Stainton accompagne l'ouverture du film, un monologue exprime l'état d'esprit d'Ishmaël en marche vers New Bedford : « *Quand je me sens des plis amers autour de la bouche, quand je suis d'humeur à faire valser les chapeaux, quand un novembre bruineux s'empare de mon âme, c'est qu'il est grand temps que je prenne le large…* »

Le samedi 8 janvier 1955, Jacques-Yves quitte les Canaries pour entreprendre, plein ouest, la traversée de l'Atlantique. Navigation apparemment sans problème comme le révèle l'absence d'annotation notable sur le livre de bord que tient scrupuleusement le navigateur. Ses seules observations portent sur les conditions de mer et de vent, sur les rares oiseaux rencontrés ou sur la vie marine. Trait symbolique, son agenda mentionne le 21 janvier 1955 la date anniversaire de l'exécution de Louis XVI. Jacques-Yves se souvient qu'en d'autres temps – qui lui paraissent en cet instant bien lointains – il portait à cette occasion une cravate noire en signe de deuil.

**Antilles**

Moins d'un mois après son départ des Canaries, *Kurun* contourne le 5 février 1955 les îles de la Grenade par le sud pour gagner le port de Saint Georges. Son impatience de retrouver la terre est contrecarrée par un vent paresseux. À 16 heures, enfin, le voilier jette l'ancre. Jacques-Yves consacre les jours qui suivent à la découverte de l'île et aux rencontres avec ses habitants. Muni de son appareil photo, il effectue une moisson d'images.

Dans le port, le navigateur remarque la présence de *Britannia*, le yacht royal britannique fraîchement sorti des chantiers John Brown and Co, dans l'estuaire de la Clyde, en Écosse. Sa marraine, la reine d'Angleterre Élisabeth II, a présidé à son baptême le 16 mars 1953. Avec ses 127 mètres de long, armé par un équipage de la Royal Navy, il représente dignement la couronne par le monde.

Pendant sa carrière navale qui s'étendra sur un demi-siècle – de 1953 à 1997 – *Britannia* effectue près de 1 000 voyages officiels transportant pour des visites protocolaires la reine où l'un des membres de la famille royale. En cette année 1955, il a à son bord la princesse Margaret, sœur de la reine.

***Havfruen III* et Terrence Carr**

Jacques-Yves rend compte également de la rencontre du ketch *Havfruen III* et de Terrence Carr, rencontrés précédemment lors d'une escale à Belle-Île au cours de l'été 1952.

> *Ce ketch aurique de 18 m 20 de longueur, dessiné en 1893 par Colin Archer (le concepteur du* Fram *de l'explorateur Fridtjof Nansen lancé l'année précédente), porte 253 m² de voilure. En raison de l'exigence de son commanditaire, l'architecte naval effectue différents crayonnés. Construit pour Frederick Croft, un négociant en bois britannique originaire de Kingston en Grande-Bretagne, plus tard établi à Stathelle, en Norvège, les travaux commencent au chantier naval Posgrund Baatbyggeri, en Norvège, sous la conduite de Thor Martin Jansen en 1894. Le lancement a lieu le 10 août 1897 sous le nom de* Wyvern.
> *À son bord, son propriétaire se rend notamment dans sa ville natale de Kingston en Grande-Bretagne. Le voilier change de propriétaire en 1909, passant sous pavillon allemand et prenant le nom de* Tatjana.
> *Rolf Thommessen, rédacteur en chef du quotidien norvégien* Tidens Tegn *en fait l'acquisition en 1924 et lui donne le nom d'*Havfruen III.
> *Le bateau revendu au colonel Terrence Carr, un officier britannique, et à son épouse Anne, en 1934, ses nouveaux propriétaires font le choix de vivre à bord. Le ketch effectue de nombreux voyages à travers le monde pendant les vingt-sept années lors desquelles ils en ont la possession. Le couple traverse l'Atlantique douze fois dans les années 1950, effectuant même un tour du monde à bord.*

À Saint-Georges, dans l'île de la Grenade, Jacques-Yves retrouve avec plaisir Gerry Trotbridge, dont le voilier, *White Seal*, est mouillé dans le port. Sur Carriacou, une île des Grenadines, Jacques-Yves fréquente Jan Zygmunt Slominski et son épouse. Ce médecin d'origine polonaise compte au nombre des 400 réfugiés de Pologne qui, après avoir effectué des études médicales, furent intégrés au sein de l'École de Médecine polonaise (PSM) à l'université d'Édimbourg.

Devenu le responsable du district médical de Carriacou, Jan obtient la nationalité britannique le 19 octobre 1950. Il sera décoré en 1956 de l'Ordre de l'Empire britannique (O.B.E) à titre civil, distinction récompensant les services rendus au Royaume-Uni.

Après avoir quitté les Slominski, Jacques-Yves fait route au nord, s'arrêtant au passage à Petit Saint-Vincent, l'île la plus méridionale de l'État de Saint-Vincent et les Grenadines. Il apprend qu'elle est à vendre pour 10 000 £ ce qui lui semble un peu cher. Peut-être cette observation s'inscrit-elle dans l'aspiration subconsciente du navigateur à trouver à terme le lieu rêvé dans lequel s'établir, définitivement.

Sa navigation le fait passer à l'ouest de l'île Mayero et de Tobago Cays, aujourd'hui élément central du parc marin de Tobago Cays, cet archipel où seront tournées plus tard certaines scènes du film *Pirates des Caraïbes*. Jacques-Yves frôle Canouan, découverte par Christophe Colomb à qui les Indiens opposèrent une forte résistance. C'est là que se réfugièrent notamment des esclaves noirs échappés des autres îles. En se mêlant aux Indiens caraïbes, ils donnèrent naissance aux « Caraïbes noirs ». La détestation des blancs par ces deux populations – Indiens caraïbes et esclaves noirs – leur permit de résister longtemps aux tentatives de colonisation. L'île fut alternativement française puis anglaise, à plusieurs reprises, jusqu'à ce que les Britanniques l'emportent. Saint-Vincent et les Grenadines acquièrent leur indépendance en 1979.

Au nord-est de l'île Moustique, Jacques-Yves se rend à Bequia, la plus grande des Grenadines. Ici aussi les Caraïbes noirs résistèrent au XVII$^{e}$ siècle aux colons anglais et français. L'île passa cependant aux mains des Britanniques en 1779, mêlant la population de l'île, d'origine française et caraïbe, à des colons anglais, irlandais et écossais.

### *Zaca* et Errol Flynn

À Bequia, la découverte au mouillage de Sainte-Elizabeth de la goélette aurique *Zaca*, propriété de l'acteur américain Errol Flynn fait forte impression à Jacques-Yves.

*Construite en 1930 au chantier Nunes Brothers, à Sausalito en Californie, elle est encore – avec ses 36 mètres de longueur, sa largeur de*

*7 m 24 et son tirant d'eau de 4 m 30 – l'illustration même des Pacific Coast Schooners dépeints par Jack London dans son roman* Le loup des mers. *Le somptueux voilier peut accueillir dix-huit personnes à bord. Ses aménagements luxueux ont fait appel aux essences de bois les plus rares, comme aux talents de charpentiers de marine et d'ébénistes réputés.*

*Son premier propriétaire n'est autre que le milliardaire Charles Templeton Crocker. Après avoir embauché un marin confirmé, Garland Rotch, il effectue un tour du monde de 27 152 milles, faisant escale dans cinquante ports différents. Après sa circumnavigation, Crocker transforme* Zaca *en laboratoire marin destiné aux expéditions scientifiques qu'il mène notamment avec le biologiste et naturaliste William Beebe, concepteur avec Otis Barton du premier bathysphère, submersible résistant aux fortes pressions. Réquisitionné par l'US Navy de 1942 à 1944, pendant la Seconde Guerre mondiale, le yacht est armé et équipé de canons antiaériens.*

*Rayé des listes de la Marine à l'issue du conflit, le yacht est racheté en mai 1945 par Errol Flynn. Avec son père, biologiste marin, et le spécialiste Car Leavitt Hubs, l'acteur réalise à son bord une nouvelle expédition scientifique sur les côtes mexicaines. Orson Welles loue la goélette à Acapulco en 1946 pour le tournage du film* La dame de Shanghai *avec Rita Hayworth en vedette et l'apparition fugitive de l'acteur dans l'une des scènes.*

Zaca *traverse l'Atlantique en 1950, franchit le détroit de Gibraltar pour se rendre à Palma, dans l'île de Majorque. Errol Flynn et Pat Wymore, sa troisième épouse, décident de vivre à bord. L'acteur tourne sur son voilier en 1952 le moyen métrage la* Croisière du Zaca. *Alors qu'il s'envole pour Vancouver en octobre 1959 afin de rencontrer le millionnaire George Caldough désireux de louer* Zaca, *l'acteur et cinéaste meurt brutalement d'un infarctus.*

Parvenu plus tard dans le port de Castries, à Sainte-Lucie, à la fin mars 1952, Jacques-Yves remarque la silhouette remarquable du ketch *Aries*, long de 35 mètres et large de 6 mètres, construit en 1953 par le chantier Camper & Nicholson, fondé en 1782. Son aménagement intérieur comprend quatre vastes cabines pouvant accueillir huit invités.

Outre sa propulsion à la voile, il est équipé d'un moteur.

Le navigateur évoque également sa rencontre de l'équipage de *Diana*, un yawl construit en 1926.

*Son propriétaire, Norman Young, âgé de 63 ans, a pris deux ans plus tôt sa retraite, après avoir été fonctionnaire du trésor britannique (Debt Management Office). Il effectue à cette époque son premier tour du monde. Il réalisera dans les années 1960 une deuxième circumnavigation. Young navigue en équipage, renouvelé au fil des étapes de son périple.*

**Martinique**

Parti de Castries le dimanche 27 mars 1955, à 7h58, Jacques-Yves arrive à Fort-de-France, à la Martinique, le même jour à 16h30. *Kurun* a pour voisin le yacht *Yan*, en provenance d'Anvers, un yawl à corne de 12 mètres en acier mené par Fernand Housiaux et son épouse Marie-Louise.

*Le navigateur Jean Lacombe – qui rencontra également ce couple lors d'une escale – évoque son souvenir du tempérament courageux et énergique de ce personnage dans son livre* A moi l'Atlantique. « Gravement blessé pendant la guerre, Fernand s'en était sorti avec une jambe raide et un bras très diminué ». *En dépit de ce handicap physique, il s'engage dans la Résistance. Fait prisonnier par les Allemands, il est déporté en Allemagne. Plusieurs de ses tentatives d'évasion échouent, mais la dernière est la bonne. Il parvient à regagner la Belgique où il attend la fin de la guerre.*

*Après avoir épousé Marie-Louise, le couple se rend sur la Côte d'Azur où il fait l'acquisition d'un voilier équipé d'un moteur auxiliaire. N'ayant aucune expérience de la mer, Fernand sort du port au moteur avant d'établir les voiles. Ainsi commence son initiation à la navigation. De retour en Belgique, le couple n'a de cesse que de concrétiser son projet d'aventure à la voile. Il entreprend la construction de* Yan *et une fois ce dernier en état de prendre la mer, largue les amarres en plein hiver. Après avoir fait escale en Espagne et au Portugal, il gagne les Canaries puis Madère.*

*Désormais rassurés sur leurs compétences nautiques et satisfaits de la capacité de Yan à naviguer barre amarrée sous toutes les allures, Fernand et Marie-Louise traversent l'Atlantique. Comme le relate Jean Lacombe, ils atterrirent à l'île Sainte-Marguerite, au large du Venezuela, alors qu'ils se croient à La Guadeloupe. Mais ceci n'a pour eux guère d'importance puisque le temps leur importe peu. Pour gagner les ressources nécessaires à sa vie à bord, le couple organise des sorties payantes en mer. Agile de ses mains, en dépit de son handicap physique, Fernand trouve facilement à se faire embaucher pour participer à l'entretien des bateaux de pêche dans les ports dans lesquels il relâche.*

À la Martinique, Jacques-Yves a le plaisir de rencontrer fortuitement un ancien camarade de lycée, le lieutenant de vaisseau Bertrand, commandant le dragueur *Mimosa* de la marine nationale. Mis à l'eau en 1954 à Tacoma, aux États-Unis, ce navire de 43 mètres de longueur est l'une des trente-six unités transférées par les États-Unis à la France au titre du pacte d'assurance mutuelle.

Jacques-Yves quitte Fort-de-France le 11 mai 1955. Il arrive le même jour à Saint-Pierre, pour en repartir à destination de la Dominique. Contournant l'île par l'ouest, il remonte la côte jusqu'à Portsmouth – dans la baie du Prince Rupert – où il mouille le 12 mai à 14 h 02. L'escale est qualifiée par Jacques-Yves comme l'une des plus agréables de son voyage.

Portsmouth est situé au fond d'une vaste baie fermée au nord par le promontoire qui protège le mouillage. La ville compte à cette époque à peine 3 000 habitants. Un petit hydravion de la British West Indian Airways assure deux fois par semaine la liaison vers Antigua. Une seule voie terrestre, au départ de Portsmouth, permet de s'enfoncer dans les terres pour gagner la côte au vent qu'elle longe ensuite vers le sud. Cette route n'est pas encore reliée au Roseau. La relation entre Roseau et Portsmouth est assurée deux fois par semaine par la mer. Une vedette longe alors le rivage et parvient à destination au terme de quatre heures de navigation. Le créole est encore le langage commun de l'île, mêlé de termes anglais dans une mixité improbable. Les noms de lieux gardent leur origine française. Cette histoire explique la présence du père Visonneau et du père Barré, les deux missionnaires que rencontre Jacques-

Yves. Grâce à eux, le navigateur se rend à la réserve indienne de l'île, réalisant ainsi son souhait de rencontrer les derniers descendants des Caraïbes dont il évoque les mœurs et l'histoire dans *Kurun aux Antilles*. La réserve occupe une surface d'environ 20 km², en bordure de la côte au vent, entre Marigot et Castle Spruce. Cinq cents personnes y vivent. Les règles propres à la réserve stipulent que nulle personne étrangère à la communauté ne peut s'y installer. Dans la limite de l'enclave, chaque individu peut librement exploiter une terre disponible pour bâtir sa case et cultiver un petit jardin.

Heureux des expéditions menées pendant son séjour, Jacques-Yves lève l'ancre le 21 mai 1955, à 13 heures, à destination des Saintes. Il contourne Terre-de-Haut pour venir mouiller au Bourg, à 16h28. Féru d'histoire maritime, il se rappelle à cette occasion la bataille des Saintes qui, en 1782, vit la défaite de François Joseph Paul de Grasse dans son affrontement contre l'amiral anglais Rodney en vue de la possession de la Jamaïque.

Fort de sa contribution à la victoire remportée par les Américains à Yorktown contre les Anglais, dans la baie de la Chesapeake, l'amiral français pense de façon inconsidérée posséder un avantage aux Saintes sur l'avant-garde de Hood, affronté et battu un an plus tôt. Après l'avoir contraint à fuir, Joseph Paul de Grasse commet l'erreur stratégique de ne pas le poursuivre. L'arrivée de Rodney avec ses trente-sept vaisseaux place l'officier français en infériorité numérique.

L'interprétation malheureuse d'un ordre fragmente la flotte française en deux parties distinctes. Rodney et Hood se précipitent dans la brèche ainsi ouverte dans la ligne de combat française. La journée s'achève pour les Français sur le bilan tragique de 2000 morts, 7000 blessés et cinq navires capturés. Quatre mille prisonniers seront acheminés après le combat vers la Jamaïque.

Le 26 mai 1955, à 10h53, *Kurun* franchit la passe de la Baleine, sous les hauteurs du Fort Napoléon et quitte Les Saintes. Au large de la Pointe à l'Eau, il fait route au nord-est vers Capesterre. Longeant la côte, il voit successivement défiler sur bâbord Goyave, puis Petit Bourg, alors qu'il se dirige vers le fond de la baie. *Kurun* jette l'ancre à 16h03 devant *Le yacht*-club de Pointe-à-Pitre.

**Rencontres en Guadeloupe**

À Pointe-à-Pitre, Jacques-Yves retrouve l'animation d'une ville mais sur le rythme ralenti d'une métropole antillaise. Une fois le pied à terre, il rend visite à Napoléon « Albert » Morazzani, rencontré aux Saintes, qui l'a convié à venir lui rendre visite lors de son escale en Guadeloupe. Les deux hommes ont en effet le même âge, à un an près. Albert, né en 1919, est le propriétaire du domaine Saint-Sauveur, à Capesterre-Belle-Eau, hérité de son père.

Quand Jacques-Yves s'y rend, la plantation abrite une distillerie et des plantations de bananes. Elle s'orientera plus tard vers la production de fleurs. À l'ouest du massif de la Madeleine et de la montagne de la Capesterre, la localité du même nom trouve l'origine de son toponyme dans l'expression locale « cab-est-terre » indiquant une terre exposée au vent d'est. C'est à proximité de ce lieu que Christophe Colomb toucha terre le 4 novembre 1493, pendant son deuxième voyage aux Antilles. L'agriculture locale bénéficie de l'essor de la canne à sucre et de la production de rhum dès le milieu du XVI^e^ siècle.

Pendant son escale à la Guadeloupe, Jacques-Yves est aussi reçu par Henri et Madeleine Stehlé, déjà rencontrés à la Martinique. Spécialiste d'agronomie tropicale, Henri est né le 30 novembre 1909 à Fécamp. Son père, Louis Henri Valentin, tailleur à Montpellier, était aussi « *félibre* » – poète en Languedocien – auteur de nombreux poèmes en langue d'Oc, sous le pseudonyme de Delpon de Las Cabras. Son fils Henri suit les cours de l'école d'agriculture de Grignon avant de se spécialiser en agronomie tropicale. Après avoir épousé Madeleine Foulquier le 8 décembre 1933 à Montpellier, il s'installe en 1934 en Guadeloupe où il publie l'année suivante son *Essai d'écologie et de géographie botanique*.

Cofondateur de l'école d'agriculture de Pointe-à-Pitre, Henri Stehlé devient, après avoir soutenu sa thèse en 1947, le fondateur du Centre de l'Institut national de la recherche agronomique (INRA) des Antilles-Guyane. Il publie à compter de 1937 plusieurs articles érudits dans la *Revue de botanique appliquée et d'agriculture coloniale*.

Rencontre plus étonnante effectuée par Jacques-Yves à Pointe-à-Pitre, celle de Roland Thérault, qu'il décrit comme « *une belle figure d'aventurier sympathique* ». Cet ancien ouvrier des chantiers de Saint-Nazaire est affublé aux Antilles du surnom de « roi du balata ». Il fabrique avec la gomme du Manilkara (autre nom du Balata) qu'il va chercher au Venezuela, des statuettes colorées destinées à la vente. Ces figurines diverses représentent des personnages d'Indiens, de noirs, de musiciens, de danseurs, voire des objets comme des pirogues. Roland vit à bord de son cotre, le *Sainte-Anne*, avec son épouse et ses trois filles, en compagnie d'une petite ménagerie de singes et de perroquets. Habile de ses mains, il a lui-même réalisé les aménagements de son voilier. Ses affaires prospèrent et il achètera plus tard un voilier de 14 mètres de longueur, à qui il donnera le nom de son précédent voilier.

*L'homme est étonnant. Parti en Guyane dans l'entre-deux-guerres pour participer au développement du pays, il se prétend ancien bagnard sans que nul ne sache si cette affirmation est vraie ou s'il s'agit d'une fable destinée à conforter sa légende. Originaire de Saint-Malo, il aurait été arrêté pour avoir emprunté les chaussures d'une victime des bombardements d'août 1944 qui détruisirent la majeure partie de la ville. Condamné à perpétuité à Cayenne – à terre et non aux îles du Salut – il aurait bénéficié de la complicité de sa femme pour s'évader et se réfugier dans la forêt guyanaise où il se serait fait tatouer de la tête aux pieds.*

*Après avoir tenté de fuir la Guyane en pirogue pour se rendre à la Martinique avec son épouse, le couple aurait été recueilli à toute extrémité par un cargo en route vers les Bahamas. Un incendie s'étant déclaré à bord du navire, Roland en réchappe. Grièvement brûlé, considéré comme condamné, le médecin signe même son acte de décès. Mais Roland se réveille deux jours plus tard à la morgue. À la suite de ces péripéties, il lui faudra des années pour rectifier son état-civil. Il fut, semble-t-il, gracié par le président Georges Pompidou.*

**En partance vers le Croisic**

Avec l'échéance de la fin du mois de mai se précise pour Jacques-Yves le temps venu du départ. Le jeudi 2 juin 1955, au matin, *Kurun* lève l'ancre pour faire route au nord-ouest, à travers l'Atlantique. Il emprunte, au départ de Pointe-à-Pitre la rivière Salée qui évite le contournement de l'île par la pointe des Châteaux. Ce détroit de 5 km de longueur sépare les îles de Basse-Terre à l'ouest, de Grande Terre à l'est. Bordée sur sa longueur par une mangrove, on y accède par le petit Cul-de-sac marin au sud et l'on en sort par le Grand Cul-de-sac marin au nord.

*Kurun* est accompagné lors de son départ par le *Sainte-Anne* de Roland Thérault qui, le même jour, prend la mer à destination d'Antigua. Les deux voiliers sont remorqués jusqu'à la pleine mer par la vedette la *Korrigane*. Une fois sorties du Grand Cul-de-sac marin, les embarcations larguent les amarres, se saluent, avant d'emprunter leurs routes respectives. Jacques-Yves prend quelques ultimes clichés du *Sainte-Anne* qui s'éloigne, avant d'adresser à Roland un dernier signe de la main.

Parti de Guadeloupe le 2 juin 1955, Jacques-Yves aperçoit de nouveau la terre à la hauteur de Corvo, aux Açores, le 5 juillet 1955 à 9h15, au terme d'une navigation assez lente. Plutôt que de s'arrêter dans l'archipel portugais, il poursuit sa route pour profiter de conditions météorologiques favorables. Le 18 juillet 1955, il approche du golfe de Gascogne. Dans la nuit du 21 juillet, le navigateur coupe la route directe qui relie l'île d'Ouessant au cap Finisterre galicien, si fréquentée qu'elle le contraint à une veille incessante.

Le 24 juillet 1955, il rencontre le thonier *Belle-Aventure* de Concarneau, puis l'*Etoile des Flots*. Ce chalutier thonier du Guilvinec – avec pour immatriculation GV7224 – fut lancé en 1948. Il a pour patron Jean-Louis Le Coz, puis Jean Le Coz. Croisant sur sa route de nombreux thoniers à moteur, Jacques-Yves se prend à regretter le temps disparu de leurs élégantes carènes en bois comme de leurs voiles gracieuses.

Dans les dernières pages de *Kurun aux Antilles*, l'auteur fait le constat de l'important développement des anatifes fixés par leurs pédoncules sur l'arrière de la coque de *Kurun*. Rappelant l'interprétation plaisante qu'en faisaient les anciens, il reproduit dans son livre un extrait du *Livre des merveilles du monde* – mi-conte de voyage, mi-traité savant – rédigé par le chevalier Jean de Mandeville au XIVe siècle. L'un des premiers ouvrages du genre, il évoquait le principe théorique de la possibilité d'une circumnavigation. Cette géographie médiévale, foisonnante et fantastique, révèle qu'elle était l'interprétation fantasmagorique du monde de l'époque, entre réalité et imaginaire.

Le 25 juillet, Jacques-Yves observe le manège des mouettes tourbillonnant autour des chalutiers en pêche sur la Grande vasière. Ce terme désigne la partie immergée du plateau continental, au nord du golfe de Gascogne, fréquenté pendant des générations par les pêcheurs bretons et vendéens. La présence en cet endroit de nombreux bateaux de pêche lui permet de confirmer sa position.

Alors que le soir tombe, son attention se porte vers le nord, dans l'attente impatiente des occultations du phare de Goulphar, qui annonceront Belle-Île. Au moment des départs comme des retours, le phare de Kervilahouen fut le signe attendu indiquant l'approche de la Bretagne. La tour de granit qui supporte la lanterne s'élève à 92 mètres au-dessus de la mer. Elle fut construite de 1826 à 1835, d'après les plans établis par Augustin Fresnel, ingénieur en chef et secrétaire de la Commission des phares.

L'un des plus puissants phares de Bretagne, sa portée est de 50 km. Jacques-Yves en a sans doute gravi les 247 marches lors de l'une de ses escales dans cette île qu'il affectionne. Au départ de sa circumnavigation, un gardien y assurait encore, chaque soir, les 420 tours de manivelle qui permettaient – en vingt minutes d'un effort soutenu – de remonter le poids assurant la rotation de la lanterne. En 1953, un moteur fut substitué au mécanisme antérieur.

En grimpant dans la mature de son voilier, dans la soirée du 25 juillet, le navigateur distingue enfin la lumière attendue. À 7 h 15 du matin, le 26 juillet, Belle-Île défile sur bâbord. *Kurun* change de cap pour obliquer à l'est vers le Croisic, passant au large des îles d'Houat au nord, et d'Hoëdic, plus proche. À 17 h 40, Jacques-Yves franchit l'extrémité nord du haut-fond du plateau du Four, indiqué par Bonen du Four. Plein est, il fait route droit devant, vers Basse Hergo et le clocher du Croisic. La première embarcation à venir à sa rencontre est, cette fois encore, *L'Indomptable* du fidèle Jean Quilgars.

## Chapitre 13 : De la mer à la terre

*« Pour lui, il (son voilier) était aussi vivant que le vaste monde lui-même.*
*Il le sentait vivre dans le moindre de ses mouvements,*
*dans le moindre roulis,*
*dans le moindre balancement de ses mâts élancés. [...]*
*Il eut été aussi précieux qu'un amour passé,*
*aussi désirable qu'une femme étrange,*
*aussi tendre qu'une mère,*
*aussi fidèle que la fille favorite de son cœur ».*
Joseph Conrad, *La Rescousse*

***Novembre 2020***

*L'activité de Loïc et de Jean-Baptiste Fouchard s'inscrit dans une continuité. Le chantier du Dareau existe en effet depuis 1962, riche de l'expérience acquise en cinquante-huit ans d'activité dans la construction de civeliers, fileyeurs, coquilliers et autres bateaux de travail, mais aussi l'entretien et la restauration de nombreux bateaux du patrimoine.*

*Né en 1932, Louis Fouchard – père de Loïc – apprend à 24 ans son métier de charpentier de marine en 1956 au chantier Vandernotte implanté sur l'île de Versailles, à Nantes. Marcel, le père, né le 29 juillet 1909, était artisan. Avec son frère Fernand Vandernotte, il brilla en aviron aux Jeux olympiques de Berlin en 1936. Les deux hommes remportèrent – avec Jean Cosmat et Marcel Chauvigné – la médaille de bronze en quatre avec barreur. Fernand avait lui-même été formé à la construction navale par Baptiste Aubin, qui avait créé son chantier naval sur les bords de l'Erdre, près du pont de la Tortière, en 1926.*

*Sous la tutelle et l'expertise de Vandernotte, Louis Fouchard participe à la construction de plusieurs plans Cornu avant de se lancer à son compte en 1962. Il s'installe d'abord rue de l'Océan, à Couëron, avec son épouse Claudette, avant d'implanter son chantier sur le Dareau à la fin des années 1970.*

*Rapidement, son savoir-faire lui vaut une solide réputation auprès des pêcheurs de Loire, amplifiée par la référence constituée par la belle exécution de Cloïc, son propre canot, réalisé pendant ses loisirs à Saint-Etienne de Montluc et mis à l'eau à Couëron, puis d'*Ar Vag *son quillard* de 6,30 mètres. Le chantier engrange les commandes. Il construit au fil des années des bateaux de taille croissante. Aux unités jusqu'à 8 mètres des années 1970 succèdent des embarcations de 10 à 12 mètres jusqu'en 1982, puis jusqu'à 16 mètres par la suite. Après l'an 2000, le regain d'intérêt pour les bateaux du patrimoine offre au chantier un nouveau champ d'intervention propice à la démonstration de son savoir-faire.

Dans la proximité d'un long compagnonnage au contact de son père, Loïc acquiert l'expertise indiscutée qui lui permet de concevoir un bateau dans son ensemble. Elle lui permet d'être aujourd'hui une référence dans le cercle restreint des charpentiers de marine. « L'école du Dareau » est certes exigeante et rude. Elle lui vaut surtout d'appréhender les facettes de son métier dans les moindres détails et de maîtriser les opérations les plus complexes. La diversité de la palette de ses interventions l'autorise à tout faire sur un bateau, dans une autonomie et une optimisation de moyens.

Loïc ne s'étend pas sur sa relation avec son père préférant affirmer, de façon pudique, que l'on apprend bien dans la durée, dans la répétition des gestes et la maîtrise des formes, jusqu'à accéder à l'autonomie.

*Avec son père, Loïc construit en 1990* Le Gamin, *de Saint-Nazaire, un chalutier de 14 mètres exploité au Croisic pour la pêche à la langoustine. Il réalise le* Reine, *de Cordemais, réplique à l'identique d'un canot de Basse-Indre sorti du chantier de Georges Lebaupin en 1919. À Paimpol, deux bateaux de pêche portent sa signature, l'un de 13 mètres de longueur, le* Frankiz, *l'autre de 16 mètres,* Gimaco.

Louis décède en juillet 2019, à 87 ans. Loïc prend naturellement le relais, en 1999, formant à son tour son fils Jean-Baptiste qui – jour après jour – s'imprègne du métier de charpentier de marine. La transmission du geste technique et des connaissances s'effectue dans l'apprentissage simultané du métier et de la façon de le vivre au quotidien, dans la compréhension intime de ses différentes composantes. Métier et art de vivre conjugués ! Chaque moment, dans sa dimension unique, est indissociable du tout. Chaque génération apporte sa pierre à l'édifice patiemment construit de l'expérience familiale, projetant ainsi le chantier vers l'avenir sans pour autant renier le présent ou le passé.

Loïc obtient en l'an 2000 la récompense de Meilleur Ouvrier de France pour la réalisation d'un canot bordé à clin de 2 m 65. Les bateaux res-

*taurés par le chantier constituent un florilège de la « Belle plaisance » régionale. On y côtoie* Farewell, *le cotre construit par Costantini pour Jean Marin en 1947, le cotre aurique* Hope, *ancien caseyeur construit en 1943 par Didier Thomazeau à Saint-Gilles-Croix-de-Vie et restauré en 2011. Figure aussi* Simone, *la vedette que le marchand de bois Gustave Maillaud commanda. Elle fut mise à l'eau Quai de Versailles, en 1924.*

*Loïc et Jean-Baptiste œuvrèrent aussi sur* Le Léchalas, *la vedette à vapeur du service des Ponts-et-chaussées, construite à Chantenay en 1912, qui accueillit à son bord pendant ses années de service pas moins de trois présidents de la République : Vincent Auriol, René Coty et Charles de Gaulle.*

*Outre le ketch* Swastika, *il y a aussi le* Martroger, *ancien baliseur à voiles du quartier de Noirmoutier, construit en 1933 au chantier* L'espoir Sablais, *le sardinier* Au gré des Vents *construit par les chantiers navals François du Croisic en 1964.* Bolincheur *travaillant au filet tournant, ce dernier fut le premier bateau de pêche de la région à inaugurer la technique de la « pêche au bœuf » à La Turballe. Elle consiste à tracter de front – avec un autre bateau – le filet capturant le poisson bleu. Le chantier du Dareau accueille aussi la vaquelotte de* Barfleur, Normandie, *et le* Toison d'Or, *construit par le chantier Joly, au Croisic, aujourd'hui armé à la pêche l'hiver et à la pêche-promenade l'été. Il y en eut d'autres encore, car on ne compte pas les bateaux qui relâchèrent, pour une période de santé, au chantier.*

*En dépit des sirènes du « lobby de la matière plastique », Loïc garde la conviction chevillée au corps que «* le bois aura le dernier mot ! *». Il reste plus que jamais cette valeur sûre et pérenne, économique dans son utilisation et écologique à produire.*

*Quant au chantier Fouchard, sa dimension artisanale offre l'assurance d'un travail unique et sur-mesure.*

**Été 1955**

Le 28 juillet 1955, *Ouest-France* titre « *Jacques-Yves Le Toumelin est rentré au Croisic en excellente santé* ». Le correspondant de Saint-Nazaire a en effet assisté la veille à l'arrivée du voilier dans le port du Croisic, à 17 heures. Il rappelle que le chalutier concarnois *Damatao* a repéré *Kurun* le 24 juillet à 11 heures.

Les derniers bords du navigateur sont contrariés par un vent de nordet. Dans un article plus développé, Jean Boixière dresse le bilan circonstancié du voyage de Jacques-Yves aux Antilles. Contrastant avec la grande liesse populaire suscitée par l'arrivée du navigateur au Croisic trois ans plus tôt (2 juillet 1952), au terme de son tour du monde, le journaliste constate l'intérêt moindre suscité par ce retour. Il y trouve deux explications. La première est qu' *« à notre époque de records toujours battu, de projet de départ dans la lune, et autre anticipation, le voyage aux Antilles de Jacques-Yves Le Toumelin n'est pas de ceux qui excitent l'admiration des foules »*. Avide de records et de superlatifs, l'opinion, volage, en demande toujours plus, dans le renouvellement constant de ses émotions.

*Ouest-France* souligne par ailleurs qu'au regard de la performance constituée par le tour du monde, la « croisière antillaise » semble d'une moindre portée. Dans le même temps, force est d'observer l'augmentation croissante à travers le monde du nombre de navigations ou de projets similaires.

Au regard de ces constats, le journal souligne cependant les mérites d'une navigation pas aussi simple qu'il y paraît. Si se rendre aux Antilles semble aisé en profitant des vents portants, il n'en est pas de même du retour, notamment pour un voilier mené par un homme seul. En appui de cette observation, le journaliste rappelle que la traversée aller s'est effectuée en vingt-sept jours de mer alors que le retour en a nécessité cinquante-cinq, soit le double. En effet, outre les conditions de vent moins favorables connues par le navigateur, il a été confronté à l'obligation de parcourir une distance plus grande. Après avoir quitté la Guadeloupe, Jacques-Yves fut contraint à se diriger dans un premier temps vers l'est des Bermudes pour faire ensuite route vers les Açores, avant de remonter vers le Croisic.

Autre difficulté, la coque de *Kurun*, revêtue de sa peinture initiale depuis le départ, n'est assurément plus dans un état de propreté suffisant. Ces différents constats effectués, le journal conclut sur la performance représentée par ce périple en solitaire, mettant l'accent sur les qualités requises du navigateur. Il lui fallut en effet effectuer une veille constante, notamment pendant la dernière partie de son parcours.

Quel bilan dresser du voyage ? En premier lieu, force est de constater que – l'expérience aidant – Jacques-Yves maîtrise de façon optimale son voilier. Il a au fil du temps établi une relation quasi fusionnelle avec ce dernier. Il a aussi approfondi sa connaissance de la mer et des vents. En parcourant les Antilles, il a acquis une bonne connaissance de cette zone de navigation, de ses attraits comme de ses pièges, de ses contraintes de mer et de vent.

À titre personnel, les escales effectuées dans les différentes îles lui ont permis d'établir de nombreux liens d'amitié et de se constituer des souvenirs attachants. Le journaliste souligne enfin que ce périple a aussi permis de rappeler la présence française en de nombreux endroits isolés du monde.

La question centrale reste toutefois posée. Le voyage aux Antilles est-il un simple intermède dans l'attente de la réalisation d'un projet plus ample que semble attendre le public ? Le journal évoque à ce sujet les commentaires effectués par le navigateur au sujet des différents types de voiliers rencontrés lors de son périple. Peut-être ont-ils contribué à formaliser dans l'esprit du marin les caractéristiques du voilier de ses projets ultérieurs. Plus grand, il comprendrait un moteur ainsi que les améliorations imaginées en mer lors de ses navigations.

Autre apport significatif du voyage aux Antilles, la moisson de photos rapportées par Jacques-Yves. Cette matière est abondante et de qualité comme l'évoque le journaliste. Ce faisant, Jacques-Yves a acquis une compétence qui pourrait lui être utile dans un futur proche, par exemple dans le cadre de la publication d'un prochain livre comme dans celui de l'accompagnement visuel de conférences publiques. Il s'agit là bien sûr de supputations, sans aucune confirmation du navigateur dans l'immédiat. Et le journaliste de conclure sur le souhait que Jacques-Yves puisse continuer à se réaliser pleinement à travers ses projets.

**Mon bateau est ma maison**

Le mercredi 4 janvier 1956, Jean-Bouaxière revient sur le sujet dans les colonnes du quotidien *Ouest-France*. Jacques-Yves lui a déclaré « *Mon bateau est ma maison* ». Il lui fait part de son projet de construction d'un « super *Kurun* », un voilier plus grand que celui à bord duquel il a effectué son tour du monde et son voyage aux Antilles. Son projet est, bien sûr, subordonné à l'obtention des moyens nécessaires à sa réalisation. Il explique au journaliste que *Kurun* n'a en aucune façon démérité mais qu'il est le voilier d'un projet déterminé dont il a pleinement rempli les objectifs.

Conçu sans moteur auxiliaire, de façon délibérée, ce choix était dicté par la volonté de naviguer à la voile seule. Pendant ses navigations, Jacques-Yves eut la confirmation que son choix initial était le bon, soulignant la complicité qui, avec le temps, s'établit entre le marin et son embarcation, confiance renforcée par le souvenir des épreuves rencontrées. Dans ce contexte, la disponibilité d'un moteur aurait altéré le sens profond de sa démarche en créant des sujétions comme la nécessité d'embarquer le carburant nécessaire qui aurait empiété sur l'espace vital. La voile, exclusive, requiert en effet des compétences nautiques véritables comme le sens de la mer et du vent dont s'éloignent ceux qui ont recours à la propulsion mécanique.

Pour ce qui concerne ce nouveau projet, Jacques-Yves envisage un voilier dont la longueur serait supérieure de 2 ou 3 mètres à celle de *Kurun*. Les autres mensurations seraient l'extrapolation dans le même rapport des différentes cotes de son cotre actuel. À la différence toutefois de son ancien voilier, le pont serait cette fois *flush deck*, c'est-à-dire sans la protubérance d'un roof rapporté qui, par sa conception, affaiblit la structure et réduit son étanchéité. Les ouvertures, moins nombreuses, contribueraient également à la robustesse de l'embarcation.

Surtout, ces nouvelles dimensions participeraient de façon notable à l'augmentation du volume habitable. À la différence des marins adeptes de traversées sportives dans des voiliers parfois exigus et au volume intérieur réduit, Jacques-Yves explique sans ambages ses ambitions : *« Pour moi, avoir un bateau, c'est vivre à bord, pendant des années. »* Il précise que *Kurun*, par ses dimensions, assurait les conditions de l'équation minimale. À la lumière de l'expérience acquise pendant ses navigations et dans la perspective de ses projets, il souhaite l'espace nécessaire à une vie plus confortable ainsi qu'à l'embarquement du matériel de rechange et des approvisionnements nécessaires à une longue croisière. Il rappelle que la seule bibliothèque de *Kurun* rassemble déjà plus de 300 livres.

Autre point sensible, il apparaît au navigateur que l'allongement de la coque permettrait une augmentation corrélée de la vitesse. Elle réduirait le temps de navigation lors des longues étapes. Autre point essentiel. Si réticent au départ à l'idée d'un moteur, Jacques-Yves n'est désormais plus hostile à son installation à bord. La raison en est, à la lumière de l'expérience, les limites constituées par la seule force physique d'un homme lors des manœuvres d'un voilier. Un bateau de plus grande taille excéderait ses possibilités.

Surtout, Jacques-Yves est parvenu à la conclusion que cet apport mécanique facilite de façon considérable les manœuvres d'entrée et de sortie des ports. Facteur de sécurité, il autorise également la navigation dans des zones difficiles comme les détroits, les chenaux, ou les abords de côtes dangereuses. Le navigateur y voit aussi la possibilité d'emprunter à sa convenance rivières et canaux étroits, dans la perspective d'explorer certaines zones peu accessibles des pays visités. En conclusion, le moteur présente des avantages en termes de confiance en soi comme de possibilités de navigation supplémentaires, sans altérer celle de naviguer sous voiles en toutes occasions.

Le navigateur évoque à l'appui de son argumentaire l'exemple de Louis Bernicot. Lorsqu'il passe commande d'*Anahita*, son voilier de 12 mètres, au chantier Moguerou de Carantec, il choisit de l'équiper d'un petit moteur auxiliaire. Jacques-Yves a pris longtemps auparavant connaissance des plans de son voilier en les découvrant dans le numéro de la revue *Le Yacht* du 7 novembre 1936.

À son retour au Croisic, Jacques-Yves renoue avec un plaisir évident avec son cercle de relations et d'amis. Il est aussi l'objet de nombreuses sollicitations pour des interventions et des conférences sur ses navigations. Peu à l'aise dans cet exercice contraint au départ, il prend progressivement confiance en lui en raison de la réception sympathique qu'il reçoit en chaque occasion.

Cette même année 1956, Jacques-Yves est accueilli lors d'un déjeuner et d'une conférence par le chancelier Yves Leparoux à l'Académie de Bretagne, à Nantes. Cette rencontre a lieu au restaurant La Régence, siège de l'académie, avant son intervention devant un nombreux public au cinéma Rex. L'académie littéraire, fondée en 1949 par l'écrivain nantais Bernard Roy et le journaliste François Lacroix, a adopté à ses débuts le nom du restaurant amical qui sert de cadre à ses rencontres. Elle change de dénomination en 1952, devenant Académie de Bretagne, puis Académie de Bretagne et des Pays-de-la-Loire aujourd'hui. Attachée à la promotion de la langue française et à la francophonie, elle attribue chaque année des prix littéraires, organise des manifestations culturelles et publie dans ses cahiers, une fois par an, les contributions de ses membres.

**Parution de *Kurun aux Antilles***

Le mardi 1er janvier 1957, *Kurun aux Antilles* paraît chez Flammarion, l'éditeur du précédent livre du navigateur. Avec cet ouvrage, Jacques-Yves s'inscrit dans la lignée de *Kurun autour du monde* qui a connu un vrai succès de librairie et en est déjà à plusieurs rééditions. Il entend partager à nouveau avec ses lecteurs ce que lui a procuré cette navigation aux Caraïbes, par ses rencontres, les émotions suscitées, ses découvertes. Le style littéraire de l'auteur contribue à l'agrément de lecture.

Jacques-Yves s'exprime simplement, de façon claire et factuelle, avec un souci de précision dans ses évocations. Son écriture, descriptive, ne s'enfle jamais de superlatifs. Elle respire le vrai. Surtout, le lecteur ressent, sous la retenue affichée en permanence par l'auteur – dur au mal et jamais complaisant avec lui-même – le caractère authentique de sa démarche. Même si l'émotion, par moments, affleure sous la surface, elle reste pudique et sans débordement.

En une formule lapidaire, la dédicace de l'ouvrage mentionne la pensée de Jacques-Yves pour ceux qui lui sont chers : « *À ma sœur. À tous les amis du pèlerin : aux simples, aux pacifiques, aux purs, aux gens de cœur.* » La mention de sa sœur, au premier chef, exprime le lien qui l'attache à la compagne et complice de son enfance, en même temps que le respect qu'il a pour son parcours émancipé d'artiste courageuse, éprise de spiritualité.

De façon intentionnelle, la forme contractée de cette dédicace signifie le cheminement intérieur parcouru par l'auteur depuis son premier livre dédié « *À mon père, à ma mère, et à tous ceux de la voile.* » La formule utilisée dans son premier ouvrage soulignait le lien filial très fort entre Jacques-Yves et ses parents. Son père, d'abord, admiré et respecté, pédagogue patient et rigoureux, initiateur aux choses de la mer et de la navigation. Sa mère, toujours si proche et présente, voire si exigeante. L'adresse « *À tous ceux de la voile* » entendait distinguer dans la navigation les tenants de la voile pure par opposition à l'envahissement méthodique du moteur et de la mécanique. Elle soulignait la tacite complicité de cœur que partagent seuls ceux qui s'adonnent à cette pratique de façon exclusive, par opposition aux autres. Elle voulait enfin inscrire les navigations de l'auteur dans la continuité du chemin tracé par d'autres.

À la différence donc de la dédicace de *Kurun autour du monde*, celle de *Kurun aux Antilles* indique une autre perspective. Elle s'attache d'abord à souligner la complicité de cœur qui rapproche le frère et la sœur. Tous deux partagent une même inspiration idéaliste et une attirance pour la spiritualité. En complément, l'adresse aux *« amis du pèlerin »* met en avant l'itinéraire intérieur d'approfondissement de celui qui se confronte au voyage, aussi physique qu'intérieur, dans une dimension non plus seulement géographique et exotique, mais dans une quête profonde d'investigation en lui-même. Enfin, l'allusion *« aux simples, aux pacifiques, aux purs, aux gens de cœur »* tend à exprimer la communauté humaine de ceux vers qui va sa préférence, par un choix délibéré. Il se reconnaît comme l'un d'eux.

En appui de ce message à peine voilé, Jacques-Yves cite le théologien, poète et juriste Ibn Arabi, maître du soufisme musulman. Cet ouléma, né le 26 juillet 1165 à Murcie et décédé le 16 novembre 1240 à Damas, est considéré comme un pilier de la pensée métaphysique de l'Islam. Auteur de nombreux ouvrages, il fut l'un des premiers à prôner l'unicité de l'être dans une approche ésotérique. Il rencontra à 14 ans le philosophe Averroès à Cordoue et assista à ses funérailles à Cordoue, en 1198.

Par le message à peine voilé de sa dédicace *« aux errants »*, Jacques-Yves adresse au lecteur un exorde à ne pas considérer son livre comme un simple récit de voyage, aussi documenté soit-il, mais à le comprendre aussi comme le reflet d'une investigation intérieure propice à une meilleure compréhension du monde et de lui-même.

En exergue du premier chapitre de *Kurun aux Antilles*, sur la genèse et la préparation de son voyage, Jacques-Yves cite, en anglais, la deuxième strophe du poème de John Edward Masefield sans pourtant en évoquer le titre, *« Obsession de la mer »*, révélateur de l'addiction de certains marins pour l'océan.

*« Je dois redescendre vers la mer, à l'appel du flot.*
*C'est un appel sauvage, un appel clair qu'on ne peut éluder.*
*Et tout ce que je demande c'est un jour de vent avec des vols de nuages blancs,*
*L'embrun qui gicle, l'écume qui s'éparpille et les cris des goélands. »*

Le poème de Masefield, publié en 1902 dans le premier volume de ses *« Ballades de l'eau salée »*, exprime la force incoercible de l'appel de la mer que ressent tout marin dans l'âme, attirance profonde aussi inexpliquée qu'inexplicable. Le poète et romancier britannique, né en 1878, fréquenta en effet la King's School de Warwick, près de Coventry, avant d'embarquer sur le navire école *Conway*, mouillé à Liverpool, qui formait à la navigation des officiers de la marine marchande. Embarqué en 1894 sur un navire à destination du Chili, Masefield commença à prendre des notes sur ses pérégrinations et aventures.

Le quatrain choisi par Jacques-Yves constitue une déclaration d'intention résumée en quelques lignes. Il exprime la nécessité ressentie comme impérative par tout marin de reprendre la mer « *À l'appel de la marée montante* ».

Masefield écrivit, notamment, le poème remarquable intitulé *« Le navire et ses créateurs »* dans lequel il évoqua les différents éléments constitutifs – physiques ou vivants – de la réalité d'un navire. Un lien de causalité s'établit pour lui entre la matière organique du minerai originel, celle végétale représentée par le bois de charpente, le chanvre et le lin des cordages et des voiles, jusqu'aux rôles respectifs des différents ouvriers qui, par leurs métiers et leurs compétences particulières, participent à la construction du navire.

Le 24 octobre 1957, Jean Boixière publie *Solitaires des océans, histoire des grands navigateurs solitaires*. Jacques-Yves figure dans la galerie des marins d'exception qu'il présente. Elle recense Joshua Slocum, Harry Pidgeon, Alain Gerbault, Eric de Bisschop, Edward Conor Marshall O'Brien, Marin-Marie, Louis Bernicot, Vito Dumas, Marcel Bardiaux, et Ann Davidson.

Une fois publié *Kurun aux Antilles*, Jacques-Yves est confronté à la réalité pratique consistant à déterminer le cours de sa vie à venir. Avec le temps se renforce l'idée de poser son sac à terre, une fois trouvé le lieu correspondant le mieux à ses affinités. Il s'intéresse dans un premier temps au Morbihan, en raison de son attachement à ses racines familiales et du sentiment breton renforcé par ses voyages. Il souhaite un havre paisible, à proximité de l'océan dont il aime la beauté et les colères.

Dans cette recherche du lieu idéal, les prospections du navigateur le conduisent à s'intéresser à certaines îles du golfe du Morbihan à la fois isolées du continent et protégées de la pleine mer par la presqu'île de Rhuys. Entre la pointe de Port-Navalo et celle de Kerpenhir, à Locmariaquer, séparées d'un demi-mille, seul un étroit goulet donne accès à la pleine mer.

Jacques-Yves n'a pas de permis de conduire. Une de ses amies le conduit dans le Morbihan à plusieurs reprises, dans sa Dauphine. En 1957, son attention se porte d'abord sur Gavrinis (*Gavriniz* en breton), une île du Golfe du Morbihan rattachée à la commune de Larmor-Baden. D'une surface de 14 hectares, on y trouve alors plusieurs bâtiments en mauvais état et un cairn datant de 3 700 ans dont la galerie intérieure fut découverte par un ancien propriétaire, M. Cauzigue en 1832. Sa propriétaire, Mademoiselle de Closmadeuc, nièce de l'ancien maire de Vannes, désire la vendre. Le navigateur exprime son intérêt pour l'acquisition, mais la nouvelle s'ébruite et d'autres acheteurs se manifestent. La vente s'effectue au profit de la famille Voituriez.

Une autre île, celle de Stibiden (Chefbeden au XIXe siècle) d'une superficie de 9 hectares – rattachée à la commune de Sarzeau – a été proposée un peu plus tôt à la vente par son propriétaire, Monsieur de Barbeyrac. Située à 400 mètres de la Pointe de l'Ours, elle a été acquise en 1954 par Danielle Darrieux et son mari Georges Mitsinkidesen. Le navigateur approche l'actrice en décembre 1957 pour lui proposer de la lui racheter avant qu'elle entreprenne son défrichage. L'actrice décline dans un premier temps sa proposition, avant de lui faire une offre l'année suivante, trop élevée pour qu'il puisse l'accepter.

Obligé de se replier vers un autre lieu, Jacques-Yves se voit proposer en 1960 l'acquisition de 9 hectares d'un terrain broussailleux situé à l'amorce de la presqu'île de Pen Bron, sur la commune de la Turballe, en face du Croisic. Le propriétaire considère que le terrain ne vaut pas grand-chose en raison de sa nature sablonneuse et de l'éloignement des commodités de la vie. Le montant demandé est d'un franc (de l'époque) du mètre carré, soit environ 90 000 francs de l'époque pour l'ensemble de la surface concernée. L'acquisition a lieu le 18 janvier 1961.

Le navigateur connaît bien l'endroit auquel de nombreux souvenirs l'attachent. Il y a fréquemment pique-niqué avec André Bligné sur ce terrain sauvage et en friche et même chassé avec Jean Quilgars.

Au départ du projet, Jacques-Yves estime qu'il ne lui faudra guère plus d'un an ou deux pour concrétiser son projet. Sa maison lui permettra d'accueillir ses parents, sa sœur Yahne et ses neveux, Matthieu et Eve, trait révélateur de la force de la cohésion familiale. Il envisage même de reprendre ses navigations une fois son projet réalisé. Avant même l'acquisition de son terrain, il a passé de longs mois en 1959-1960 à remettre en état *Kurun* dans la perspective de son projet de voyage vers l'Orient.

D'évènement en évènement – l'arrivée chez lui de sa mère au décès de son père en 1965, puis celle de sa tante Renée à la disparition de son époux deux ans plus tard, enfin son mariage en 1976 avec Josée Marbeck et la venue de ses enfants – la perspective de nouvelles navigations s'amenuise. Alors que se dissout l'idée de son voyage vers l'Orient, ce dernier *« vient à lui »*, comme il le remarque lui-même. Ses lectures de l'époque s'accompagnent de rencontres marquantes du fait de l'arrivée dans les années 1970 de Tibétains – Guendune Rinpoché, Phendé Rinpoché et Lama Guoumé – venus avec Kalou Rinpoché répondre à la demande croissante d'enseignement bouddhiste en France.

L'intérêt pour le bouddhisme tibétain a commencé en France en 1925, avec l'installation en France d'Aphur Yongden, premier Tibétain à s'y établir. Il est arrivé avec Alexandra David-Néel. En 1960, deux autres érudits – Dagpo Rinpoché et Thoupten Phuntshog – y viendront à leur tour après avoir fui leur pays.

Dans ce contexte se produit le transfert du projet marin de navigation vers l'Orient vers un projet terrestre d'aventure spirituelle. Gwenved, par sa configuration, répond aux attentes de Jacques-Yves. Le lieu offre une vue dégagée sur l'environnement marin du Traict dont la perspective change aux différentes heures du jour, au rythme des marées. Loin de tout – c'est-à-dire préservé des nuisances de la civilisation – il est en même temps proche de la Turballe pour les nécessaires sujétions de la vie quotidienne. Il permet d'être à la fois dans le monde, largement ouvert à la nature et à l'environnement, et hors de ce dernier par son éloignement relatif.

Certains s'intéressent à la symbolique du nom attribué par Jacques-Yves à son lieu de vie. Gwenved, dans une première lecture, semble dériver de l'association des termes *gwenn* (qui signifie blanc en Breton) et *ved* (ayant le sens de monde). Au sens littéral, le « monde blanc » peut être l'évocation du « pays blanc » des paludiers.

Gwenved est susceptible d'une autre interprétation en lien avec la philosophie druidique. Dans ce contexte, ce terme désigne le cercle suprême de la félicité et de la plénitude auquel seuls parviennent les hommes sages. Les trois cercles – Abred, Keugant et Gwenved – expriment de façon symbolique, dans une notion de totalité, l'accession à la sagesse. Ils ne constituent nullement les degrés d'une hiérarchie, mais représentent les différents plans d'une même réalité. D'égale importance, ils sont consubstantiels. Monde d'en bas, monde du milieu et monde du haut participent d'un tout qu'il convient d'appréhender dans sa globalité.

Abred, le cercle le plus grand, exprime le monde visible et matériel, dans sa dynamique de force. Keugant, le deuxième cercle, traduit le monde invisible en même temps que le travail exercé sur soi par l'homme soucieux d'introspection et de connaissance de lui-même. Gwenved exprime, à travers le silence, l'état de sérénité, de détachement et d'accomplissement auquel parvient – par-delà les mondes visibles et invisibles – l'être qui s'est détaché des choses matérielles dans une démarche d'approfondissement personnel. Cercle de la conscience, il traduit l'harmonie qui s'exprime en lien avec le cœur traduit par le deuxième cercle et avec la force du premier. Gwenved évoque, en conclusion, la distanciation de la civilisation moderne sans sombrer dans l'archaïsme, la sérénité que ne troublent les circonstances extérieures, dans une recherche respectueuse de l'harmonie entre l'homme et la nature.

Le navigateur s'attelle avec détermination au défrichement des lieux, aidé à l'occasion par des amis de passage, puis à la plantation des pins. Certains évoquent le souvenir d'avoir vu à ses côtés un compagnon un peu sauvage qui l'assista pendant le gros travail de débroussaillage des lieux. Avant même d'entreprendre la construction de sa maison, Jacques-Yves s'aménagea une sorte de baraquement fait de planches, sans confort, pour y habiter temporairement.

Puis commence le chantier de la construction de sa maison. Jacques-Yves apporte un soin particulier à son orientation et à son organisation. La façade principale de la maison, orientée plein sud, donne sur le Traict. Celle de l'arrière est au nord. À 180°, la vue porte à droite vers la pointe incurvée de Pen Bron. En face, à 2 km à vol d'oiseau, il distingue l'alignement familier des maisons sur les quais du Croisic, l'ancienne criée, la Petite Jonchère, le Mont Esprit, puis, à proximité de la gare, l'endroit rétréci, près de la Chapelle du Crucifix, ou l'isthme croisicais n'excède pas 100 mètres de largeur, à hauteur de Saint-Nudec. Sur la gauche s'étendent la perspective ouverte du Traict puis celle des marais salants dont la limite est marquée par Sissable et la pointe de Sinabat. Au-delà, l'horizon se ferme sur Kervalet et Batz-sur-Mer.

Depuis la route départementale qui se rend à Pen Bron, le chemin d'accès à Gwenved décrit une ellipse avant de rejoindre la maison, située à 800 mètres de la route. Aux abords immédiats de celle-ci, à l'est, se trouvent les marais salants de la Paroisse, de la Saline neuve et de La Pouilleuse. Pour gagner la Turballe, il suffit d'emprunter vers le nord la route qui – par la Croix de l'Anse et la départementale 92 – rejoint la localité. Guérande se trouve à la même distance, à l'est, en prenant la route des marais salants, par le pont de Lancly et celui du Moulin.

Son installation à Gwenved offre au navigateur un nouvel horizon. Aménager son nouveau cadre de vie, réaliser de ses mains son havre constitue désormais sa priorité. *Kurun* sort moins souvent en mer dans la baie du Croisic, hormis pour de courtes navigations vers Dumet et Hoëdic – les îles proches – ou vers Houat ou Belle-Île, si aimées. Les amis de passage sont conviés à des promenades agréables set décontractées.

Jacques-Yves passe son permis de conduire, s'achète une 2 CV. Il lit surtout, beaucoup et intensément. La spiritualité devient une part importante de sa réflexion, dans une quête de la sagesse et de l'ultime vérité. Au fil de ses lectures et de ses rencontres, il rassemble une importante bibliothèque. Il vit de peu, dans une posture qui pour certains pourrait s'apparenter à de l'ascétisme. Pour lui, cette existence voulue n'est que la recherche d'une vie saine, équilibrée, articulée sur le peu plus que sur l'abondance.

La mort de son père, survenue le 7 mars 1965, l'affecte. Ce dernier lui a appris la rigueur, le sens de l'engagement et de l'honneur. Surtout, les deux hommes ont partagé dès l'enfance de Jacques-Yves une même attirance symbiotique pour la mer. Dès sa disparition, Yvonne Le Toumelin rejoint son fils et vient habiter Gwenved.

Vient le jour où *Kurun* ne quitte plus le port. Désarmé, il rejoint le hangar de René Bihoré, à Pélamer, le 24 avril 1967. Cette même année, devenue veuve, Renée Aclément – la tante de Jacques-Yves, rejoint sa sœur Yvonne chez le navigateur.

## Chapitre 14 : Le Club de croisière Croisicais

*« Le voyage pour moi, ce n'est pas arriver,*
*c'est partir.*
*C'est l'imprévu de la prochaine escale,*
*c'est le désir jamais comblé*
*de connaître sans cesse autre chose,*
*c'est demain, éternellement demain. »*
Roland Dorgelès

***Décembre 2020***

Kurun autour du monde *d'une part,* La longue route *de l'autre – Jacques-Yves Le Toumelin d'un côté, Bernard Moitessier de l'autre – deux exigences absolues de liberté et d'accomplissement personnel, un même regard angoissé sur la marche du monde. Leurs parcours dissemblables présentent bien des similitudes au point de s'interroger : le second ne serait-il pas le petit frère de cœur du premier ?*

*Cinq années les séparent, l'un né en 1920, l'autre en 1925. Dans* Kurun autour du monde *Jacques-Yves dresse le constat lucide d'un monde en mutation où des valeurs se perdent, où des cultures se meurent. Il admire sans doute la superbe insolence de son cadet qui – en tête de la première course autour du monde, le Golden Globe – décide d'un coup, en mars 1969, de ne pas poursuivre sa route, transmettant ce message explicite à un autre équipage :* « Je continue sans escale [...] parce que je suis heureux en mer, et peut-être aussi pour sauver mon âme. »

*Le* « Vagabond des mers » *– pour reprendre le titre de son premier ouvrage – connaît au fil des ans une gloire semblable à celle de son aîné. Elle sera plus tard démultipliée par le miroir médiatique qui s'est entretemps développé comme un puissant amplificateur. À la différence de Jacques-Yves, qui choisit de se retirer du monde, mais aussi plus utopique peut-être que ce dernier, Bernard déclare son ambition de* « participer à la création du monde pour le rendre plus intelligent » *s'efforçant d'aider les Polynésiens à mieux tirer parti de leur environnement tout en le protégeant. Il plante des arbres fruitiers au bord des routes, lègue au Pape ses droits d'auteur.*

*En 1975, il débarque sur l'atoll de Ahe, aux Tuamotu, avec* Iléana, *son épouse, et son fils de 4 ans. Sur le motu (îlot) de Poro-Poro, en face de Tenukupara, il vit en autarcie complète. À la différence toutefois de Jacques-Yves, fidèle le reste de sa vie à Gwenved, il n'y restera pas.*

*Fréquemment racontée – sans que l'on sache qui en fut l'indiscret rapporteur – une anecdote légère relie Jacques-Yves à Bernard à l'occasion d'un séjour de ce dernier à Gwenved. À l'heure hypoglycémique du petit-déjeuner, dans la quiétude de l'aube qui se lève sur le Traict, Jacques-Yves s'engage dans une vertigineuse plongée dialectique sur le sens de la vie et du monde. Absorbé par des préoccupations alimentaires plus prosaïques, Bernard est invité à s'exprimer sur ce que les propos de son hôte éveillent en lui. Bien incapable de répondre pour l'avoir écouté d'une oreille plutôt distraite, Bernard lui rétorque :* « Je pense que ta confiote, elle est vachement bonne ! ».

*Au second degré, la boutade n'est autre que le reflet taquin d'une connivence de ce qui lie profondément les deux hommes par-delà leurs différences et leurs manières d'être respectives. Jacques-Yves, plus réservé, ne se livre et s'exprime intensément que dans l'intimité. Bernard, plus flamboyant, s'épanche spontanément, dans la vie comme dans les médias. Sur l'essentiel, cependant, ils se retrouvent, partageant les mêmes vues.*

*Les deux hommes disparus,* Kurun *et* Joshua *– leurs voiliers respectifs – leur survivent. La coque en bois réalisée par Jean Moullec, lancée en 1948 au Croisic, et celle en acier réalisée par Jean Fricaud en 1962 à Chauffailles, naviguent parfois ensemble, échangeant leurs équipages respectifs et tirant des bords en baie du Croisic. La dernière fois, ce fut le 13 juillet 2019.*

*Tous deux ont échappé à l'oubli et connu des fortunes différentes. Pour* Kurun*, ce fut pendant des années la pénombre d'un hangar, pour* Joshua*, meurtri par le cyclone qui le jeta à la côte au Mexique le 8 décembre 1982 et cédé par le navigateur à ceux qui l'aidèrent à le sauver, ce fut sa redécouverte inattendue par Johanna Slee et Virginie Connor en janvier 1985 à Seattle, prélude à son retour en 1990 au Musée maritime de la Rochelle.*

*Signe des temps, une copie de* Joshua *– en aluminium Strongall cette fois et non pas en acier – est née en 2018 à l'initiative de Joseph Fricaud, le fils de Jean. Ce dernier, ému de la détresse de Moitessier après la perte* *de ses précédents voiliers, s'offrit en 1962 à lui permettre de réaliser* Joshua, *dessiné par Jean Knokker. À bord de* Lovall, *cette nouvelle unité, Nadine – fille de Joseph et petite-fille de Jean – navigue avec Jean-Pierre Morvan, vérifiant l'adage de Bernard pour qui «* Le bateau c'est la liberté, pas seulement le moyen d'atteindre un but ».

**Janvier 1961**

Le mercredi 25 janvier 1961 naît le Club de croisière Croisicais. Il se donne deux objets principaux, l'organisation du port de plaisance du Croisic, la promotion de la navigation de croisière. L'association est présidée à sa naissance par Fernand Feuilliatre, ingénieur à Nantes. Les membres du comité directeur vouent un attachement au Croisic où ils passent leurs vacances et naviguent. Le lundi 20 mars, la convocation adressée aux membres de l'association les invite à participer à la première assemblée générale prévue le 1er avril 1961.

Le Docteur Brignol anime la rencontre en sa qualité de vice-président, en l'absence du président. Le comité directeur propose l'élection de Jacques-Yves Le Toumelin – présent dans la salle – au poste de président d'honneur, décision acceptée à l'unanimité. Le navigateur porte en effet un vif intérêt aux activités de l'association naissante. Sa notoriété et sa réputation accompagnent une parole respectée, sage et pondérée. Médiateur avisé, il est susceptible d'apporter des avis compétents sur les sujets ayant trait à la plaisance et au domaine maritime.

Le vice-président évoque ensuite la démarche effectuée par l'association auprès de l'ingénieur des Ponts et chaussées maritimes, responsable du port du Croisic. Ce dernier a confirmé la possibilité de réaliser, à échéance relativement proche, un port de plaisance dans la Chambre des Vases située dans l'arrière-port. Le projet nécessite la construction de quais, le dragage du bassin en profondeur, la création d'un seuil ou d'une porte pour en faire un bassin à flot de mi-marée, bénéficiant d'un tirant d'eau de 2 mètres à marée basse. Des appontements en épis augmenteront le nombre de places disponibles. Enfin, un club-house est envisagé. Lieu de convivialité, il favorisera les échanges entre plaisanciers.

Un an plus tard, l'assemblée générale du 7 avril 1962 qui se tient rue des Parcs, au Croisic, dresse en présence de Jacques-Yves le bilan des travaux entrepris au cours de la première année d'existence du C.C.C. Le comité directeur s'est rapproché du Centre maritime de Nantes (CMN) afin d'élaborer un programme commun de compétitions. La course-croisière de l'été constituera le temps fort du programme de navigation. Elle aura lieu le 14 juillet à 14 heures. La ligne de départ se situera entre Basse Hergo et le phare de la Turballe. Les voiliers effectueront le tour de Belle-Île en laissant les Cardinaux à tribord, les Poulains à bâbord, et Bonen du Four à tribord. La ligne d'arrivée sera celle du départ. Afin de mettre à égalité les participants, une règle de handicap a été établie.

L'activité du C.C.C est marquée en 1963 par la matérialisation des places réservées au yachting dans la Chambre des Vases. En parallèle, le quai de la Poste est désormais réservé, du 1er juin au 15 septembre, aux unités de plaisance les plus importantes. Enfin, la Jonchère du Lénigo est attribuée toute l'année aux unités de moindre taille.

Pendant les années qui suivent, Jacques-Yves participe avec intérêt aux différents travaux de l'association. Son ascendant comme son autorité le conduisent à mener avec fermeté certains débats comme à ouvrir l'assemblée générale ordinaire du 23 janvier 1965. Il évoque à cette occasion l'inscription du C.C.C. à l'Union des Plaisanciers Français, dans le but d'octroyer à cette dernière une plus grande autorité dans la défense des intérêts de la plaisance. Cette association, fondée le 18 octobre 1961, a été créée par Jean-Michel Barrault, Éric Tabarly et Jacques Lebrun, médaillé olympique. Elle s'est donnée pour finalité de regrouper sur le plan national les pratiquants de la croisière dans ses différentes acceptions (hauturière, côtière et fluviale) afin de les représenter dans les instances du Conseil supérieur de la navigation de plaisance et des sports nautiques, du comité des utilisateurs des services hydrographiques, de la Fédération française de voile (FFV) et de Météo France. Alliée du prestigieux Yacht Club de France, elle entend faire rayonner « L'esprit de la plaisance ».

Le navigateur s'intéresse en particulier au développement de l'école de voile du Croisic, fondée l'année précédente Plage Valentin par Roger Paul, intégrée cette même année au C.C.C. Avec soixante-quatre élèves, elle connaît une belle progression.

Assurant la présidence de l'assemblée générale du 29 janvier 1966, il ouvre la séance en proposant aux membres de l'association d'exprimer par une collecte leur solidarité avec les familles endeuillées du *Ton-Mi-*

*chel* et du *Thierry Hervé*, deux chalutiers du Croisic. Le *Ton-Michel* a fait naufrage dans la nuit du 17 au 18 novembre 1965 au sud de l'île d'Yeu, lors d'une violente tempête. Six marins ont péri, laissant trois veuves et onze orphelins. Trois semaines plus tard, le jeudi 9 décembre 1965 le chalutier *Thierry-Hervé*, mené par le patron Gérard Jannierre, fut à son tour considéré officiellement perdu. Sa disparition entraîne le décès de Jean Le Cloarec, de son fils Georges, de Jimmy Guillan et de Bernard David. Les trois derniers n'avaient pas vingt ans. Occasion de rappeler que la mer ne pardonne pas et nécessite une constante prudence, surtout quand le gros temps sévit.

Évoquant des sujets moins graves, Jacques-Yves rappelle qu'au cours de l'exercice écoulé, l'association a participé à différentes instances, notamment à la réunion de la ligue Bretagne Sud qui s'est tenue à Vannes le 28 novembre 1965, à l'assemblée générale de l'union des plaisanciers du 15 janvier 1966 et à celle de la FFYV. Sans doute en lien avec la réputation du président d'honneur comme du fait du dynamisme de la jeune association, le nombre d'adhérents a fortement crû, s'élevant à 172 membres. L'école de voile du Croisic, en cours d'homologation officielle, dispose déjà d'une flotte de dériveurs composée de trois Moths, d'un Flibustier, d'un Vaurien et de deux Caravelles.

**Le port de plaisance du Croisic**

Le sujet le plus important est la question de l'aménagement du port du Croisic. En mai 1966, Jacques-Yves participe avec le maire du Croisic, Jean Clenet, et le député de Loire-Atlantique Henri Rey (futur ministre d'État chargé du tourisme dans le gouvernement de Georges Pompidou) à une réunion de travail à la mairie avec les ingénieurs des Ponts et Chaussées de Nantes et de Saint-Nazaire. Le préfet de Loire-Atlantique, Christian Lobut, vient en effet de confirmer l'inscription de la ville du Croisic comme bénéficiaire de fonds prévus au V^e^ plan de développement économique et social.

Deux hypothèses d'infrastructures de plaisance sont envisagées. La première étudie l'éventualité d'aménager la Chambre des Vases en procédant à son creusement et à la construction de quais. La seconde suggère d'exploiter l'emplacement de Port Charly, proche de l'abri du canot de sauvetage et de la jetée du Tréhic.

Invité à prendre la parole, Jacques-Yves exprime la préférence de son association pour l'aménagement de la Chambre des Vases. Port Charly est récusé en raison de ses fonds rocheux, de son ouverture au nord, comme de son exposition aux vents de nord-ouest et d'est qui le rendent quasiment intenable l'hiver.

Mardi 7 février 1967, Jacques-Yves participe à l'émission consacrée par la télévision française à Sonia de Borodaewsky, considérée comme la première femme marin-pêcheur française. Dans les premières séquences du film, le journaliste interroge cette personnalité enjouée, à bord de son chalutier quittant le port de Royan, sur son attirance pour la mer et sur son choix d'exercer un métier peu habituel pour une femme, à cette époque. Avec répartie, elle lui rétorque que tout est affaire de motivation. Elle a la conviction qu'il y aura vraisemblablement, dans un avenir proche, de moins en moins de métiers spécifiques aux hommes, notamment du fait de l'évolution de la mécanisation. Surtout, elle évoque avec vivacité le réel plaisir qu'elle éprouve à prendre la mer dans l'exercice d'un métier certes physique mais qui laisse à celui qui l'exerce une liberté d'action et de responsabilité.

Dans la seconde partie du reportage – après un long panoramique sur les façades du Croisic – Sonia et Jacques-Yves sont interviewés devant la façade de Gwenved, près de La Turballe. Interrogé par le journaliste sur le sentiment qu'il éprouve à voir une femme effectuer le métier de marin-pêcheur, Jacques-Yves fait état de son admiration. Il sait d'expérience les qualités que nécessite l'obligation de prendre tous les jours la mer dans des conditions parfois difficiles. Questionné sur ses prochains projets de navigation, le navigateur répond au journaliste qu'il prend moins souvent la mer, occupé en priorité par l'achèvement de sa maison et l'entretien de son jardin : « *J'habite à 30 mètres de l'eau, mais je manie plutôt la pelle et la truelle.* »

Interrogée en retour par le journaliste sur ce qu'elle pense de Jacques-Yves, Sonia déclare sa grande admiration pour l'homme et la performance réalisée par ce dernier lors de sa circumnavigation. Elle reconnaît avoir lu *Kurun autour du monde* mais pas *Kurun aux Antilles*. Au terme de l'échange, le reportage s'achève par un panoramique montrant Jacques-Yves arpentant la grève devant sa maison.

Le 6 février 1970, *Ouest-France* rend compte de l'avancement des travaux du port de plaisance, projet auquel Jacques-Yves Le Toumelin a activement participé. Un batardeau ferme l'accès à la Chambre des Vases pour permettre son assèchement. L'eau de mer une fois pompée, la fosse est désormais accessible aux engins de travaux publics qui procèdent à l'excavation nécessaire. Deux entreprises ont été retenues au terme de l'appel d'offres. La société de génie civil de Lorient réalise la construction du quai. L'établissement Viaud, du Pouliguen, procède au terrassement. Au terme des travaux, la nouvelle structure du port de plaisance pourra accueillir 250 bateaux de plaisance. Des pontons seront ultérieurement installés pour augmenter la capacité d'accueil.

L'inauguration du port de plaisance a lieu quelques mois plus tard, en grandes pompes, le vendredi 10 juillet 1970. À cette occasion, le Docteur Jean Clénet, maire du Croisic confie sa gestion au C.C.C. en présence de Jacques-Yves Le Toumelin et du président de l'association.

Aux côtés de Max Champenois et des membres du bureau Jacques-Yves participe à l'assemblée générale du 5 novembre 1972. Après l'exposé de la situation financière, la discussion porte sur l'amélioration conséquente apportée par l'*Abeille* qui assure désormais le service sur rade. Le fonctionnement au fioul de cette dernière s'avère plus économique que celui de l'*Hippocrate*, son prédécesseur, à moteur à essence.

Surtout, le ponton de 40 mètres de longueur, dont le principe avait été décidé l'année précédente est installé depuis février. En complément, une ancienne passerelle a été transformée en ponton supplémentaire. D'autres pontons de quai sont prévus dans un avenir proche, autorisant un accès plus facile aux bateaux amarrés à terre. L'édification d'un bureau du port doit remplacer la modeste baraque qui en fait office actuellement. La rencontre s'achève de façon conviviale sur le traditionnel déjeuner servi au restaurant de l'hôtel de l'Océan.

Le navigateur est encore présent aux côtés de Max Champenois à l'assemblée générale du 4 novembre 1973. À cette époque, 1 078 bateaux sont inscrits de façon temporaire ou permanente au bureau du port, exprimant la vitalité et le dynamisme de l'association. Afin de contribuer à la mise en place d'un canot de sauvetage moderne au Croisic, la subvention annuelle du C.C.C à la Société Nationale de Sauvetage en Mer est portée cette année-là de 120 francs à 1 000 francs. Cette contribution jointe aux autres engagements financiers permettra le remplacement en

1975 du canot *La Duchesse Anne*, en service depuis 1951, par l'*Anne de Bretagne*, vedette de 13m30 construite aux chantiers Tecma, à Saint-Nazaire, dotée de deux moteurs de 250 chevaux.

Le 23 juillet 1974, le musée naval du Croisic complète ses collections par la présentation d'une maquette de *Kurun* assortie d'annotations sur les modalités du tour du monde réalisé par le navigateur. Ce musée occupe depuis 1956 trois salles du rez-de-chaussée de l'Hôtel de ville, dans l'hôtel d'Aiguillon, place Donatien Leprée. Ce bâtiment fut édifié à la fin du XVII^e^ siècle par Jean Le Fauhé, sieur de Cadouzan. Inscrit à l'inventaire des monuments historiques en 1926, il accueille l'Hôtel de ville depuis 1908.

Le musée naval expose dans ses vitrines des pièces de collection liées principalement à la mer. La pièce maîtresse est constituée par le canon de bronze du Soleil Royal, retrouvé par Jean Quilgars. D'autres témoins de la bataille des Cardinaux figurent à côté de ce dernier, ainsi divers vestiges – boulets de canons, balles de fusils, armes, pistolets, sabres d'abordage – du vaisseau de ligne *Le Juste*, qui coula dans l'estuaire de la Loire le 21 novembre 1759. Le musée présente également un registre daté de 1756 évoquant la vie de la communauté du Croisic, des maquettes de bateaux anciens (*La Bretagne*, vaisseau à trois ponts de 130 canons, *Breiz-Izel*, l'escorteur d'escadre *Le Surcouf*) ou contemporains.

Jacques-Yves participe à l'assemblée générale du C.C.C. du 3 novembre 1974 aux cotés de Max Champenois. Le faible nombre de pouvoirs rend impossible l'élection du nouveau bureau en remplacement de celui dont le mandat arrive à expiration. La raison en est la grève postale qui contrarie depuis plusieurs jours la délivrance du courrier. L'élection du nouveau bureau est donc reportée à une date ultérieure. La séance évoque cependant la question du port de plaisance du Tréhic qui suscite un débat nourri. Le contexte économique consécutif au premier choc pétrolier ne favorise pas la concrétisation de ce projet controversé.

Une nouvelle assemblée se tient le 26 janvier 1975 au centre médico-social du Croisic. Le renouvellement du bureau en exercice voit la réélection unanime de Jacques-Yves Le Toumelin comme président d'honneur avec l'obtention de 102 voix. Cette même année, une troisième réunion du C.C.C a lieu le 16 novembre 1975 en l'absence de Jacques-Yves, excusé. Max Champenois rappelle à cette occasion le chemin parcouru depuis la fondation de l'association en 1961.

Son véritable essor date de juin 1970. Cinq années ont été nécessaires – de 1970 à 1975 – pour compléter les équipements d'accueil en lien avec la progression des disponibilités financières, tout en remboursant chaque année les annuités correspondant aux emprunts contractés par la commune pour la réalisation des travaux de génie civil. Comme s'en félicite le président, cette période est maintenant terminée. Le club peut dès lors se tourner vers d'autres activités en lien avec sa vocation initiale d'affiliation à la Fédération française de voile.

Dans cette perspective, le conseil d'administration vote le principe de la création d'une école d'initiation à la voile en mer. Il confie à une commission le soin d'étudier sa mise en place. Sa vocation vise le développement de l'apprentissage du milieu nautique, cher à Jacques-Yves. Dans cet esprit, deux sections complémentaires sont envisagées. La première prendra la forme d'une section d'initiation sur des dériveurs lestés évoluant sur le plan d'eau protégé et balisé du Traict. La seconde section, de perfectionnement et d'initiation à la croisière côtière, proposera l'embarquement sur des bateaux de croisière évoluant en pleine mer.

Le 26 janvier 1976, *Ouest-France* relate la visite de lamas tibétains à Gwenved. Depuis le 23 janvier, ils sont les hôtes de Jacques-Yves, accompagnés du petit-fils de Khentze Rimpoché, chef spirituel des lamas vivants au Bouthan. Les visiteurs effectuent leur premier voyage en Europe, en réponse à l'intérêt croissant porté en France au bouddhisme tibétain.

Cette même année, le mardi 30 novembre 1976, Jacques-Yves épouse à la Turballe Josée Jeanne Jacqueline Marbeck. L'évènement parachève la finalité initiale dévolue à Gwenved. Sa concrétisation sera la naissance un peu plus tard de ses trois enfants : Marie-Ange, Victor Maël et Lucie.

### L'interview de Jean Markale

Quelques années plus tard, du 18 au 21 décembre 1979, Jean Markale rend visite à Jacques-Yves afin de réaliser l'interview filmée qu'il a proposée à FR3 Rennes. L'émission *Jacques-Yves Le Toumelin : La solitude* est diffusée quatre mois plus tard le 14 mars 1980, à une heure de grande écoute. Dans ce dialogue, les deux hommes échangent à voix feutrée. L'écrivain et homme de télévision rappelle en introduction que le coureur d'océans vit désormais retiré sur la presqu'île guérandaise, passant son temps à méditer et à cultiver son jardin. Les deux hommes évoquent ensuite l'existence du navigateur, ses centres d'intérêt et ce qu'il ressent du fait de sa distanciation voulue avec le monde.

Jean Markale connaît Jacques-Yves et apprécie la peinture de sa sœur Yahne, découvrant dans l'œuvre de cette dernière une expression artistique où *« la réalité s'efface pour donner place à la lumière »*. De son vrai nom Jacques Bertrand, il a emprunté son pseudonyme au roi Mark de la mythologie celtique. Né le 23 mai 1928 à Paris, de parents bretons, l'imaginaire de l'enfant a été nourri de légendes celtiques par sa grand-mère.

Un professeur épris de littérature médiévale renforce son intérêt pour le sujet et le conduit à consacrer une part importante de sa vie à la redécouverte de la civilisation celtique et du cycle arthurien du Moyen Âge. Il enseigne les lettres classiques dans un collège parisien pendant vingt-cinq ans. Le succès de son ouvrage *La femme celte*, en 1979, l'incite à revenir s'établir en Bretagne, à Camors, entre Pluvigner et Auray, le pays de ses pères.

À l'auberge de Rochevilaine, à Billiers, se tient le 24 octobre 1976 la 16e assemblée générale du C.C.C. Le président Max Champenois et le vice-président Philippe Guitart font état de la création en mars de la même année de l'école d'initiation à la voile en mer dont l'initiative a été vivement soutenue par Jacques-Yves. Pour le montant modique de 72 francs par an (soit 25 € d'aujourd'hui), tout jeune intéressé *« pas encore en âge de gagner sa vie »* a désormais la possibilité de naviguer toute l'année. Dans cette démarche, le club a reçu l'appui de la municipalité et des administrations concernées. Depuis le 1er mars, l'école compte déjà cinquante-sept élèves. L'association a par ailleurs signé avec le centre héliomarin de Pen Bron le protocole d'accord l'engageant à embarquer quinze élèves de cet établissement puis davantage par la suite.

En juillet 1982, Jacques Auffret, le président de l'Office de tourisme du Croisic, fondateur notamment d'un premier aquarium en 1972 (puis du second), organise une exposition commémorative du 30e anniversaire du retour de *Kurun* au Croisic. Ce mareyeur intéressé par le développement culturel et social du Croisic, estime que le voilier et Jacques-Yves Le

Toumelin méritent tous deux de sortir de l'ombre.

Dans la perspective de cette manifestation qui accueille un large public il rassemble une abondante documentation constituée de films, d'actualités sur le retour du navigateur et de témoignages rappelant l'accueil triomphal qui lui fut réservé à son retour. L'exposition présente également des photographies du voilier prises en différentes circonstances, des films tournés aux Antilles en 1954 et 1955, ainsi que des articles de journaux. Une cérémonie en l'honneur de Jacques-Yves est organisée dans le cadre de la manifestation. Pierre Thomère, le maire lui remet à cette occasion la médaille de la ville du Croisic.

**L'avenir de *Kurun***

Le maire du Croisic, Louis Jaunay, approche Jacques-Yves le 23 août 1985 afin d'aborder avec lui l'avenir de *Kurun*, remisé dans un hangar depuis le 27 avril 1967, après avoir été mis au sec trois jours plus tôt. Dans ce but, il provoque une réunion le 9 septembre à la mairie du Croisic, à laquelle il convie le navigateur et son épouse. À cette rencontre participent également quatre adjoints du maire – MM. Guilleux, Coïc, Lalande et Auffret – ainsi que le responsable du musée naval, Monsieur Blanchard. Jacques-Yves est de son côté accompagné de ses amis André Bligné et Jean Quilgars. Assistent également à la réunion Françoise Poulain et Yvonne Bizet.

L'objet de la rencontre est de s'enquérir des souhaits du navigateur concernant son voilier et d'évaluer les questions éventuelles ayant trait à sa restauration, dans la perspective de sa présentation au public. La réunion permet surtout de *« constituer un ensemble de personnes qualifiées, responsables, désintéressées, pour mener à bien cette tâche [...] avec la totale approbation de Madame et Monsieur le Toumelin »*.

Les adjoints Lalande et Coïc rapportent qu'après s'être rendus dans le hangar où se trouve *Kurun*, ils ont constaté l'importance du travail de remise en état nécessaire du fait de la longue relégation du voilier dans son hangar. Cette réfection leur semble toutefois réalisable. La réunion évoque ensuite la question de la détermination de l'emplacement le plus judicieux pour permettre l'exposition du voilier au public. Le tour d'horizon auquel il est procédé envisage différents lieux possibles comme l'ancienne criée, la salle Jeanne d'Arc, voire l'édification d'un bâtiment affecté à cette fin au Lénigo. Cette hypothèse est toutefois rapidement écartée en raison de son coût.

La présentation de *Kurun* en bassin, un temps envisagée, pose des problèmes de surveillance et d'entretien qui conduisent à son abandon. Jacques-Yves fait état de son opposition à d'éventuelles navigations de son voilier, précisant en substance : « *Ce serait une erreur d'essayer de le faire naviguer* » et il ne le souhaitait pas. André Bligné et Jean Quilgars le rejoignent sur ce point. En revanche, le navigateur semble favorable à la présentation de son voilier, au sec, dans un lieu et dans des modalités à définir.

L'un des autres points importants de l'ordre du jour porte sur la création d'une association 1901 qui serait intitulée « Association des amis du *Kurun* ». Dotée d'un conseil d'administration, elle serait dirigée par un bureau exécutif et aurait pour siège la mairie du Croisic. Le président d'honneur pourrait en être statutairement le maire en exercice.

À cet endroit de la discussion, Jean Auffret évoque le problème épineux de la transaction indispensable à la concrétisation du projet, en lien avec la valeur du bateau et compte tenu des frais de gardiennage importants assurés depuis 30 ans. Il est décidé qu'il reviendra à la future association d'approfondir et de formaliser ces différents points avec Jacques-Yves.

De façon à gagner du temps et à s'engager sans tarder dans la concrétisation du projet, Louis Jaunais suggère en cet instant la nomination d'un bureau provisoire. Sa proposition reste cependant sans suite car elle est considérée comme prématurée. La question est donc reportée à une réunion ultérieure.

Dans l'immédiat, Jean Auffret et Françoise Poulain sont officiellement chargés de suivre le projet de près et d'organiser rapidement une réunion pour poursuivre les travaux exploratoires. Françoise émet le vœu que *Kurun* puisse être présenté dès mai 1986, dans le cadre du 30e anniversaire du musée de la Marine dont elle a la responsabilité.

Satisfait des propos échangés lors de la rencontre, Jacques-Yves remercie les participants. Il se déclare touché par l'unanimité de leurs positions à l'égard de *Kurun* et par l'émergence d'un consensus en faveur de la sauvegarde de son voilier. Le souhait exprimé par Jean Auffret que *Kurun* entre dans le patrimoine maritime historique du Croisic sera officialisé un peu plus tard lors d'une manifestation maritime au Croisic, en présence d'Olivier Guichard, député-maire de La Baule.

En octobre 1985, Jean Auffret et G. Blanchard se rendent à Paris afin de rencontrer le commandant Bellec, directeur du musée de la Marine. Lors de cet entretien, la situation du *Kurun* est longuement évoquée ainsi que le projet de sa présentation dans le cadre du musée Naval du Croisic. L'hypothèse de sa cession au musée est toutefois écartée dès le mois de décembre 1985, lors d'une réunion présidée par Jean Auffret, compte tenu des contraintes qui seraient alors imposées à cette structure.

**La cession de *Kurun***

L'actualité du Croisic est marquée dans les mois qui suivent par la disparition brutale de Louis Jaunay. Elle entraîne l'élection d'un nouveau maire, Jacques Guilleux. Le 20 janvier 1986, Jacques-Yves Le Toumelin lui adresse un courrier confirmant les dispositions évoquées avec son prédécesseur le 9 septembre de l'année précédente : « *Vous avez bien voulu vous intéresser au sort de mon voilier* Kurun *remisé depuis plusieurs années dans un hangar du Croisic, en proposant qu'il soit restauré et présenté au public, dans l'esprit qui l'a animé. Cette tâche serait confiée à une association, Les amis du Kurun, en cours de formation. C'est avec joie que j'accueille votre proposition.* »

À la suite de ce préambule, le navigateur aborde de façon plus formelle la question de la cession du voilier : « *Pour donner toute latitude à la municipalité du Croisic et à l'Association des amis du Kurun afin de mener à bien la restauration, l'entretien et la présentation du* Kurun, *il conviendrait que la propriété de mon voilier soit incorporée au patrimoine de la commune* ». Il présente ensuite les modalités de l'opération : « *sous la forme d'une vente pour un franc symbolique* ». Le navigateur précise également les conditions de cette cession, prévoyant que *Kurun* restera au Croisic et que l'Association des amis du *Kurun* soit chargée de son entretien et de sa présentation.

Quant aux éventuels droits d'exploitation commerciale du nom et de l'image du *Kurun*, ils seront confiés à cette même association, après un accord préalable avec lui-même. Le navigateur précise enfin que la cession ne pourra être effectuée qu'après l'assurance qu'un local « convenable » soit disponible pour la bonne conservation du bateau.

Jacques Guilleux lui répond le mardi 25 février 1986. S'excusant de son retard à lui écrire, le maire du Croisic fait état des circonstances particulières occasionnées par la disparition soudaine de Louis Jaunay, l'ancien maire, dont le rôle fut important dans l'initiation du projet. Accusant réception de la proposition formalisée par le navigateur, l'édile répond de façon positive à son offre désintéressée : *« Je suis heureux de pouvoir vous adresser mes bien sincères remerciements pour la proposition généreuse que vous faites au bénéfice du patrimoine de notre commune, sous la forme de votre bateau, souvenir de votre voyage et de l'accueil chaleureux et triomphal au Croisic le 7 juillet 1952. »*

Il lui confirme en complément qu'il suivra lui-même avec une attention particulière les réunions qui seront organisées dans le but de mettre en place la structure requise pour permettre de façon conjointe à l'association et à la municipalité de réaliser ce projet. Dans l'immédiat, il a plaisir à informer Jacques-Yves que les démarches administratives sont déjà en cours.

Ainsi, les services techniques de la mairie et la commission de l'urbanisme ont entrepris d'identifier et de recenser les emplacements les plus judicieux pour la concrétisation du projet. De façon parallèle, les services juridiques de la mairie procèdent à l'étude des conditions de cession formulées dans son courrier. Avant de conclure, le maire souligne l'importance de créer une dynamique autour du projet. Il lui semble indispensable que l'association prochainement créée puisse compter suffisamment d'adhérents pour se doter des ressources financières nécessitées par la restauration du cotre.

Dans les mois qui suivent, différents lieux d'installation de *Kurun* sont examinés de façon attentive. Ils doivent servir dans un premier temps de local pour la remise en état du voilier, et dans un second à son exposition permanente au public. Le premier des endroits projeté est l'ancienne criée, lieu privilégié en raison de son exposition centrale au cœur du Croisic et de la visibilité qu'il procure. Après une étude attentive, il apparaît toutefois que la porte d'accès au bâtiment, trop étroite, ne permet pas le passage du voilier. En complément, l'exposition du voilier avec son gréement déployé nécessiterait le creusement d'une fosse suffisamment profonde pour obtenir la hauteur de plafond indispensable. L'excavation exposerait, de l'avis des experts, à un risque important d'infiltration d'eau de mer du fait de la situation même du bâtiment. Pour ces différentes raisons, cette piste, séduisante en premier analyse, est abandonnée avec regret.

Une autre hypothèse consiste à présenter le cotre salle Jeanne d'Arc, au 2 quai du Lenigo, dont la position – bien qu'un peu moins centrale que la criée – reste satisfaisante. Cette salle patronale possède une histoire. Elle servit d'infrastructure logistique à la base américaine d'hydravions de reconnaissance côtière Donnet-Denhaut (DD-9), créée au Croisic en mai 1917. Son emplacement sur les quais, à proximité de la nouvelle criée présente des avantages certains, dont la proximité du port comme du centre-ville, ainsi que la possibilité de stationnement à proximité. Monsieur Marty, l'architecte approché par la mairie, soumet une première esquisse. L'exposition du voilier est proposée sous une structure légère en bois lamellé-collé recouvrant la cour intérieure du bâtiment. L'introduction du voilier dans le bâtiment s'effectuerait au moyen d'une grue qui le soulèverait au-dessus du fronton pour le déposer à l'intérieur des murs. Il est envisagé, en complément, que le bâtiment soit rénové et comprenne – dans le cadre d'un réaménagement d'ensemble – une salle d'exposition ainsi qu'une salle de conférences.

Près de la Jonchère du Prince, une autre piste est étudiée. Elle envisage l'hypothèse de la location ou du rachat du hangar Bihoré, alors en liquidation. Mais après un contact avec Me Bouvet – le notaire de La Baule en charge de cette vente – cette solution sera écartée en raison des conditions financières considérées comme excessives.

Tour à tour, d'autres solutions sont envisagées comme l'aménagement de l'ancienne chapelle de Saint-Jean de Dieu, à Saint-Goustan, un terrain proche du Lénigo, voire la cour de l'ancien hôpital. Toutes ces hypothèses sont également récusées, l'une après l'autre, après avoir constaté des emplacements trop exigus ou des contraintes d'aménagement rédhibitoires.

Quelques années plus tard, une autre éventualité sera envisagée au début des années 1990. Jean Auffret – maire du Croisic de 1986 à 1989 et ardent défenseur de la première heure de Jacques-Yves Le Toumelin – son fils Stéphane et l'épouse de ce dernier, Nadine, décident en famille de déplacer près du bord de mer et de Saint-Jean-de Dieu, l'Aquarium de la Côte d'Amour créé en 1972, qui faisait suite à celui qu'il avait aménagé avec son épouse Jeannine au fond de son commerce de mareyeur en

1968. L'Océarium verra le jour et sera inauguré le 30 mai 1992.

Dans cette perspective, Jean Auffret propose que le musée naval du Croisic puisse intégrer un pôle d'intérêt maritime proche de l'Océarium. L'ensemble serait intitulé « Musée des voiliers de l'aventure », en lien avec le titre de l'ouvrage de l'architecte Maurice Amiet *Bateaux de l'aventure*. En dépit de l'intérêt de cette réflexion pertinente, le projet se heurtera à des contingences financières qui conduiront à son abandon. Dernière piste, également abordée puis rejetée, celle de la création d'une Fédération régionale de la culture maritime et fluviale des Pays-de-la-Loire.

Comme on le voit, la prospection en vue de trouver le local le plus adapté à la conservation de *Kurun* au sec est menée de façon active, pendant une longue période. Elle fait l'objet d'une réelle volonté de la mairie et des acteurs impliqués dans le projet. À la longue, l'urgence d'autres projets plus immédiats, comme des arbitrages budgétaires considérés comme prioritaires l'emporteront et relégueront au second plan cette recherche. De façon parallèle, la réflexion concernant la création d'une antenne du musée de la Marine au Croisic, qui aurait fourni une synergie évidente avec le projet *Kurun*, sera abandonnée en 1992.

# Troisième partie

## *La seconde vie de* Kurun

## Chapitre 15 : Les amis du Kurun

*« Quand on a accompli quelque chose d'heureux en mer,*
*petite croisière ou grand raid, Cap Horn ou îles d'Hyères,*
*c'est d'abord parce qu'on a évité de faire ce qu'il ne fallait pas faire.*
*C'est ensuite parce qu'on a fait ce qu'il fallait faire.*
*C'est enfin parce que la mer l'a permis. »*
Jean-François Deniau

***Janvier 2021***

*Découvert en ce jour pluvieux de novembre sur Internet le court article déjà ancien – sensible et pudique – du docteur Jean-Yves Chauve, publié le 13 novembre 2009 à l'occasion du départ de Jacques-Yves Le Toumelin pour le « grand voyage » d'où l'on ne revient pas.*

*Pour lui, le navigateur* « était devenu l'un des personnages mythiques des grandes épopées maritimes de l'après-guerre qui portaient en elles les germes de nos voyages ». *Comme le rappelle le médecin, Jacques-Yves recevait avec sympathie et bienveillance les jeunes navigateurs avides de conseils qui frappaient à sa porte pour l'entretenir de leurs projets.* « Cette maison *(Gwenved)* était aussi le lieu de passage de grands marins comme Bernard Moitessier et Éric Tabarly. On trouvait dans ce lieu toute la quiétude de son propre voyage intérieur où la méditation et la recherche de soi-même avaient remplacé la conquête du monde ».

*Installé près de Guérande, Jean-Yves Chauve est un visage connu du monde de la course au large, médecin officiel du Vendée Globe, de la Solitaire du Figaro, de la Route du Rhum, de la transat Jacques Vabre. Personnage atypique, épris lui-même de liberté, il choisit pour maîtriser sa vie de ne pas s'installer dans un cabinet afin d'éviter l'astreinte d'une clientèle. Il tira ses premiers bords en baie de La Baule avant de construire son propre voilier en deux ans et d'entreprendre un tour de l'Europe après ses études de médecine qu'il termina par des remplacements à l'hôpital de Saint-Nazaire.*

*Auteur du premier livre consacré à la médecine de bord en 1978, il accompagne nombre de marins dans la gestion de leur sommeil, art et discipline complexe. Gageons que ses travaux en faveur d'une meilleure gestion des ressources physiques et mentales en mer intéressèrent*

*Jacques-Yves Le Toumelin.*

*Jean-Yves Chauve a mis en place le protocole covid-19 du Vendée Globe, organisant un véritable cordon sanitaire autour des navigateurs avant leur départ. Leur confinement a commencé le 1er novembre, imposant une immersion inédite et progressive dans la solitude.*

*Aux Sables-d'Olonne, nombreux sont les spectateurs à avoir assisté le 9 novembre – devant leur poste de télévision pour cause de confinement – au départ de la neuvième édition du Vendée Globe (tour du monde en solitaire). Par une brise de sud-est d'une douzaine de nœuds et sous un soleil automnal, trente-trois voiliers franchissent la ligne peu après 14 heures. Ce nombre constitue le record de participation pour cette circumnavigation considérée comme l'une des plus difficiles, depuis sa création en 1989.*

*Signe des temps, six femmes figurent parmi les navigateurs engagés. Chacun des compétiteurs a en tête, en cet instant, les 74 jours, 3 heures, 35 minutes et 46 secondes du précédent record, établi par Armel le Cléac'h en 2016. Dans la presse écrite et audiovisuelle, les commentateurs sportifs évoquent d'abondance les avancées technologiques permettant à ces coursiers des mers surtoilés d'atteindre – notamment grâce à leurs foils – la vitesse de 30 nœuds. Mais le plus étonnant n'est-il pas – dans un monde chahuté par Internet et la transformation numérique qui l'accompagnent – ces 800000 amateurs en course virtuellement de chez eux, derrière leurs écrans, sur l'application Virtual Regatta ? Confrontant chaque jour leurs options de route avec les meilleurs, ils intègrent au quotidien les conditions de météo fournies par Internet pour modifier les réglages et le cap de leurs bateaux.*

**Création de l'Association des Amis du Kurun**

Au Foyer municipal et des anciens du Croisic se tient le 22 mars 1986 l'assemblée générale constitutive de l'Association des amis du *Kurun* (Keineled ar *Kurun*). Parmi les soixante-dix personnes qui participent à la réunion figurent des personnalités locales, notamment Jean-Joseph Régent, président du port autonome de Nantes Saint-Nazaire, Yves Morineaux, chargé de mission auprès de l'Aménagement du territoire et créateur du parc naturel régional de la forêt d'Orient dans l'Aube, Paul Cantais, représentant la fédération régionale pour la culture maritime

(FCRM) et la revue *Le Chasse-Marée*, Philippe Guitart, membre de la société Les amis de Guérande, Michelot, président des Vieux gréements de la côte d'amour, Richard, ancien directeur du parc naturel régional de Brière, Louis Le Pape, représentant des marins-pêcheurs. La municipalité du Croisic est représentée par Messieurs Laurent et Gougeon, adjoints au maire, ainsi que par plusieurs conseillers municipaux. Pour la circonstance, plusieurs amis de Jacques-Yves Le Toumelin sont venus de Nantes et de Paris.

Dès l'ouverture de la réunion, Jean Auffret, président de séance et maire récemment élu du Croisic, remercie l'assemblée pour sa présence. Avec satisfaction, il y voit un témoignage de sympathie et d'encouragement à l'égard de l'association naissante. L'assemblée observe une minute de silence à la mémoire de Louis Jaunay, récemment disparu, comme à celle de Jacques Guilleux qui venait de lui succéder, décédé la même année lors d'un tragique accident.

Jean Auffret rappelle que la dynamique en faveur du *Kurun* est née en 1982 lorsque le maire du Croisic, Pierre Thomère, a remis la médaille de la ville à Jacques-Yves Le Toumelin, à l'occasion de la célébration du 30e anniversaire de son retour. Françoise Poulain, en charge du musée naval du Croisic, n'a eu de cesse depuis cette époque de convaincre les élus municipaux de la nécessité de sauvegarder le voilier qui dort depuis vingt ans dans un hangar. À compter de cette date, des amis du navigateur dont Yvonne Bizet, André Bligné, E. Ducos et Jean Quilgars apportèrent leur plein soutien au projet.

Autour de ce premier noyau de supporters fervents s'agrégea rapidement un cercle plus large comprenant Monsieur Allain, président de l'association des plaisanciers, le docteur Jacques Chrétien, président du Club de Croisière Croisicais et son vice-président Monsieur Boucard, Monsieur Barret, vice-président des Amis du Croisic, Philippe Guitart, des Amis de Guérande, et Brice Lefranc, rédacteur en chef de la *Presqu'île Guérandaise*.

Par la suite, une commission d'études fut créée afin de traiter les questions relatives aux statuts, aux objectifs et aux missions de l'association. Elle fut réunie en plusieurs occasions à la mairie avec l'assistance de Françoise Poulain, proposée par le maire pour tenir le secrétariat de l'association naissante. Lors de ces rencontres furent évoquées les questions ayant trait à la restauration de *Kurun* et au choix de son lieu d'exposition : « *La commission d'études a tenu à n'être que les exécuteurs de sa pensée, et ne travailler que dans le respect de la philosophie que Jacques-Yves Le Toumelin a donné à ses voyages* ».

Pour ce qui concerne la cession de *Kurun*, André Bligné souligne – à la demande de Jean Auffret – que Jacques-Yves a exprimé dès septembre 1985 le souhait, devant Louis Jaunay, de faire don de son voilier en vue d'une exposition au Croisic. Trois solutions ont été examinées à tour de rôle. La première suggérait d'en faire don au musée de la Marine, avec toutefois une clause de territorialité stipulant que *Kurun* resterait au Croisic. La seconde option envisageait l'hypothèse d'un don du voilier à la commune du Croisic. La troisième solution consistait en un don à l'association Les amis du Kurun, en voie de création. Cette dernière hypothèse fut cependant écartée de façon immédiate en raison des droits élevés affectant les dons qui pèseraient sur la structure naissante.

Si le don au musée de la Marine semble présenter des avantages techniques au premier abord, pour la remise en état du voilier, il ne garantit pas le maintien du voilier et son exposition au Croisic. Pour ces différentes raisons, Jacques-Yves, en accord avec la commission d'études, a opté pour la solution d'un don à la commune du Croisic, sous la forme d'une cession pour un franc symbolique.

Des échanges de lettres entre le donateur et le maire du Croisic ont par la suite officialisé les intentions de chacune des parties. André Bligné rappelle que Jacques-Yves a subordonné l'acte notarié confirmant la cession de son voilier à la garantie d'un lieu d'exposition abrité. Sur ce point, le maire confirme que les services techniques de la commission de l'urbanisme s'efforcent de trouver l'emplacement le plus adéquat.

Entrant dans le vif du sujet concernant la création de l'association, André donne lecture des statuts élaborés par la commission. Ce texte comprend trois parties distinctes. La première porte sur l'objet et la composition de l'association, la deuxième sur son administration et son fonctionnement, la troisième sur les modalités en cas de dissolution de l'association.

Pour ce qui concerne l'objet de l'association, l'article 3 précise que cette dernière « *Aura pour objet la sauvegarde, l'entretien et la présentation publique du voilier* Kurun *construit au Croisic en 1947 et apparte-*

*nant actuellement au navigateur Jacques-Yves Le Toumelin, et plus généralement la participation au développement du patrimoine maritime et l'organisation de toutes manifestations (expositions, conférences, films, etc.) se rapportant à la navigation et à la culture marine* ». Son siège social est fixé à la mairie du Croisic et pourra être déplacé par décision du conseil d'administration.

L'un des membres de l'assistance, Yves Morineaux, suggère d'élargir les objectifs définis à l'article 3 de façon à accroître le spectre des activités de l'association pour en faire un pôle de réflexion sur le développement du patrimoine maritime. Monsieur Laurent demande que la localisation du siège social de l'association ne soit pas le musée naval mais la mairie du Croisic. Ces différentes demandes une fois acceptées, le docteur Chrétien exprime son souhait qu'une fois les modalités administratives remplies, une priorité absolue soit accordée à la remise en état du *Kurun* et à son exposition : « *Le Kurun ne demande qu'à vivre* ».

En réponse à ce dernier, Jean Quilgars précise que le bateau – qu'il a inspecté – lui semble en bon état de conservation car le bois est sain. Sa restauration ne semble donc pas poser de problème rédhibitoire.

À la demande de Philippe Guitart que soient précisés les engagements financiers susceptibles d'être pris par la municipalité pour soutenir le projet, Jean-Joseph Régent, président du Port autonome de Nantes Saint-Nazaire, balaye la question d'un revers de main, mettant en avant l'importance primordiale pour la réussite d'un tel projet de la volonté et de la détermination affichées par les acteurs qui en auront la charge : « *L'argent ne compte pas, il faut avant tout être déterminé et foncer ; l'argent viendra après en fonction de la réussite de l'association dans la poursuite de ses objectifs* ».

En réponse toutefois à la question posée, Jean Auffret considère que la municipalité sera certainement en mesure de prendre en charge les frais d'entrepôt et de gardiennage du voilier, mais que l'association doit en priorité compter sur les cotisations de ses membres pour le démarrage du projet.

À ce point de la séance, il est procédé à l'élection des membres du conseil d'administration. Les statuts stipulant que le nombre des administrateurs serait fixé à quinze personnes, douze postulants ont déjà manifesté leurs candidatures (Jean Allain, Yvonne Bizet, R. Boucard,

Jean-Pierre Le Pape, Françoise Poulain, G. Blanchard, E. Ducos, Serge Barret, André Bligné, Jacques Chrétien, J. Frappin, Jean Quilgars), ce qui laisse trois postes vacants. Or, quatre candidats complémentaires se présentent : Yves Morineaux, Paul Cantais, J. -P. Touzalin et J. de Winter, ce qui porte le nombre de candidats à seize au lieu des quinze prévus. Afin de résoudre ce dilemme, le nombre d'administrateurs est d'un commun accord porté à dix-huit membres.

L'élection des membres du conseil d'administration ainsi constitué est alors soumise à un vote à main levée qui se prononce à l'unanimité. Il est convenu qu'une date ultérieure, en avril, permettra de procéder à l'élection du bureau. Par ailleurs, l'article 5 des statuts ayant prévu la constitution d'un comité d'honneur, il est proposé d'introniser séance tenante Jacques-Yves Le Toumelin, Jean Auffret, Jean Joseph Régent et Olivier Guichard, député maire de La Baule. L'assemblée accepte à l'unanimité cette proposition marquée par de vifs applaudissements. Le comité d'honneur des Amis du Kurun sera par la suite élargi à l'architecte naval et écrivain Maurice Amiet, à l'écrivain Paul Budker, à Yves Dervin, au navigateur Bernard Moitessier et à Georges Pernoud, le producteur de l'émission *Thalassa*.

Avant de se séparer, Jean Auffret informe les participants qu'une projection de films et de diapositives sur la croisière du *Kurun* et son arrivée triomphale au Croisic est prévue le samedi 19 juillet 1986, dans le cadre de la présentation de la maquette du voilier du 7 au 22 juillet. Enfin, André Bligné annonce l'intention de Georges Pernoud, producteur de l'émission *Thalassa* sur France 3, de réaliser un film de 25 minutes consacré au *Kurun*, à son skipper et à l'association Les amis du Kurun. Il rappelle que lors d'une récente émission, France Culture a interviewé Jacques-Yves Le Toumelin entouré de quelques amis.

Mercredi 25 juin 1986, André Bligné se rend au bureau des Affaires générales et de la réglementation, à la sous-préfecture de Saint-Nazaire, pour procéder à la déclaration officielle de l'association Les amis du Kurun, dont le siège social est situé à la mairie du Croisic. Marc Turrière, le chef du bureau nazairien, lui remet le récépissé de déclaration qui rappelle le but de l'association : *« La sauvegarde, l'entretien et la présentation au public du voilier* Kurun *appartenant actuellement au navigateur Jacques-Yves Le Toumelin et plus généralement la participation au déve-*

*loppement du patrimoine maritime et l'organisation de toutes manifestations se rapportant à la navigation et à la culture marine »*.

Le 23 juillet 1986, le magazine *Thalassa*, de France 3, consacre un reportage de 25 minutes à Jacques-Yves Le Toumelin et à la restauration de son voilier. L'émission culte du vendredi soir s'ouvre sur l'animation de Gérald Marinelli où un voilier devient coquillage puis rose des vents, avant de se transformer en crabe, puis en casque de plongeur et maison sous la mer, tandis que s'égrène la cantilène nostalgique de Guy Pedersen. Puis Georges Pernoud présente aux spectateurs le navigateur et le chantier de restauration entrepris par Les amis du Kurun. L'émission connaît un record d'affluence.

Dans la perspective de la concrétisation de la cession de *Kurun* à la mairie du Croisic, une délibération du conseil municipal a lieu le mercredi 25 février 1987 afin de se prononcer sur son acquisition. Jean Auffret, maire du Croisic depuis l'année précédente, évoque devant les adjoints et les conseillers municipaux présents la proposition suivant laquelle: *« Monsieur le Toumelin se propose de céder à la commune moyennant le franc symbolique son célèbre voilier dénommé le* Kurun *avec lequel il a effectué le tour du monde en solitaire »*. Après délibération, l'acceptation de la vente est confirmée par vingt-et-une voix « pour » et six « abstentions », aux conditions proposées par le navigateur. Jean Auffret est donc autorisé en sa qualité de maire à signer l'acte.

La cession du *Kurun* à la mairie est officialisée le 24 avril 1987, à la condition imposée par le navigateur que le voilier ne quitte plus le Croisic. Ce jour-là, Jacques-Yves Le Toumelin et Jean Auffret signent conjointement le document officiel précisant que: *« Monsieur Jacques Le Toumelin vend en s'obligeant à toutes les garanties ordinaires et de droit à la commune du Croisic représentée par son maire, Monsieur Jean Auffret, ici présent et qui accepte, le navire dont la désignation suit: Un navire dénommé* Kurun*, type cotre franc, jaugeant neuf tonneaux six, d'une longueur de 10 mètres, d'une largeur de 3 m 55, construit au cours de l'année 1948 par les chantiers Leroux, avec ses voiles, câbles, cordages, ancres et généralement tous ses agrès et apparaux. »*

Le document rappelle que le voilier a été construit pour Jacques-Yves Le Toumelin sur ses deniers personnels et que la commune du Croisic en devient immédiatement propriétaire: *« Elle en aura la jouissance et en prendra possession avec tous ses accessoires à compter du même jour.* » Il est précisé que l'acquéreur accepte le navire dans l'état où il se trouve : « *sans pouvoir faire aucune réclamation pour cause de mauvais état, réparations, déprédations ou tout autre motif.* » Pour ce qui concerne le prix même de la cession : « *La présente vente est consentie et acceptée moyennant le prix principal du franc symbolique que Monsieur Auffret, en sa qualité sus-exprimée, oblige la commune du Croisic à payer par les soins de Monsieur le receveur principal* ».

Ce même jour, une convention de remise du voilier dans son état d'origine afin de le présenter au public est passée entre la municipalité, représentée par Jean Auffret et l'association présidée par André Bligné. L'article 1 de ce texte précise que la ville du Croisic met à disposition des Amis du Kurun le voilier dénommé *Kurun*, sa propriété : « *Afin que cette association entreprenne sa restauration et son entretien en vue de sa présentation au public, dès que possible, dans l'esprit de ses statuts* ». L'article 2 aborde l'obligation de l'association de souscrire aux assurances nécessaires à la réalisation de la mission définie dans l'article précédent et sa responsabilité, sauf en cas de sinistre ou dégradation non couverts par les assureurs. En complément, la municipalité s'engage à prendre toutes les dispositions concernant la mise à l'abri du bateau pendant sa remise en état et nécessaires à sa présentation au public.

Le troisième article engage la responsabilité de l'association qui ne pourra se décharger de sa mission au profit d'une autre personne ou association sauf accord de la municipalité. L'article 4 stipule enfin que la convention est passée pour une durée indéterminée avec possibilité de résiliation de part et d'autre, sous réserve d'un préavis de six mois. Dans l'éventualité d'une renonciation, cette dernière n'entraînerait pas ipso facto la dissolution de l'association qui pourrait s'orienter vers d'autres activités similaires.

### La restauration de *Kurun*

La restauration peut enfin commencer. Elle débute en 1987 avec la participation des équipes de bénévoles et d'élèves du CES Jules Verne. Elle se poursuivra pendant quatre ans, jusqu'en 1991, étayée par la contribution financière de l'association. La municipalité du Croisic n'est pas en reste. Elle décide dès cette époque l'attribution d'une subvention annuelle pour l'entretien du voilier et la mise à disposition d'un hangar situé dans la zone artisanale. Les entreprises des artisans locaux se mobilisent également et contribuent à cette dynamique en apportant spontanément et généreusement leur aide et leur concours souvent gracieux.

Dans la perspective des travaux à entreprendre, une inspection de *Kurun* est réalisée en 1988 par Jean-Louis Dauga, expert de la FRCM (Fédération Régionale pour la Culture Maritime). Elle a pour but de déterminer les travaux nécessaires sur le bateau et éventuellement de préciser ses possibilités de navigation. Plusieurs membres de l'association des Amis du Kurun assistent à son inspection, notamment Messieurs Allain, Bisciglia, Bourgeois, Ducos et Quilgars. Avant la rencontre, un questionnaire préliminaire a été dressé afin de recenser les points d'attention essentiels qui portent sur l'état de la coque et des bordées, le rattrapage du jeu existant à l'étrave et à l'étambot, les carvelles, les boulons de quille, les bordées et le pont.

Le vendredi 28 octobre 1988, Jean-Louis Dauga vient rendre ses conclusions. Il constate que le bateau est dans son ensemble « *dans un excellent état et peut supporter la remise en état pour une mise à l'eau* ». Pour ce qui concerne le rattrapage du jeu constaté à l'étrave et à l'étambot, l'expert préconise de vérifier les boulons d'assemblage, autrement dit de dégager l'un d'entre eux pour vérifier son état avant de le remettre en place. Il suggère d'utiliser pour l'étanchéité une pâte à base de dérivés bitumineux utilisée pour les toitures. L'opération nécessite également de remplacer les écrous et les rondelles et de substituer à ces dernières des rondelles en inox, d'un diamètre plus large, afin d'assurer un appui important. Pendant la phase de réduction et de suppression du jeu, l'expert précise qu'il sera nécessaire de procéder de façon progressive pour laisser au bois le temps de travailler et s'assurer surtout d'un serrage qui ne soit pas excessif.

Les carvelles d'assemblage des bordées sur les membrures seront aussi vérifiées. Pour ce faire, il sera procédé à l'extraction de plusieurs d'entre elles pour inspecter leur état. Jean-Louis Dauga préconise de remplacer le rebouchage initial des têtes de clous par du minium et du mastic, par son remplacement par un mastic synthétique, plus efficace. Pour ce qui concerne les boulons de quille, la rouille qui s'est développée entre la quille et le saumon sera piquée de façon minutieuse, en allant jusqu'à introduire une lame de scie dans l'interstice afin de s'assurer d'un nettoyage correct. Chaque écrou sera démonté pour vérifier son état. Expert en matière de techniques traditionnelles, Dauga exerce en même temps une veille permanente à l'égard des nouvelles techniques. C'est ainsi qu'il suggère l'éventualité de radiographier les boulons. En fonction de leur état, ils pourront utilement être remplacés par des tiges en inox. Comme pour l'étrave et l'étambot, le jeu entre la quille et le saumon sera comblé par du produit d'étanchéité avant d'être supprimé au serrage.

Pour ce qui concerne les œuvres vives, en contact avec l'eau, les bordés seront décapés, nettoyés et poncés, avec la suppression du calfat et la peinture des fentes au minium gris. Il sera procédé ensuite à un calfatage au bitord sur 10 mm d'épaisseur. Le tout sera peint avec un mélange de mastic et de minium gris. Un travail identique sera effectué sur les œuvres mortes, avec la vérification soigneuse des têtes de membrures par l'intérieur de la coque.

Dans la perspective de la venue de l'expert, Philippe Bisciglia a commencé à enlever une partie du brai qui se trouve sur l'avant du pont afin d'évaluer l'état du calfat à remplacer. Un représentant de la société Sika a même été convié à la rencontre pour vérifier la compatibilité du brai avec le caoutchouc synthétique Sikaflex. Jean-Louis Dauga préconise sur ce point d'enlever l'intégralité du vieux produit, de traiter le bois décapé avec un rénovateur, avant de poser un mélange brai-suif.

Faisant preuve de praticité, l'expert propose même, dessins à l'appui, la confection de deux outils permettant d'enlever le vieux brai. Il conseille de nettoyer la peinture intérieure avec un décapeur professionnel à haute pression, projetant de l'eau chaude et de la lessive. Les fonds seront ensuite peints avec du minium et de la peinture glycérophtalique. Surtout, Jean-Louis Dauga délivre le message espéré par l'association : *« Un entretien suivi comme celui préconisé conservera très longtemps le* Kurun *comme un vivant témoignage du patrimoine croisicais »*. En remerciement de sa contribution, les membres présents l'invitent à la mise à l'eau de *Kurun* prévue l'année suivante.

Le vendredi 20 octobre 1989, un premier essai de mise à l'eau de *Kurun* a lieu dans le port du Croisic, à l'aide d'une grue. Dès le contact avec la mer, plusieurs entrées d'eau sont constatées confirmant que la coque n'est pas étanche. Elles conduisent à la remise à sec immédiate du voilier. Le bois a beaucoup séché pendant l'immobilisation du voilier dans son hangar. Après avoir localisé l'origine de ces voies d'eau, les travaux nécessaires sont entrepris et un deuxième essai, cette fois concluant, est effectué le jeudi 20 septembre 1990. Pendant les mois qui suivent, les aménagements intérieurs sont à leur tour restaurés.

**Classement de *Kurun***

Le jeudi 7 février 1991, André Bligné reçoit de Jean-Claude Boursier, président de La Carène, un courrier l'informant qu'il s'est vu confier par la direction régionale des Affaires culturelles de la région des Pays de la Loire la mission de procéder au recensement régional des bateaux anciens susceptibles d'être inscrits à l'inventaire du patrimoine maritime et fluvial.

Cette association (La Carène), axée sur la sauvegarde et la promotion du patrimoine maritime de la Basse Loire, a son siège social dans la Maison de quartier de Kerlédé, à Saint-Nazaire. Elle se livre à un travail d'identification et de nomenclature dans la perspective de la protection des embarcations les plus caractéristiques du littoral au titre des monuments historiques. Ce chantier concerne les bateaux de travail comme de plaisance, en bois – en état de naviguer ou susceptibles d'être restaurés – mesurant plus de 4 mètres et âgés de plus de 30 ans, ainsi que les bateaux à coque métallique âgés de plus de 50 ans.

Jean-Paul Boursier précise au président des Amis du Kurun que cette démarche s'effectue sous l'égide du ministère de la Culture dans toutes les régions françaises. Elle témoigne de la volonté gouvernementale de prendre enfin en compte le patrimoine maritime français. En appui de sa demande, il communique à André Bligné la fiche de renseignements à remplir. Elle est destinée à compléter le fichier informatique d'identification des bateaux anciens de la région. Il lui précise que les associations désireuses de postuler à une demande de protection et d'inscription à l'inventaire des monuments historiques devront, par la suite, constituer un dossier détaillé dont il joint le modèle à son envoi.

Par un courrier en date du 15 février 1991, André Bligné lui répond et le remercie de son envoi. En premier lieu, il se félicite de constater que *« l'émulation engendrée par le Concours national des bateaux de France ait secoué, fort heureusement, l'inertie de ces collectivités en ce domaine* ». Déclarant que le *Kurun* est tout à fait indiqué pour figurer dans le patrimoine maritime français, il se propose de lui faire parvenir prochainement la fiche de renseignements demandée. Le président des Amis du Kurun rappelle cependant que, le voilier étant la propriété de la ville du Croisic, il appartient à cette instance de se prononcer en préalable sur la décision à prendre. Le président souhaite par ailleurs obtenir de plus amples informations sur les avantages et les contraintes d'une telle démarche, ainsi que sur les obligations que cela peut induire pour son association.

Dans cet esprit André Bligné adresse quelques jours plus tard – le 20 février – un courrier à Marcel Laurent, le maire du Croisic, pour l'entretenir de son échange avec le président de La Carène. Il l'invite, ainsi que le conseil municipal, à se déterminer sur l'opportunité de l'inscription du *Kurun* à l'inventaire des monuments historiques. Consulté sur ce point, le Conseil, se prononcera sans hésiter de façon favorable.

Le 26 avril 1991, Maxime Destremau, Conservateur des Bâtiments de France au ministère de la Culture, de la communication et des grands travaux, communique à André Bligné les éléments d'information nécessaires à l'instruction du dossier de classement au titre des monuments historiques. Pour ce qui concerne les avantages de cette démarche, ils sont pour lui de quatre ordres. Sous l'angle moral, le label « Monuments historiques » possède une bonne réputation et valorise les éléments classés. Sous l'aspect pratique, nombreux sont les ports français qui accordent des facilités aux bateaux ayant fait l'objet d'un classement historique. Sous l'angle technique, le spécialiste agréé par le Ministère, Raymond Labbé – personnalité éminente et reconnue du milieu nautique, implantée à Saint-Malo – peut apporter son expérience. Il met en effet sa compétence au service des propriétaires de voiliers classés. Sous l'angle financier, enfin, les travaux autorisés par le Ministère peuvent faire l'objet de subventions, parfois substantielles.

Pour faciliter l'élaboration du dossier, le conservateur souligne l'essentiel des contraintes. Il précise qu'à la même époque il s'occupe, en lien avec le musée de La Rochelle, du classement de *Joshua*, l'ancien voilier de Bernard Moitessier. À la lumière de sa connaissance de ce dossier, il ne voit pas pour quelle raison *Kurun* n'obtiendrait pas le même statut.

Le terme des travaux de réfection de *Kurun* approchant, l'association obtient de Marcel Laurent, le maire du Croisic, l'autorisation d'inscrire le cotre au Concours des bateaux des côtes de France. Initié par la revue *Le Chasse-Marée* en 1989, il a pour objectif de promouvoir un ambitieux programme de restauration ou de construction de navires en bois, répliques des embarcations représentatives de régions maritimes ou d'activités locales.

À la suite du concours, la revue a l'intention d'organiser en 1992 la première édition d'un grand rassemblement de voiliers traditionnels appelés à avoir un fort impact sur l'opinion et chez les amoureux de la mer. Le projet, ambitieux, prévoit d'ouvrir au public la Penfeld, à Brest, domaine réservé de la marine nationale. La rencontre réunirait près de 1 500 bateaux venus du monde entier et permettrait de présenter les réalisations concrètes issues du concours Bateaux des côtes de France.

Dans cette perspective, Les amis du Kurun réalisent un dossier en mai 1991. Il relate l'historique du voilier et ses navigations autour du monde et aux Antilles. Évoquant les étapes de sa restauration et de sa remise à l'eau, le document est illustré de nombreuses photos. Une fois complété, il est adressé en mai 1991 aux organisateurs du concours, au *Chasse-Marée*.

Le 15 mai 1991, J. C. Beaufils, chef du centre de sécurité des Pays de la Loire, au quartier de Saint-Nazaire, établit le procès-verbal de la visite spéciale d'un navire de plaisance effectuée en application de la loi du 5 juillet 1983 qui autorise *Kurun* à naviguer en première catégorie. Le document, contresigné par G. Blaisot, inspecteur de la sécurité des navires et du travail maritime, stipule que le voilier est « *sans machine et d'une surface de voilure de 64 m²* ». Cette visite de remise en service après travaux fait suite à l'inspection du voilier au sec, sous son hangar. Le document administratif précise que *Kurun* a fait l'objet d'une réfection et d'un calfatage complet. N'ayant subi aucune modification, il est conforme au plan d'origine. En appui de leur décision favorable de navigation, les inspecteurs précisent que le voilier doit embarquer le matériel d'armement correspondant à la catégorie demandée (4e catégorie), conformément à la demande exprimée par l'association. Au passage: « *La commission a noté l'excellente présentation du navire et accorde ses félicitations pour le travail de restauration effectué.* »

En mai 1991, *L'Écho de la presqu'île guérandaise* rend compte de l'assemblée générale des Amis du Kurun. Elle a lieu au village de vacances de Port aux Rocs, avenue de Port Val, sur la côte sauvage du Croisic. Commencée à 11 heures du matin, la rencontre se poursuit jusqu'à 17 heures. En clôture, les membres qui le souhaitent sont conviés à rendre visite au *Kurun*, dans son hangar. La séance est ouverte par Jean Auffret, conseiller général et président d'honneur de l'association Les amis du Kurun. Il fait longuement applaudir Jacques-Yves Le Toumelin, son époux et ses enfants, présents à cette journée. À ses côtés siègent André Bligné, président en exercice de l'association, Marcel Laurent, maire du Croisic, Jacques-Yves Le Toumelin, ainsi que Jean Quilgars et Philippe Bisciglia, très impliqués dans la remise en état du voilier. La nombreuse assemblée comprend également des représentants des milieux nautiques et plusieurs associations locales. Nombre de participants sont venus de loin pour participer à la rencontre.

Jean Auffret procède à un point détaillé des travaux de remise en état du cotre qu'il termine par la confirmation attendue : *« La restauration du Kurun est faite et bien faite »*. La question la plus importante de l'ordre du jour, débattue ce jour-là, est celle de l'avenir du voilier. Les objectifs que s'assigne l'association sont d'obtenir l'inscription du cotre à l'inventaire des monuments historiques, souhaitée par le ministre de la Culture d'une part, et son implantation dans un futur musée de l'Histoire maritime au Croisic d'autre part. Enfin, il est rappelé que *Kurun* a été inscrit au concours des bateaux des côtes de France, dans la perspective éventuelle de sa participation au rassemblement des voiliers prévu à Brest en 1992.

Le journaliste de *Ouest-France* constate que Jacques-Yves semble heureux de sa participation à cette journée conviviale. Le navigateur répond avec plaisir aux questions des nombreuses personnes qui l'abordent, évoquant ses souvenirs d'enfance au Croisic.

**Présentation au public**

Le dimanche 26 mai 1991, *Kurun*, restauré, est enfin présenté sur l'eau au Croisic – au public, à la presse et aux médias audiovisuels – en présence de Jacques-Yves Le Toumelin. Moment d'émotion et de liesse populaire. Une photo émouvante représente le navigateur avec son épouse sur les quais du Croisic. Parmi les personnalités locales figurent Marcel Laurent, maire du Croisic, Jean Auffret, conseiller général, Michel Rabreau, maire de Guérande, Jean-Yves Lescop, administrateur des affaires maritimes. Les images de cette journée sont largement reprises et diffusées sur les chaînes de la télévision régionale FR3 comme d'Antenne 2. Quelques mois plus tard, en juillet, *Kurun* naviguera sous voiles dans la baie de la Turballe, dans le cadre de l'émission *Thalassa*.

Sourire aux lèvres, Jacques-Yves tient le bras de Paul Farge, son ancien équipier, qui a tenu à être présent. Josée Le Toumelin veille avec attention sur son mari. Jacques-Yves porte des lunettes sombres qui protègent ses yeux fatigués. Toujours aussi droit et élancé, le navigateur porte avec élégance un costume bleu marine, complété par une chemise blanche et une cravate sombre.

Les deux hommes se sont retrouvés avec plaisir. Quarante ans se sont écoulés depuis leur séparation, en Polynésie française. Les frictions qui, en d'autres temps, ont compliqué leurs relations dans la promiscuité quotidienne du voilier se sont depuis longtemps estompées. Lors de ces retrouvailles, Farge attribue avec humour le surnom de Capitaine Bligh à Jacques-Yves Le Toumelin, allusion à la rigueur affichée par le commandant du *Bounty*, confronté à la mutinerie de son équipage en avril 1789 alors qu'il se rend à Tahiti.

Paul Farge rappelle que, lorsqu'il a embarqué, il n'avait d'autre expérience de la voile que quelques navigations réalisées sur le lac Léman. Avec Jacques-Yves, il découvre la réalité du grand large et de ses accompagnements, le froid, la fatigue et le manque de sommeil. En mer, une routine précise s'établit à l'initiative du navigateur. Elle comprend des quarts d'une durée de six heures, en alternance, ce qui conduit les deux hommes à peu échanger, paradoxalement. Par opposition à ce rythme de mer, régulier et rodé, qualifié de « *plutôt pantouflard* » par l'intéressé, les escales à terre sont marquées par une intense activité, notamment pour ce qui concerne l'entretien du voilier. « *Là, il me faisait travailler comme un nègre !* » se souvient-il.

À cette même occasion, Paul Farge livre à Danièle Lamotte quelques indications sur sa propre expérience aventurière. Après avoir passé deux années à Tahiti, dans une activité de bureau, il a été repris par l'attirance du voyage: « *Il fait la connaissance de Marcel Bardiaux, navigue avec une kyrielle de risque-tout, se construit son propre bateau, fait nau-*

*frage… une vie digne d'Henri de Monfreid.* »

Et la journaliste de conclure l'article du *Chasse-Marée* sur le choix délibéré effectué par Jacques-Yves Le Toumelin d'une existence pour une part contemplative, axée sur la réflexion intérieure: « *Le sage du Croisic qui, en mer, se plaisait à relire Platon, la Bible et le Coran, poursuit sa silencieuse méditation. Eh oui,* avoue-t-il, *je suis solitaire avant d'être marin.* »

En août 1991, *Kurun* est l'invité d'honneur des fêtes de la mer et des vieux gréements de La Trinité-sur-mer. Il reçoit l'accueil le plus chaleureux à son arrivée à la manifestation. À la suite de la présentation de *Kurun* au Croisic le 26 juin à laquelle elle a assisté, Danielle Lamotte consacre un important et excellent article au voilier et à Jacques-Yves Le Toumelin dans le n° 60 du *Chasse-Marée* publié en novembre 1991. La photo du voilier occupe la couverture. Le texte est illustré de nombreuses photographies.

La journaliste intitule son article « *La résurrection du bateau de Jacques-Yves Le Toumelin: Kurun au Croisic* ». L'introduction exprime la tonalité qu'elle entend donner à son texte: « *L'histoire de* Kurun *ressemble à une fable dont la morale serait un éloge de la fidélité. Alors que les marins actuels changent de monture comme de chemise, Jacques-Yves Le Toumelin est l'homme d'un seul bateau* ». Elle rappelle qu'après son tour du monde, même si l'idée d'un voilier plus grand l'a effleuré dans la perspective d'autres navigations, le navigateur n'a pu se résoudre en définitive à se séparer de son compagnon de route, au point de repartir avec lui aux Antilles en 1954. Revenu au Croisic le 27 juillet 1955, il refuse avec constance les propositions d'achat qui lui sont faites. *Kurun* navigue de moins en moins avant d'être remisé dans un hangar jusqu'au milieu des années 1980.

Puis une dynamique de bonnes volontés s'exprime en faveur de sa restauration jusqu'à la vente du voilier pour un franc symbolique à la ville du Croisic. Cette cession est assortie de l'assurance que le cotre restera attaché à son port d'origine. La journaliste évoque enfin la belle aventure humaine qui se met en place, dans laquelle se conjugue l'engagement des amis du navigateur et celui des bénévoles anonymes qui assurent la restauration du voilier.

Enfin, les derniers mois de cette année 1991 riche d'émotion sont consacrés activement à la préparation des pièces du dossier d'inscription, tandis que, dans le même temps, Marcel Laurent réunit le conseil municipal du Croisic le 4 octobre 1991 pour valider la décision de classement du voilier au titre des monuments historiques. La décision est prise à l'unanimité.

### Fondation nationale pour la culture maritime

Le mercredi 18 mars 1992, Jacques-Yves Le Toumelin adresse une lettre à Jean-Yves Le Drian, secrétaire d'État à la Mer. L'éditeur du navigateur, Flammarion, lui a en effet relayé le courrier de ce ministre, le conviant à faire partie du comité de parrainage de la Fondation nationale pour la culture maritime.

À l'instigation du sénateur Louis de Catuelan et du secrétaire d'État à la Mer, cette instance vient d'être créée. Elle a pour objet d'impulser la politique naissante en faveur de la mer, en coordination avec les Fédérations régionales de la culture maritime (FRCM). Son action a pour mission : d'inventorier, de sauvegarder, de préserver et promouvoir le patrimoine maritime et fluvial national ; de mobiliser et fédérer les acteurs concernés (particuliers, associations, collectivités publiques et entreprises) ; d'attribuer enfin le label Bateau d'intérêt patrimonial (BIP).

Sensible à la proposition du ministre dont il le remercie, le navigateur lui répond qu'à son sens il est déjà sans doute *« très tard pour conserver »* mais qu'il est quand même opportun de faire quelque chose. Il accepte en ce sens avec plaisir la proposition qui lui est faite. À l'attente de suggestions exprimée par Jean-Yves Le Drian, Jacques-Yves répond que, dans un premier temps, il n'a en tête que des idées encore assez générales, en raison de son isolement, mais qu'il souhaite l'entretenir à titre d'exemple du cas précis de son voilier.

Après en avoir fait don à la ville du Croisic, dans le but d'assurer sa conservation et sa présentation dans un musée, il a eu l'idée de la création – à partir de l'objet central constitué par *Kurun* – d'un centre d'intérêt qui rassemble différents aspects du patrimoine maritime. Il lui précise qu'avant même la donation officielle du voilier à la ville du Croisic *« L'association Les amis du Kurun s'est créée sous la présidence de mon dévoué ami d'enfance André Bligné. Elle groupe un certain nombre de personnes intéressantes, apportant des documents parfois peu connus »*.

Jacques-Yves souligne l'intérêt que présente pour l'association la présence de membres éminents comme Pierre de la Condamine, historien et écrivain, l'architecte naval Maurice Amiet, dont le dernier ouvrage consacré aux bateaux-pilotes à voile des côtes de France a paru l'année précédente, le capitaine au long cours Yves Drouault, président du comité de documentation historique de la Marine, Philippe Guitart, ingénieur du génie maritime qui eut la responsabilité du lancement du paquebot *France*, Jean Quilgars, qualifié de *« marin-pêcheur exemplaire [...] très expert en tout ce qui concerne la mer et la pêche »*, découvreur du fameux canon du Soleil Royal conservé au Croisic, Robert Argod, enfin, le capitaine au long cours qui commanda *L'oiseau des îles*, le dernier trois-mâts de la flotte marchande française.

Dans un second temps, Jacques-Yves évoque les difficultés qu'il a rencontrées lorsque fut abordée la question du réceptacle qui permettrait de protéger son voilier, mis au sec de façon définitive. Les différentes possibilités explorées s'avérèrent sans issue, les unes après les autres. À travers ce témoignage, le navigateur expose au ministre sa conviction que l'un des principaux écueils à toute conservation est le temps « destructeur » qui, outre la dégradation des bateaux historiques, s'accompagne de la disparition d'acteurs compétents et motivés, du fait de l'âge.

Le navigateur témoigne dans ses propos de la lassitude que provoquent les multiples tergiversations et remises en cause auxquelles il est confronté dans sa recherche d'une solution de sauvegarde de son voilier. Il conclut son propos en déclarant *« nous sommes tous plus ou moins vieux. Je suis inquiet de l'avenir du bateau »*. Pour éviter de terminer son courrier sur une note trop pessimiste, Jacques-Yves propose au ministre de faire du Croisic la base expérimentale de ce qu'il souhaite mettre en place.

Un peu plus tard, le mardi 28 juillet 1992, J. Richard, adjoint au maire du Croisic, adresse un courrier à la Conservation régionale des monuments historiques, allée du Commandant Charcot à Nantes, afin de s'enquérir de l'avancement du dossier concernant le classement de *Kurun*.

Mercredi 5 août 1992, Philippe Bisciglia écrit dans le même sens à Raymond Labbé, à Saint-Malo. L'expert lui répond le 1er septembre en l'assurant que le voilier répond totalement, de son point de vue, aux critères de classement. Il a eu l'occasion de revoir le cotre au Croisic en 1990. Il précise que la présentation du voilier à la commission supérieure de classement nécessite l'établissement d'un dossier détaillé relatant à grands traits son histoire, complété par des plans et des photos ainsi que par la description des intentions de l'association à son égard. Une fois documenté, ce dernier lui sera adressé ainsi qu'à Maxime Destremau, à la Direction régionale des affaires culturelles de Rennes. L'expert conclut en précisant que la prochaine instance de la commission se tiendra en octobre.

**Concours des Bateaux des côtes de France**

Après le succès populaire et médiatique de la manifestation du 26 mai 1991, le dossier de participation de *Kurun* au concours des Bateaux des côtes de France – dont les premiers éléments furent adressés en avril aux autorités compétentes – a été complété par des photos issues des reportages réalisés le 26 mai et par des coupures de presse des nombreuses parutions d'articles dans les journaux. Ce document est remis par l'association au maire du Croisic et aux conseillers municipaux afin de rendre compte du travail accompli. En parallèle, une belle maquette de *Kurun*, au 1/10e, est réalisée par le club de modélisme intercommunal de Batz-Le Croisic, dans le but de participer au concours de maquette dont les lauréats seront départagés officiellement à Brest en 1992.

La perspective de la participation de *Kurun* à cet évènement constitue, à compter de cet instant, le sujet d'un intense débat au sein de l'association Les amis du Kurun, entre tenants de l'idée de sa présence à Brest et opposants. La manifestation, d'une envergure inusitée, est prévue du vendredi 10 au mardi 14 juillet 1992 avec pour événement marquant la mise à l'eau de la goélette à hunier *La Recouvrance*, réplique d'un aviso du début du XIXe siècle. En complément, de nombreuses répliques de bateaux traditionnels participeront au festival et à la fête maritime qui se poursuivra à Douarnenez. Certains membres de l'association font valoir que la présence de *Kurun* attirera l'attention des médias et permettra de valoriser le patient travail réalisé.

Au début de l'année 1992, l'association Les amis du Kurun compte 311 membres, sans pre Société de sauvegarde du ndre en compte les nombreux correspondants et sympathisants attachés à la perpétuation du souvenir tant du voilier que du navigateur, en France comme à l'étranger.

Le mardi 5 mai 1992, *Ouest-France* pose publiquement la question qui agite l'esprit des Croisicais: « Kurun *ira-t-il à Brest au mois de juillet? Et quel avenir doit-on lui réserver? Telles sont les deux questions qui se posent à présent aux membres de l'association Les amis du Kurun, et qui ont suscité de fervents débats à l'assemblée générale de samedi, une réunion qui a duré près de trois heures* ».

Le quotidien rappelle ensuite qu'un an après la présentation officielle de *Kurun* au public, et au terme de l'important chantier de restauration mené par les bénévoles avec l'aide de 300 membres venus de toute la France et même de l'étranger, l'association est encore dans l'expectative pour ce qui concerne la navigation du voilier et sa participation au rassemblement de Brest, en juillet. Cette présence alléchante semble souhaitée comme la concrétisation du grand mouvement engagé depuis sept ans. Mais le journal souligne que l'opération n'est pas aussi facile qu'il y paraît. *Kurun* n'est pas un voilier ordinaire. Il nécessite un apprentissage assez complexe, la nomination d'un chef de bord ayant la pratique du bateau, et les bras robustes de marins confirmés. Si l'été précédent, un équipage a bien conduit le voilier à La Trinité-sur-Mer, les membres qui le composaient ne seront pas disponibles en juillet.

Autre constat, *Kurun* ne dispose pas d'un moteur ce qui rend complexes les manœuvres de port. Il nécessite d'être accompagné d'une vedette d'assistance en cas de calme plat ou de manœuvres complexes. Enfin, il reste à peine deux mois pour finir l'équipement du bateau et préparer la navigation.

Parmi les solutions envisageables figure l'hypothèse d'un acheminement par la route, solution techniquement satisfaisante mais peu gratifiante au regard des efforts entrepris pour permettre au voilier de naviguer. Ce seul point laisse apparaître, par les questionnements qu'il suscite, le clivage qui commence à se faire jour parmi les membres de l'association. Si un consensus s'accorde à reconnaître à *Kurun* la qualité de témoin de navigation traditionnelle, des positions antagonistes s'expriment sur la question de l'opportunité de le faire naviguer.

Une partie des membres de l'association considère que le travail minutieux fourni par les bénévoles pour restaurer le voilier dans son aspect original a pour seule finalité sa conservation dans un musée. D'autres, en revanche, considèrent que cette immobilisation forcée l'enfermerait dans un passé révolu et conduirait à sa dégradation. Pour eux, un voilier qui se refuse à naviguer n'est en quelque sorte plus un voilier. Il perd en quelque sorte son identité originelle.

Tradition morte versus tradition vivante, ainsi s'exprime en conclusion le dilemme qui se fait jour et assombrit la sérénité des échanges. Les débats de l'assemblée générale aboutissent au constat que, quelle que soit la solution adoptée, les moyens financiers à mobiliser seront considérables. Le coût d'un musée semble peu compatible dans la durée avec les moyens financiers dont dispose la mairie, faire naviguer *Kurun* suppose des ressources conséquentes en matière d'entretien comme d'équipage.

## Chapitre 16 : Naviguer ou ne pas naviguer ?

*« La mer, compliquée du vent, est un composé de forces.*
*Un navire est un composé de machines.*
*Les forces sont des machines infinies,*
*les machines des forces limitées.*
*C'est entre ces deux organismes,*
*l'un inépuisable, l'autre intelligent,*
*que s'engage ce combat qu'on appelle la navigation. »*
Victor Hugo

***Février 2021***

*Anecdote amusante mais révélatrice, la remise à l'eau au Marin, au sud de la Martinique, de la goélette de 28 m 50* Le Toumelin. *Conçue et réalisée par Pierre Brenet, un charpentier de marine passionné par les traditions maritimes, il lui donna le nom du navigateur croisicais en témoignage de respect et d'admiration pour le personnage qu'il représente.*

*En 1971, Pierre Brenet fonda près de Sète, le chantier naval de Marseillan spécialisé dans la construction de coques en ferrociment, faisant appel à la technique du voile de béton répandue aux États-Unis, au Canada et en Nouvelle-Zélande. Avec la contribution d'ingénieurs nord-américains pour le ferraillage, l'aide des ciments Lafarge pour les mortiers et la participation d'ingénieurs français pour les résines, 13 coques – de 12 à 23 mètres de longueur – sortirent de son chantier.*

*Son chef-d'œuvre fut assurément la construction de sa goélette, inspirée des derniers Terre-Neuvas, alliant tradition et modernité par l'utilisation de l'énergie solaire pour la production d'électricité et la dessalinisation de l'eau de mer pour l'approvisionnement en eau douce. Homologué en première catégorie en 1988, le* Le Toumelin *traversa l'Atlantique en 1989 (40 ans après* Kurun*), après avoir effectué ses essais en Méditerranée.*

*À partir de cette époque, il sillonna les Antilles, reconnaissable à son beaupré, son avant à guibre tulipé, son cockpit central, son château-arrière, sa voilure aurique à flèche et ses intérieurs en acajou. Pierre Brenet émit très tôt le vœu que le* Le Toumelin *devienne un bateau-école pour les jeunes défavorisés de la Martinique.*

*Après son décès, survenu le 5 septembre 2014, ses amis fondèrent en janvier 2015 l'association « Les amis du trois-mâts goélette Le Toumelin ». En juillet 2018, l'inscription du voilier au titre des monuments historiques consacra le premier voilier classé aux Antilles françaises. Trois écoles de réinsertion des jeunes adultes de la Martinique participèrent à la rénovation du voilier, en complément de la contribution bénévole des membres de l'association. Le voilier a été remis à l'eau le 1er décembre, avant que le chantier se poursuive dans les aménagements intérieurs et le gréement. La fondation du patrimoine a primé la rénovation de ce voilier inscrit à l'inventaire des monuments historiques.*

*Au même moment, en cette fin décembre 2020, Yannick Bestaven mène la course dans le Vendée Globe. Dans le sud de la Nouvelle-Zélande, il progresse à 17 nœuds, à 10 849 milles de sa destination, Les Sables-d'Olonne. Charlie Dalin le suit à 120 milles plus à l'ouest, précédant de 50 milles Thomas Ruyant. Sur son voilier plus ancien, dénué de foils, Jean Le Cam fait une course étonnante en cinquième position, à 500 milles du premier.*

*Depuis leur départ des Sables-d'Olonne, les voiliers ont profité du courant sud des Canaries, au large de Madère. Il leur a fallu ensuite négocier, près des Iles du Cap Vert, le courant nord équatorial qui les déporte vers l'ouest, avant d'être confrontés à la chausse-trappe du Pot-au-Noir, toujours difficile à négocier, au large du Brésil. Après avoir contourné par l'est l'anticyclone de Sainte-Hélène, ils sont parvenus dans les Quarantièmes rugissants, passé le cap de Bonne-Espérance. Ils entreprennent la folle cavalcade qui les entraîne vers l'est – entre le 40e et le 50e degré de latitude – d'abord au nord des Kerguelen, puis au sud de l'Australie et de la Nouvelle-Zélande.*

**Gros temps chez Les amis du Kurun**

Le vendredi 5 juin 1992, à 17 h 45, le conseil d'administration des Amis du Kurun se réunit pour évoquer parmi d'autres sujets la question de la présence du cotre à la manifestation brestoise. Le bureau comprend sous la présidence d'André Bligné, Jean Bourgeois et Eugène Ducos comme vice-présidents, et Jean Auffret, président d'honneur. Jean Quilgars assure la fonction de trésorier, Françoise Poulain celle de secrétaire générale, assistée d'Yvonne Bizet.

Dès l'ouverture de la séance, l'un des membres du conseil d'administration, Pierre Burdinat, demande la parole pour annoncer sa démission du conseil d'administration. Pour justifier sa décision, il donne lecture de la lettre adressée à André Bligné, dans laquelle il déplore l'abandon du projet de participation de *Kurun* au rassemblement de Brest 92. Il estime que cette annulation risque de replonger le voilier dans l'oubli d'où il est sorti.

Prenant acte de sa démission, André Bligné déclare que le retrait d'autres membres du conseil d'administration lui est également parvenu. Il donne lecture de la lettre que Roland Pouzet lui a adressée le mardi 2 juin 1992. Le démissionnaire explique dans sa missive les raisons de sa décision en réaction à l'orientation donnée à la destination du *Kurun*. Elle pencherait, lui semble-t-il, en faveur d'une exposition à terre du voilier, sans possibilité de navigation. Il récuse donc la majorité qui s'est exprimée en faveur de ce choix car elle lui semble composée de membres qui, pour la plupart, n'ont pas participé de leurs mains à la restauration du voilier.

Roland Pouzet voit également dans cette position le refus d'assumer les contraintes inhérentes à la dynamique d'un *« musée flottant et navigant, portant la renommée de la ville du Croisic dans les ports de la façade atlantique »*. Il conclut sa lettre en déclarant qu'un bateau *« mort »* lui semble sans intérêt car *« un bateau d'histoire se veut vivant »*. Cette finalité a motivé sa participation.

Le président Bligné rappelle que les échanges qui se sont exprimés le 2 mai 1992 en présence du navigateur – lors de l'assemblée générale de l'association – ont suscité un malaise chez certains. Plusieurs membres présents ont en effet exprimé de vives critiques à l'égard du travail de remise en état du *Kurun* effectué par les bénévoles. En réaction immédiate, deux des personnes concernées ont présenté sur le champ leur démission, n'acceptant pas le jugement sans appel de personnes n'ayant participé d'aucune façon à l'important chantier réalisé.

Prenant acte des dissensions qui s'expriment, André Bligné présente la démission collective des membres de son bureau. Il tient à s'en expliquer. D'une part, il lui semble nécessaire, après l'investissement constitué par les sept années passées à la tête de l'association, qu'une nouvelle équipe soit formée afin de prendre le relais. Le bureau est en effet en place depuis la constitution de l'association en juin 1986. Il a rempli les objectifs définis en 1985 par les initiateurs du projet Louis Jaunay et Jean Auffret : *« La remise en état du voilier pour son exposition au public »*.

D'autre part, le bureau entend exprimer sa solidarité, par sa démission, avec l'équipe bénévole qui a œuvré pendant quatre ans pour la restauration de *Kurun*. Le président rappelle, à cet endroit, l'importance du travail réalisé sur un bateau laissé pendant 25 ans *« à l'abandon et au délabrement »*. Il remercie particulièrement pour leur implication sans faille Philippe Bisciglia et M. Burdinat. Jean Quilgars s'associe à cet hommage soulignant la difficulté de la tâche réalisée.

André Bligné évoque ensuite les questions courantes ayant trait à l'activité de l'association. La chaîne de télévision TF1 se propose de tourner, au mois de juillet 1992, un reportage sur *Kurun* qui sera diffusé lors du journal télévisé de Patrick Poivre d'Arvor. Cette évocation du voilier, dans le cadre d'une émission suivie par 12 à 15 millions de téléspectateurs français, constitue un atout indéniable pour sa notoriété. L'une des questions posées par cet intéressant projet est la contrainte requise des responsables de l'émission de mettre à l'eau le voilier en vue de tirer quelques bords télégéniques dans la baie de la Turballe. Elle nécessite l'accord de Jacques-Yves Le Toumelin, requis d'être présent à bord du cotre et interviewé à cette occasion.

Le reportage s'inscrit dans le cadre de la célébration du 40e anniversaire du retour du *Kurun* au Croisic, après son tour du monde. Après un bref débat, l'ensemble des membres présents au conseil d'administration de l'association se prononce en faveur de la réalisation et de la réussite de ce projet. La mairie du Croisic, bien évidemment partie prenante, en est informée et entend soumettre le projet à l'avis du conseil municipal du vendredi 5 juin 1992.

Dans ce contexte, la mise à l'eau du *Kurun* devient une nécessité. Philippe Bisciglia confirme que l'état du bateau permet sans problème cette opération. Par sécurité, Jean Quilgars, qui a lui-même procédé à la réfection de la jointure de quille pendant l'hiver, préconise un test préalable. Il sera effectué par M. Lemerle et la société Presqu'île Levage. MM Barrault, Dervin et Lecocq apporteront leur concours pour l'opération délicate d'installation du mât et du gréement.

D'un avis unanime, les membres présents considèrent que cette mise à l'eau permettrait à *Kurun*, au-delà de l'émission, d'effectuer des sorties en mer et de participer aux rassemblements de vieux gréements auxquels il est invité, à l'instar de celui de La Trinité-sur-Mer. Philippe Bisciglia exprime, en cet endroit, son regret que le voilier ne puisse participer aux fêtes nautiques prévues à Brest au mois de juillet, rappelant la résolution du conseil municipal du Croisic autorisant l'association à présenter le *Kurun* à divers rassemblements. Il ajoute que, lors de l'assemblée générale du 2 mai 1992, le maire a lui-même déclaré qu'il se conformerait aux décisions du bureau pour ce qui concerne l'utilisation du voilier et sa navigation.

André Bligné lui répond que l'équipe en place en 1991 s'était exprimée en faveur de la participation du voilier à la rencontre de Brest, sous réserve que les garanties nécessaires soient apportées. Ces dernières comprenaient notamment la constitution d'un équipage confirmé et l'assistance d'un bateau à moteur pour faciliter les manœuvres portuaires et la sécurité en mer. Mais l'association a été confrontée à la démission de certains membres, inquiets des risques d'un tel projet. Cela conduisit donc à abandonner l'idée du déplacement par la mer au profit du transport du voilier par voie terrestre. L'importance des frais nécessaires à cette entreprise a abouti à la suspension du projet. Sans modifier la décision finale concernant Brest, qui reste en attente, il est décidé que le voilier sera remis à l'eau dans la perspective du reportage de TF1, ainsi que pour être présenté dans certaines manifestations nautiques.

En fin de séance, le président rend hommage à Françoise Poulain pour avoir assuré avec dévouement le secrétariat de l'association des Amis du Kurun depuis sa constitution. Il rappelle qu'elle a été à l'origine, dès 1984, du projet de sauvegarde du *Kurun*, avec Jean Auffret, maire du Croisic deux ans plus tard. Outre son implication dans l'association, elle a assuré par ailleurs la responsabilité du musée naval, la vente des livres de Jacques-Yves Le Toumelin au profit du *Kurun*, ainsi que ceux d'autres auteurs maritimes.

En clôture de l'assemblée générale, Philippe Bisciglia accepte d'assurer l'intérim de la présidence de l'association des Amis du Kurun, du fait de la démission de Jean Bligné et de son bureau. Il lui reviendra de convoquer les administrateurs dès que possible en vue de l'élection d'un nouveau bureau.

À la suite des décisions prises lors de l'assemblée générale, André Bligné adresse le 5 juin 1992 une lettre officielle à Jean Auffret – président d'honneur des Amis du Kurun – pour l'informer de sa démission, ainsi que celle des membres du bureau, cosignataires de son courrier. Il rappelle dans sa lettre le travail réalisé pendant les sept années écoulées par l'équipe qu'il a constituée dans le but de : « *Concrétiser le vœu formulé par Monsieur Louis Jaunay et par vous-même (Jean Auffret) de restaurer en son état d'origine le cotre de Jacques-Yves Le Toumelin, le* Kurun*, en vue de l'inclure dans le patrimoine maritime historique de la ville du Croisic, et de perpétuer ainsi le souvenir des grands navigateurs à la voile.* » Considérant cette mission comme achevée, il constate en effet qu' « *aujourd'hui cet objectif est atteint. L'équipe ayant depuis sept ans travaillé bénévolement pour la résurrection du célèbre cotre, a eu la fierté, autant que la récompense, de présenter le* Kurun *à flot et en état de naviguer* ».

Après avoir ainsi acté l'atteinte de l'objectif initialement fixé, André Bligné fait état des vives discussions qui ont animé l'assemblée générale. Il dégage de cet échange un constat : « *Le souhait pour la majorité de nos membres de réaliser la présentation du* Kurun *dans un futur musée de l'histoire maritime du Croisic avec le concours des autorités municipales, voire l'appui des hautes instances de l'État.* » Cette intention, clairement affirmée, nécessite de son point de vue que le relais de l'animation des Amis du Kurun soit pris par une nouvelle équipe, plus jeune, pour mener ce projet à son terme. Remerciant le maire pour son constant et fidèle soutien, il lui précise qu'un prochain conseil d'administration sera appelé à élire le bureau provisoire qui assurera la continuité de l'activité.

En parallèle du courrier adressé à Jean Auffret, André Bligné informe le 11 juin Marcel Laurent, maire du Croisic, de sa démission et de celle de son bureau. « *C'est avec regret que nous avons pris cette décision consécutive à la démission préalable de plusieurs de nos membres du conseil entraînant la dislocation d'une équipe ayant œuvré pendant quatre ans avec dévouement à la restauration du* Kurun *en son état d'origine, équipe qui se proposait de conduire et présenter le voilier aux fêtes de la mer à Brest en juillet prochain* ». En dépit de ce dénouement, André Bligné dégage une légitime fierté du bilan de son action et d'avoir pu présenter à Marcel Laurent en mai 1991 le voilier « *remis à neuf et en état de naviguer et d'en être récompensé par les articles de la presse, des revues nautiques, de la radio de la télévision, mettant ainsi en valeur notre contribution à la sauvegarde du patrimoine maritime historique du Croisic ».*

Une nouvelle assemblée générale de l'association Les amis du Kurun est convoquée le samedi 10 octobre 1992 afin de redéfinir l'avenir du voilier et d'élire un nouveau conseil d'administration. Elle définit un nouveau bureau composé d'Yves Dervin, comme président, de Bernard Barrault, vice-président, de Philippe Bisciglia, secrétaire, et de Claude Matho, trésorier.

Afin de déterminer la position des membres de l'association à l'égard de *Kurun*, un sondage recueille l'opinion des personnes présentes. Les participants s'expriment dans une grande majorité en faveur de l'exposition permanente de *Kurun*, assortie de courtes sorties en mer permettant au voilier de figurer lors de manifestations maritimes afin de promouvoir le souvenir de Jacques-Yves Le Toumelin ainsi que l'image de la ville du Croisic.

Il est spécifié que *Kurun* ne sera jamais utilisé à des fins commerciales ou publicitaires. L'assemblée prend en outre l'engagement que les sorties seront limitées dans l'espace et dans le temps. Elles ne pourront avoir lieu qu'après un avis unanime du conseil. En préalable, ce dernier s'assurera de la navigabilité du voilier, d'une couverture météo favorable, des compétences de l'équipage, de l'assistance nécessaire et de la garantie d'une couverture garantie par l'assurance. Par précaution, il est déterminé que ces présentations seront volontairement limitées en nombre afin de garder le voilier « *dans un état le plus proche possible de celui qui reste gravé dans la mémoire de Jacques-Yves Le Toumelin, ceci en attendant la création d'un musée, comme souhaité par lui à l'origine* ». Les membres du conseil estiment que cette solution provisoire de navigation ponctuelle est de loin préférable à celle suggérée par d'autres membres consistant à remiser le bateau dans son hangar.

La démission d'André Bligné et les positions prises par le nouveau bureau des Amis du Kurun sont à l'origine d'un désaccord entre le navigateur et l'association en charge de son voilier. Jacques-Yves Le Toumelin est attaché au respect de la condition qu'il a exprimée, voulant que *Kurun* reste au sec. Or, l'association souhaite qu'il navigue de façon ponctuelle, dans un cadre défini. Le clivage qui s'est manifesté entre partisans et opposants à la navigation s'est sensiblement atténué avec le renouvellement du conseil d'administration et du bureau. Nombre de membres de la première heure se sont retirés, chagrinés par l'affrontement qui en différentes occasions a altéré le climat au sein de l'association et détérioré les relations entre les personnes.

Dans ce contexte un nouvel acteur apparaît, la Société pour la sauvegarde du Kurun. Cette association est déclarée en préfecture à Saint-Germain-en-Laye le 9 octobre 1992 et sa parution est publiée au Journal officiel du 28 octobre. Elle prend fait et cause pour Jacques-Yves Le Toumelin et entend lui apporter son soutien dans ses revendications. Elle se fait fort, en faisant appel à l'opinion publique et aux médias, d'apporter satisfaction au navigateur.

Dans cet esprit, son président, Charles Besse-Saige, adresse le samedi 28 novembre 1992 un courrier à Daniel Charles, directeur du Conservatoire international de la plaisance situé 23 Quai des Chartrons, à Bordeaux. Au nom de son association, il souhaite obtenir son appui dans les démarches entreprises pour dessaisir Les amis du Kurun du voilier afin de le restituer à Jacques-Yves Le Toumelin. Il laisse même entendre que le Conservatoire maritime, nouvellement créé, dont Daniel Charles a eu l'initiative, pourrait accueillir le voilier dans ses collections.

Cette structure, initiée par l'historien du yachting Daniel Charles et le régatier bordelais Jean Bertrand Mothes Massé, a été imaginée pour devenir l'un des pôles touristiques importants de l'agglomération bordelaise. Elle vise à associer approche muséale, centre de recherche et action de formation. Rassemblant des voiliers et bateaux à moteur représentatifs de l'évolution de la plaisance dans les cellules de l'ancienne base sous-marine de Bordeaux, à Baccalan, jusque-là inexploitée, elle souhaite apporter un nouveau souffle à cette structure.

Le 8 décembre 1992, Daniel Charles répond à Charles Besse-Saige en lui exposant en premier lieu que l'équipe du conservatoire souhaite bien évidemment voir aboutir le classement de *Kurun* au titre de monument historique. Il lui rappelle toutefois que cette procédure est en cours, à l'initiative de l'association propriétaire du bateau (Les amis du Kurun) et il attire son attention sur le fait que plusieurs dossiers sur le même sujet seraient inévitablement contre-productifs.

À la question qui lui est posée d'apporter son adhésion à la thèse en faveur de la mise en sécurité de *Kurun* au sec, il oppose son expérience personnelle suivant laquelle: « *Les bateaux en bordé classique, si bien conservés soient-ils, se dégradent au sec. Mettre* Kurun *à sec reviendrait, à long terme, à ramener la coque dans l'état où elle se trouvait à sa récente réfection* ». Ce constat a en effet été à l'origine de la décision du conservatoire dont il a la charge de garder les bateaux à flot, mais protégés des éléments extérieurs dans les alvéoles de l'ancienne base sous-marine.

Surtout, Daniel Charles déplore « *La dispute actuelle sur le devenir de* Kurun », souhaitant que les parties puissent s'entendre sur l'arbitrage d'un expert reconnu par tous. Avant de conclure, il précise à son interlocuteur que le conservatoire se tient à leur disposition pour trouver une issue positive aux problèmes rencontrés: « *Afin que les bateaux qui ont bercé notre enfance puissent encore bercer nos enfants* ».

Le 14 décembre 1992, Marcel Laurent, maire du Croisic, adresse un courrier à Jacques-Yves Le Toumelin, à Gwenved, déplorant la campagne de dénigrement orchestrée par ses défenseurs contre les élus de la ville du Croisic. Il rappelle en effet que « *depuis la vente symbolique du* Kurun *à la ville, le 24 avril 1987, les élus ont tout mis en œuvre pour assurer la meilleure sauvegarde qui soit* ». Le maire rappelle les travaux accomplis par les bénévoles à la suite de la convention signée entre André Bligné, président de l'association Les amis du Kurun, et Jean Auffret, le maire de l'époque.

Par la suite, le conseil municipal s'est montré favorable à la demande de l'association d'obtenir le classement du voilier au titre des monuments historiques. Il s'est lui-même personnellement impliqué, obtenant des représentants de l'État la confirmation qu'un voilier classé monument historique pouvait continuer à naviguer. Ne comprenant pas l'ire du navigateur à l'endroit de la municipalité, il craint que ce dernier soit manipulé « *par une personne qui poursuit une lutte acharnée envers les élus en utilisant votre nom* ».

En conclusion de son courrier, il souhaite pour sa part rétablir au plus tôt « *le climat de confiance qui régnait il y a peu entre nous* ». Une copie de son courrier est adressée pour information au sous-préfet de Saint-Nazaire, à Jean Auffret, ancien maire et conseiller général, ainsi qu'à Yves Dervin, président des Amis du Kurun.

Le mercredi 23 décembre 1992, Philippe David, expert du bureau Veritas à Saint-Nazaire, délivre l'attestation consécutive à la visite détaillée effectuée le 16 décembre au Croisic, à la demande de l'association Les amis du Kurun. Lors de son inspection, il a trouvé *Kurun* au sec, échoué sur le sable, dans le port. Son mouillage est constitué de deux corps morts ainsi que de pattes d'oie à l'avant et à l'arrière fixées à des chaînes tendues sur le fond. Reposant sur sa quille, le voilier est maintenu en équilibre à marée basse par une béquille sur chaque bord.

L'examen visuel interne et externe du bordé, de la structure et du roof n'a révélé aucun défaut notable. Seule une légère présence d'eau a été constatée dans les fonds. Les parties visibles du gréement sont en état satisfaisant de conservation. Les voiles et le boute-hors sont stockés dans un hangar pour séchage et hivernage. Les apparaux de pont et le gouvernail paraissent à poste et en état satisfaisant. L'expert conclut que « *Le navire apparaît en état satisfaisant de conservation et d'entretien général.* »

Le lundi 28 décembre 1992, Jacques-Yves Le Toumelin lance par l'entremise de la Société de sauvegarde du Kurun un appel au public par lequel il réaffirme sa volonté que son voilier soit conservé au sec. Intitulé « SOS *Kurun* » ce texte précise :

« *Mon bateau* Kurun *est dans une situation périlleuse nécessitant – pour la première fois de ma vie – que je lance un S.O.S. Mes lettres adressées à son propriétaire, la municipalité actuelle du Croisic ainsi qu'à son association, sont restées sans écho, persistant dans une attitude qui va à l'encontre de ce qui a motivé ma donation, avec le mépris du bateau – et de son histoire – qui se détériore à la merci de toutes les fantaisies. Je pense que le* Kurun *doit être au plus tôt classé au titre des Monuments Historiques et mis en sécurité à l'abri.*

*En vous remerciant chaleureusement de votre soutien, je vous prie de croire en mes sentiments les plus cordiaux.*

*Jacques Yves Le Toumelin*

*Gwenved, le 28 décembre 1992* »

En bas de la pétition, figure l'adresse de la « Société pour la sauvegarde de Kurun », domiciliée 2 rue du Maréchal Joffre à Saint-Germain-en-Laye. Au verso du document, les personnes en accord avec la demande exprimée par Jacques-Yves sont invitées à communiquer leur nom, celui de leur bateau ou leur adresse personnelle, avant de signer leur engagement.

Dans ce contexte d'affrontement entre la Société pour la sauvegarde de Kurun et l'association des Amis du Kurun survient un événement important, l'annonce de la prochaine inscription de *Kurun* à l'Inventaire national des monuments historiques du patrimoine maritime. Elle est communiquée le lundi 6 septembre 1993 à la mairie du Croisic, propriétaire de *Kurun*, et à l'association des Amis du Kurun. Toutes deux attendaient cette issue depuis trois ans.

Le technicien conseil du patrimoine maritime, Raymond Labbé, est venu au Croisic dans le cadre de ses fonctions pour constater les résultats de la restauration de *Kurun*. Personnalité aux compétences navales reconnues, il est né en 1923 à Saint-Malo, près de la tour Solidor, d'un père marin sur les cap-horniers. En 1938, il commence son apprentissage de charpentier de marine et prend en 1953 la direction du chantier Craipeau, qui devient ensuite le chantier Labbé, à Saint-Malo.

**Polémique**

Le jeudi 28 janvier 1993, *Presse Océan* publie un long article à propos de la polémique en cours entre Les amis du Kurun et le navigateur. Il est intitulé « *Fortune de mer : A-t-on triché avec Jacques-Yves Le Toumelin ? [...] Le célèbre navigateur estime son bateau en danger.* »

Son auteur, Lionel Aubry, pose en introduction la question de savoir si la volonté de Jacques-Yves Le Toumelin a été trahie et si l'utilisation qui est faite aujourd'hui de son voilier constitue un détournement de l'esprit de sa donation. Le journaliste rappelle que *Kurun* a été longtemps oublié sous un hangar, à Pelamer, avant d'être restauré par les bénévoles de l'association Les amis du Kurun qui lui ont consacré plus de 4 500 heures de travail.

Il souligne que Jacques-Yves s'est lui-même félicité dans un premier temps « *de ce grand bonheur, de cet élan collectif ayant permis de sauver l'un des plus vieux gréements du tour du monde en solitaire* ». Force est de constater par la suite que les vents ont tourné à la polémique. Après avoir démissionné de l'association, le navigateur a lancé un S.O.S dans les médias, par une lettre publique diffusée le 28 novembre 1992.

En conclusion de son propos, le navigateur demande le classement de son voilier au titre des monuments historiques et sa mise à l'abri. Lionel Aubry évoque ensuite l'émoi que suscite au Croisic la diffusion de cette information, alors même qu'une association dissidente est apparue dans le but de soutenir et d'accompagner la volonté exprimée par Jacques-Yves Le Toumelin

Directement visé par les attaques de la Société pour la sauvegarde du Kurun, Yves Dervin, le président des Amis du Kurun, rappelle que *Kurun* a d'abord séjourné dans le port du Croisic jusqu'au 24 avril 1967 avant d'être relégué dans un hangar. Faute d'entretien, il s'est trouvé vingt ans plus tard réduit à l'état d'épave et menacé de destruction. Par la suite, la donation a été formalisée par l'acte officiel passé le 24 avril 1987, simultanément à la convention qui liait la ville du Croisic à l'association qu'il préside.

Au terme de cet accord, *Kurun* fut totalement restauré par les bénévoles avant d'être présenté au public en parfait état le 26 mai 1991. Le cotre s'est rendu par ses propres moyens à Nantes, en octobre 1992, pour participer aux festivités marquant le retour du *Belem*. Réagissant aux documents récemment diffusés, de nature à jeter le discrédit sur l'association qu'il préside, le président rappelle que cette dernière est la seule mandatée par Le Croisic, propriétaire exclusif du voilier, pour en assurer la conservation, l'entretien et la présentation.

Pour ce qui concerne la position de la mairie, partie prenante dans l'affaire, le maire Marcel Laurent se voit également dans l'obligation de rappeler à l'ordre le président de la Société pour la sauvegarde du Kurun. Il a même adressé un courrier au ministère pour contrecarrer la demande de classement du bateau effectuée par cette association, en parallèle de la démarche déjà entreprise par la municipalité en 1988 auprès de la Direction départementale des affaires culturelles, à Nantes, puis en 1992 auprès de la Conservation régionale des monuments historiques, ainsi qu'auprès du ministère de la Culture.

Le vendredi 29 janvier 1993, Lionel Aubry donne une suite dans *Ouest-France* à l'article publié la veille. Il l'intitule *« Kurun : le mal de mer »*, avec pour sous-titre : *« Jacques-Yves Le Toumelin n'a jamais changé d'avis, sa volonté était écrite. Aujourd'hui une autre association mène combat au nom du patrimoine pour sauver le* Kurun. *À chacun de juger ».*

Le journaliste rappelle que: « *L'esprit de sa donation [par Jacques-Yves Le Toumelin], c'était la générosité. Ce serait mal connaître ces héros d'hier, véritables solitaires des mers, que de prétendre le contraire* ». L'attachement du navigateur pour Le Croisic l'a conduit à faire don de son bateau à la ville. Homme sensible, fidèle, reconnaissant et désintéressé, le navigateur regrette aujourd'hui que l'on transgresse le « *contrat moral entre amis* » qui fut établi à l'origine. Il a en effet toujours exprimé la volonté claire que *Kurun* termine sa carrière dans un musée.

En 1970, Luc Marie Bayle, directeur des musées de la Marine, a demandé au navigateur d'envisager la cession de son bateau. La ville du Croisic était au courant de cette proposition et Jacques-Yves a exprimé sa préférence pour la solution consistant à ce que *Kurun* reste au Croisic. S'il a fait don de son voilier à la municipalité, c'est pour que le Croisic assume ce qu'entendait faire le musée de la Marine. Il déplore donc que l'intention initiale se soit progressivement estompée et que la municipalité ait oublié le but premier de son don. Le fait que *Kurun* recommence à naviguer constitue un détournement de l'esprit même de sa donation. Il ne cache pas la peine qu'il en éprouve.

Questionné par Lionel Aubry, le conseiller général Jean Auffret, ancien maire du Croisic, apporte sa version des faits. Pour autant qu'il s'en souvienne, il n'y avait pas eu à l'époque d'interdiction de navigation formelle. Il en donne pour exemple que le navigateur s'est réjoui que *Kurun* puisse se rendre à Brest pour participer à la rencontre des grands voiliers, à condition que les conditions de sécurité soient assurées.

Pour ce qui concerne la présence de *Kurun* dans un musée, Jean Auffret souligne que personne au Croisic ne semble opposé à l'idée. Malheureusement – après avoir étudié différentes hypothèses et leurs coûts respectifs – la ville s'est rendu compte qu'elle n'avait pas les moyens nécessaires à la réalisation d'un musée. Quant à l'idée que le bateau puisse naviguer à nouveau, il se montre prudent sur ce point, se rangeant à l'avis exprimé par les navigateurs et les experts. En revanche, la présence de *Kurun*, pendant quelques années, lors des rencontres de vieux gréements ne ferait qu'honorer Jacques-Yves Le Toumelin et son voilier.

Soucieux de clarté, Lionel Aubry relève certaines contradictions. Il rappelle le compte rendu de la première réunion qui s'est tenue le 9 septembre 1985 à la mairie du Croisic, en présence de Jacques-Yves Le

Toumelin et de son épouse, du maire Louis Jaunay, des adjoints Auffret, Coïc et Guilleux, ainsi que d'André Bligné, appelé à devenir le premier président des Amis du Kurun. Lors de cette rencontre – dont l'objectif était de connaître exactement les souhaits du navigateur concernant son voilier et de savoir si la restauration du voilier posait un problème – Jacques-Yves Le Toumelin « *manifesta sans ambiguïté le désir de voir son* Kurun *rester au Croisic malgré les convoitises diverses. Il pensait également que ce serait une erreur d'essayer de le faire naviguer et ne le souhaitait pas* ». André Bligné et un autre participant à la rencontre avaient rejoint sur ce point la position exprimée par le navigateur.

Le journaliste aborde ensuite la question du classement de *Kurun*. La municipalité du Croisic affirme avoir effectué les démarches nécessaires en 1988 et 1992 ce que semble démentir une lettre du contre-amiral Ortscheit, de la Commission de classement des monuments historiques maritimes. Il est en revanche possible que la demande n'ait pas été adressée au bon service lors de ce premier envoi. En effet, le 24 novembre 1992, l'officier confirme, dans un courrier adressé à Jacques-Yves Le Toumelin et à la Société de sauvegarde du Kurun, que « *si le propriétaire actuel demande son classement – ce que le ministère de la Culture vient de lui suggérer de manière formelle, car cette demande de classement n'était pas formulée – je m'efforcerai de persuader la commission compétente de l'intérêt de protéger ce navire.* » L'officier de Marine voit en effet dans *Kurun* le témoin remarquable d'une époque révolue de navigation à la voile ainsi que le souvenir d'un authentique exploit maritime français.

Le journaliste précise qu'une démarche similaire a été entreprise par la Société de sauvegarde du Kurun. Elle a adressé un courrier en ce sens le 23 novembre 1992 à Jack Lang et à la présidence de la République. L'Élysée en a accusé réception le 1er décembre.

Dans le même temps, le directeur des Musées de la Marine, le contre-amiral François Bellec, prend lui-même la plume le 7 décembre 1992 pour informer Jacques-Yves qu'il est prêt à s'entretenir avec lui du classement de son voilier sous réserve qu'il parvienne à un consensus avec la ville du Croisic. À la fin de l'année, le 30 décembre 1992, le conservateur général du patrimoine du ministère de la Culture confirme au navigateur et à l'association qui l'accompagne que le dossier sera présenté lors d'une prochaine séance de la commission supérieure en charge du classement. Jacques-Yves Le Toumelin peut compter sur l'appui – outre la cinquantaine de membres de la Société de sauvegarde du Kurun – d'un certain nombre de personnalités.

Lionel Aubry précise que, de son point de vue, Christian Besse-Saige, le président de cette association, n'est ni le grand méchant loup ni le diable, comme certains le présentent indûment. Homme de caractère, il a un grand respect pour Jacques-Yves Le Toumelin et son histoire. Son association ne brigue pas d'obtenir la gestion de *Kurun*. Elle vise uniquement à assumer « *la protection matérielle et morale du voilier ainsi que son exposition permanente au public dans le cadre du patrimoine de la ville du Croisic* ».

Besse-Saige souligne, enfin, la nécessité d'être vigilant en rappelant que le patrimoine culturel maritime français a déjà connu la perte du *Firecrest* d'Alain Gerbault par ignorance, accident ou négligence. Rappelons, pour mémoire, que ce voilier, offert par Alain Gerbault à la marine nationale, coula le 26 juillet 1931 au large des Roches Douvres, dans la Manche, lors de son convoyage entre Cherbourg et Brest.

De son côté, la municipalité du Croisic avoue ne pas comprendre le revirement du navigateur et les raisons du procès d'intention qu'il fait à l'association croisicaise. Elle déclare ne pas saisir en quoi et de quelle façon la volonté du donateur a été détournée. Il lui semble que cette affaire agace tout le monde, voire en haut lieu les responsables du musée de la Marine à Paris qui ont décidé de prendre leur distance par rapport à la polémique. En clôture de son article, illustré par une photo du *Kurun* avant sa rénovation dans le hangar de Pelamer, Lionel Aubry se propose de revenir sur l'affaire dans l'édition du lendemain, pour éclairer ses lecteurs.

Dans les faits, la démission de l'ancien bureau de l'association Les amis du Kurun en 1992, puis la nomination d'un nouveau conseil d'administration entraînèrent un ralentissement temporaire du dossier de classement de *Kurun*. Le 26 janvier 1993 Yves Dervin reprend contact avec Raymond Labbé. Il lui expose de façon factuelle les difficultés internes auxquelles l'association s'est trouvée confrontée et lui rappelle qu'un dossier complet a été adressé par la mairie du Croisic au ministère de la Culture en juillet 1992.

L'amiral Ortscheit, de l'Amerami – Association reconnue d'utilité publique fondée en 1975 par le commandant Luc-Marie Bayle, attachée à la sauvegarde du patrimoine maritime français – a demandé aux Amis du Kurun des précisions complémentaires le 20 novembre 1992. Elles lui ont été communiquées le 30 décembre, précisant que le voilier est désarmé et conservé à flot dans un endroit abrité du port du Croisic. Quelques éléments d'aménagement et de gréement ont été démontés et stockés à l'abri sous un hangar pour entretien. Dans ce même bâtiment sont suspendues les voiles, pour les garder au sec.

Les amis du Kurun ont prévu de procéder à un carénage et à la réfection des vernis au mois d'avril 1993. Le président rappelle que le bon état général du voilier a été attesté par différents constats comme le procès-verbal du 15 mai 1991 établi par le Centre de sécurité de Saint-Nazaire, ainsi que par l'attestation du bureau Veritas du 23 décembre 1992. En complément, la revue *Le Chasse-Marée* a consacré un long article au voilier dans son numéro 60 du mois de novembre 1991. La chaîne de télévision *TF1* a diffusé le 7 juillet 1992 le reportage réalisé le 2 juillet. Enfin, le voilier a été présenté à La Trinité-sur-Mer en 1991 et à Nantes en novembre 1992 pour commémorer le retour du *Belem*. En conclusion, Yves Dervin espère une visite prochaine de Raymond Labbé au Croisic pour clore le dossier de classement.

***Kurun* : Monument historique**

Le vendredi 3 septembre, le conservateur régional des Monuments historiques, Robert Jourdan, confirme au maire du Croisic que, dans le cadre du classement du voilier, il a pris note du fait que l'association Les amis du Kurun est mandatée par la mairie pour l'entretien et la présentation du voilier. Suivant l'usage en vigueur, il se propose de venir effectuer une visite du voilier avec Raymond Labbé, afin de présenter à l'association les effets et les procédures qui découlent de la mesure de protection qui vient d'être prise. Par la même occasion pourraient être envisagés, le cas échéant, les travaux nécessaires à la bonne conservation du voilier.

Le 6 septembre 1993, Maryvonne de Saint Pulgent, directeur du Patrimoine, au ministère de la Culture et de la Francophonie, publie enfin l'arrêté confirmant le classement aux Monuments historiques du « *cotre Kurun, en bois, construit en 1947 au chantier Leroux du Croisic à la demande de Monsieur Jacques-Yves Le Toumelin sur plan de l'architecte naval Dervin »*. Cette décision est notifiée au préfet du département de la Loire-Atlantique et au maire de la commune du Croisic responsables des implications de cette mesure.

Dans son édition du mercredi 6 octobre 1993, *Ouest-France* confirme que l'inscription en cours n'attend plus que la signature finale de Jacques Toubon, le ministre de la Culture. Le dossier, soumis à la commission supérieure de classement a été accepté à l'unanimité dès le mois de mai. Le classement de *Kurun* répond aux arguments requis pour cette qualification comme la rareté du bateau, son ancienneté, son état sanitaire, ainsi que des raisons annexes plus subjectives, comme la réputation de l'architecte naval, le savoir-faire des charpentiers du chantier qui ont œuvré à sa construction, voire la personnalité du navigateur. En complément, l'évaluation a pris en compte le critère d'authenticité du voilier et l'environnement des projets culturels prévus en lien avec sa sauvegarde.

La municipalité du Croisic et l'association Les amis du Kurun se félicitent de cette conclusion heureuse: *« Nous nous réjouissons de cette mesure qui honore cet élément du patrimoine croisicais et qui met le célèbre cotre de Jacques-Yves Le Toumelin à l'abri des abandons ou des déprédations qu'il pourrait éventuellement subir à l'avenir »*. L'inscription soumet toutefois les deux partenaires à des obligations, notamment la vérification régulière de son état d'entretien et son maintien dans son état d'origine. Dans cette perspective, certaines mesures ont déjà été prises comme l'adoption d'un taud destiné à protéger le pont des intempéries pendant l'hiver, l'utilisation d'une voile en dacron lors des déplacements pour préserver la grand-voile d'origine. Surtout, *Kurun* a confirmé son aptitude à naviguer puisque le même week-end, barré par Simon Le Cossec accompagné d'un équipage de cinq personnes, il a participé aux Fêtes de l'Estuaire, à Paimboeuf.

L'inscription à l'inventaire des monuments historiques suscite des réactions différentes de deux associations, désormais antagonistes. D'une part, Les amis du Kurun voient dans la décision la concrétisation des 4 500 heures de travail consacrées à la restauration du voilier. Son vice-président déclare à ce sujet: *« On est sûr à présent qu'il sera conservé en l'état »*. Par la même occasion, il réaffirme, profitant de l'audience du journal, que Les amis du Kurun sont la seule association mandatée par la municipalité du Croisic pour entretenir et présenter le voilier.

De son côté, la Société pour la sauvegarde du Kurun (SSK) se réclame du parrainage de Jacques-Yves Le Toumelin pour demander sans délai l'exposition du voilier, à terre et au sec, dans un musée. Christian Besse-Saige est assisté de Pierre Chastan qui assure les fonctions de secrétaire de l'association. Son siège est domicilié chez ce dernier, 2 rue du Maréchal Joffre, à Saint Germain-en-Laye.

Christian Besse-Saige exerce son activité professionnelle dans l'univers de la communication. Auteur de *Fragments*, un recueil de poésies et d'aphorismes, d'un ouvrage de nouvelles intitulé *Les Revolins*, il s'intéresse notamment à Gérard de Nerval qui vécut une partie de son enfance et de son adolescence chez son oncle, Gérard Dublanc, à Saint-Germain.

Attiré par la mer et les voiliers, il commence à naviguer très tôt et effectue un tour du monde en 1978 – 1979. Dès que cela lui est possible, il séjourne dans le nord de la Bretagne ou navigue en Normandie. Homme de débat, l'engagement est l'une des convictions de sa vie citoyenne. Régatier, il a notamment navigué sur *Soling*, un quillard de série internationale à trois équipiers de 8 m 20.

L'article 2 des statuts de l'association se donne comme objectif : *« d'assumer la protection matérielle et morale du* Kurun, *célèbre bateau de Jacques-Yves Le Toumelin, ainsi que son exposition permanente au public dans le cadre du patrimoine historique de la ville du Croisic »*. Sur ce sujet, elle se situe sur la même ligne que Les amis du Kurun, à la différence toutefois qu'elle n'a sur ce point la légitimité apportée par la mairie, propriétaire de fait du voilier. L'association entreprend différentes actions, campagnes et démarches auprès des médias. Dans cet esprit, elle prend notamment contact avec la fondation Cousteau, mais aussi avec des personnalités comme Patrick Poivre d'Arvor, l'architecte naval Maurice Amiet, ainsi qu'avec Michel Péricard, le maire de Saint-Germain-en-Laye.

Dans le climat de suspicion lié au conflit en cours, Les amis du Kurun prennent les plus grandes précautions. Le 11 janvier 1994, Philippe Bisciglia dresse la liste des instruments de bord de *Kurun* qui ont été donnés par Jacques Yves Le Toumelin lors de la cession du voilier. On y lit que cet inventaire mentionne un compas de route, un compas inversé, un loch à hélice dans son coffret (de marque anglaise), deux gros fanaux (lampes à pétrole en cuivre), ainsi qu'une petite lampe de cuivre avec bec en porcelaine. Il précise même: « *Ces instruments sont rangés dans le petit placard sous l'escalier, dans la chambre de droite, au rez-de-chaussée de ma maison de Bouzeray, à Guérande.* »

Un autre document, établi à la même époque, décrit les autres matériels dont dispose l'association: quatre matelas, deux housses pour matelas, deux bouées couronnes, six gilets de sauvetage, une housse de voile (taud), un coffret de fusées valables jusqu'en octobre 1995 (sic), une boîte de pharmacie, des règles et un rapporteur de navigation, des feux de position, un avertisseur de brume, un réflecteur radar, divers pavillons, un compas et sa valise, une VHF avec son chargeur, un extincteur, un réchaud à gaz.

**Après le classement**

Le mercredi 22 décembre 1993, Serge Poirot publie dans *Ouest-France* l'article intitulé « *Visite d'experts après son classement: le Kurun est en bonnes mains* ». Le journaliste évoque la visite des hommes de l'art venus le lundi précédent évaluer la restauration de *Kurun*. Il lui semble que l'avis exprimé par Raymond Labbé devrait mettre un terme aux polémiques en cours.

Accompagné du représentant du ministère de la Culture et de la Direction régionale des affaires culturelles, l'expert malouin affirme en effet: « *Je retrouve à quelques détails insignifiants près, le Kurun que j'ai connu il y a trente ans. À première vue il n'y a pas de déformation visuelle. L'état de la coque est très sage. Tout compte fait, il n'est pas en si mauvaises mains* ».

Il est prévu que l'expert revienne au printemps 1994 pour inspecter la garde-robe du voilier car la météo défavorable n'a pas permis de hisser les voiles et de les déployer lors de cette visite. Le journaliste suppose que les responsables des Amis du Kurun éprouveront un certain plaisir en entendant les conclusions exprimées par cette voix autorisée.

Serge Poirot considère par ailleurs que la réponse des experts doit soulager Marcel Laurent, le maire du Croisic. L'édile souhaite en effet vivement que cette conclusion apporte une réponse définitive aux déclarations de Jacques-Yves Le Toumelin et de Christian Besse-Saige pour qui le bateau a été massacré : « *Maintenant, il n'y aura plus d'ambiguïté* ».

Le lundi 12 décembre 1994, Robert Jourdan, conservateur du patrimoine, accuse réception de la lettre adressée par Marcel Laurent, maire du Croisic, le 29 novembre précédent, pour l'informer du souhait de la mairie d'entreprendre des travaux sur *Kurun*. Le conservateur précise à l'édile la nécessité, avant tout chantier, que lui soit transmis le descriptif précis des actions prévues, ainsi que la proposition du maître d'œuvre retenu pour les travaux. Dès la réception de ce document, il consulte Raymond Labbé, technicien conseil du ministère de la Culture et de la Francophonie, afin de prendre en connaissance de cause sa décision. Il confirme que les travaux seront suivis dans leur mise en œuvre par ce dernier.

Dans l'hypothèse de la sollicitation d'une subvention de l'État pour ces travaux, le conservateur stipule qu'il conviendra de joindre au dossier technique le plan de financement prévisionnel. À son courrier est annexée la copie du document signé par J. Richard, adjoint au maire du Croisic, le 28 juillet 1992. Il confirmait l'engagement de la municipalité à respecter les contraintes des Monuments historiques. La note des services du patrimoine stipule qu'un bateau classé ne peut être modifié, réparé ou restauré sans accord préalable du Ministre, que les travaux autorisés s'effectuent sous la surveillance de son administration, que les bateaux classés ne peuvent être exportés hors de France et sont imprescriptibles. Ces dispositions prévoient que les propriétaires, affectataires ou dépositaires sont tenus à de sévères obligations touchant la garde et la conservation des bateaux. Enfin, le document précise que le Ministre peut ordonner le transfert provisoire dans un lieu sûr des bateaux dont la sécurité et la conservation ne sont pas assurées.

En décembre 1994, la Société pour la sauvegarde de Kurun, qui ne désarme pas, publie un communiqué adressé à la presse, intitulé « *Pour un futur durable de Kurun* ». Le texte précise que : « Kurun *est la création de Jacques-Yves Le Toumelin. Ensemble, ils ont partagé de belles navigations et vécu de grands moments en dehors du temps avec cet esprit si spécifique qui reste un exemple relaté dans deux livres qui sont lus et relus comme des classiques.* » L'association s'indigne du non-respect de la volonté du navigateur que son voilier ne navigue plus.

Le 15 mai 1995, Raymond Labbé examine le voilier au sec sur l'un des quais du port du Croisic. Le cotre se trouve alors en finitions de peinture. L'expert inspecte en premier lieu la coque et déclare : « *Celle-ci est en bon état, les bordés sont sains ; les membrures également, aucune trace de pourriture n'est visible, une visite a été faite lors d'une petite intervention par le chantier Pradel du Croisic et qui n'a rien décelé d'anormal, le calfatage est en bon état et le bateau ne fait pas d'eau.* »

Au passage, il observe, mais sans gravité immédiate, l'usure de la ferrure du gouvernail. Elle nécessitera le rattrapage du jeu des aiguillots et des fémelots lors d'un prochain chantier. Pour ce qui concerne le pont, l'entoilage du roof avec de la toile de coton, comme à l'origine, vient d'être exécuté par un chantier local, tandis que la partie en bois reste saine. À la suite des remarques formulées lors de sa précédente visite, le capot du poste avant a été modifié. Les hiloires du roof, comme les hublots, sont en bon état d'entretien. Les bordées du pont le sont également, avec toutefois un jointoyage en cours de décollement qui nécessitera d'être revu.

L'expert insiste sur la nécessité de veiller à l'étanchéité totale du bateau pour sa maintenance au sec. Les aménagements intérieurs ont subi très peu de dommages et se révèlent très proches de l'état originel. Pour ce qui concerne le gréement; la mature, la bôme, la corne et le beaupré sont d'origine, ainsi que leurs ferrements. L'ensemble du gréement – courant et dormant – est en place dans un bon état d'ensemble. Les voiles sont entreposées au sec dans un hangar. L'association possède un jeu de voiles en coton d'origine et un second jeu, en dacron teinté couleur cachou, en état de servir.

En conclusion de son rapport, positif, Raymond Labbé atteste surtout que « *L'ensemble du navire âgé de 48 ans est dans un état très satisfaisant et a subi peu d'altération, bien que les moyens financiers soient faibles et que tout repose sur le bénévolat.* » Il adresse le jour même les conclusions de son rapport de visite du *Kurun* à Marc Pabois, à la direction du Patrimoine du ministère de la Culture, à Paris.

Le 26 juin 1995, la parution d'un article de la revue *Bateaux* concernant *Kurun* suscite l'ire de Jacques-Yves Le Toumelin. Il exprime son ressentiment à l'égard d'une présentation des faits qu'il considère comme malhonnête. Il s'insurge contre le choix de la conservation sur l'eau de *Kurun* rapporté par la revue, alors que son maintien au sec était la condition *sine qua non* de sa donation. En opposition avec la position des experts qui défendent la position du maintien à l'eau du voilier, il rappelle que de multiples exemples démontrent le contraire. Ainsi en est-il du *Fram* de Nansen au sec à Oslo, des drakkars de Gokstad et d'Oseberg à Oslo, du *Kon Tiki* de Thor Heyerdal (dont il fit la connaissance à Saint-Malo) sur la presqu'île de Bygdoy à Oslo, du *Legh II* de Vito Dumas à Buenos Aires, du *Tilikum* de Klaus Voss au musée maritime de Victoria, au Canada. Tous ces bateaux sont exposés à terre dans des musées.

**Affrontement**

Dans ce contexte de confrontation entre les associations, le docteur Jean Visbecq accepte de prendre la présidence des Amis du Kurun lors de l'assemblée générale du 8 juillet 1995. Un nouveau bureau est composé, outre lui-même, de Simon Le Cossec comme vice-président, de Philippe Bisciglia comme secrétaire, de Claude Matho comme trésorier.

En octobre 1995, un nouveau communiqué de Jacques-Yves Le Toumelin est diffusé à destination de ses sympathisants. « *À l'attention de tous ceux qui prêtent intérêt au* Kurun, *je tiens à préciser ceci : le bateau devrait être, intact, à terre, à l'abri, dans un musée, condition* sine qua non *de ma donation. Utilisé, bricolé, abîmé, adapté au seul plaisir de quelques-uns, il n'a plus de rapport avec ce que fut mon bateau ; c'est l'anti* Kurun. *Bateau fantoche, dérision, peinture brillant sur l'eau pour badauds et gogo. Outrage à la mémoire des marins d'autrefois, au respect de la parole et à moi-même.* » La tension subsiste encore entre le navigateur, la municipalité et Les amis du Kurun, même si certains s'étonnent que l'acte officiel de cession – rédigé par le propre notaire de Jacques-Yves Le Toumelin suivant la volonté de la mairie du Croisic de lui permettre de formuler l'acte à sa convenance – n'ait fait nulle mention de cette condition.

## Chapitre 17 : La Société pour la sauvegarde de Kurun

*« Naviguer :*
*C'est accepter les contraintes*
*que l'on a choisies.*
*C'est un privilège.*
*La plupart des humains*
*subissent les obligations*
*que la vie leur a imposées ».*
Eric Tabarly

***Mars 2021***

*Retrouvés et lus plus tard – bien après leurs parutions – les articles de presse éclairent singulièrement des instants disparus. Celui publié le 22 septembre 2009 par Emmanuel Vautier dans* Ouest-France *pour rappeler le départ soixante ans plus tôt de* Kurun *pour son tour du monde est à ce titre intéressant en ce sens qu'il recueille de façon quasi prémonitoire le témoignage de quelques proches de Jacques-Yves Le Toumelin, à quelques semaines de sa disparition.*

*Sa sœur Yahne rappelle la volonté de son frère, sans être un ethnologue, d'aller en permanence à la rencontre des autres à chacune de ses escales. Cela le confronta au triste constat de l'extinction progressive de certaines cultures.*

*Son ami Jean Bligné se souvient qu'il l'accompagna à bord de* Kurun *lors de son départ, avec son père Victor, avant que les deux hommes soient récupérés par Jean Quilgars sur l'*Indomptable*, de retour du plateau du Four avec une belle moisson de crevettes. Quant à « Jano » (Quilgars), interrogé par le journaliste, il se rappelle que l'issue de la guerre permit à Jacques-Yves de concrétiser ses ambitions de voyage et d'aventure, tout en s'évadant d'un « monde moderne » dont il déplorait les excès.*

*Ce voyage fut aussi – dans l'interprétation qu'en donne Yahne – une sorte de retraite intérieure pour «* un dissident de la société de consommation inspiré par la mer *». Tous s'attachent à reconnaître en Jacques-Yves, avec affection, un ascète au caractère affirmé, qu'ils décrivent comme «* indépendant, têtu, méticuleux, volontiers bagarreur *».*

*Son neveu, Matthieu Ricard souligne surtout son intégrité morale et la profondeur de sa réflexion spirituelle, voyant en lui* « comme un deuxième père » *dont il admire les compétences nautiques comme l'exigence permanente du travail bien fait appliquée aux moindres choses de l'existence. Il lui fit part de l'estime qu'il portait aux grands marins.*

*Qu'aurait pensé Jacques-Yves Le Toumelin – pour qui les records étaient une incongruité et qui évitait de faire souffrir son bateau, comme le rappela André Bligné – de l'arrivée de Charlie Dalin en vainqueur du Vendée Globe, le mercredi 27 janvier 2021, à 20 heures et 37 minutes ? En 80 jours, 6 heures et 15 minutes, il a parcouru 24 365,74 milles. Sa vitesse moyenne a été de 12,65 nœuds sur la route orthodromique. Sur le fond, elle fut de 28 267,88 milles à la moyenne de 14,67 nœuds. Pressé par ses poursuivants, il a gardé la tête froide, bénéficiant du flux qui se renforçait dans le Sud-Ouest des Açores. Après avoir rasé le cap Finisterre, un dernier empannage lui a permis d'effectuer le long bord – bâbord amures – qui l'a mené aux Sables-d'Olonne.*

*Arrivé le lendemain à 4 heures 19 minutes et 46 secondes, Yannick Bestaven occupe la troisième position en temps réel. Elle lui assure la victoire grâce à la compensation de 10 heures et 15 minutes qui lui fut octroyée pour sa participation à la recherche de Kevin Escoffier après son naufrage. Son option de se diriger vers le nord, au niveau des Açores, s'est révélée payante.*

**Jeudi 21 décembre 1995**

La polémique autour de *Kurun* se poursuit avec intensité pendant quelque temps encore. Le mensuel *La pêche en mer* d'août 1995 appelle à la vigilance et à l'engagement les nombreux plaisanciers dont l'enfance a été marquée par la lecture des récits des navigateurs solitaires.

Évoquant Jacques-Yves Le Toumelin, l'article précise que ce dernier « *se désespère devant le sort réservé à son* Kurun, *superbe cotre à corne et arrière norvégien dont il a fait don à la ville du Croisic* ». Préoccupé par sa sauvegarde le navigateur demande à la revue la publication du communiqué diffusé par l'association qui le soutient. L'article se conclut par l'invitation à ceux qui le souhaitent de prendre contact avec la Société de sauvegarde du Kurun dans laquelle s'implique Pierre Chastan.

Ancien imprimeur, radioamateur, Pierre Chastan est un ami de Jacques-Yves Le Toumelin chez qui il vient parfois camper l'été, à Gwenved. Par amusement, Jacques-Yves embarque même, une fois ou deux, sur son dériveur. Né le 15 septembre 1941, à Courbevoie, dans les Hauts-de-Seine, la famille de Pierre est originaire de la Drôme. Sa première rencontre avec la mer remonte à 1953, l'année de ses 12 ans, à Deauville. À 18 ans, il rejoint en 1959 l'imprimerie familiale fondée par son père. Son service militaire, effectué dans les transmissions, lui fait découvrir l'univers des radioamateurs qui est pour lui une révélation. Cette passion ne le quitte plus.

Le 22 mai 1991, lors de sa participation à l'émission de Jean-Marie Cavada *La marche du siècle*, Pierre a l'idée d'organiser une pétition à l'échelle mondiale afin d'exiger la proclamation des droits des générations futures énoncée par Jacques-Yves Cousteau. Cette dernière affirme que tous les hommes sont en droit d'hériter d'une terre indemne et non contaminée, avec de l'eau propre à la consommation, de l'air respirable et suffisamment de ressources. De la sorte, toutes les formes de la vie pourraient s'épanouir. Le 4 juin 1992, Jacques-Yves Cousteau interpelle à ce sujet les délégués du sommet de Rio.

Pierre est l'un des compagnons de la première heure de la fondation Cousteau. L'appel de Jacques-Yves Cousteau en faveur de l'Antarctique, dont il partage la conviction, l'incite dès 1988 à participer à la collecte et au dépouillement d'une première pétition. En 1991, il participe au traitement des formulaires d'une autre pétition, sur les Droits des générations futures, qui arrivent en nombre à la fondation Cousteau. Bénévole, il se dépense sans compter pour la fondation. Il a fait sienne la déclaration de Jacques-Yves Cousteau « *Connaître – aimer – protéger* ». L'ancien officier de Marine, fondateur des campagnes océaniques françaises avec la *Calypso*, vulgarisateur des grands fonds et de la vie marine, puis président de la Cousteau Society, a en effet développé au fil du temps une fibre environnementale croissante.

En parallèle de son implication dans la fondation, Pierre assure quotidiennement, aux premières heures de l'aube, sa vacation de radioamateur sous l'indicatif F6FOZ. Il propose à Jacques-Yves Cousteau d'étendre la diffusion de la pétition par un appel aux bonnes volontés des radioamateurs de la planète. Sa proposition reçoit l'assentiment de ce dernier.

Avec Guy Jouas, le radio de *La Calypso*, Pierre obtient de Christian-Jaque, le réalisateur du film *Si tous les gars du monde*, de reprendre cet intitulé pour le projet de collecte de signatures. Le 10 octobre 1992, l'appel est lancé. L'initiative se propage également dans le grand public et recueille 20000 signatures complémentaires, issues de quarante-deux pays. La famille de Pierre – Marie-Hélène son épouse et ses deux filles Lise et Annabelle – participe à l'opération. Pierre se rend avec son épouse à Bora Bora en juillet 1993, où il rencontre Paul-Émile Victor, ainsi qu'à Huahine, Raiatea, Moorea et Papeete, où il rassemble 8000 autres signatures. Il retournera plus tard en Polynésie en avril 1994. Le 31 mai 1995, il prend la décision radicale de se consacrer exclusivement à son bénévolat et de vendre son imprimerie. Cette ressource et les économies qu'il a constituées lui permettent de poursuivre la construction de son voilier, *Message*, commencée en 1991. Il est conseillé dans cette entreprise par Jacques-Yves Le Toumelin.

En parallèle de son engagement écologique, Pierre prend très à cœur la défense des intérêts de Jacques-Yves dans l'affaire du *Kurun*. Le 16 mars 1996, il écrit à Patrick Schnepp, au Musée maritime de La Rochelle, pour étudier l'éventualité que le voilier puisse être accueilli, au sec, dans le cadre du musée, s'il ne peut obtenir de permis de navigation. Questionné sur l'arbitrage entre la conservation à sec ou à flot du voilier, le responsable du musée lui répond le 21 mars 1996 ne pouvoir se prononcer à défaut d'une connaissance plus approfondie de l'état du voilier. Il lui fait part cependant de sa préférence pour le maintien d'un navire en état de naviguer, quand cela est possible. Ce fut le choix qu'effectua le musée en entreprenant la restauration de *Joshua*, le voilier de Bernard Moitessier.

Le 18 avril 1996, Michel de Guillenchmidt adresse un courrier à Charles-Noël Hardy, le préfet de la région des Pays de la Loire, pour l'entretenir du conflit opposant Jacques-Yves Le Toumelin à la mairie du Croisic. L'auteur de la lettre, ancien haut fonctionnaire, est avocat au barreau de Paris, ancien élève de l'École nationale d'administration, professeur des universités, enseignant de droit constitutionnel à l'université Paris V.

Attirant l'attention du préfet sur les problèmes de vue du navigateur, âgé de 76 ans, ainsi que sur son caractère affirmé, il souhaite en premier lieu dénoncer certaines présentations faites par la presse suivant lesquelles le navigateur ne disposerait plus de toutes ses facultés : « *Ceci constitue une diffamation absolue et nous avons pu constater que Jacques-Yves Le Toumelin conserve un esprit très alerte : il est en revanche incontes-*

*tablement irrité de l'attitude de la ville du Croisic à son égard.* ». Après ce préambule, le juriste évoque les différents aspects de l'affaire. Il met notamment en relief que la question du mode de conservation du *Kurun* s'est posée dès les années 1970 du fait du choix du navigateur de ne plus prendre la mer. Ce dernier a reçu plusieurs propositions, dont celle du capitaine de vaisseau Bayle, directeur du musée de la Marine, proposant que son bateau soit exposé dans un musée. En dépit de l'intérêt présenté par cette offre officielle, Jacques-Yves Le Toumelin a préféré répondre aux sollicitations de Louis Launay et de Jean Auffret pour faire don de son voilier à la ville.

Il ressort des engagements pris à l'époque que le navigateur souhaite que son bateau soit placé dans un endroit accessible au public et qu'il ne navigue plus. C'est dans cet esprit que fut signée le 24 avril 1987 la cession du *Kurun* à la ville du Croisic pour un franc symbolique.

Comme il l'expose, le climat jusque-là convivial qui présidait aux échanges entre le navigateur et la municipalité s'est dégradé par la suite. La raison en est que *Kurun* ne fut jamais exposé dans un local adéquat. Il faillit même couler lors de sa mise à l'eau en septembre 1989 ce qui entraîna son retour dans un hangar non accessible au public. Les travaux d'entretien, réalisés par les bénévoles de l'association, furent entrepris sans concertation avec Jacques-Yves Le Toumelin au prétexte que le bateau ne lui appartenait plus. Un projet de mise en place d'un moteur diesel fut même évité.

C'est dans ce climat pesant que fut constituée l'Association de sauvegarde du Kurun pour contrer l'action municipale. Devant la dégradation progressive de son voilier, le navigateur adressa plusieurs courriers au maire, Marcel Laurent, qui avait succédé à Jean Auffret, ainsi qu'à Yves Dervin, qui avait remplacé André Bligné à la présidence de l'association Les amis du Kurun.

Le refus apparent de la mairie de prendre en considération les désirs de Jacques-Yves Le Toumelin conduisirent ce dernier à adresser un courrier au président de la République, le 13 septembre 1995. Pierre de Bousquet de Florian, conseiller technique chargé de l'Outre-mer et de l'aménagement du territoire au cabinet du président de la République, lui répondit, transmettant le dossier au préfet de la région des Pays de la Loire le 27 septembre 1995. En parallèle de ces démarches, la ville du

Croisic avait constitué en 1988 un dossier destiné à obtenir le classement du *Kurun*, qui fut officiellement obtenu en 1993.

Michel de Guillenchmidt soulève au passage l'épineux sujet de la validité de l'acte de vente. Si la cession pour un franc symbolique était régulière, le bateau appartient en ce cas à la ville du Croisic qui peut procéder à son classement. En revanche, en cas d'irrégularité de la vente, en supposant que celle-ci ait été extorquée à Jacques-Yves Le Toumelin, elle pourrait être annulée en application des articles 1109 et 1116, voire de l'article 931 du Code civil.

Pour le juriste, il ressort que Jacques-Yves Le Toumelin a été abusé quant à la destination de son bateau. Sa seule intention était que le voilier figure dans un musée de façon à être accessible au public. En contradiction formelle avec ce prérequis, *Kurun* est maintenu à flot dans le port du Croisic ou remisé dans un hangar. Le juriste voit donc une intention délictueuse dans cette affaire d'autant que « *La tactique de la municipalité est en outre de laisser croire que Jacques-Yves Le Toumelin est un être dérangé, alors même qu'il est le seul dans cette affaire à ne jamais avoir changé d'avis !* »

L'avocat poursuit que l'intention de Jacques-Yves Le Toumelin n'est en aucune façon de redevenir propriétaire de son voilier et qu'il n'engagera d'action judiciaire, si nécessaire, qu'à regret. *Kurun* a été cédé au Croisic du fait de l'affection particulière qu'il avait pour le port d'attache de son voilier et sous la condition expresse de la conservation de ce dernier dans un musée. Il semble au juriste que le cotre ayant une réelle valeur historique, il serait regrettable qu'il ne trouve pas sa place dans un lieu adapté et qu'il subisse la dégradation du temps. Le Toumelin est attaché au respect des intentions qu'il a exprimées avant même la formulation de la cession de son voilier. En cas d'incapacité de la mairie du Croisic à trouver un lieu approprié pour *Kurun*, l'avocat suppose que les musées de Caen ou de La Rochelle, avec lesquels le musée de la Marine entretient des relations privilégiées, seraient prêts à l'accueillir.

En conclusion de sa longue missive, le juriste considère qu'il sera aisé au navigateur de se pourvoir en justice, arguant du fait que l'acte de vente est une donation déguisée, au sens de l'article 931 du Code civil, puisqu'il a cédé son voilier contre un franc symbolique. Dans le cas d'une donation, la cause pour laquelle elle a été consentie reste primordiale. Le non-respect par le donataire des charges exprimées par le donateur, et l'importance pour ce dernier de ces clauses, font qu'il n'aurait pas fait sa donation s'il avait pu supposer leur non-application. Dans cette hypothèse, il serait possible de demander devant un tribunal la révocation de la donation car la confiance de Jacques-Yves Le Toumelin aurait été abusée.

Au sein même des Amis du Kurun, le débat se poursuit. Deux démissions sont enregistrées en 1995 au sein du bureau. Il s'agit de celle du président Yves Dervin et du vice-président Bernard Barrault, excédés par l'attitude de Jacques-Yves Le Toumelin à leur endroit. Une même lassitude conduit le nouveau président, Jean Visbecq, à envisager une action en justice afin de mettre fin à ce qu'il considère comme une campagne de dénigrement. Le bureau semble pour sa part plus modéré, craignant l'implication financière d'un procès qui réduirait l'investissement financier dans l'entretien du bateau.

Les amis du Kurun poursuivent cependant leur engagement d'entretenir *Kurun* pour le conserver en bon état. Au cours de l'hiver et du printemps de 1996, d'importants travaux sont menés sur le voilier au Chantier naval croisicais sous l'œil attentif de deux représentants de l'association. Ils portent principalement sur le pont et son étanchéité. Dans ce but, il est procédé à la dépose d'une partie des fargues et de la première lame du pont, au déclouage puis au « reclouage » du pont, au ponçage de l'ensemble de ce dernier, au grattage et au remplacement des joints, à la vérification du mât, ainsi qu'au remontage de l'accastillage déposé pendant l'intervention.

**Fêtes maritimes de Brest 1996**

Le 26 avril 1996, le conseil d'administration de l'association Les amis du Kurun se réunit sous la présidence de Jean Visbecq. Outre les membres de l'association, assistent à la séance le maire du Croisic, Marcel Laurent, et Michèle Coïc, présidente de l'office municipal de la Culture. Dès le début de la réunion, le président rend compte des travaux effectués par le Chantier naval croisicais et remercie MM. Le Cocq et Matho. Un contact sera pris avec Raymond Labbé, l'expert agréé par le Ministère, pour qu'il vienne constater la réalisation des travaux dont il a indiqué l'urgence lors de son expertise du 15 mai 1995.

Jean Visbecq et Bernard Barrault font état de leur participation le 30 mars à la réunion qui s'est tenue à Billiers, dans le Morbihan, dans le cadre des préparatifs du voyage à Brest. Il est prévu que les différents bateaux qui se rendront au rassemblement finistérien se retrouveront le 6 juillet 1996 au Croisic, avant de prendre la mer à destination du port de Sauzon à Belle-Île. Puis les bateaux se dirigeront vers Groix, pour une deuxième escale, avant de relâcher successivement à Concarneau, Audierne, puis Brest. Au terme de la rencontre maritime, le voilier n'accompagnera pas les autres bateaux à Douarnenez mais se joindra à la flottille de retour.

Le 8 juillet 1996, la flottille de vieux gréements arrive au Croisic, profitant du courant de la marée du soir. Une fête sur le port marque le passage des voiliers en route vers Brest 96. Trois voiliers de la presqu'île guérandaise sont concernés par l'opération, *Kurun* au Croisic, *Pouligwen* au Pouliguen et le *Grand Norven* à Piriac. En complément de ces trois bateaux, deux sinagots du golfe du Morbihan et *Babar*, le langoustier de Pierre Raffin, se joignent au convoi.

La deuxième édition des Fêtes maritimes de Brest se déroule du 13 au 20 juillet, occasion pour *Kurun* de côtoyer *Pride of Baltimore II* et le *HMS Rose*, deux voiliers américains, le *Kaskelot* britannique, le *Khersones* ukrainien, mais aussi le *Statsraad Lehmkuhl* et le *Christian Radich* qui représentent la Norvège. Parmi les autres invités figure le lancement du *Notre-Dame de Rumengol* une gabare gréée en dundee de 22 mètres de long, classée aux monuments historiques depuis le 28 octobre 1991. *Kurun* est accueilli avec intérêt et considération. Nombreux sont les visiteurs surpris de constater que le voilier a été conservé dans sa version originelle.

Un mois plus tard, le 20 août, *Kurun* participe à la parade sur la Loire de voiliers venus accompagner l'arrivée à Nantes du *Belem*. Le voilier, construit en 1896 aux chantiers Dubigeon, à Chantenay, célèbre son centenaire. Pendant la remontée du fleuve, le voilier est accompagné par sécurité – cette fois encore – par le bateau de Jean Visbecq.

Le 30 juillet 1996, *Ouest-France* se fait l'écho de la polémique suscitée par les positions antagonistes des tenants ou opposants à la navigation de *Kurun*. Pour Les amis du Kurun, la participation du voilier à Brest 96 apporte la démonstration probante de la capacité du voilier à prendre la mer. Cette conclusion rejoint l'opinion exprimée par l'expert Raymond Labbé, lors de l'inscription du voilier au répertoire des monuments historiques.

**Subvention municipale**

Cette même année 1996, l'association Les amis du Kurun effectue la demande à la mairie du Croisic d'une subvention en raison de ses ressources en diminution du fait de la réduction du nombre de ses membres. Christophe Priou, le maire, répond dans un premier temps de façon négative, le 21 mai 1996, arguant des travaux déjà assumés par la commune.

Le conseil d'administration des Amis du Kurun se réunit à nouveau le 13 septembre 1996 au Croisic. Jean Visbecq fait état à cette occasion des conclusions positives des deux déplacements réalisés par le voilier pendant l'été. Les navigations réalisées pour se rendre respectivement à Brest et à Nantes se sont bien passées, témoignage probant de l'aptitude de *Kurun* à naviguer. Les comptes rendus de la manifestation, publiés par les journaux, confirment ce constat. Jean Visbecq évoque les excellents articles signés dans *Ouest-France* par Corinne Argentini et Anne Dufetelle. Ces parutions lui semblent un bel argument à opposer aux détracteurs de l'association.

Les sorties du voilier prévues pour l'année 1996 étant terminées, l'association se pose plus calmement la question de son avenir. Les navigations de l'été ont révélé la dégradation des voiles d'avant, d'origine. Il faut envisager leur remplacement. Yves Dervin propose de prendre contact avec la voilerie Demé pour l'établissement d'un devis comprenant la réfection d'un foc et d'une trinquette. Par la même occasion sera budgétée la reprise de la grand-voile. Cette opération permettra d'obtenir un meilleur équilibre de la voilure qui facilitera les manœuvres.

Simon Le Cossec évoque également la question posée par l'équipage de *Kurun*. Le voilier peut embarquer six personnes dont deux responsables compétents en charge de la navigation et de la marche du bateau. La solution d'une alternance des responsables permettrait de faire naviguer un nombre croissant de membres de l'association. Il suggère de se rapprocher des écoles de voile dans l'éventualité de recruter des membres plus jeunes, capables d'assurer la relève et de rajeunir la moyenne d'âge des membres de l'association. Il annonce par ailleurs qu'il a obtenu la disposition d'un pneumatique Zodiac Mark 3, équipé d'un moteur de 25 chevaux qui facilitera considérablement les manœuvres de sortie du port ou de prise du poste de mouillage.

Le 21 octobre 1996, le contre-amiral François Bellec, directeur du musée de la Marine, adresse un courrier à Pierre Chastan, responsable de la Société pour la sauvegarde du Kurun. Soucieux de calmer les esprits et de parvenir à un arrangement, il exprime le vœu ardent qu'une solution amiable puisse être trouvée dans le conflit opposant Jacques-Yves Le Toumelin et la mairie du Croisic.

*À pareille époque Pierre Chastan prépare son voyage par la mer pour se rendre aux États-Unis.* Message, *le voilier dont il a entrepris la construction dans son jardin, à Boisémont, dans le Val-d'Oise, est bien avancé. Huit mois plus tard, le 25 mai 1997, il procède à sa mise à l'eau en présence de Jacques-Yves Le Toumelin. Le ketch de 11 m 50 de longueur hors-tout et de 9 mètres à la flottaison, sur plan de Maurice Amiet, a un maître-bau de 2 m 60 et un tirant d'eau d'1 m 48. Il est la version extrapolée du* Faraman *de 8 m 85, dessiné par le même architecte. Lors de la construction du voilier, le navigateur a conseillé à Pierre de ne rien sacrifier dans l'échantillonnage des membrures qui puisse compromettre la robustesse de son voilier. Il lui livre ce message lapidaire essentiel :* « Trop fort n'a jamais manqué », *l'assortissant de cet autre adage frappé au coin du bon sens :* « Par vrai mauvais temps, pour le marin point d'abri ».

*Dès la mise à l'eau de* Message, *Pierre entreprend de rejoindre la Méditerranée par le réseau des fleuves et des canaux. Équipé d'un émetteur radio, il communique régulièrement avec les radioamateurs et les cibistes, rencontrant certains d'entre eux lors des escales et constituant ainsi une chaîne continue de relations et d'échanges qui lui permet de propager son message. Après être passé à Paris, il apprend à La Charité-sur-Loire le décès de Jacques-Yves Cousteau le 25 juin 1997. Loin de se laisser abattre par la nouvelle, il décide, en respect de sa mémoire, de poursuivre la collecte des signatures de la pétition et d'apporter ces messages par la mer à New York. Il arrive à Sète, en Méditerranée, le 30 juillet 1997. L'année suivante, la parution de son livre,* Servir le futur, *relaie plus largement encore le message qu'il promeut.*

*Le 19 avril 1999, Pierre quitte son port d'attache de Mèze, sur l'étang de Thau, pour rejoindre le siège des Nations Unies, à New York, afin d'y déposer les neuf millions de signatures qui appuient la demande de Jacques-Yves Cousteau que les dirigeants de la planète prennent en compte les générations futures dans leurs stratégies économiques et politiques.*

*Le 10 juin 2000,* Message *s'amarre enfin sur l'Hudson à la marina Boat Basin de la 79ᵉ rue, à proximité du siège de l'ONU. Le 17 octobre 2001, Pierre Chastan est reçu en compagnie de Francine Cousteau par Kofi Annan, le Secrétaire général des Nations Unies, à qui ils remettent leur pétition.*

Au Croisic, le début de l'année 1997 est marqué pour Les amis du Kurun par la réflexion concernant l'établissement du programme d'action de l'association pour le nouveau millésime. Jean Visbecq participe le 18 janvier, à Billiers, à la réunion des représentants des associations de vieux gréements de la région. L'objet de la rencontre vise à recenser les différentes occasions de rassemblement des voiliers du patrimoine.

Le 15 janvier 1997, le président adresse un courrier à Raymond Labbé à Saint-Malo, afin de l'entretenir des problèmes d'étanchéité du pont. Ce point noir subsiste en effet de façon récurrente, en dépit du traitement effectué l'hiver dernier par le chantier Pradelle. Ce dernier a procédé à l'extraction des clous abîmés puis renforcé la fixation du pont en utilisant de nouvelles pointes. Il a ensuite effectué le grattage des joints entre les lattes, avant d'insérer entre ces dernières un cordon en coton de 4 mm. Enfin, l'ensemble du pont a été traité par une primaire avant de recourir à du mastic de calfatage Sikaflex 290.

En dépit de ce chantier, l'étanchéité n'est pas satisfaisante. Après un été particulièrement sec, le retour de la pluie confirme la persistance de l'entrée d'eau. Patrick Pradelle conseille de procéder à la suppression du Sikaflex, de gratter à nouveau les joints avant de calfater avec du brai. Le président informe l'expert de sa décision d'attendre la fin du mois de mars avant de procéder à un relevé précis des voies d'infiltration d'eau en noyant le pont.

Raymond Labbé lui répond le 18 janvier 1997. Il s'étonne de la persistance du problème en dépit des travaux réalisés. Il se propose de venir au Croisic en février ou en mars, profitant du déplacement qu'il doit effectuer à Nantes à pareille époque. Cependant, il fait savoir à Jean Visbecq sa réticence à l'égard d'un éventuel retour au brai après l'utilisation du produit Sika, car cela constituerait un indéniable retour en arrière.

Le 20 janvier 1997, Bernard Barrault, secrétaire des Amis du Kurun, adresse un courrier à Christophe Priou, maire du Croisic, pour l'informer qu'il n'a pas reçu le formulaire habituel de demande d'une éventuelle subvention municipale. Il s'en enquiert auprès de lui après avoir appris que la démarche devait être effectuée avant la fin du mois de janvier.

Par la même occasion, le secrétaire informe l'édile que le compte d'exploitation de l'association accuse un déficit au terme de l'exercice précédent. Il n'est pas imputable à une défaillance de gestion mais à deux raisons explicites. La première est que l'âge avancé de *Kurun* entraîne des frais croissants d'entretien. La seconde tient au fait que : *« Le bel enthousiasme qui s'est manifesté lors du sauvetage du* Kurun *et qui avait permis de regrouper près de 300 adhérents, s'est peu à peu refroidi au cours des années. »*

Force est de constater qu'avec le temps nombre de personnes considèrent que le voilier est définitivement sauvé après l'avoir cru perdu, que son inscription à l'inventaire des monuments historiques règle la question de son entretien de façon définitive. Dans ce contexte, ils ne voient pas la nécessité de poursuivre leur engagement. Heureusement, une poignée de fidèles poursuit son effort en travaillant bénévolement à l'entretien du voilier et en contribuant par ses cotisations à la vie de l'association.

Au titre de l'année en cours, l'association envisage de renforcer son activité par un programme de sorties du *Kurun* devant le Croisic et en participant au rassemblement de vieux gréements prévu à Piriac, la Roche Bernard, Belle-Île-en-Mer et La Trinité. Le réarmement du voilier dans cette perspective fait apparaître la nécessité impérative de nouveaux travaux. La commande de nouvelles voiles d'avant s'impose, celles jusqu'alors utilisées remontent au tour du monde effectué par le navigateur. Comme le classement du voilier oblige à conserver en état les éléments d'origine. Il est donc envisagé, pour ne pas les déchirer, d'employer pour les navigations courantes des voiles neuves en Dacron, plus résistantes.

Pour ces différentes raisons, l'association se tourne vers la mairie et sollicite son soutien. Une subvention de 15 000 francs permettrait de procéder aux travaux nécessaires en 1997. Elle constituerait par ailleurs la preuve de la coopération de la municipalité à l'égard de ceux qui soutiennent l'association de façon désintéressée.

Le samedi 15 février 1997, André Bligné adresse un courrier à Jean Visbecq en réponse au courrier que ce dernier lui a adressé le 20 janvier pour recueillir son opinion sur le projet d'organiser des sorties du voilier avec la contribution financière des passagers embarqués. Le président d'honneur des Amis du Kurun lui fait part de la nécessité de limiter la participation du voilier aux fêtes de la mer et au rassemblement de vieux gréements, manifestations lors desquelles le voilier a toujours bénéficié d'un succès de prestige.

En revanche, André Bligné exprime formellement, par la même occasion, sa réticence à l'égard du principe de sorties publiques avec contribution financière des personnes embarquées car cette pratique fournirait à l'évidence des arguments à l'Association de sauvegarde du Kurun pour discréditer l'action des Amis du Kurun, avec le risque d'alerter les autorités politiques administratives sur le détournement de l'intention du donateur.

Également consulté, Jean Auffret confirme par courrier son identité de vue avec la position exprimée par André Bligné. Il est d'accord pour le programme de sorties prévu pour le voilier, en évitant avec soin d'en faire un bateau de promenade ordinaire et commercial : *« Le fait que* Kurun *est un bateau témoin, un voilier historique ne doit pas être perdu de vue et devra toujours être considéré comme tel : dans le port, comme pour ceux qui le découvriront avec un certain respect, flottant dans son élément naturel. »*

Le 18 mars 1997, l'avocat parisien Ariel Dahan adresse un courrier recommandé au président des Amis du Kurun, Jean Visbecq, par lequel il l'informe qu'il est mandaté par Jacques-Yves Le Toumelin pour défendre ses intérêts. Le navigateur l'a chargé de lui faire savoir qu'il a consenti à la cession de son voilier pour un franc symbolique à la condition expresse qu'il ne navigue plus et qu'il soit exposé à terre *« en tant que témoignage d'une époque et d'un homme* ».

L'avocat souligne qu'en dépit des engagements de la ville et de l'opinion exprimée par le navigateur à de nombreuses reprises dans les documents précontractuels officiels, l'association a néanmoins remis *Kurun* à flot et l'a fait naviguer. Cette remise à l'eau a entraîné des conséquences dommageables pour le bordage du navire, causant plusieurs avaries nécessitant des réparations qui ont transformé la philosophie même du voilier. Dès lors, « *son consentement a été trompé et il entend poursuivre la nullité de la vente, ou du moins sa résolution judiciaire* ».

En conséquence, Ariel Dahan constitue le président des Amis du Kurun « *gardien du navire et responsable de son sort* ». Il le met en demeure de sortir *Kurun* de l'eau pour ne plus le faire naviguer « *jusqu'à son retour en paisible propriété dans le patrimoine de Monsieur le Toumelin* ». Faute de satisfaire aux obligations de la présente mise en demeure, l'avocat précise qu'il a pour mission de saisir toute juridiction compétente et d'engager toute action judiciaire nécessaire. L'association s'exposerait alors à une indemnisation au titre du préjudice moral ainsi qu'au montant des frais de justice. Cette mise en demeure est adressée – en parallèle et dans les mêmes termes – au maire du Croisic, Christophe Priou.

## Chapitre 18 : Tensions

*« Toute action qui ne procède*
*pas de la connaissance*
*manque de principe*
*et n'est plus qu'une vaine adaptation ».*
René Guénon

***Avril 2021***

Jacques-Yves Le Toumelin s'est *rarement exprimé sur son intériorité, même s'il ne s'est jamais caché de sa quête exigeante, sa vie durant, de recherche de la vérité. L'article publié au printemps 1988 par Christian Bouchet pour la revue* Kalki, *est à ce sujet éclairant. À la question du journaliste l'interrogeant sur la part, dans ses navigations, du goût de l'aventure ou de la quête intérieure, le navigateur répond que ce terme lui est étranger car, bien au contraire, la réflexion et la préparation ont été les maîtres-mots de ses navigations.*

*Il a voulu exercer son « métier » de marin au sens le plus littéral du terme, c'est-à-dire dans l'acception d'une «* aspiration véritable de l'être humain *». Il cite à cet égard René Guénon pour qui le terme « métier » dérive du terme latin «* ministerium *», au sens de « fonction ». Pour Jacques-Yves, chaque métier – quel qu'il soit – se doit d'être accompli de la façon la plus professionnelle et la plus parfaite. C'est ainsi que l'on tend pour lui à ce que la Bhagavad Gîta – texte majeur de l'hindouisme – considère sous le terme sanscrit de Yoga, dans le Rig-Véda. Il lui a semblé que la préparation de ses voyages, pendant des années, comme ses navigations plus tard, ont été réalisées dans une sorte de tension intérieure de discipline et de volonté instinctive. Il explique avec humour avoir été Zen «* sans le savoir *», dans une attention constante accordée à chaque chose.*

*Jacques-Yves reconnaît qu'en matière de navigation, son exigence de tous les instants a pu paraître un peu maniaque dans son souci permanent d'accorder «* l'adéquation exacte de l'effort et de l'acte *», mais il s'agissait selon lui davantage d'une intuition à cette époque de sa vie plus que d'un acte de raison, appuyé sur une argumentation. En revanche cette attitude a rendu – suivant ses propres termes – «* fantastique *» son expérience de la solitude en mer. Loin d'être un isolement, elle fut davan-*

*tage une présence consciente à ce qu'il a vécu, en toute occasion.*

*Le navigateur précise sa conviction que l'on ne saurait vivre pleinement sans conscience des trois margas qu'il rappelle. Le chemin de l'action, celui de l'amour et celui de la connaissance. Ces trois principes ne font qu'un.*

*Interrogé sur le fait que certains le croient bouddhiste, Jacques-Yves répond qu'il n'est* « rien du tout », *même s'il aimerait l'être* « au sens plein du terme, comme être chrétien ». *Il reconnaît avoir fait la connaissance de maîtres bouddhistes qui ont été pour lui des rencontres intéressantes. Il considère cependant que la recherche de la vérité peut s'exercer hors du cadre religieux, citant le poète mystique persan Rûmî, dont l'influence sur le Soufisme fut essentielle.*

« Je ne suis ni chrétien, ni juif, ni guèbre, ni musulman ; je ne suis ni d'Orient, ni d'Occident, ni de la terre, ni de la mer [...] J'ai mis la dualité de côté. J'ai vu que les deux mondes ne font qu'un. Un seul je cherche, Un seul je connais, Un seul je vois, Un seul j'appelle ».

*Par ses rencontres et ses liens personnels, le navigateur estime se rattacher d'une certaine façon au bouddhisme tibétain, sans pour autant avoir la prétention d'y appartenir. Il rappelle son éducation chrétienne initiale et l'émotion profonde ressentie à la lecture des Évangiles, dans la solitude de son bateau.*

*À la question de Christian Bouchet portant sur l'intérêt du navigateur pour le vajrayãna (la troisième et dernière phase du bouddhisme, ou bouddhisme tantrique) et l'Orient, Jacques-Yves répond qu'il a voulu très tôt savoir « qu'est-ce que le réel ». L'expérience aidant, il considère que là n'est pas l'essentiel qui se résume à « Qui suis-je ? », rappelant la formule de Maître Eckhart déclarant :* « La créature est pur néant ».

*Interrogé sur les rapports de l'homme à la mer, notamment du fait de la multiplication des courses hauturières, le navigateur répond que son voilier ne fut pas un engin destiné à battre des records mais davantage un voilier traditionnel destiné à l'accomplissement d'un mode de vie, voire un lieu de retraite.* « C'était pour moi un lieu où j'avais vécu des années avec toutes mes affaires, mon bateau c'était ma maison, tout un ensemble indépendant du monde dans lequel je pouvais vivre en autarcie ». *Il y possédait même une bibliothèque comprenant notamment l'œuvre de René Guénon.*

**Vendredi 21 mars 1997**

Le 21 mars 1997, la réunion du bureau des Amis du Kurun provoquée par Jean Visbecq se déroule dans un climat morose en raison du conflit qui s'éternise entre le navigateur et l'association. L'ordre du jour aborde les sujets de l'hivernage de *Kurun*, le problème de l'étanchéité du pont évoqué dans différentes correspondances, et celui du carénage pour lequel une date doit être définie. Le président revient sur la réponse négative de Christophe Priou, maire du Croisic, à la demande de subvention que lui a été adressée Bernard Barrault. Ce point est préoccupant car il réduit les possibilités financières de l'association au moment même où l'entretien du voilier est au centre des attaques menées par Jacques-Yves Le Toumelin et la Société pour la sauvegarde du Kurun.

Après concertation, il est décidé d'adresser le lendemain, le 22 mars 1997, un courrier à Christophe Priou. Dans cette lettre, le président lui fait part en premier lieu du courrier reçu de l'avocat de Jacques-Yves Le Toumelin, et en second lieu du refus de subvention de la mairie qui lui a été notifié. Le classement du voilier comme monument historique entraîne des contraintes plus importantes que prévu qui augmentent les frais d'entretien.

Jean Visbecq rappelle par ailleurs l'impossibilité pour l'association d'utiliser des moyens commerciaux pour subvenir aux ressources financières nécessaires à son activité. Ces éléments conjugués conduisent l'association à s'interroger sur la viabilité de son action à courte échéance. Il envisage même de demander aux membres des Amis du Kurun, lors d'une prochaine assemblée générale extraordinaire, si l'action poursuivie depuis des années en faveur du voilier et de son entretien n'est pas parvenue à son terme. Dans cet esprit, la conclusion logique du vote auquel il sera procédé pourrait aboutir à la dissolution pure et simple de l'association, avec en corollaire la nécessité que la municipalité du Croisic prenne le relais de l'entretien comme de la responsabilité du voilier.

Le président informe cependant Christophe Priou que, par correction, il ne prendra cette décision qu'après avoir pris connaissance de la réponse que ce dernier compte adresser à l'avocat de Jacques-Yves Le Toumelin d'une part, et de la confirmation de sa position à l'égard de la question du financement des travaux de *Kurun*. Il lui précise, enfin, que la réunion de bureau de la veille a confirmé la décision de l'association de ne plus entreprendre aucun travail sur le voilier tant que son avenir ne sera pas assuré.

Le 22 mars, Jean Visbecq écrit à Ariel Dahan, à Paris, afin d'accuser réception de sa lettre recommandée. Il lui notifie que l'association qu'il représente n'est pas concernée par son courrier car elle ne peut que suivre la position adoptée par la municipalité du Croisic, propriétaire du voilier. Il s'étonne par ailleurs de la volonté exprimée par Jacques-Yves Le Toumelin de récupérer son voilier *« donné à la mairie à l'état d'épave, et désormais rénové et classé, grâce à nous, monument historique »*.

Informés des tribulations de leur association, de nombreux membres des Amis du Kurun expriment par courrier leur incompréhension, voire leur tristesse. Ainsi Marc Pret écrit-il le vendredi 13 juin à Jean Visbecq, pour exprimer son affliction au regard de tout ce que l'association a réalisé, avec abnégation et courage, sans aucune recherche de profit personnel ou de reconnaissance. Il partage pour cette raison l'orientation du bureau en faveur de l'hypothèse d'une dissolution. Il conclut sa missive par ces simples mots *« Quel gâchis ! »*.

**Débat public**

Le 14 juin 1997, un nouvel article dans *Ouest-France* paraît sous l'intitulé : *« Le Toumelin veut récupérer le navire donné au Croisic : Débandade autour du Kurun »*. Le journaliste pose d'emblée la question de savoir si le voilier intéresse toujours la ville du Croisic. La suppression de la subvention attribuée à l'association Les amis du Kurun semble le laisser croire. L'article rend compte en effet du mécontentement du navigateur, fâché de constater que le voilier a repris la mer et participe à des rassemblements de vieux gréements. Dans ce climat conflictuel, l'association Les amis du Kurun envisage même sa dissolution.

Le rédacteur de l'article se fait également l'écho des articles publiés par plusieurs revues spécialisées dans lesquelles Jacques-Yves Le Toumelin clame d'une voix forte que son voilier est en perdition en raison de dégradations que les experts eux-mêmes ne décèlent pas. Ses attaques répétées remettent en question le travail des membres de l'association. Elles lassent les bonnes volontés et conduisent cette dernière à faire expertiser l'état du voilier, espérant par là même apporter une réponse objective qui viendrait clore la polémique.

Dans ce contexte éprouvant, la suppression par la municipalité de la subvention accordée aux Amis du Kurun constitue le coup de grâce car elle ne permet plus de poursuivre l'entretien du voilier. Le journaliste conclut son article en précisant que l'assemblée générale extraordinaire, prévue le samedi 5 juillet, pourrait conduire à la dissolution de l'association afin de confronter la ville à ses responsabilités.

L'article suscite un écho indéniable puisque le 23 juin 1997 *Ouest-France* publie un nouveau texte intitulé « *Le maire du Croisic répond au sujet du Kurun : la ville ne se désengage pas* ». Christophe Priou prend cette fois position de façon claire en déclarant : « *La municipalité entend bien poursuivre les travaux de conservation et de restauration du* Kurun *sous le contrôle des services de la DRAC puisque ce patrimoine local maritime est à l'inventaire des monuments historiques* ».

En réponse au signal d'alarme de Jean Visbecq, le maire rappelle que la municipalité a versé 42 000 francs l'an passé à l'association pour lui permettre de réaliser les travaux nécessaires à la participation du *Kurun* au rassemblement de Brest. Il précise que la ville n'entend en aucune façon se désengager. En réponse à l'intention exprimée par Jacques-Yves Le Toumelin de récupérer son voilier, Christophe Priou déclare sans ambiguïté que la municipalité ne cédera pas « *aux pressions extérieures, ne serait-ce que par respect pour les milliers d'heures de travail effectuées depuis des années par les bénévoles de l'association.* »

Le 5 juillet 1997, l'association Les amis du Kurun se réunit comme convenu en assemblée générale extraordinaire, à 11 heures, au Croisic. Jean Visbecq rappelle les faits, les deux courriers reçus le jeudi 20 mars, celui de Maître Dahan et celui de Christophe Priou. Le président et Bernard Barrault ont entretemps rencontré le maire, Christophe Priou, et son adjoint, le docteur Bernard Lafraise. L'entretien a permis d'exposer le climat délétère au sein de l'association du fait des attaques répétées dont elle est l'objet. Il décourage les bénévoles qui ont travaillé sans compter à l'entretien de *Kurun* comme l'équipage qui assure les navigations. Avec des moyens financiers en réduction constante, l'association est dans l'impossibilité matérielle de poursuivre son action et d'assumer seule l'entretien du bateau. Elle envisage même sa dissolution, laissant le soin à la mairie, propriétaire de *Kurun*, d'en assumer désormais la charge.

En réponse, Christophe Priou informe ses interlocuteurs que la situation du *Kurun* a été évoquée lors de la réunion du conseil municipal du 20 juin. Il a été convenu de façon unanime lors de cette séance de ne pas baisser les bras et surtout de ne pas céder aux pressions de Jacques-Yves Le Toumelin. Dans ce contexte difficile, le maire affirme la nécessaire cohésion qui doit fédérer la municipalité et l'association des Amis du Kurun. Surtout, il revient sur sa décision de supprimer la subvention prévue pour l'année 1997.

L'évocation de l'issue positive de la rencontre avec la municipalité contribue manifestement à détendre le climat et crée un soulagement. Plusieurs membres de l'association demandent cependant à prendre la parole. Le docteur Jacques Chrétien – l'un des membres fondateurs de l'association – rappelle que pendant la période des travaux de restauration de *Kurun,* le souci des participants a été de répondre constamment aux désirs exprimés par Jacques-Yves Le Toumelin. En dépit de ses exigences, il constate que le navigateur n'a *« jamais versé un sou pour le garage qui abritait le bateau pendant des années, ni pour les travaux de restauration et d'entretien. »* À la requête du navigateur que *Kurun* ne navigue plus, il rétorque avec force et conviction *« qu'un bateau est fait pour naviguer et que personne ne sera d'accord pour cotiser en faveur d'un ponton immobile »*.

À titre de rappel, André Bligné évoque avec regret les bonnes relations du navigateur avec l'association aux premiers temps des travaux. Jacques-Yves Le Toumelin avait reconnu, notamment devant les caméras de la télévision, la parfaite restauration de son voilier. Il avait aussi publiquement donné son accord pour que le bateau puisse naviguer de façon restreinte.

Christophe Priou, présent à la réunion, précise qu'il a communiqué le dossier de Maître Dahan à Dominique Treille, l'avocat chargé des intérêts de la commune. Il conclut son propos en déclarant qu'il est hors de question de restituer *Kurun* qui restera la propriété du Croisic.

À son tour, Jean Auffret rappelle que, pendant son mandat de maire, il s'est battu pour que le voilier reste au Croisic, en réponse au vœu formel exprimé par Jacques-Yves Le Toumelin. Il évoque à ce sujet la satisfaction du navigateur devant les caméras de la télévision le jour où la décision fut prise. Si son souhait était la création d'un musée, la municipalité n'en avait pas les moyens financiers. Quant au franc symbolique prévu lors de la cession du bateau, il fut remis par lui-même à Jacques-Yves Le Toumelin, ce dont témoigne une cassette vidéo réalisée à l'époque.

En clôture de la séance, Yves Dervin exprime sa position suivant laquelle l'association ne peut décemment plus continuer à fonctionner dans son état actuel. Partisan de la dissolution, il estime qu'une autre organisation semble désormais nécessaire. Il précise d'ailleurs son intention de n'assumer aucune responsabilité après l'assemblée générale. Au terme de la séance, Jean Visbecq procède au vote à bulletin secret appelé à déterminer la position des membres de l'association. Son dépouillement confirme, de justesse, l'opposition à la dissolution par 21 voix contre 20. À un cheveu près, l'aventure continue !

**Assignation**

Le 13 août 1997, la municipalité reçoit une assignation conjointe de Jacques-Yves Le Toumelin et de la Société de sauvegarde du Kurun revendiquant la propriété du *Kurun* en raison du non-respect de la volonté du navigateur que ce dernier soit conservé au sec, aux fins de figurer dans un musée. Le litige porte également sur la contestation du fait que le classement du voilier à l'inventaire des monuments historiques entraîne du même fait son intégration au domaine public de la commune, comme cette dernière le revendique.

Le 11 septembre, Jean Visbecq rencontre André Bligné et Claude Matho, le trésorier, en vue de répondre à la lettre de Jacques-Yves Le Toumelin intitulée « *Saccage du Kurun* ». Les trois hommes entendent dresser l'inventaire précis des dépenses effectuées pour la rénovation et l'entretien de *Kurun* depuis sa cession à la ville du Croisic.

L'addition des différents postes de dépense aboutit au montant global de 210361 francs (soit 43225 €). Ceci, sans prendre en compte, bien évidemment, la valeur représentée par les 4500 heures de travail effectuées par les bénévoles de l'association, ni celle des fournitures et des travaux réalisés à titre gracieux par les différentes entreprises du Croisic.

Un an se passe avant l'information que l'audience de la première chambre civile du tribunal de Grande instance de Saint-Nazaire étudie le jeudi 22 octobre 1998 la plainte de Jacques-Yves Le Toumelin et de la Société de sauvegarde du Kurun à l'égard de la commune du Croisic. Dans cette perspective, cette dernière a été invitée à faire connaître ses arguments le 11 juin 1998. Elle rappelle au tribunal la « *commune intention* » des deux parties en présence au jour du contrat de vente du *Kurun* au prix symbolique d'un franc, alors que Jacques-Yves Le Toumelin demande la requalification de cette dernière en donation. En complément, la ville du Croisic soulève l'incompétence des juridictions civiles au profit des juridictions administratives, ce que récusent le navigateur et la Société de sauvegarde du Kurun. Elle affirme que *Kurun* est depuis son acquisition une dépendance du domaine public de la ville du Croisic. Pour cette raison, le litige né de sa revendication relève de la compétence exclusive de la juridiction administrative.

À cela le navigateur et la Société de sauvegarde du Kurun répondent que *Kurun* n'est pas une dépendance du domaine public, fondant leur objection sur l'article 2 du code du domaine de l'État. Leurs avocats citent à l'appui de leurs revendications le constat que la ville du Croisic n'a pas réalisé de travaux d'aménagement de *Kurun* susceptibles de permettre son affectation à un service public. En complément, il est précisé que ces travaux n'auraient pas été nécessaires puisque le navire était en bon état au moment de sa cession.

Les avocats soulignent également le caractère inutile et nuisible des travaux de sauvegarde qui ont été réalisés. À l'appui de leur affirmation, ils rappellent que le défaut d'entretien a occasionné le naufrage du *Kurun* dans le port du Croisic. Ils invoquent, en outre, le fait que ces travaux étaient contraires à l'intention exprimée par « *Monsieur Le Toumelin* » qui avait demandé que son voilier ne navigue plus. Pour toutes ces raisons, les avocats considèrent que les travaux réalisés ne peuvent avoir la qualité d'aménagements spéciaux en vue de l'affectation du navire à l'usage du public et que le *Kurun* ne peut donc pas être considéré comme faisant partie du domaine public.

L'audience aborde en premier lieu la question du non-respect de l'affectation initiale de *Kurun* à un musée maritime dans lequel il aurait été exposé au sec. L'absence de réalisation d'un tel bâtiment au Croisic contrevient ainsi à la destination initiale. Elle constitue, de l'avis des plaignants, une modification unilatérale du projet, du seul fait de la mairie, qui réduit à néant l'équilibre de la donation en ne respectant pas la volonté du navigateur.

Pour ce qui concerne l'usage du public, les plaignants arguent que personne ne peut monter à bord du voilier à la seule exception des membres de l'association Les amis du Kurun, à qui la gestion a été confiée. En complément, l'affectation du voilier à un service public touristique et culturel peut être récusée car le voilier ne sert selon eux que de décor dans le port du Croisic. Sa qualité de Monument historique, revendiquée par la ville du Croisic, le qualifie pour une autre implantation publique, cette fois dans un musée national, ce qui correspond au vœu initial de la donation.

L'argumentation de la ville du Croisic suivant laquelle le classement aux Monuments historiques entraîne *ipso facto* son intégration au domaine public de la commune semble fallacieuse aux plaignants car cette inscription n'exclut pas un aménagement spécial en vue d'un service public de caractère culturel et touristique. Il n'en reste pas moins possible qu'un bien classé Monument historique puisse demeurer la propriété d'une personne privée.

Surtout, les avocats des plaignants dénoncent la position de la municipalité prétendant que l'acte d'acquisition de *Kurun*, établi le 24 avril 1987, est un contrat de droit administratif, au prétexte qu'il est l'expression de la volonté du conseil municipal du Croisic du 25 février 1987 en vue de l'exécution du service public culturel et touristique de la commune. Pour eux, la qualification de contrat administratif conféré à l'acte d'acquisition, au prétexte que les contrats conclus entre une personne publique et une personne privée ne sont effectivement des contrats administratifs que s'ils apparaissent comme des actes de gestion publique.

Au terme de leurs plaidoiries, ils demandent en premier lieu que le tribunal de Grande instance de Saint-Nazaire se reconnaisse compétent et rejette les exceptions d'incompétence soulevées par la commune du Croisic. Pour eux, le contrat de cession du navire est un contrat de droit. En appui de leur demande, ils opposent que la ville du Croisic, assignée en août 1997, n'a pas – en dépit du temps dont elle disposait – fait connaître sa position quant à la revendication de fonds de Jacques-Yves Le Toumelin. Elle continue à exploiter le voilier en accentuant sa détérioration. Elle n'a pas proposé, à titre conservatoire, de mettre *Kurun* au sec jusqu'à l'issue du jugement. Toutes les tentatives de médiation entreprises entre-temps auraient donc échoué.

Le 26 novembre 1998, le tribunal de Grande instance de Saint-Nazaire écoute les parties en présence. La ville du Croisic entend démontrer le mal fondé de l'argumentation développée par les demandeurs contestant la dépendance de *Kurun* du domaine public, l'absence d'incidence de son classement aux Monuments historiques sur sa dépendance domaniale, la contestation de sa domanialité, le caractère de contrat de droit privé de sa vente. Pour ce qui concerne la question de la domanialité publique, elle rappelle qu'il suffit à cet égard qu'un bien appartienne à une collectivité publique et soit affecté à l'usage du public ou d'un service public. La satisfaction de ces deux conditions confirme donc ce point.

Les avocats de la ville soulignent que la demande de restitution de *Kurun* à Jacques-Yves Le Toumelin ne conteste pas le fait que ce voilier soit aujourd'hui la propriété du Croisic. Quant à son affectation à un service public, elle est confirmée par sa contribution aux actions culturelles et touristiques de la ville. Elle ne requiert pas d'aménagements spéciaux, comme cela est demandé indûment par les plaignants, pour un bien mobilier tel que *Kurun*.

En réponse aux accusations de délabrement dénoncées par Jacques-Yves Le Toumelin en 1986 – dans le document intitulé *« Saccage du Kurun »* – il est répondu que le voilier était remisé depuis 1967 par son ancien propriétaire dans un hangar qui servait au stockage d'engins de pêche pour l'essentiel. Laissé sans entretien depuis cette date, il avait subi la dégradation inévitable liée au temps et aux mauvais traitements de certains utilisateurs du local. L'association Les amis du Kurun l'avait pris en charge pour le restaurer et lui permettre de retrouver son état initial. Elle dut, en premier lieu, procéder à l'apurement de la dette constituée par les loyers impayés de Jacques-Yves Le Toumelin à l'égard des chantiers Bihoré, propriétaires du hangar. Elle poursuivit le règlement de ces derniers jusqu'au mois d'avril 1988.

La ville du Croisic aménagea spécialement un bâtiment pour accueillir *Kurun* et permettre sa restauration dans de bonnes conditions. Le voilier y fut transféré le samedi 16 avril 1988. Les travaux se poursuivirent ensuite jusqu'au début de l'année, 1991 grâce à l'implication de l'association Les amis du Kurun. Ses bénévoles assurèrent l'équivalent de 4 500 heures de travail. Le financement des travaux fut assuré grâce aux cotisations des membres de l'association et aux subventions octroyées par la ville du Croisic.

Pour la mairie, les travaux réalisés répondaient donc à la notion d'aménagement spécial dénigré par les plaignants, même si ce dernier n'était pas nécessaire au rattachement du voilier au domaine public de la ville du Croisic. Les défenseurs de la municipalité contestent ensuite l'affirmation des plaignants lui reprochant d'avoir prétendu que le classement du voilier aux Monuments historiques entraîne du même fait son intégration au domaine public de la commune. Elle entend seulement préciser que le classement, postérieur à l'intégration du navire au domaine public, confirme la qualification domaniale du bateau, dans une mission de service public, ce qui est le cas. En revanche, il est précisé que des biens appartenant à une personne privée peuvent tout à fait être classés parmi les monuments historiques, mais sans pouvoir être affectés à l'exécution d'une mission de service public.

Pour ce qui concerne la question de l'acquisition de *Kurun*, les avocats de la municipalité soulèvent que les demandeurs sont dans l'erreur en affirmant que le contrat d'acquisition du voilier serait un contrat de droit privé du fait de l'absence de clause exorbitante du droit commun. Ils précisent que « *le contrat d'acquisition du* Kurun, *régularisé le vendredi 24 avril 1987, constitue un contrat administratif dont la cause procède de la volonté du conseil municipal du Croisic exprimée par ses délibérations en date du mercredi 25 février 1987 et du vendredi 20 mars 1987. Ces délibérations avaient pour objet l'affectation du* Kurun *au service public culturel et touristique de la ville du Croisic. L'acte d'acquisition autorisé par ces délibérations permit la réalisation de l'affectation envisagée. Contribuant ainsi à l'exécution d'un service public, cet acte constitue un contrat administratif nonobstant l'absence en son sein de toute clause exorbitante du droit commun* ».

Au sujet de la demande de restitution de *Kurun* au prétexte que l'acte de vente du 24 avril 1987 dissimulait une donation et aurait été assorti de la condition de ne pas faire naviguer le voilier, il est répondu qu'aucun élément de preuve ne peut être apporté. La mention de « franc symbolique » précisée dans l'acte de cession a sans doute été maladroite mais il s'agissait bien d'une acquisition pour un franc, valeur vénale de *Kurun* lors de son acquisition, au terme de sa relégation depuis plus de vingt ans dans un hangar. Ils récusent par ailleurs les constats de l'expert cité par la partie adverse, précisant que la seule expertise véritable fut celle réalisée par Jean-Louis Dauga, réalisée le 28 octobre 1988 alors que les travaux de restauration de l'association Les amis du Kurun étaient en cours depuis deux ans déjà.

Au terme de leur plaidoyer, les avocats de la mairie du Croisic concluent que la convention du 24 avril 1987 entre Jacques-Yves Le Toumelin et la ville du Croisic ne pourrait être annulée que dans les conditions prévues par l'article 1304 du Code civil, or cette possibilité est prescrite depuis le samedi 25 avril 1992 conformément aux dispositions de l'article précité.

**Vers le calme retrouvé**

Le 13 août 1999, *Kurun* est à l'honneur à l'occasion du rassemblement de vieux gréements organisé pour la troisième année consécutive par Le Croisic. La manifestation se déroule pendant quatre jours, jusqu'au mardi 17 août. Une quarantaine de bateaux vient mouiller dans le port pour la circonstance. Sur la place d'armes, près de la nouvelle criée, un village éphémère voit le jour, proposant au public la dégustation de sardines grillées et de spécialités marines. Le 16 août, l'ensemble des voiliers se rend au Pouliguen. Parmi les voiliers mis à l'honneur figurent, outre *Kurun*, le *Renard*, le *Notre-Dame de Rumengol*, et la *Recouvrance*.

Le 11 août 1999, Les amis du Kurun font le point sur les relations qui se sont envenimées avec Jacques-Yves Le Toumelin. Jacques Chrétien, président de l'association, rend compte des derniers développements de la procédure en cours. La dernière entrevue au tribunal s'est mal passée, le navigateur n'ayant pas été tendre avec la justice.

En dépit du contexte qui démotive certains, l'association entend rester fidèle à ses engagements. Elle compte près de soixante membres qui restent impliqués dans l'entretien et l'avenir du voilier. Simon Le Cossec, adjoint aux Affaires maritimes, fait part lors de la réunion de la préoccupation que constitue l'emplacement du mouillage du voilier, près de la Place du 8 mai. Par sa configuration et du fait du courant, il ne permet pas au voilier d'échouer au même endroit, à chaque marée basse. Pour cette raison, le déplacement de *Kurun* est décidé pour un nouveau mouillage situé près de la Petite Jonchère. Simon évoque aussi le programme d'entretien des prochains mois. Le voilier sera mis au sec pendant tout l'hiver – de novembre 2000 à mars 2001 – de façon à restaurer les peintures de l'intérieur du roof et de la cabine.

*Kurun* suscite toujours l'intérêt des médias. La télévision italienne réalise un reportage sur les vieux gréements, dans lequel il figure. Dans la programmation de ses prochaines sorties, il est envisagé que le voilier participe aux Voiles d'amour, pendant le week-end du 15 août. Le 18 septembre, *Ouest-France* rappelle dans ses colonnes, le cinquantenaire du départ de Jacques-Yves Le Toumelin du Croisic pour son tour du monde dans l'article intitulé « *Le grand voyage de Kurun* ».

Un mois plus tard, le 19 octobre 1999, Jacques-Yves Le Toumelin rend compte, dans *Ouest-France*, de sa position dans l'affaire qui l'oppose à la mairie du Croisic. Son action a pour seul but de s'assurer de la mise au sec définitive de son voilier, conformément à la donation qu'il a effectuée. Son avocat précise que le navigateur n'attend aucun bénéfice matériel de son action en justice. Il s'est même engagé à interrompre l'action en cours si la garantie lui est apportée que *Kurun* ne navigue plus et soit affecté à un musée national comme cela a été initialement prévu. S'il est exact que l'action en justice vise à condamner la mairie à lui verser une importante indemnité, il se déclare prêt à y renoncer en cas d'accord amiable.

La confrontation juridique entre Jacques-Yves Le Toumelin et la mairie du Croisic se terminera de façon négative pour le navigateur fin 1999. Lui si attaché à la parole donnée – qui dans son esprit vaut bien plus que tout acte administratif – se rend compte tardivement qu'il a fait preuve d'une certaine naïveté en n'inscrivant pas dans la forme administrative des actes notariés ce qu'il souhaitait. Pourquoi, surtout, le document formalisant la vente, rédigé par son propre notaire, n'a-t-il pas mentionné les mesures restrictives exprimées par lui, ainsi l'interdiction de naviguer ? Quoi qu'il en soit, une page se tourne, laissant au navigateur un goût d'amertume et de regret intense.

L'association Les amis du Kurun modifie l'objet de son activité qui devient à cette date : « *Sauvegarde, entretien et présentation au public du voilier* Kurun *construit au Croisic en 1947 et appartenant actuellement à la mairie du Croisic, conformément à l'acte de cession passé entre le présent propriétaire, Jacques-Yves Le Toumelin et la municipalité du Croisic le 27 avril 1987* ». L'association précise par la même occasion son objet qui est la participation au développement du patrimoine maritime et l'organisation de manifestations (expositions, conférences, films, etc.)

se rapportant à la navigation et à la culture marine.

Le samedi 22 juillet 2002, Pierre Raffin-Caboisse regagne Le Croisic, pari gagné et promesse tenue, au terme de son tour du monde en hommage à Jacques-Yves Le Toumelin. Visiblement ému, le premier mot du navigateur en touchant terre est dédié à celui qui l'a inspiré. Il décrira plus tard dans *Babar autour du monde* sa longue itinérance des Galápagos à Tahiti, des Tuamotu aux îles Marquises.

### La motorisation de *Kurun*

*Ouest-France* se fait l'écho le 19 février 2003 du projet de motorisation de *Kurun*. Il naît de la volonté de l'association d'accroître la sécurité du voilier dans les manœuvres de port comme dans ses navigations en cas de manque de vent. L'absence de moteur rend difficile l'entrée et la sortie du port, à moins de disposer à chaque occasion de l'assistance d'une autre embarcation. Didier Lemoine explique que l'association s'est rendue à cette conclusion à la suite de quelques frayeurs.

La Direction régionale des affaires culturelles (DRAC) s'émeut dans un premier temps de ce projet, dans son souci du respect de la configuration initiale du voilier, avant de se résoudre à cette solution pour les raisons de sécurité invoquées. Simon Le Cossec, vice-président de l'association, rappelle qu'en 2002 le bateau n'a pu sortir pour cette raison. Pour lui : *« Si les gens de l'association veulent naviguer dessus, il faut que ce soit dans la sécurité et le confort. Le confort, c'est le moteur. Tu sais quand tu pars, tu sais quand tu rentres »*.

Contact est donc pris avec l'entreprise croisicaise Marine Atlantique qui sera chargée de l'installation d'un moteur de 29 chevaux. Le coût de l'opération est estimé à 13 000 € avec la perspective de la remise à l'eau du voilier pour le week-end de Pâques.

Le 29 avril 2003, *Ouest-France* rend compte d'une nouvelle assignation en justice de la commune du Croisic par Jacques-Yves Le Toumelin. L'annonce de la motorisation du voilier a été la goutte d'eau qui fait déborder le vase, provoquant la colère du navigateur. Simon Le Cossec, cité dans l'article, reconnaît bien évidemment le droit de Jacques-Yves de contester la décision tout en lui faisant remarquer que les choses ont beaucoup changé en matière de circulation maritime dans les ports et de sécurité en mer depuis les années 1950. La motorisation est devenue indispensable pour la sécurité de l'équipage du voilier comme celle des autres navigateurs, d'autant qu'aucune modification n'a été apportée à la coque ou au gréement. Débouté en justice une première fois, cette nouvelle action – sans lendemain – témoigne de la révolte du navigateur. Cette épreuve qui se prolonge l'indigne et lui cause une peine durable. La blessure ne guérira pas!

**Fêtes maritimes de Brest**

Du 10 au 16 juillet 2004 ont lieu les fêtes maritimes de Brest. La quatrième édition de la manifestation accueille près de 2000 voiliers, de tous types et de toutes époques. Voiliers de travail ou de plaisance, bateaux d'origine et répliques à l'identique forment un spectacle naval coloré et vivant. Convié à la fête, *Kurun* participe à la manifestation le 10 juillet. Il approche à cette occasion la *Marité*, trois-mâts goélette sorti des chantiers maritimes de Paimpol et Fécamp en 1921, qui a pratiqué la pêche à la morue sur les bancs de Terre-Neuve au début de sa carrière avant d'être racheté par un armateur danois. Il côtoie le *Notre-Dame des flots*, ketch en bois construit à Gravelines en 1942 pour la pêche en mer du Nord, mais aussi *Pen-Duick*, le cotre à corne d'Éric Tabarly, le *Khersones*, trois-mâts construit en 1989 au chantier Lénine de Gdansk, le *Swaensborgh*, goélette à trois mâts hollandaise de 41 mètres de longueur lancée en 1907 sous le nom d'*Anna Square, Young Endeavour*, enfin, le brigantin sorti du chantier naval Broke Marine, de Lowestoft, en Grande-Bretagne, en 1986, qui porte le pavillon de la marine australienne.

L'Association Les amis du Kurun évoque le 25 avril 2004, devant le journaliste de *Ouest-France* ses projets pour l'année en cours. Georges Viaud, président de l'association, fait part du projet de chariot envisagé pour *Kurun*, qui constituera le chantier important de l'année. Profitant de la publicité procurée par l'article, le secrétaire de l'association, Claude Boizard, fait appel aux bonnes volontés pour contribuer à l'entretien. Le programme de *Kurun* prévoit sa participation à la Semaine du golfe du Morbihan du 3 au 7 mai 2005, à la fête du nautisme de la Turballe les 21 et 22 mai, à la fête de la mer à Pénerf les 13 et 14 août, à la fête de la mer du Croisic le 15 août et enfin à celle de Billiers le 20 août.

La distinction obtenue par *Kurun* lors de la Semaine du Golfe du 14 au 20 mai 2007 dans le Morbihan est soulignée par *Ouest-France* le

29 juin. Le jury, organisé par la rédaction du journal *Le Chasse-Marée*, lui a attribué l'un des quatre prix. Georges Viaud souligne à cette occasion que cette reconnaissance récompense les membres de l'association pour leur investissement constant, au fil du temps, dans l'entretien du voilier, comme la motivation de l'équipage qui assure ses déplacements dans des conditions parfois difficiles. Quelques jours plus tard, le voilier participe aux Marées du Croisic, rencontres entre musiciens et bateaux *« qui ont une histoire à raconter »*, organisée au profit des sauveteurs en mer.

L'année suivante, le 11 juillet 2008, *Kurun* participe à nouveau aux fêtes maritimes de Brest dont les festivités se poursuivent jusqu'au 17 juillet. La rencontre finistérienne connaît un engouement croissant avec la participation de 2000 voiliers traditionnels ou d'inspiration classique et de 50 grands voiliers. Au total, 28 nations sont représentées, avec pour invités d'honneur le Vietnam, Madagascar, la Norvège, la Croatie et la Galice. L'un des temps forts de la rencontre est la traditionnelle grande régate vers Douarnenez et son cortège de voiliers le jeudi 17 juillet.

**60e anniversaire du tour du monde de *Kurun***

Peu de temps avant le décès de Jacques-Yves Le Toumelin, *Ouest-France* publie le 19 septembre 2009 un long article à l'occasion du 60e anniversaire du tour du monde de *Kurun*. Retraçant le départ du navigateur le 19 septembre 1949, le quotidien rappelle que ce périple s'inscrivait dans la lignée des aventures vécues par Joshua Slocum au XIXe siècle et d'Alain Gerbault plus récemment. Le journaliste évoque la persévérance exemplaire qu'il fallut au navigateur pour surmonter l'épreuve de la perte de son premier bateau, détruit sous l'Occupation. *Kurun* lui succéda, voilier sans doute considéré comme déjà *« démodé à l'époque »*, suivant les propos du journaliste, mais qui *« tient la mer »*. Au rédacteur qui le rencontre et l'interroge pour la circonstance, Jacques-Yves, bientôt nonagénaire, rappelle qu'au moment de ce départ *« Il n'y avait personne, à part mon père et l'armateur Bihoré, qui me connaissait bien. Il me disait : Faut-pas y aller, tu vas te noyer »*.

De cette navigation, il se souvient de multiples détails, avec une mémoire intacte. *Kurun* était à l'époque sa maison, au sens plein du terme. Sa bibliothèque, conséquente, accueillait notamment les œuvres de Platon. Après l'expérience non convaincante de l'embarquement d'un premier équipier – épisode plutôt subi que voulu – viendra un second essai qui se dénoue à Tahiti. C'est alors que commence, dans un sentiment de plénitude et de liberté, sa navigation en solitaire dans la partie la plus longue et la plus difficile de son périple. Dans le détroit de Torres, entre l'Australie et la Nouvelle-Guinée, il lui faut rester éveillé 106 heures d'affilée. De son arrivée en Afrique du Sud, il se souvient notamment de l'accueil réservé par Armand Gazel, l'ambassadeur de France, qui envoie une limousine le chercher. Il faut même lui prêter pour la circonstance des vêtements « civilisés ».

De son retour triomphal au Croisic le lundi 7 juillet 1952, il gardera sa vie durant un étonnement devant l'intensité de la liesse populaire. Par la suite, il y eut son périple aux Antilles en 1953 et 1954. De ce second et dernier voyage, Jacques-Yves évoque principalement le souvenir laissé par son escale dans l'île de la Dominique. Il se rappelle avec intensité la découverte de la dernière réserve d'Indiens Caraïbes où il peut se rendre en compagnie d'un missionnaire, le père Visonneau.

Il y eut bien un autre projet qui lui tint longtemps à cœur mais qui ne se concrétisa pas, celui d'un troisième voyage, vers l'Inde cette fois, aux racines de la sagesse. Mais la construction de *Gwenved*, il y a 35 ans, puis l'accueil de ses parents dans sa maison, changèrent le cours de sa vie. Son mariage est suivi de la naissance de ses trois enfants. Au voyage physique succède alors un lent et profond cheminement intérieur : « *Le vieil homme a rangé son sextant depuis bien longtemps. Il s'est enfermé comme pour mieux fuir la fureur du monde, écœuré de la violence du monde moderne, lui qui a aimé les peuples de l'Océanie. Il se met à dévorer les écrits sur la spiritualité, dont ceux de René Guénon qu'il admire.* »

Le journaliste conclut son article par l'évocation de la spiritualité de Jacques-Yves, rappelant que sa sœur Yahne est adepte du bouddhisme, comme son épouse. « *Jacques-Yves se rapproche de la sagesse orientale et invite dans sa maison des maîtres tibétains, recherchant la méditation. Son neveu, Matthieu Ricard est le traducteur du Dalaï-Lama. Après la découverte du monde physique, le voyage intérieur le ramène à lui-même. Sage.* »

**Décès de Jacques-Yves Le Toumelin**

Peu de temps après la parution de cet article, Jacques-Yves Le Toumelin décède le mardi 10 novembre 2009. Son inhumation a lieu dans l'intimité, le vendredi 13 novembre, au cimetière de Trescalan, à La Turballe, près de l'église Notre Dame de Miséricorde. Il rejoint en ce lieu situé sur les hauteurs, la sépulture où reposent son père Victor et sa mère Yvonne.

Par sa position élevée – à 88 mètres au-dessus de la mer – le clocher de l'église offre une vue exceptionnelle sur les lieux qu'a aimés le navigateur, de la Brière à l'est à l'embouchure de la Vilaine au nord, des îles du Morbihan à l'ouest à l'embouchure de la Loire au sud, par-delà la perspective proche des marais salants et des traicts du Croisic.

Dans son édition du samedi 14 novembre 2009, *Ouest-France* évoque avec sobriété, la disparition du navigateur. « *Jacques-Yves Le Toumelin a été enterré hier, dans l'après-midi, au cimetière de La Turballe dans la plus stricte intimité. Le vieil homme avait rangé son sextant depuis bien longtemps et s'était isolé, loin de la fureur du monde moderne, passant du voyage autour des mers au voyage intérieur : l'amoureux des peuples d'Océanie s'était mis à tout lire sur la spiritualité* ». Le lundi 16 puis le mercredi 25 novembre, le quotidien revient dans deux autres articles sur sa disparition : « *Jacques-Yves Le Toumelin avait navigué encore quelques années avant de se poser dans une maison construite au Croisic, dans un cadre sauvage comme il les aimait. Ses longs voyages avaient cédé la place à des voyages métaphysiques. Le navigateur aimait méditer et appréciait tout particulièrement un de ses neveux, Matthieu Ricard, moine bouddhiste, très proche du Dalaï-Lama.* »

Le vendredi 27 novembre 2009, à 15 heures, une messe est célébrée en la collégiale de Guérande à sa mémoire, devant une nombreuse assistance. Le faire-part de décès rappelle les différents titres du navigateur disparu : Légion d'honneur et Mérite maritime, membre d'honneur de l'Association des Capitaines et Officiers de la marine marchande, créateur de la société pour la sauvegarde du *Kurun*, membre du Cercle de voile de Paris, membre du Yacht Club de France, membre de l'association de la plaisance au large, membre de la Société des gens de lettres.

## Chapitre 19 : La nouvelle vie de *Kurun*

*« La mer,*
*illustration de cette quête errante*
*de l'esprit moderne,*
*aimanté toujours*
*par l'attrait même de son insoumission. »*
Saint-John Perse

***Mai 2021***

*L'abbaye Sainte-Croix – Musée d'art moderne et contemporain des Sables-d'Olonne – propose une visite audio de l'exposition d'Éric Fonteneau, « Figures du monde ». En écho à la neuvième édition du Vendée Globe, elle est axée sur le thème de l'imaginaire géographique de cet artiste. À l'instar des navigateurs qui parcourent les océans, l'artiste – fasciné par la géographie et ses représentations multiples dont les cartes et les portulans sont l'une des formes symboliques – arpente en effet le monde dont il s'efforce de refléter la diversité à travers ses dessins et ses œuvres.*

*L'exposition des Sables révèle au visiteur, au fil des salles, des dessins de grand format représentant les silhouettes épurées d'arbres et de forêts sous différentes latitudes, la représentation en grand format de montagnes sous-marines dont les sommets émergent de la surface des flots en allusion au monde connu mais aussi en évocation mystérieuse de l'univers d'abysses encore à découvrir (continuité géographique des mondes visibles et invisibles), des portraits de personnages liés à l'exploration. L'une de ces œuvres – pierre noire sur papier Arches – représente le visage de Jacques-Yves Le Toumelin, de trois-quarts, fixant un horizon lointain. Comme Éric Fonteneau s'en explique, deux rencontres parmi d'autres ont particulièrement marqué son parcours esthétique, celle de l'écrivain Julien Gracq (géographe et voyageur de l'esprit) et celle du navigateur. Il eut le bonheur de faire la connaissance de Jacques-Yves trente-cinq ans plus tôt, en 1986, près du Croisic, lors de l'installation de l'œuvre conçue alors qu'il était en résidence d'artiste en cette même Abbaye Sainte-Croix.*

*Alors qu'il procède à l'installation de cette œuvre monumentale éphémère d'un diamètre de 240 mètres dans le Traict du Croisic, il est ap-*

*proché par un homme. Habitant à proximité, au bord de la grève, ce dernier est intrigué par les préparatifs et il vient s'enquérir de la réalisation en cours. L'artiste lui explique qu'il pose sur l'eau – à distance les uns des autres – des flotteurs agencés de telle sorte qu'ils représentent par des calculs précis un cercle qui ne soit compréhensible que vu du ciel. En prenant de l'altitude, l'œuvre devient progressivement intelligible, prenant la forme stylisée d'une boussole sur laquelle sont identifiés les quatre points cardinaux. Dans cette configuration, la mer devient de façon symbolique une carte marine mouvante, participant de la composition artistique.*

*Ce visiteur avec qui Éric Fonteneau converse n'est autre que Jacques-Yves Le Toumelin. Les deux hommes ont alors une longue discussion, informelle et sympathique. Par un hasard non prémédité, il apparaît que Gwenved, la maison du navigateur, se trouve dans l'axe direct du nord indiqué par la boussole.*

**Salon du livre de Guérande 2010**

Sous l'intitulé « *Le festival du livre en Bretagne prend le large* », *Ouest-France* annonce le 22 octobre 2010 la 7e édition du salon du livre de Guérande. Elle se tient du 19 au 21 novembre dans les salles de la médiathèque Samuel Beckett. L'un des temps forts de la rencontre est l'hommage rendu à Jacques-Yves Le Toumelin en présence de son épouse, Josée, et de ses amis André Bligné et Jean Quilgars. À cette occasion, un film présente le navigateur, accompagné d'extraits de ses livres lus devant un large public. En parallèle, une exposition présente une sélection de ses photos personnelles.

Le thème « *Bretons dans le monde* », choisi cette année-là pour l'intitulé du festival semble adapté à l'évocation de la mémoire de Jacques-Yves qui revendiqua sa vie durant, avec fierté, ses racines et son attachement à la Bretagne.

Le vendredi 20 janvier 2012 l'émission *Thalassa* choisit pour cadre de son édition hebdomadaire Le Croisic. Pour la circonstance le *Bel Espoir* – le trois-mâts du père Jaouen – s'amarre à l'ancienne criée. La goélette de 38 m 50, classée monument historique, sert de studio à l'équipe de Georges Pernoud et de Laurent Bignolas. Elle fait face au *Kurun*, amarré au quai, près de l'ancien hôtel Masson. L'émission évoque le souvenir de

Jacques-Yves Le Toumelin et les heures de gloire de la cité, à une époque où le sel valait de l'or.

La troisième édition des *Marées du Croisic* – festival de chants de marins et rencontres de bateaux organisés dans le but de collecter des fonds pour les sauveteurs en mer – fête le samedi 7 juillet 2012 les 60 ans du retour du *Kurun* au Croisic, après son tour du monde. Pour l'occasion, le voilier du navigateur est mis à l'honneur pendant les festivités, marquées par une pluie battante qui ne réussit à altérer la bonne humeur du public.

Georges Viaud évoque pour *Ouest-France* le 8 juillet 2012 l'engouement qui – en dépit du temps – ne se dément pas en faveur du *Kurun* et du navigateur Jacques-Yves Le Toumelin. Le voilier fait toujours la fierté de la localité. Il en donne pour exemple ce père qui, visitant le voilier avec son fils, lui explique avec fierté alors qu'il se promène sur le pont : *« Tu vois, tu tiens les haubans du* Kurun *! »*. Cette simple formule exprime, de façon synthétique, la considération et le respect qu'il voue au navigateur.

Chaque rencontre avec le public suscite une émotion car beaucoup croyaient le voilier perdu. Joël Dufour rapporte le témoignage de cet officier polonais de passage qui se souvient avoir aidé Jacques-Yves lors d'une passe difficile au large des Antilles. Autre exemple, cet architecte parisien qui veut à toute force passer une nuit à bord. Il en rêvait depuis des années !

**Brest 2012**

*Kurun* participe aux fêtes maritimes de Brest, le 13 juillet 2012. Intitulées Les Tonnerres de Brest 2012, cette sixième édition marque les 20 ans de l'événement né en 1992. Le Mexique, l'Indonésie, le Maroc, la Russie et la Norvège sont les invités d'honneur de la rencontre. *Kurun* se retrouve en compagnie de *Joli Vent*, sinagot du golfe du Morbihan construit en 1958 à Vannes par le chantier Armand Thomas, du cotre à tapecul *Sant C'hireg*, réplique d'un langoustier de Camaret des années 1920 construit en 1986 au chantier Gendron de Noirmoutier, du *Renard*, copie d'un cotre à hunier de Saint-Malo lancé en 1991, et de *Rose of Argyll*, réplique d'un harenguier Écossais à gréement de lougre construit en 1964 au chantier naval James Adam & Sons, sur la rivière Clyde.

Le 22 septembre 2012 *Ouest-France* annonce le décès de Jean Quilgars. L'ami et compagnon de route de Jacques-Yves Le Toumelin était né la même année que le navigateur. La cérémonie religieuse a lieu le 26 septembre, à 10 heures, en l'église Notre-Dame de Pitié du Croisic. Conformément à ses vœux, les cendres du marin sont dispersées en mer.

Dans le respect de ses obligations de présentation au public, *Kurun* se rend le vendredi 9 novembre 2012 au départ du Vendée Globe Challenge, aux Sables-d'Olonne. Le voilier participe au rassemblement de voiliers anciens présentés au ponton des Bateaux de légende, Quai Franqueville, en compagnie de *Suhaili* de Robin Knox-Johnston, vainqueur du Golden Globe 1969, de *Joshua* de Bernard Moitessier, qui abandonna la course pour *« ne pas perdre son âme »*, du *Spray de Saint-Briac* de Guy Bernardin, réplique du voilier sur lequel Joshua Slocum réalisa le premier tour du monde en solitaire en 1898, du *Saint-Michel II* réplique du bateau de Jules Verne, de *Findomestic* d'Alessandro Di Benedetto qui réalisa un tour du monde sur un voilier de 6,50 mètres du 26 octobre 2009 au 22 juillet 2010, et d'*Oïkos* de Stéphane Narvaez, auteur d'un tour du monde à l'envers de 246 jours, sans moteur ni énergie fossile en 2012.

Après une sortie en mer dans la baie des Sables-d'Olonne le samedi 10 novembre au matin, *Kurun* se rend sur zone pour assister au départ de l'épreuve, à 13 heures 02. Deux minutes en hommage à la mémoire des marins disparus lors de précédentes éditions de la course, Mike Plant, décédé en 1992, et Gerry Roufs, le 6 janvier 1997.

**_Kurun_ au chantier Fouchard**

Trois ans plus tard, *Kurun* entre en chantier pour d'importants travaux de réfection et de consolidation. L'événement est annoncé par *Ouest-France* le 14 mars 2014. L'article relate les propos tenus par Georges Viaud lors de l'ouverture de la 28e assemblée générale de l'association. Si l'intérieur du voilier est sain et en bon état général, il est prévu que deux barrots soient remplacés en 2015. Ce chantier implique le démontage du pont qui doit être changé par la même occasion.

Le 13 avril 2015, le président apporte aux membres de l'association réunis en assemblée générale des informations complémentaires concernant *Kurun*. Le talonnage qu'il a connu lors d'une navigation à Pénerf, dans le Morbihan, a entraîné une voie d'eau. Le voilier a été acheminé par la route au chantier Fouchard, à Couëron, habilité à effectuer les travaux de réparation des bateaux du patrimoine.

Le dimanche 7 juin 2015, le 60e anniversaire du retour de *Kurun* des Antilles constitue le thème de la Fête nautique organisée par le Club de croisière croisicais. Philippe Noyé, son président, rappelle à cette occasion que Jacques-Yves Le Toumelin a marqué l'histoire de la plaisance. De même que le nom de Tabarly est lié à La Trinité-sur-Mer, celui de Jacques-Yves Le Toumelin reste attaché au Croisic. Le président souligne que le navigateur a accompagné l'association à ses débuts et suivi avec intérêt son développement.

Dans l'ancienne criée, une exposition met en évidence Jacques-Yves Le Toumelin et *Kurun*. Dans le port des vieux gréements tirent des bords, mettant *Kurun* à l'honneur. La *Recouvrance* représente la ville de Brest. Ce voilier, de 42 mètres de longueur et de 6 m 40 de bau, est gréé en goélette à hunier du XIXe siècle.

Au festival de chants de marins de Paimpol auquel il participe en 2015, le chanteur Hugues Aufray cite spontanément le 14 août le nom de Jacques-Yves Le Toumelin devant le journaliste de *Ouest-France* qui l'interviewe. Inspiré par le navigateur, il eut en effet l'intention d'acquérir en 1966 un ancien thonier breton de 1944, de 22 mètres de longueur, pour le restaurer. Consulté, Jacques-Yves le dissuada, arguant des fortes contraintes d'entretien d'une telle unité.

L'assemblée générale des Amis de Kurun du jeudi 7 avril 2016 se tient au foyer Émile Thibault, au Croisic. Georges Viaud communique le dernier bulletin de santé du voilier, immobilisé depuis la fin de l'année 2015 au chantier Fouchard, à Couëron. Les travaux réalisés sur la coque l'ont été avec le soin que ce charpentier de marine apporte à chacune de ses interventions. Restent à accomplir les travaux de finition et d'aménagement qui seront réalisés par les membres de l'association, comme à l'accoutumée.

Les membres présents espèrent ardemment le retour du voilier pour la fête nautique du dimanche 22 mai 2016 au Croisic. Georges informe les membres présents de sa décision de passer les rênes de l'association à un nouveau président, du fait de son âge.

Le salon du livre Plumes d'équinoxe – samedi 24 et dimanche 25 septembre 2016 – célèbre son 20e anniversaire sur le thème de « *La plaisance* ». Orchestré par Jacques Bruneau, adjoint à la Culture de la ville du Croisic, et Jean-Yves Paumier, chancelier d'honneur de l'Académie littéraire de Bretagne et des Pays de la Loire, cette 23e édition s'intéresse à la mer et à l'Histoire, aux histoires de mer et de marins, de bateaux et de ports. Elle est présidée par Yann Queffelec, prix Goncourt 1985 pour *Les noces barbares*.

Dans le cadre du salon, Laurent Delpire – historien et conservateur des antiquités et objets d'art de Loire-Atlantique – donne le vendredi 23 septembre une conférence remarquée sur le *Kurun* et les bateaux Monuments historique, occasion d'évoquer le souvenir de Jacques-Yves Le Toumelin et la mémoire vivante que représente son voilier.

Dans ce contexte marin, deux voiliers exceptionnels évoquent par leur présence le thème central du salon littéraire. Il s'agit d'une part de *Kurun*, d'autre part du *Saint-Michel II*, réplique du cotre construit au Havre par l'écrivain Jules Verne et à bord duquel il navigua en 1876 et 1877, faisant escale au Croisic.

Lors d'une conférence de presse, Georges Viaud évoque le lundi 4 octobre 2016 le programme de navigation prévu pour *Kurun* pour l'année qui vient. Les membres du bureau envisagent la participation du voilier à la 9e édition de la semaine du Golfe, du 22 au dimanche 28 mai 2017. Le président remercie les membres de l'association pour le travail bénévole accompli sur *Kurun*, notamment depuis son retour du chantier Fouchard de Couëron.

Le cotre participe le samedi 17 juin 2017 à la 34e édition de la croisière de Pen-Bron. À l'initiative du docteur François Moutet, la manifestation nautique réunit chaque année – grâce à la bonne volonté de nombreux propriétaires de bateaux – des personnes handicapées conviées à un week-end en mer.

Au Croisic, Les amis du Kurun accueillent *Joshua*, l'ancien voilier de Bernard Moitessier le jeudi 24 août 2017, dans le cadre de leurs rencontres régulières avec d'autres voiliers historiques. Les deux voiliers tirent des bords dans la baie du Croisic.

Le 20 septembre 2017, le nouveau président des Amis du Kurun, Patrick Nalis, fait le point sur l'activité de l'association. Le bureau renouvelé, récemment nommé, s'attache à répondre aux missions de l'association. Elles comprennent l'entretien de *Kurun*, sa présentation au public, l'organisation de ses navigations, tout en contribuant ainsi à l'image du

Croisic. Pour ce qui concerne les navigations, l'attention porte avant tout sur le respect des règles de sécurité. L'un des points importants du programme consiste à mettre en valeur le voilier à l'emplacement judicieux et visible que lui accorde désormais la mairie près de l'ancienne criée, au cœur de la ville. Le voilier doit participer à la Semaine du Golfe, aux Voiles de légende dans le port du Pouliguen, ainsi qu'à la croisière de Pen-Bron.

Le conseil municipal du Croisic étudie dans sa séance du mardi 3 avril 2018 l'établissement de la convention de partenariat entre la Fondation du patrimoine et l'association Les amis du Kurun pour le lancement d'une campagne de mécénat. Jacques Bruneau, adjoint à la Culture, rappelle que *Kurun*, propriété de la ville du Croisic depuis 1987, a été classé au titre des monuments historiques en 1993. Même si d'importants travaux de restauration sont pris en charge financièrement avec la contribution de la Direction régionale des affaires culturelles, du département de Loire-Atlantique et de la région des Pays de la Loire, la réfection du roof et celle du pont du bateau restent encore à réaliser.

L'estimation des travaux, effectuée par le chantier naval de Loïc Fouchard, à Couëron, s'avère conséquente. Pour cette raison, la commune et l'association s'accordent – dans la perspective de la célébration des 70 ans du voilier – sur l'idée du lancement d'une campagne de mécénat populaire en partenariat avec la Fondation du patrimoine. Elle contribuera à financer les travaux en associant au projet toute personne susceptible d'être intéressée par ce voilier mythique et la figure du navigateur Jacques-Yves Le Toumelin. Après délibération, le conseil municipal décide à l'unanimité d'autoriser le maire à signer cette convention.

André Bligné, compagnon depuis l'enfance de Jacques-Yves Le Toumelin évoque le 5 avril 2018 le souvenir vivace de son ami dans une longue interview accordée au journal *Ouest-France*. Avec clarté et précision, il rappelle le début de leur complicité ancienne. Les deux garçons sont nés la même année, en 1920. De ses années d'enfance, André garde le souvenir de la plage de Port Lin que les deux garçons fréquentent de façon régulière, des promenades à bicyclette ou des navigations en canot, dans le Traict. S'il assiste au départ de Jacques-Yves pour son tour du monde, il n'est pas présent à son retour, retenu en Afrique par ses fonctions au ministère de la France d'Outre-mer. La fin de l'adolescence et le début de leur vie d'adulte les sépare un temps, avant de se revoir plus tard au Croisic. Ils se sont fréquentés pendant toute leur existence.

Le projet de tour du monde de Jacques-Yves lui vint très tôt comme s'en souvient André. Dans son domicile spartiate du 10 de la rue des Cordiers, le jeune homme lui explique – devant le planisphère apposé sur le mur – le périple qu'il envisage de réaliser. L'intérêt pour cette aventure est partagé par leur ami commun, Jean Quilgars. André assiste à la mise à l'eau de *Kurun*, en 1948.

Après le retour de la circumnavigation du navigateur, il l'accompagne en plusieurs occasions lors de navigations au large du Croisic. Lorsqu'en 1986 Jean Auffret, conseiller général et maire de la localité, émet l'idée de fonder l'association Les amis du Kurun, il accepte spontanément d'en être le président fondateur. Et de conclure sur cette évocation de son ami : *« Jacques-Yves était un homme d'une rigueur extrême. Je serai présent pour les 70 ans du Kurun, en pensant à toutes ces navigations avec lui. »*

**70e anniversaire de *Kurun***

Le dimanche 8 avril 2018 est célébré dans l'ancienne criée du Croisic le 70e anniversaire de *Kurun*. L'exposition qui lui est consacrée rappelle les navigations de Jacques-Yves et expose différents objets lui appartenant. Josée Le Toumelin, André Bligné, ainsi que les membres de l'association Les amis de Kurun assistent aux côtés du public à l'inauguration de la manifestation. Dans les propos respectifs qu'ils tiennent, Patrick Nalis, président de l'association, et Michèle Quellard, maire du Croisic, rendent hommage au navigateur, exprimant le souhait que son voilier, représentation symbolique de l'image de la localité, puisse naviguer au plus tôt, après les travaux d'entretien et de réfection nécessaires.

Dans ce contexte anniversaire, René Bihoré est interviewé par *Ouest-France* sur les souvenirs qu'il garde de la construction de *Kurun*. Il travailla en septembre 1946 à sa construction au chantier Leroux. Bien que les bâtiments de l'époque n'existent plus, il en rappelle la localisation près de la Chambres des Vases, à droite des chantiers Pradelle au bord du Traict.

René garde le souvenir, clair et précis, du contexte de cette époque : *« Nous étions trois à dessiner le bateau, dont Roger Frappin et Roger Matho. Jean Séverin, apprenti puis marchand de sabots, a aussi parti-*

*cipé à sa réalisation. J'étais le plus jeune. Le 30 décembre 1946, nous terminions avec Marcel Coïc la pose de la quille en fonte de 2,7 tonnes, fondue au chantier nantais Dubigeon ».* La mise à l'eau du voilier eut lieu le 28 février 1948.

René Bihoré suivit avec intérêt le voilier dont il assista à la gestation. Il assura par la suite différents travaux d'entretien et d'aménagement. Il faillit même y mettre le feu de façon accidentelle en 1957 alors qu'il travaillait à l'étanchéité du pont avec un produit inflammable. Mais ceci, le navigateur ne l'a jamais su !

Cette même année 2018, André Bligné – l'ami au long cours des bons comme des mauvais jours – s'éteint le 21 avril, dans sa 98e année, quelques jours à peine après sa dernière apparition publique. La cérémonie religieuse est célébrée le mercredi 25 avril en l'église Notre-Dame de Pitié, avant son inhumation dans le cimetière du Croisic.

L'été 2018 voit la signature – le 14 juin dans la salle du Soleil Royal de la mairie du Croisic – de la convention établie avec les représentants de la Fondation du patrimoine concernant la souscription pour la restauration du *Kurun*.

Mercredi 8 août 2018, *Kurun* prend la mer pour Pornic afin de participer à la treizième édition des Voiles de tradition organisées par le yacht-club Royal Old (Y.C.R.O). La manifestation réunit à échéances régulières des voiliers anciens tels les *Pen Duick* qui ont appartenu à Eric Tabarly, en provenance de Lorient, La *Recouvrance* de Brest, les voiliers des associations de la Chaloupe et du Cercle de la voile du Bois de la Chaise à Noirmoutier, les Coques en bois de Pornic, les yachts classiques du Yachting classique du Yachting club de La Baule et ceux du Yacht club classique de La Rochelle.

À cette occasion, Patrick Nalis, président des amis du *Kurun* rappelle que cette participation entre dans les missions attribuées par la mairie du Croisic à l'association qu'il préside, celle de contribuer au rayonnement du voilier et de la ville ainsi qu'à la perpétuation du souvenir de Jacques-Yves Le Toumelin.

La traditionnelle parade constitue l'un des temps forts de la rencontre. De la pointe de Gourmalon au port de Pornic, Michel Morin, capitaine au long cours et secrétaire du Y.C.R.O, présente chaque voilier lors de son passage devant lui. *Kurun* figure en quatrième position du cortège, derrière Le *Martroger*, l'ancien baliseur du quartier maritime de Noirmoutier construit en 1933, restauré par Loïc Fouchard.

Parmi les voiliers de la parade figure également *Brunec*, voisin de quai de *Kurun*, au Croisic. Ce cotre des Glénans type 1, à gréement houari, de 9 mètres hors-tout et 7 m 50 à la flottaison, construit en 1963, appartient à la première génération des voiliers conçus pour l'École de voile des Glénans. Neuf exemplaires furent réalisés entre 1950 et 1963. Dessiné par Jean-Jacques Herbulot en 1950, *Brunec* assura la formation de générations de stagiaires jusqu'en 1985, date à laquelle Pierre Mercier, qui avait été moniteur aux Glénans et habite Saillé, le racheta et le conserva dans sa conception d'origine.

Lundi 21 janvier 2019, l'assemblée générale des Amis du Kurun se réunit à l'initiative de Patrick Nalis dans les locaux de l'ancienne bibliothèque, rue Jean-Jacques Rousseau, au Croisic. En début de séance, une minute de silence est observée par les participants en mémoire d'André Bligné, premier président de l'association, homme sage et respecté, fidèle en amitié. Le président évoque ensuite la fréquentation de l'exposition consacrée aux 70 ans du voilier, dont le réel succès fut quantifié par la présence de 1 200 visiteurs recensés. Autre action remarquée, l'émission par la Monnaie de Paris d'une médaille frappée à l'effigie du voilier et comportant le rappel en deux dates – 1947-2018 – de cet anniversaire. Pour ce qui concerne le bilan des navigations effectuées par le voilier, celui-ci s'établit à 21 jours de mer pour l'année écoulée.

Le président évoque également le sujet majeur constitué par l'échéance désormais prochaine de la restauration du pont et du roof du voilier grâce à la contribution financière de la Direction régionale des affaires culturelles, de la région des Pays de la Loire, du département de la Loire-Atlantique et de la mairie du Croisic.

Enfin, pour ce qui concerne le programme d'actions pour l'année à venir, Patrick souligne la participation du voilier à la semaine du Golfe, du 27 mai au 2 juin 2019, ainsi qu'à différents événements maritimes locaux. L'association se félicite de l'obtention du local situé sur le flanc sud de l'ancienne criée, face à l'emplacement à quai dévolu à *Kurun* devant la petite Jonchère pendant la saison touristique. Mis à sa disposition par la municipalité, il sert de permanence à l'association, à proximité de ses consœurs de la SNSM et du C.C.C. Il servira notamment à une exposition permanente consacrée à *Kurun* et à Jacques-Yves Le Toumelin, ainsi qu'à la présentation d'objets du bateau lui ayant appartenu. Pierre Moïse, membre de l'association présente, au terme de l'assemblée, le projet de réalisation d'un timbre postal évoquant l'effigie du voilier et la mention de son tour du monde de 1949 à 1952.

Le 18 février 2019, lors d'un point presse avec *Ouest-France*, Patrick annonce le début de la saison nautique du voilier. Elle sera marquée par le grand carénage annuel à La Turballe, du lundi 15 au vendredi 19 avril, préalable aux navigations. La fin de la saison sera surtout marquée par le convoyage de *Kurun* du Croisic à Couëron, au chantier de Loïc Fouchard.

Le 2 avril 2019, *Kurun* reprend son poste d'amarrage, le long de l'ancienne criée. Grâce aux soins apportés à la protection du voilier pendant l'hivernage, il n'a été constaté qu'une faible entrée d'eau dans les fonds. Le moteur a démarré au quart de tour. Tout ceci paraît de bon augure.

La restauration du local mis à la disposition de l'association des Amis du Kurun s'achève au printemps. Son inauguration a lieu le lundi 6 mai 2019 en présence de Michèle Quellard, maire du Croisic. À cette occasion, le dévoilement d'une plaque est effectué de façon officielle. Placée à hauteur d'homme, à l'aplomb du quai, devant *Kurun*, elle évoque à grands traits l'histoire du voilier et de Jacques-Yves Le Toumelin.

Patrick Nalis souligne l'atout indiscutable que présente ce local pour la promotion du voilier. Une exposition permanente permettra la présentation, dans une vitrine, des instruments de bord utilisés par le navigateur lors de ses navigations ainsi que différents objets liés au bateau. Le lieu servira également à l'organisation de permanences pour accueillir le public, enregistrer les adhésions, présenter le programme de navigation du voilier. Pour le programme 2019, des visites seront organisées les 18 et 19 mai lors du trophée Godille. Puis le voilier se rendra du 27 mai au 2 juin à la semaine du Golfe. Il participera également, les 22 et 23 juin à la croisière de Pen Bron.

Un mois plus tard, *Ouest-France* rend compte le 9 juin 2019, de la parution du timbre consacré à *Kurun* dont Pierre a suivi la réalisation. Réalisée dans l'établissement agréé par la poste, cette édition limitée de 330 timbres, répartis en onze planches, est officiellement lancée les 13 et 14 juillet 2019. Elle est proposée à la vente dès le 12 juillet, à l'occasion de la première manifestation des métiers de la mer, place Dinan, sur le stand dédié à *Kurun*. Le timbre présente une vue latérale de *Kurun* en mer, marchant bon plein sous grand-voile, foc et trinquette. Le texte rappelle en deux dates – 19 septembre 1949 – 7 juillet 1952 – le tour du monde de Jacques-Yves Le Toumelin.

Le jeudi 19 septembre 2019, date anniversaire du départ du navigateur pour sa circumnavigation, soixante-dix ans plus tôt, le grand pavois est hissé dans la mature de *Kurun* en témoignage d'admiration et de respect à la mémoire du navigateur. Les visiteurs sont invités à monter à bord pour découvrir l'intérieur du voilier et s'imprégner de l'exploit du navigateur.

Dans un long article *Ouest-France* rappelle le souvenir de l'événement et le vœu prémonitoire exprimé par Jacques Yves Le Toumelin bien avant son départ : *« Un jour, moi aussi, je partirai seul à bord d'un bateau bien à moi. Je ferai le tour du monde »*. Expression d'une volonté sans faille, orientée vers la concrétisation de son projet.

Le journaliste rappelle qu'à cette époque le navigateur est encore un jeune garçon chez qui le périple solitaire du commandant Bernicot a suscité une vocation. Il évoque ensuite ce qu'il fallut de volonté au navigateur pour mener à bien son projet, de la petite pêche côtière à son initiation à la grande pêche hauturière en Mauritanie, de la perte de *Tonnerre* qui ruina un temps ses espérances à la construction du *Kurun* qui consacra sa revanche. Puis il y eut ce départ dans une totale discrétion le 19 septembre 1949 et surtout le retour triomphal le 7 juillet 1952, dont Simon Le Cossec se souvient.

## Chapitre 20 : Le retour de *Kurun*

*Le marin se distingue par son aptitude*
*à pratiquer la sieste à toute heure*
*en tous lieux, par tous les temps.*
*Car ce qui est pris n'est plus à prendre ».*
Hervé Hamon

***Mercredi 16 septembre 2020***

Un an a passé depuis l'acheminement de *Kurun* dans l'étier du Dareau – qui ouvre ce livre – dans la perspective des travaux de réfection qui l'attendaient au chantier Fouchard de Couëron. Au terme de cette réfection, le temps est venu de revenir au Croisic. En milieu d'après-midi, l'équipage chargé du retour quitte d'un cœur léger la presqu'île guérandaise pour rejoindre le chantier. Une fenêtre météorologique propice – entre deux coups de vent et une dégradation prévisible du temps – conduit à profiter du créneau ainsi offert pour ramener le voilier par la mer. Sous un ciel un peu nuageux, la température d'une quinzaine de degrés en matinée devrait monter à 25 °C dans l'après-midi. Météo France prédit un ciel dégagé en début de soirée. Le vent, faible et de secteur nord, ne dépassera 6 à 8 nœuds.

L'impossibilité de concilier dans une même journée les impératifs de hauteur de marée nécessaire pour sortir *Kurun* de l'étier et ceux indispensables à son arrivée à quai, au Croisic, conduit Alain à scinder le voyage en deux parties inégales. Le premier jour, *Kurun* quittera le chantier pour rejoindre la Loire et s'amarrer à 8 milles de là, pour la nuit, au port de Cordemais. Il sera ainsi à pied d'œuvre pour entamer le lendemain dès l'aube le trajet du retour au Croisic.

Dans cette perspective, deux voitures acheminent l'équipage. Avec les chauffeurs – qui ne participeront pas à l'étape du lendemain – ce sont au total huit personnes qui participent à l'équipée: Alain, Bernard, Jacques, Jean-François, Jean-Pierre, Michel, Patrick et Xavier. En cours de route, la défaillance d'une voiture contrarie la première partie du plan. Un équipage réduit de moitié se trouve donc disponible au moment de la marée haute propice au départ. Décision est prise d'assurer sans délai la première étape. Le reste de l'équipage rejoindra *Kurun* à Cordemais.

Le temps désormais compté, les préparatifs du départ sont menés bon train. Amarré depuis sa mise à l'eau au ponton, la proue vers l'écluse qui ferme le cours d'eau, *Kurun* effectue un demi-tour sur place pour se retrouver dans le sens du départ. Loïc Fouchard et son fils Jean-Baptiste participent à la manœuvre.

Le moment de partir est venu. Sur son bateau, Loïc ouvre la route, avec son apprenti. Il est suivi par *Kurun* où son fils Jean-Baptiste a embarqué. Les deux embarcations longent, l'une derrière l'autre, le sinueux cours du Dareau, en direction de la Loire. Sur les rives proches, de part et d'autre du cours d'eau, les vastes prairies sont frangées de haies qui frémissent dans la brise légère. Des vaches ruminent sur les berges. Elles observent d'un air placide l'étrange convoi. Dans une petite anse, au détour du cours d'eau, des chevaux curieux s'approchent jusqu'à l'eau. Certains s'ébrouent quelques instants dans la rivière avant de s'échapper en cavalcade à l'approche du voilier. Sur la gauche, de hauts peupliers marquent l'approche de la Loire qui scintille droit devant.

18 heures. *Kurun* retrouve le lit du fleuve. Loïc Fouchard regarde une dernière fois le voilier sur lequel il a œuvré, puis s'approche bord à bord. Jean-Baptiste quitte alors *Kurun* pour rejoindre son père. Instant d'émotion réciproque – de part et d'autre – au moment de se quitter. Gratitude, considération et respect pour le travail impeccable réalisé par Loïc, Jean-Baptiste et leur apprenti. Les membres de l'équipage qui ont participé aux travaux du voilier dans le cours de l'été savent, pour les avoir vus à l'œuvre, la qualité extrême du chantier effectué. À ce degré de précision et de finition, le bel ouvrage relève tout simplement de l'art.

Sur un dernier salut, *Kurun* s'engage dans le courant du fleuve, vers l'aval, dans la lumière blonde de cette fin d'après-midi. Il lui faut moins d'une heure, poussé par le courant favorable, pour rejoindre son havre pour la nuit. Après Port Launay, sur la rive droite, les prairies défilent sous les hauteurs de Saint-Étienne-de-Montluc. Dans la courbe du fleuve apparaissent les cheminées de la centrale de Cordemais. Sur la rive gauche, Cheix-en-Retz puis Vue et Frossay, permettent d'identifier sur l'horizon la perspective des marais reliés à la Loire par L'Acheneau.

Plantée sur sa tour cylindrique dans l'alignement des cheminées de la centrale, la « Villa Cheminée », marque l'entrée de l'étier de Cordemais. Œuvre de l'artiste japonais Tatzu Nishi, elle constitue l'un des jalons du parcours d'Estuaire qui égrène depuis 2007 ses surprenantes réalisations de Nantes à Saint-Nazaire. En lien avec l'esthétique industrielle de la centrale thermique, le cylindre culmine à 15 mètres de hauteur. À son sommet, une maisonnette incongrue se campe, avec son jardinet minuscule. Équipée et meublée, elle offre un gîte accessible aux amateurs d'imprévu.

Après l'avoir contournée, *Kurun* s'engage dans l'étier qui enserre la centrale thermique, tandis que se précise l'alignement des pontons du petit port. Un emplacement est accessible sur le premier d'entre eux. En quelques minutes l'amarrage est pris. Quelques pas à terre permettent de découvrir les lieux, avant le dîner pris en commun. La lumière décline et *Kurun* se fond dans la pénombre, dans la douceur du soir. L'équipage se prépare à la nuit, belle et calme.

**Jeudi 17 septembre 2020**

L'aube se lève sur la Loire. Des écharpes de brume estompent par endroits le miroitement du fleuve. Météo favorable. La cellule anticyclonique des îles britanniques aux pays scandinaves entraîne sur la France des conditions estivales. Beau temps confirmé sur l'estuaire. La température attendue est de l'ordre de 17 °C le matin et de 28 °C l'après-midi. Vent régulier prévu de 10 à 12 nœuds, toujours de secteur nord, avec possibilité de rafales à 20 nœuds dans l'après-midi.

Dès 7 heures, le moteur s'ébroue. *Kurun* se déhale, s'écarte du ponton et rejoint le fleuve. À l'est, le soleil incendie la Loire, vers l'amont. Aspiré vers l'aval dès la sortie de l'étier par le courant et la marée descendante, le voilier dévale le chenal. Dérangés dans leur repos, des cygnes pataudes courent sur l'eau, agitant leurs ailes de façon maladroite, avant que s'opère la grâce majestueuse de leur envol. Personne ne parle, marqué par la beauté de l'instant.

Dans le silence du petit matin, les clochers marquent sur la rive droite la progression du voilier. Celui de Sainte-Anne apparaît d'abord puis – derrière l'île Pipy – l'aiguillon pointu de l'église Saint-Martin du Sillon, à Lavau. Dérangés par l'approche du cotre, les oiseaux cachés sur les berges s'envolent dans un froissement d'ailes.

Rive gauche, le toit conique du moulin de la Ramée, près de Saint-Viaud, annonce l'approche de Paimboeuf. Construit en 1567, il constitue l'ultime vestige de l'époque où les moulins hérissaient les hauteurs venteuses du sillon de Bretagne, sur l'autre rive. Puis la localité défile sur bâbord avec l'enfilade de ses maisons hautes, serrées les unes contre les autres. Paimboeuf, issu du breton, signifierait « la pointe du bovin » ou la « pointe de la vache » (*pen bu* ou *pen buch*). Peu de traces subsistent de son glorieux passé d'avant-port de Nantes. *La Méduse* y fut construite. Chacun garde en mémoire l'image des naufragés de la frégate, sur leur radeau immortalisé par Géricault.

9 heures: 8 milles plus bas sur le fleuve, le voilier parvient à Donges. Les installations de raffinage se profilent déjà sur la rive droite avec plusieurs pétroliers en déchargement, *Sandviken*, de Marseille, *Hitra* sous pavillon maltais. Les installations de Montoir révèlent en une longue revue navale l'activité diversifiée du port avec le cimentier irlandais *Arklow Accord* puis le sablier à élinde traînante *Saint-Pierre*, immatriculé à Saint-Nazaire. Apparaissent ensuite le *Star Zeta* sous pavillon des Iles Marshall et le *MSC Eyra,* un porte-containers sous pavillon de Panama. Fermant le ban, le transporteur de véhicules *Mosel Ace*, sous pavillon libérien, marque l'approche du pont de Saint-Nazaire.

Poussé par le courant *Kurun* passe à 9 h 48 par le travers de la jetée et du phare de Saint-Nazaire. À 10 heures, il est au large de Villès-Martin. Près de la pointe de Chemoulin, le *Cable Enterprise* immerge les câbles sous-marins destinés à l'acheminement de l'électricité que produiront les éoliennes installées à 12 kilomètres des côtes. Ils émergent de la mer sur la plage de la Courance.

10 h 30: Le phare du Charpentier marque l'endroit où la route s'infléchit vers le nord-ouest, cap au 292°. Sur un même bord, elle garde suffisamment de profondeur d'eau aux abords de la côte rocheuse du Pouliguen et de Batz-sur-Mer. Toutes voiles dehors, *Kurun* marche désormais au portant, à bonne allure en direction du Croisic, heureux d'avoir retrouvé la pleine mer. Le voilier marche bon plein, équilibré et puissant. Puristes, Alain et Xavier veillent en permanence au bon réglage des voiles d'avant, en ciseaux. Le vent monte de façon progressive, augmentant l'allure. *Kurun* encense par moments à la crête d'une vague, puis reprend son galop.

11 heures: Avalée d'un trait, la baie de La Baule s'estompe à tribord sur l'arrière des Evens. Une heure plus tard, le voilier est déjà au large de

Batz-sur-Mer. Sur le même bord, le voilier longe la plage de la Turballe à 12h45.

Les prévisions de marche sont battues. Il est trop tôt pour rentrer au Croisic où la marée ne sera haute qu'à 17h22. La clémence du temps et le bonheur de naviguer incitent à tirer de longs bords dans l'attente de la hauteur d'eau nécessaire. *Kurun* file vers la pointe du Castelli, près de Piriac, où il parvient à 14h30. Virant lof-pour-lof, il s'en revient au cap inverse, avant de virer à nouveau à 2 milles du Croisic pour mettre cette fois le cap vers Dumet, sur l'horizon.

Le quatrième bord est le bon. Le voilier fait route, toujours sous voiles et à bonne allure, vers l'extrémité de la jetée du Tréhic. Le vent forcit. Au nord de Basse Hergo, devant la baie de Saint-Goustan, *Kurun* vire et se place dans l'axe du vent, roulant bord sur bord pendant que s'affalent les voiles. Un filet de gaz du moteur suffit à le maintenir bout-au-vent. Trinquette et foc descendent d'abord, avant la grand-voile. Moteur embrayé, le voilier vire à nouveau en direction du port cette fois, longeant la jetée du Tréhic puis Saint-Jean-de-Dieu. Le mont Lénigo cache la première Jonchère, qui se dévoile devant le quai du Port Ciguet. Passé la Grande Jonchère, le plan d'eau du Traict apparaît avec l'ancienne criée droit devant.

Dans les rafales du vent qui forcit, le voilier effectue au ralenti un premier passage de repérage. Bernard, à la barre, observe attentivement le courant et l'intensité des vagues chahutant le pertuis qui sépare l'ancienne criée de la Petite Jonchère. Déterminé, le barreur indique à chacun de se préparer à l'accostage. Amarres prêtes, gaffes à poste, *Kurun* fait route en biais vers son poste d'amarrage puis oblique au dernier moment pour s'approcher en parallèle du quai. Un coup de marche arrière casse l'ère. Le poste est pris. Contact coupé, le silence revient. La tension se relâche. Belle course que cette journée: 52,5 milles parcourus en 8h54 depuis Cordemais, à la moyenne de 5,9 nœuds. 351 jours se sont passés depuis le départ de *Kurun* du Croisic, plus d'un an auparavant. Une nouvelle page se prépare!

## Remerciements

Au terme de cet ouvrage, mes remerciements sincères vont en premier lieu à Christophe Agnus, mon éditeur, pour m'avoir accompagné dans la navigation au long cours que constitue toujours la publication d'un livre. J'ai apprécié – en confiance – de tirer ce bord littéraire jusqu'à son terme.

Mes pensées vont vers la famille de Jacques-Yves Le Toumelin (son épouse et ses enfants). Qu'elle trouve dans ma modeste contribution un témoignage de respect et de considération pour l'homme remarquable, parfois méconnu, qu'il fut. Je forme le vœu ardent qu'une biographie véritable de ce navigateur puisse voir le jour avec la contribution indispensable de ses proches pour approfondir ce qui n'est, ici même, qu'esquissé

Ma gratitude va également aux nombreux témoins – beaucoup ne sont pas mentionnés ici – qui de façon spontanée se sont manifestés pendant les trois années de la gestation de cet ouvrage pour évoquer le souvenir de *Kurun* et de Jacques-Yves Le Toumelin. J'ai apprécié ces rencontres parfois improbables. Elles m'ont permis d'assembler les éléments d'un puzzle parfois complexe. Merci en particulier à Christophe Douay, du quotidien *Ouest-France* – disparu le 28 juin 2021 – d'avoir lancé le 26 juillet 2019 la bouteille à la mer faisant part de ma recherche de témoignages.

Ma reconnaissance va également à Georges viaud, Patrick Nalis, Nathalie Caubel et Jean-Pierre Girodon, les plus récents présidents des Amis du Kurun, pour m'avoir accueilli et permis d'approcher *Kurun*, de façon à m'en imprégner, comme de m'avoir donné accès aux archives de l'association. Merci à Philippe Noyé, président du Club de Croisière croisicais, pour m'avoir autorisé à consulter les comptes rendus des conseils d'administration de son association, dont Jacques-Yves Le Toumelin fut longtemps le président d'honneur.

Merci à Michelle Quellard, maire du Croisic, et à Jacques Bruneau, premier adjoint, pour le soutien sans faille apporté par la municipalité à la conservation de *Kurun*. Merci à Xavier Rondot, pour avoir exhumé la collection ancienne de la revue *Le Yacht* dans laquelle j'ai identifié, au fil des pages jaunies, nombre d'articles concernant Jacques-Yves Le Toumelin et *Kurun*. Reconnaissance également à Jean-Yves Paumier dont les archives suscitent l'étonnement et l'admiration.

Je dédie en conclusion ce livre à ceux qui aiment la mer et les « bateaux-qui-vont-sur-l'eau ». Puisse ce témoignage contribuer à faire mieux connaître *Kurun* et à travers lui ce personnage exceptionnel que fut Jacques-Yves Le Toumelin.

Du même éditeur:

- ***Sur mer***, de Virginie Hériot
- ***Au-delà des limites, 15 histoires vraies d'aventures en mer,*** de Christophe Agnus et Pierre-Yves Lautrou
- ***Chroniques de pontons***, de Dianne Jüllich
- ***L'appel du dauphin***, de Camille Rivière
- ***Au-delà des limites II, 12 nouvelles histoires vraies d'aventures en mer,*** de Christophe Agnus et Pierre-Yves Lautrou
- ***On ne voit plus la mer***, de Renaud Gaultier
- ***Maman, j'ai quitté la ville***, de Corentin Durix
- ***Pieds nus sur la Terre***, de Christophe Agnus
- ***Le drôle de voyage de Mister Green***, de Rob Greenfield
- ***Libre. Ecrire sur les chemins du monde***, de Frédéric Pie

www.nautilus.tf

La mission des Editions Nautilus est de publier des livres sur la mer, l'environnement et l'exploration, et cela en ayant l'impact le plus faible possible sur l'environnement à tous les moments de notre activité.

**Membre de 1 % for the Planet-France depuis 2005**, Nautilus consacre au moins 1 % de son chiffre d'affaires à aider des associations de défense de l'environnement.

La certification FSC® indique que le papier qui entre dans la composition de ce produit provient de sources responsables.
Nautilus travaille également à réduire son empreinte carbone en compensant (par la plantation d'arbres et de mangroves notamment) sur une base de deux fois son impact, analysé via un audit annuel.

*Pour plus d'informations et connaître nos publications passées ou à venir, comme pour s'abonner à la photo de mer du lundi matin (gratuit):*
**www.nautilus.tf**

1% FOR THE PLANET — MEMBRE —

MIXTE
Papier issu de sources responsables
FSC® C108412
FSC www.fsc.org

IMPRIM'VERT®

*ISBN: 978-2-491812-14-0*
*Dépot légal: Octobre 2021*

*Imprimé en France chez CPI-Firmin Didot, 27650 Mesnil-sur-l'Estrée (165921)*